FONGHONG
U0895345

FONGHONG

名提之终极预审

吕铮 著

江苏凤凰文艺出版社
JIANGSU PHOENIX LITERATURE AND ART PUBLISHING

图书在版编目(CIP)数据

名提之终极预审 / 吕铮著. -- 南京：江苏凤凰文艺出版社，2021.11
ISBN 978-7-5594-6186-5

Ⅰ.①名… Ⅱ.①吕… Ⅲ.①长篇小说-中国-当代
Ⅳ.①I247.5

中国版本图书馆CIP数据核字（2021）第158836号

名提之终极预审

吕铮　著

责任编辑　刘洲原
策划编辑　孙小波
特约编辑　郑嘉期
责任校对　杨芳云
出版统筹　孙小野
出版发行　江苏凤凰文艺出版社
　　　　　南京市中央路165号，邮编：210009
网　　址　http://www.jswenyi.com
印　　刷　河北鹏润印刷有限公司
开　　本　700毫米×1000毫米　1/16
印　　张　23.5
字　　数　313千字
版　　次　2021年11月第1版
印　　次　2021年11月第1次印刷
书　　号　ISBN 978-7-5594-6186-5
定　　价　55.00元

目录

午后，整个城市仍然被雾霾包围，天空灰蒙蒙的，空气中弥散着焦炭的味道。人们在奴役了千百年环境之后，终于开始被环境所奴役，空气中 PM2.5 的浓度早已爆表。电视中的天气预报发布预警，在未来的几日里，海城将迎来蓝色寒潮，气温骤降。而人们却欣喜若狂，盼望着在寒潮袭来后，雾霾能被驱散，迎来一个新的春天。

海城的街头人群熙攘，远方的爆竹声此起彼伏。一个路人戴着厚厚的口罩，默默地在街边伫立，仰望着浑浊的天空。红灯变绿，人流裹挟着他走向下一个喧嚣，直至被彻底淹没。

双雄

审讯室里的暖气不暖，潮气很重，空气中混杂着一种难闻的味道。这种味道很难用语言形容。在密不透风的十平方米空间里，每天都上演着人与人斗争的残酷游戏。谁也不会去细看贴在墙上的《犯罪嫌疑人权利义务告知书》，在讯问的高压下，无数人都在经历着胆怯、侥幸、彷徨、抵抗的心理历程，也有无数人因为自己的罪恶从身心的巅峰跌到谷底，直至防线崩塌，低头悔罪。这里的安静令人窒息，那种混合着潮湿、灰尘、烟草、唾液气息的味道弥散其间。这里的喧嚣令人恐惧，惊心动魄的溃败往往是棋输一着后的摧枯拉朽。如果不是无奈或强迫，谁也不会想在这样的地方多待上一分钟。

坐在审讯台后的主审警官不到六十岁的年纪，人长得干巴瘦的，皱巴巴的脸上刻满了岁月的痕迹。他一张嘴说话就表情多变，绷起脸来面沉似水，放松下去皮笑肉不笑，要不是有那身警服撑着，倒真像是个混迹社会的瘾君子。他叫齐孝石，是海城市公安局预审支队的预审员，将近四十年的警察生涯，有三分之二都搁在了预审这行里。

预审预审，说白了就是审讯，从早到晚的工作就是不停跟人说话，真的假的夸大的缩小的，斗智斗勇斗心，藏锋藏智藏势，见人说人话见鬼说鬼话，目的是揭穿谎言获得真相。干这活儿的后遗症就是，上班话痨回家就成了哑巴，工作越使劲回家就越颓废。但是无奈，干什么就得吆喝什么，要想揭穿谎言、还原事实，就得拿语言当武器，硬过水滴石穿的柔软、快过绳锯木断的缓慢，七十二变对三十六变，一句顶一句，一环扣一环，靠思维逻辑来判断供述的清白，靠推理判断来找寻漏洞和切入点。预审这活儿熬人啊，动脑子费嘴子，齐孝石早就干烦了干腻歪了，要不是为了报上去的退休申请能尽快批下来，这位爷早就继续泡病号去了，真犯不着跟这审讯台下的苦瓜脸费吐沫较劲。

“哎，怎么回事啊？半天一句话都不言语，干吗呢？闷嘚儿密了您哪？”齐孝石用指关节敲打着桌面，不耐烦地问。

“我……我没什么可说的。”审讯台下坐着一个胖子，一身肉堆满了讯问椅，肥厚的双手被手铐铐着，勒出了两道红印。这一宿熬夜问话，把他的生物钟彻底打乱，他满脸油腻、萎靡不振，气喘吁吁地回答：“警官，我都反复跟您说了，我没杀人，真的。我就……就是去了一趟她住的地方，连门儿都没进，我冤枉啊，真的冤枉……”

齐孝石不屑一顾地看着他，心里觉得好笑。他没有立即接话，用眼睛默默地看着对方。嫌疑人被他这么一看，表情更不自然了，“真的……真的不是我……”

齐孝石知道火候快到了，但也不想费太大劲使什么拍山震虎的套路，他准备玩玩儿面前这个对手，就像猫抓到老鼠会戏弄一番一样。

与此同时，在海城郊区的一处工地，警察荷枪实弹地将各个出口严密封锁。一辆警车呼啸而过，猛地刹车。一个便衣警官从车里走出，在几个制服警的簇拥下进了工地。

“那队，现场的人员都已经控制住了，刑事技术人员也在做鉴定，我们排查了工地的所有工人，除了两个人在一周前离职，其他的人员都在现场。我们分析，作案的凶犯很可能就混迹其中。”刑警队的刘队说着案情。

便衣警官叫那海涛，身材挺拔，相貌英俊，眉宇间流露着一股骄傲的自信劲儿。他今年才刚满三十岁，就已经担任海城市公安局预审支队的副大队长，今天因为配合调查下属分局侦查的一起命案，紧急赶赴现场。别看那海涛年纪轻轻，但在海城市公安局却是个响当当的人物，这几年凭着过硬的预审技术连破大案，被同事们戏称为“那三斧子”，不愧是预审支队支队长龚培德的得意门生。

那海涛听了介绍默默点头。“嗯，刘队，如此分析，凶手该是故意不离开工地，以防止别人对他的怀疑。而且考虑到被杀女子的死亡地点，基本可以排除外人作案的可能。”那海涛说。

“对，你的分析正确，我们是今早八点接到的报案，一个工人在工地围墙的土堆里发现了这具被掩埋的女尸。经过调查，死者今年十八岁，是湖北黄冈人，死前在工地食堂帮忙。据技术初步检验，死者的死亡原因是窒息，死亡时间不超过 24 小时，而且在死亡前后曾发生过性行为。”刘队说。

那海涛一边走，一边提炼着案情中的关键词：窒息，24 小时，性行为。“是先奸后杀？还是先杀后奸？”那海涛问。

“这……应该是死后发生的性行为。”刘队含蓄地回答。

齐孝石没搭理胖子喋喋不休的辩解，他从烟盒儿里抽出一根点儿八的中南海，捏住烟屁有节奏地往桌子上戳，让烟丝在惯性中变得紧实，然后掏出打火机，点燃、吸吮，有条不紊。书记员有眼力见儿，把茶杯端到齐孝石面前。齐孝石抿了一口酽茶，顿时觉得脑子清醒了许多，索性从兜里掏出两个核桃，咔咔地盘玩起来。胖嫌疑人看他这一通摆忙，不知他葫芦里卖的什么药，一旁的书记员却见怪不怪，在预审支队谁不知道齐师傅的毛病，审讯一开始有三样东西不能少，一是烟，二是茶，三是核桃。烟他不抽好烟，就抽点儿八的中南海，甭管是大案子小案子，一律要准备三包。茶也不要什么好茶，就茶叶店里的“高沫儿”就行，但必须沏酽些，淡茶他不喝。再有就是他随身带的那两个核桃，平时揣在兜里，只要一拿出来盘玩，一准就是玩儿人的阴招要开始了。齐孝石在预审支队也有个外号，叫“七小时”，意思也直接，就是这么多年来，就没有哪个嫌疑人能在他手里扛过七小时。

“您……您这核桃是‘鸡心’吧？”胖嫌疑人讨好地问。

“嗐，什么‘鸡心’啊，我这穷警察哪玩儿得起鸡心啊。‘秋子’，十块钱买一对儿还觉得亏了呢。”齐孝石撇着嘴说，“怎么着？你也懂行？”

“我不懂，就是有几个朋友好玩儿这个。齐警官，等我出去了，立马送您一‘狮子头’。”胖嫌疑人投其所好。

“哎哟喂，那可忒贵了，我可受不得。”齐孝石表情夸张地说，“您还是省省吧，这好玩意儿到我这土鳖手里，一准给糟践了。”

“嗐，您别这么说啊。”胖嫌疑人努力拉近和齐孝石的距离。

“哎，我说哥们儿，你也用不着跟我这儿套磁，也甭掉腰子。咱都是爷们儿，明人不说暗话，如果那小娘儿们是你办的，就一句话，认了，咱就翻篇儿，我一准给你弄个从轻。当然，要不是你办的，敢拍着胸脯保证，我也不会为难你。别总在这儿耗着，跟谁较劲呢，还不是给自己挖坑儿。”齐孝石的语气里透着烦躁。

胖嫌疑人全身一挺，要不是手被铐着就差立正了，“齐警官，我对天发誓，这人真不是我杀的，您看我这样，斯斯文文的，哪有那个胆儿啊。我都反复跟您说了，那天我去那个楼，就是为了看刘媛媛这几天为什么没来上班。结果敲了半天门儿也没开，我觉得屋里没人，就回去了。哎……谁能想到，她竟然死在了屋里……”胖嫌疑人是死者刘媛媛公司的老板，再过一小时，就整整被公安局传唤二十四个小时了。按照法律规定，过了二十四小时再没拿下口供，就要立即放人。这个案子本不该由齐孝石管，刑警队在抓捕犯罪嫌疑人之后，应该在办理传唤的二十四小时之内进行初审，拿下口供再移送预审。但市局领导考虑到这个案件的严重性，而且死者还是某个上级领导八竿子打不着的亲戚，就让预审支队的老油条齐孝石提前介入，速战速决。但没想到刑警和预审的衔接却出了岔子，刑警队以为预审支队通知了齐孝石，而预审支队却认为刑警队直接给了他信儿，这一耽误就是十多个小时，等齐孝石坐堂问案的时候，离传唤结束就只剩不到四个小时了。刑警队的头儿捏了把汗，就差给齐孝石作揖了。但齐孝石却不慌不忙，一上来就聊天唠嗑，压根儿没有争分夺秒的意思。

齐孝石微笑地听胖子辩解，心里默默盘算着时间。

"行，你怎么说，我就怎么记。"齐孝石冲他点头，"我告诉你啊，现在公安局办案啊，讲究的是重证据、轻口供，其实你说不说跟最后的定罪没什么关系。你说了，态度好，争取积极主动，没准就能弄个从轻发落。不说，凭证据，也能零口供定罪。"

"对，对，您说得对。"胖嫌疑人连连称是。

"再说了，我就是今儿个逼着你撂了（公安行话，招供），你承认是杀人了，等你到了检察院、法院一翻供，这不也白瞎吗？还得从头再来。所以说啊，这公安局弄个预审就是多余，有证据就抓人，别管人家承不承认，没证据就放人，疑罪从无。我们这些搞预审的啊，实际上就是人家刑警队的碎催，干人家不愿意干的活儿，干好了你是应该的，干不好，嘿，这倒是你的毛病了。"齐孝石又说。

"哎哟，齐警官，您别这么说啊。要我看啊，在这些警察里啊，还就是您最明白。"胖嫌疑人点头如啄米，"您说我是一老板，公司上上下下好几十号人呢，你们这么一传唤我，弄得满城风雨，我就是回去了都不知怎么解释啊。"胖嫌疑人面带苦色。

"哎，这我可管不了，怎么解释是你的事儿，现在我的工作是给你做笔录。人家刑警队可说了，人放我这儿了，他们不管了。嘿，你听这话茬儿，这意思就是让我给他们干擦屁股的活儿呗。”齐孝石转头冲书记员说。

书记员笑笑，知道这自然不是笔录上该记的话。

“得了得了，先歇会，唉，我这腰啊……”齐孝石说着伸展了一下双臂，说，“哎，哥们儿，来根烟抽吧？”

“哎，好，好，那谢谢您了。”胖嫌疑人的烟瘾早就犯了，一听这话两眼都放光。

“来，我这不是什么好烟，你凑合抽吧。”齐孝石说着就起身，给胖嫌疑人递过一根烟，然后又打着打火机给他点燃。

胖嫌疑人解恨似的深吸了一口，长长地喷吐，仿佛心里郁结许久的压力都缓解了一半。

在工地围墙边埋尸的现场，那海涛和刘队蹲在尸体旁仔细地观察，一旁的技术人员已经勘查完毕。

“死者的性行为是发生在死亡之后？”那海涛抬头问技术员。

技术员是个年轻的女警察，有些不好意思，“是，那队，根据初步检查，是死后发生的性行为。”

“哼，死后还叫性行为吗？那叫奸尸。”那海涛直来直去。

“哎，我说那队，你这一连几个问题怎么都围绕这性行为啊？”刘队笑着不解地问。

“啊？这……这怎么了？有什么不妥吗？”那海涛反问。

“哎，这倒不是什么不妥，我是觉得，咱们现在主要的工作，是不是立即突审一下工地里几个有嫌疑的工人？现在距案发还不到二十四小时，人员都在，我想还是有破案条件的。”刘队说得含蓄，但意思已经再明白不过了，那就是叫你们预审来，不是搞痕迹的，而是去审人的，用不着给技术指手画脚。

那海涛当然明白这话里的意思，他默默地摇摇头，一字一句地说：“刘队，我之所以一直问强奸在死亡的前后，目的在于确认死者发生的性行为到底是自愿的还是被迫的，先杀后奸这说明什么问题？这说明，第一凶手很强悍，把十八岁的年轻女孩挟持到围墙旁，七老八十的人可做不到；第二凶手的意图很明显，就是要实施强奸，对被害人施暴；第三凶手很匆忙，因为害怕死者呼救被别人发现，就从强奸转为杀人；第四凶手很饥渴，在死者死亡之后还继续实施强奸。经过这些判断，咱们得出了什么结论？就是凶手的年龄不超过五十岁，独来独往，长期没有性生活，且发案当时没有和其他人待在一起。”那海涛自问自答。

“对，对，你说得很对。”刘队如梦方醒。

“所以咱们要尽力筛查，不能浪费警力做无用功，工地现在有民工近三百人，如果逐一排查讯问，耗时耗力不说，还不一定能获得真相。”那海涛说着又仔细打量起尸体，突然被一个细节吸引住了，他默默地用戴着橡胶手套的手捏起尸体的几根手指，回头问女技术：“这是什么？”

在审讯室里，胖嫌疑人连抽了三根中南海，因为吸得过猛，几次都咳嗽起来。

“怎么回事？抽不惯这烟？”齐孝石问。

“啊，还行还行，怪我没出息，抽得猛了些。”胖嫌疑人自嘲地说。

“平时抽什么烟？烤烟还是混合的？”齐孝石问。

“啊，平时我不抽混合的，抽不习惯，生痰。一直抽烤烟。”胖嫌疑人回答。

“烤烟？红塔山啊？”齐孝石问。

“不是，抽芙蓉王。”胖嫌疑人回答。

“芙蓉王啊……”齐孝石点点头，“唉，老板就是老板，不像我们穷警察啊，一辈子就这一个牌子，想换也没本事啊。”

“您别这么说啊，我抽烟就这毛病，也说不上什么烟好、什么烟坏，就是个习惯。”胖嫌疑人说。

“那这烟我可就对不住了，您凑合抽。”齐孝石笑了一下。

“您可别这么说，已经很感谢您照顾了。”胖嫌疑人说，“咱这么着，我也不白抽，这是您私人的烟，我在这儿抽一根，出去我还您一条，咱好歹也得交个朋友不是。”

“哈哈，我就喜欢你这样的痛快人。”齐孝石笑了，“芙蓉王我也抽过，去年还有一哥们儿送了我一条蓝钻的芙蓉王，好抽得很。”

“对，我平时抽的也是蓝钻芙蓉王。”胖嫌疑人脱口而出。他没有注意，齐孝石一旁闲了许久的书记员已经开始默默记录了。

“蓝钻芙蓉王多少钱一条啊？”齐孝石问。

“一条九百九，多买几条大概九百五吧。”嫌疑人答。

“够贵的。一直就抽这个？”齐孝石接着问。

“是啊，您还不知道，这抽烟的人都随性，习惯了什么味道就轻易不会改。”胖嫌疑人答。

“我看你这烟瘾也挺大的，每天得抽一包吧？”齐孝石问。

“一包？您可说错了，我每天都得两包起。”胖嫌疑人答。

“那基本就是烟不离口了。”齐孝石说。

“可不，特别是聊天谈事的时候，一叼上就一根接一根。”胖嫌疑人答。

“到刘媛媛家的时候也叼着烟进去的？”齐孝石问。

“啊？”胖嫌疑人一愣，显然不明白齐孝石的用意。

“抽完了还把烟头捻灭在她卧室地上了？”齐孝石继续发问。

“我……不是，我没去过……”胖嫌疑人想辩解，却被齐孝石打断。

“然后就又续了一根，接着跟刘媛媛谈，后来谈不拢了，你就把刚抽了半根的蓝钻芙蓉王丢在地上，然后把她按在床上掐住了她的脖子！”齐孝石突然提高了声音加快了语速。

“不是！不是我干的，你说得不对！”胖嫌疑人也大声地辩解。

“然后她就在床上挣扎，你就继续掐住刘媛媛的脖子，直到她窒息身亡！”齐孝石继续大声说，不顾对方辩解，“然后你又在卧室抽了一根烟才离开，离开时自作聪明地用她洗手间的毛巾擦掉了指纹，又拿走了掉在地上的烟头，是不是！”齐孝石大声地质问。

“不是，不是，那些烟头不是我抽的烟，我没有去过刘媛媛的家，我说过了，我说过了！”胖嫌疑人也变得疯狂起来，极力地否认。

“但你忘了！你忘了拿走最早扔到地上的那个烟头，那个被你无意间踢到床底下的烟头！你以为审你之前剪掉你的几根头发是给您理发呢吗？呵呵，公安局可没这个服务措施。你以为那个烟头上没有你的痕迹吗？听说过DNA鉴定吗？还用我说得再细点吗？你醒醒吧！”齐孝石猛地拍响了桌子。

胖嫌疑人一愣，脑袋里顿时响了一个炸雷。

书记员迅速地做着记录，心里对齐孝石暗挑大指，引而不发，这招用得真妙。

“为什么杀了她？说话！”齐孝石乘胜追击，一问到底。

“我……我能再抽根烟吗？”胖嫌疑人沉默了许久才挤出这么一句。

齐孝石心里暗笑，把一包中南海连打火机都给他扔了过去，“混合型，凑合抽！”

胖嫌疑人再没闲心跟他斗贫，默默地喷吐了一会儿，缓缓地回答：“因为她跟我要钱，说我不给钱，就要到公司和我家去闹，我不可能因为她和我妻子离婚，所以我就去和她谈，没想到……没想到谈不拢，她就大喊，我就……我就……”胖嫌疑人情绪失控，捂住脸哭了起来。

齐孝石摇摇头，“闲的！我说你就是闲的，没事干什么不好，包什么小三儿啊，没事抽什么烟不好，还非抽什么蓝钻啊！一个耍鸡贼，一个抖机灵，最后都没好下场。”

“是，我是闲的，真他妈闲的！”胖嫌疑人低下头，连抽了自己几个大嘴巴。

齐孝石看着对手的这个德行，终于咧着嘴笑了，那一脸褶子舒展开，比哭还难看。干了三十年的预审，整天跟人说瞎话，有意思吗？齐孝石扪心自问。面前这个傻胖子怎能知道，那进来时剪头发、取DNA什么的都是假象，就凭海城现在的技术，还没达到几个小时就出DNA鉴定结果的水平。但就因为他抽的烟特别，是别人不抽的蓝钻芙蓉王，所以才真的挖坑给自己埋了。这是典型的预审手段，无中生有。预审啊，有时就是拿所谓正义的谎言去击破恶意的谎言，计中计、骗中骗，魔高一尺道高一丈，没有人进了审讯室就束手就擒如实供述的，所以就只能用头脑、用语言当武器，以高超的审讯方式去战胜犯罪嫌疑人的鬼蜮伎俩。齐孝石可从来没动手打过人，刑讯逼供、执法犯法的低级错误他才不做。这些年来他靠着过硬的审讯技巧创出了“七小时”的名号，也凭借着这三包烟、半杯酽茶、俩核桃在预审圈里占据了一席之地。预审支队的几个年轻人曾经琢磨过他的这些道具，有点结巴的大学生小吕曾经振振有词地跟小哥儿几个讲，三包烟保证了齐孝石审讯时的基本烟量，特别是对抽烟的嫌疑人，这烟的诱惑很大，可以成为武器，适时地给对方烟抽，从心理学上讲可以拉近彼此的心理距离，打开对方的心门。为了保持审讯的连续性，避免审讯情绪和压力的中断，齐孝石在审讯时基本不上厕所，这半杯酽茶保证了最基本饮水，同时能起到提神的作用。最后是俩核桃，也许这是吸引对方注意力的致命法宝，小吕观察过，齐孝石每当要转讯问方向的时候，都会先把核桃揉响。齐孝石听别人跟他说过小吕的论断，但没有表态，只是不屑地一笑了之。

那海涛那边也“见果儿”了，他没有遵循预审人员一对一审讯的规定，破例让刘队把所有发案时间内单独行动的人聚集在一个屋子里，一起讯问。

刘队丈二和尚摸不着头脑，弄不清那海涛这么自负的举动到底能不能对破案起到帮助。按说预审讲究的是单独讯问，这样既可以保证嫌疑人之间不会串供，又能起到相互检举相互瓦解的作用。但他没有反驳，反而想检验一下那海涛这非常规工作的效果。那海涛是海城有名的“名提”（公安行话，著名提审），几年来连破大案，上升势头很快，但这“名提”到底是真才实学还是徒有虚名，行家一出手便知高低，刘队拭目以待。

那海涛没穿制服，但说话办事一看就是警察。他属于挂相的预审员，眼神犀利、说话咄咄逼人，与人一照面就给对方下马威。

“各位请配合，都脱去上衣。”那海涛毋庸置疑地说。

在场的十几个民工面面相觑，都琢磨不出这个年轻警察的意图。

“脱，请大家配合一下。”那海涛继续要求。

民工们左顾右盼了一会儿，纷纷按照他的要求脱去上衣，一个个健壮的身材展现在面前。

那海涛走到人群中，仔细地观看。刘队用手托着下巴慢慢摸出了门道。女技术面对这么多男人的身体，反而显得拘束。这时，那海涛停留在了一个年轻民工身旁。

“后背怎么回事？”那海涛问。

年轻民工浑身一颤，低着头躲避那海涛的眼神，“后背……后背是我洗澡时挠的。”

“挠的？你现在挠给我看看？”那海涛说。

民工不知所措，按照那海涛的要求用手去挠，却总是挠不到那个位置。

“行了，别挠了，你够不着。”那海涛不屑地摇头。

“刘队，给他办个传唤手续。”那海涛指着那人说，年轻民工一下就急了，拨开众人往敞开的窗户外面跳。没想到刚跳出去，就被埋伏好的刑警扑倒在地。

那海涛自信地笑着走到女技术身边，“你马上对死者指甲内的皮屑进行取样，对比一下与嫌疑人的DNA是否同一。”然后又回头对刘队说：“您可以向我们支队报这个嫌疑人的刑事拘留手续了，现场突审就不用了，直接到看守所再说吧。”

“行，不愧是传说中的‘那三斧子’，声东击西，一出马就破案，不佩服不行啊。”刘队点着头说。

“呵呵，侦查是预审的基础，我只不过是干了你们应该干的活儿。”那海涛哼了一声，转身走出了房间，噎得刘队哑口无言。

审讯室外，书记员整理好案卷走在齐孝石的身后。

“齐师傅，收我当徒弟吧。”书记员鼓起勇气说。

“什么？”齐孝石一愣，撇嘴一乐，“你不是已经叫我师傅了吗？”

“那能一样吗？‘师傅’是对老同志的尊称，但‘师父’是传道授业解惑，‘父亲’的‘父’啊。”书记员说。

“别，别，咱们是革命同志，别搞什么师父徒弟的，咱相互学习，相互学习。”齐孝石摆摆手。

“哎，齐师傅，真的，在咱们支队，我最佩服的人就是您，人说老将出马一个顶俩，这说的就是您这样的老前辈，我说的是真心话，您就收了我吧。”书记员央求起来。

齐孝石最怕的就是年轻人跟他提这个，见不好拒绝，就索性板起了脸，“哎，别说了，我这人的毛病你不是不知道，不收徒弟。你要是问案子碰到什么硬茬过不去，我帮着出出主意没问题，但当徒弟就算了，再说……”齐孝石停顿了一下，“我没几个月就退休了，也担不起这么大的责。”他特意补充道。

书记员还不死心，“齐师傅，是不是因为那队长的事儿你才不收徒弟啊？”

这话一出，可有点惹烦齐孝石了，他皱皱眉头，一脸褶子堆在了一起。“放屁，他与我有一毛钱关系吗？陈芝麻烂谷子的事儿了，还翻扯！”齐孝石说着就背起手，快步走出预审区，留下书记员一人尴尬万分。

“哼，还不是因为‘那三斧子’的事儿……”书记员可早就听说过“七小时”和“那三斧子”之间的故事。

正经要论师徒关系，那海涛才是齐孝石的徒弟。十多年前从警校毕业分配到预审处的时候，那海涛跟的师父就是齐孝石。当时预审处还没改为支队，按照市局的排序还被称为“老七处”，齐孝石也才四十多岁，人比现在多少还胖点,脸上的褶子也没堆得那么邪乎。齐孝石还是预审处的副科长，与副科长龚培德是出了名的两个“预审名提”。海城市局上下的案子只要交给两人中的一个，就一准能查清事实、还原口供，颇有点卧龙凤雏得一人安天下的架势。

但虽然同为副科长和“名提”，两人的路子却截然不同。龚培德毕业于法律院校，工作严谨细致、一丝不苟，严格按规定程序办案，对刑警、派出所送来的案子都十分苛责，遇到证据不充分的案件坚决退回。名义上是保证法律的公正客观，而实际上却是为了保证他作为预审员的批捕率。搞预审的考核讲的就是批捕率，所谓批捕率就是在刑事拘留犯罪嫌疑人之后，就相应证据到检察机关申请批准逮捕的成功概率，成功概率越大，就说明预审的工作越严谨，考评的分数就会越高。龚培德在预审处工作名列前茅的原因，正在于他几乎百分之百的批捕率。

而齐孝石则不同，他到预审处之前就干过刑警、经侦等不下三四个警种，派出所也曾经涉足，见多识广、经验丰富，是个典型的“社会工作者”，也深深理解基层警察办案的不易。所以就冲龚培德动不动退人家案子这点，齐孝石就看不上他。基层民警抓个嫌疑人多不容易啊，先不说抓捕过程的惊心动魄、刀尖上行走，就是常态性的“三班一倒”连轴转也让民警付出了常人难以想象的代价，到头来人好不容易抓到了，初审口供一时下不来，到了预审就直接给退回去了，这叫什么事儿啊！在公安的警种中，举个浅显的例子，预审工作就是做菜的厨师。如果拿案子比作是一盘儿菜的话，刑侦、经侦、派出所等办案部门的工作就是备菜和切菜，而预审的工作则是拿起炒勺，精心烹制菜肴，最后端盘上桌。没听说哪个厨子让伙计炒好了给自己端来的，那还要厨子干什么。再说，嫌疑人也不白给，审讯这种针尖对麦芒的近距离较量，是要集中全部精力和智力的正面交锋，如果说在抓捕过程中，嫌疑人是在困兽犹斗，那在预审环节，他们就在做最后一搏。

性格决定命运，这两个“预审名提”也命运迥异。几十年预审干下来，齐孝石与基层办案单位的兄弟们打得火热，人送外号“七小时”，在海城警界扬名立万，受到了同行们的褒奖和尊重。而龚培德呢，则一步一个脚印，坚守着自己办案的标准和底线，从副科长一步一个台阶，一直升到了今天的预审支队支队长，虽然身边没几个嘘寒问暖的真心朋友，但却在真正意义上成了海城警界的预审领头人。青春易逝，年华易老，转眼物是人非，两人如今的地位已有天壤之别，生活也是大相径庭。龚培德刚刚被提名为海城市公安局的副局长，正在公示阶段，而齐孝石则申请了提前退休，即将告别警察生涯。两个昔日的“预审名提”如今却是形同陌路，许多同事都知道，造成两个人关系破裂的，就是那海涛的改换师门。

齐孝石用脚踹开了技术室虚掩的门，背着手往里面喊：“老赵头，在不？晚上整两口儿啊？”

屋里的老赵一听是他就乐了，隔着一间屋就答道：“行啊，老齐，上次那半瓶‘二得子’还存在酒馆里呢，晚上报销了它。”

这两位老警察岁数相当，没事下班后就到廉价饭馆整一口儿，要不是公安部下发了《五条禁令》，禁止工作时间饮酒，老赵原来出现场还揣着酒呢。倒不是因为他酒瘾大，而是为了遮遮凶案现场的那个味儿。

齐孝石摇头晃脑地往里走，没想到一抬眼就看见了那海涛。

“师……师父，您……来了？”那海涛一见齐孝石就规矩起来，脸上的骄傲和自负顿时烟消云散。

“哎哟喂，那队长啊，你怎么来这儿了？检查指导工作？还是亲自办案？”齐孝石一张嘴就带着挖苦。

“什么队长啊，师父……我这儿刚配合刑警队弄了一个强奸杀人的案子，这不找赵师傅做 DNA 检验来了吗。”那海涛满脸堆笑。

“别，您可别叫我师父师父的，我可不敢，您师父是龚培德，龚支队长，不，现在是不是该叫龚局长了？我啊，一个老警㞞，就叫我老齐，或者老齐头就行。您现在可是预审支队堂堂的副大队长，我一快退休的糟老头子，臊眉耷眼的，见了您面儿得立正敬礼，得哈着，咱俩是正经的上下级关系。”齐孝石脸一耷拉嘴一撇，摆出一副让那海涛难受的模样。

“这……”那海涛一时语塞。“那赵师傅，我还……有点事，那就麻烦您了，等 DNA 结果出来了，您告诉我啊，先……先走了。”那海涛忙跟老赵交代，绕着齐孝石像避瘟神一样地向门外走。

“师父，那我走了啊。”他临走时还不忘客气一句。

“走好您，不送。”齐孝石头也不回地回答。

见那海涛走了，老赵叹了口气说：“干吗啊，老齐，都这么多年了，你那股邪火还没压下去？”

“邪火？什么邪火啊？我对他能有什么邪火？人家是副大队长，是领导，我是一大头兵，一干活儿的，我敢对他有什么邪火？”齐孝石不爱听了，脸往下一耷拉，“你这老东西别总跟我翻小账儿，陈芝麻烂谷子的你丫累不累啊。那你说我怎么对他啊，哈着？姥姥！”

“行行行，不说了，不说了，行了吧。”老赵赶紧救火，他知道齐孝石这脾气，沾火就着不说，火气一上来还没完没了，“说正事，你找我干吗？不光是为了喝酒吧。”老赵打马虎眼。

“废话，我大白天的找你，能就是为了喝酒吗？我撒癔症啊，又不是酒鬼。”齐孝石骂了一句，“那个胖子的 DNA 结果出来没有，我还等着用呢！”齐孝石没好气地问。

“哎，快了快了，都说了出来我告诉你，你急什么啊，人不是都刑拘了吗？时间富余啊。”老赵说。

“放屁，时间富余个屁。”齐孝石说，“就你们这些搞技术的，一辈子都烂泥扶不上墙，一到裉节儿上就拉胯掉链子，干什么都拖着，屎不到屁股门不拉，非到最后没辙了才出报告。”齐孝石说着就往外走，但还不依不饶，“我告诉你啊，老赵，这报告最晚明天你得给我出了！要是让我知道，这报告出在那小子之后，胳膊肘往外拐，我饶不了你！”

老赵刚要反驳，齐孝石一转身就出了门。

“嘿，你这老孙子，这跟谁啊这是！唉，也真怪我多嘴，我管他们师徒俩的烂事干吗！”老赵也气不打一处来。“事儿逼……”老赵按捺不住也骂了一句。

“嘿，你说谁！”齐孝石并没走远，一听这话几步又折了回来。

“哎，我什么都没说啊。”老赵矢口否认。

齐孝石撇着嘴摇头，“你老家伙，可别当吃里爬外的货，甭跟我这儿打马虎眼。”

老赵看着他这样子，反被逗笑了，“你呀，一辈子都这个德行，整天跟人斗，都快成斗鸡了。我说你呀，还提小龚，人家正走背字儿呢。”

“走背字呢？”齐孝石眼眉一挑，“都当副局长了，还点儿背？”齐孝石问。

“七小时”

那海涛愤愤的，下午办案成功的好心情被一扫而光。他回到副大队长办公室，刚一进屋就碰到找他签字的小吕。

“那……那……那队，我……我……”小吕说话有点结巴，平时没事，一遇到领导就严重。

那海涛正在气头上，一听小吕这状态更是冒火。“那那那什么，好好说话不会啊！”那海涛是小吕的师父，在工作上自然对他更加苛刻，“你整天这么说话能成一个好预审员吗？预审员讲究的是什么啊？你给我说说。”那海涛问。

“预审……预审……讲的是……是……”小吕努力克制着说话的节奏，但结巴却越来越明显。

“预审讲的就是与人沟通、与人斗。调虎离山、引蛇出洞、旁敲侧击、欲擒故纵，斗智、斗勇、斗心，藏锋、藏智、藏势，关键时举证、看破绽突击。你说你连话都说不利落，还怎么跟人沟通、跟人斗啊？啊？”那海涛这股无名火，一股脑地撒在了小吕身上。

小吕的自尊心受到严重打击，顿时低下了头，一言不发。

那海涛看小吕这样，也觉得自己有点过。“唉，我啊，就是对你恨铁不成钢。说话，找我什么事儿？”那海涛问。

小吕努力克制住委屈，断断续续地说：“法制……处，送……过来一个案子，您看……看分给谁？”他说着递过材料。

那海涛取过材料简单地一看，是经侦支队送来的一个职务侵占的案子，案件并不复杂，金额也不算很大。“给你吧，不是我说你，你真得好好练练了，特别是这张嘴。预审员靠嘴吃饭，靠嘴干活儿，靠嘴跟嫌疑人斗法，嘴是武器啊。你连嘴都练不好，那还怎么当预审员。”那海涛说着就往批示栏上签字：“转大队吕铮办理……”

小吕知道师父是为他好，但还是不自信地问：“师父，这……案子给我……行……行吗？”

“嗯？有什么不行的？你怕啊？有什么事儿我给你兜着，大刀阔斧地问！不就一国企高管吗？这再拿不下怎么当我‘那三斧子’的徒弟？”那海涛笑了一下。

小吕受到了鼓励，表情也不再苦瓜了。“行……师父，我一定……好好干！”小吕回答，转身要走。

“哎，你等会。”那海涛叫住小吕，“你把刚才那句话再给我重说一遍，别紧张，慢慢说。”

“嗯。师父，我……我……一……一定……”小吕又紧张起来，上气不接下气。

“你这样，跟我说，一个字一个字地说，师，父，我，一，定，好，好，干。说！”那海涛说。

小吕停顿了一下，按照那海涛的频率一个字一个字地说：“师，父，我，一，定，好，好，干。”

“哎，这不结了。”那海涛笑了。他真是对小吕恨铁不成钢，但有时却又自私地觉得，有一个人能在自己面前紧张也挺好。而他却忘了刚才自己在齐孝石面前的狼狈相。

夕阳西沉，雾霾中的傍晚灰蒙蒙的。橘色的余晖在灰黑的天幕中弥散着，像没被搅匀的西红柿蛋花汤，毫无美感。

那海涛走到龚培德的办公室门前，轻轻地敲门，“师父，在吗？”龚培德是他的第二任师父，也是现在他的直接领导，在没有外人的时候，他习惯这样称呼龚培德。那海涛想汇报一下白天破案的情况，但敲了半天屋里都没有动静，他停顿了一下，拿出手机拨通了龚培德的电话，却发现是关机状态。

“那队，您找龚支？”这时，预审支队的内勤蒋梅走了过来。警察之间层级分明，预审支队是正处级单位，下设几个副处级的大队。警察之间的称呼，习惯把简化的职位挂在姓名之后。那海涛是副大队长，正科级，同事们就高不就低，叫他那队，而龚培德是支队长，正处级，同事们就尊称他为龚支。

那海涛客气地点了点头。“是啊，有个案子我想跟他说说，人呢？一天都没见着。”那海涛问。

“他……”蒋梅欲言又止，“那队，你还不知道呢吗？”

“啊？知道什么？怎么了？”那海涛疑惑。

“龚支早晨被市局纪委带走了，到现在还没回来。”蒋梅回答。

“什么？市局纪委？纪委凭什么带他走？出什么事儿了？”那海涛惊讶，一连几个疑问。

“唉……还不是上次那个案子，嫌疑人一出去就开始告龚支，说他在审讯时进行了刑讯逼供，正好那天讯问室的录像出了问题，嫌疑人身上又有伤，龚支也有口难辩。”蒋梅回答。

“龚支不可能刑讯逼供的，谁出这问题他也不会出。”那海涛了解龚培德的性格，一向严谨的他不可能犯这种低级错误。“但也不至于被市局纪委带走啊，怎么能这么随随便便就下定论呢。”那海涛自言自语。“他走时说了什么没有？”那海涛问。

“没说什么，就跟着纪委走了，要不你给他打个电话试试，都这个时候了，人也该回来了。”蒋梅说。

“打了，关机。”那海涛有些恍惚，“嗯，那没事了，蒋姐。到点儿了，你下班回家吧，要不赶不上班车了。”

“嗯，那要没什么事儿我就先走了，那什么……”蒋梅停顿了一下说，“我有个同学在市局纪委工作，要不晚上我旁敲侧击地问问看，打听打听龚支的事情到底严不严重？”她一副关切的表情。

“不用不用。”那海涛忙摆手，“我相信龚支没事的，用不着这么兴师动众，他本来清清白白的没什么问题，你这一问反倒显得咱们心虚了。”那海涛考虑得周全。

“也是……好，那我走了，明儿见。”蒋梅冲他点点头，转身走了。

那海涛默默伫立在师父龚培德办公室门前，一种不祥的预感从心底升腾起来。这种感觉说不好是因何而起，但却挥之不散。他自然不会相信龚培德会在审讯中动手打人，这绝对不是师父的工作作风，但市局纪委如果不掌握真凭实据，也不会轻易将人带走，特别是像师父这样的正处级干部，况且还在提拔副局长的裉节儿上。要不是因为这个案子，师父的副局长公示将在周末结束，他将走上警察生涯的又一个巅峰。但事不凑巧，恰恰就在这个考察的关键节点，控告他的举报东窗事发，这不但很有可能毁了师父来之不易的晋升，也将连带阻碍了那海涛自己的仕途发展。俗话说一人得道鸡犬升天，这虽然不是个好词，但也是不争的事实。

“唉……”那海涛深深地叹了一口气，他怎会想到，这件事会引发如此恶劣的影响。师父，到底出了什么事儿了？那海涛焦急万分，“师父”这个称谓，是属于龚培德的。

“还记得去年破的那个案子吗？”老赵自顾自地饮了一口酒说。

“哪起案子？”齐孝石嚼着花生米的嘴停了。

“就是经侦移送过来的那起税案，市局的领导觉得疑难重大，就让龚培德亲自主审的那个。”老赵说，“这些天闹的动静可不轻啊，在移送起诉的时候，犯罪嫌疑人不但全盘翻供，还说龚培德在审讯过程中使用了刑讯逼供。检察院给他验伤，还真验出了问题，左边第三根肋骨骨折，腹部还有青肿，又赶上龚培德在问关键一堂笔录时，讯问室的监控坏了，调不出录像，这下让龚培德有口难辩，一下就被攥住把柄了。这不，听说今天早上被市局纪委给带走了，到下班时还没回来。”

“啊？被市局纪委带走了？”齐孝石大惊，“我怎么没听说啊。”

“你怎么没听说……你除了眼眉前儿的那点事，关心过什么……”老赵摇头，“下午在技术室的时候我本来想告诉你，但瞧你那个德行，鼻子不是鼻子脸不是脸，你倒让我说话啊。”

“唉……这不裹乱吗……”齐孝石感叹，“我不相信龚培德能干出刑讯逼供的事儿，他这人的性子我了解，这么多年了，只听说过他不收案子要鸡贼的事儿，却从没听过他为了案子玩儿猫儿腻干杂七杂八的。我看这事有蹊跷。”

“嗯，我觉得也是。这里面没准有事儿。”老赵说着就与齐孝石碰杯，“这小龚啊，一辈子精明，没想到在这裉节儿上栽了跟头，这眼瞧着就副局长了，就差几天公示就结束了，这下，完了。”老赵一声叹息。这帮老警察混了大半辈子了，凡事都看得明白，到这个岁数早就没了幸灾乐祸的闲心，而只有兔死狐悲的感叹。

“我说他啊，就是个官儿迷。一辈子就会往上爬，副科、正科、副处、正处，哪有个头儿啊，到最后还不是退休回家。”齐孝石叹了一口气，喝了一口酒。

“要我说啊，还是你活得明白，活得自在，再过几个月就退休了，平安落地，挺好。”老赵无缘无故地叹了口气，“唉……但你和小龚啊，再怎么着也都算是‘预审名提’，在警察圈儿里有头有脸儿，比我强，都比我强。”

“狗屁‘名提’，有个屁用！当了一辈子碎催，到老了在单位也臊眉耷眼的，谁还记得你那点儿光荣历史啊。现在的人啊，猴儿爬树，看着上边人的屁股，拿自己屁股对着底下人。我和龚培德算什么‘预审名提’啊，要说‘名提’那得说是襄城预审支队的‘老鬼’，丫年轻时多牛×啊，脑子快、手段狠，见人说人话、见鬼说鬼话，经手的案子没有不干净利落脆的，连公安部都调他去外省审人，最后呢？不也四十多岁就栽河里淹死了吗？到现在谁还能记得他？要我说啊，岁数大了就给年轻人腾地儿，别让人家说咱们占着茅坑不拉屎。”齐孝石叹了口气，“我这一辈子啊，跟人斗嘴、斗心眼儿，斗了半天自己的窝儿都散了架了，媳妇也走了，闺女也不在身边，到头来真是应了那首歌唱的了，‘一无所有’啊……唉……”齐孝石说着沮丧起来。

“嗐，你瞧你，下午那股子混蛋德行都哪儿去了。”老赵摇头，“但要说起‘老鬼’，也是真够可惜的，听说他当时就为了省俩钱儿，脑溢血了还自己蹬着自行车上医院，年纪轻轻就撒手人寰，唉……他可是预审圈里的传奇啊……”老赵叹了一口气，“这当警察的啊，都是表面风光、内心彷徨，在人前耀武扬威，实际上活得比谁都不如。听说‘老鬼’在没了之后，给老婆孩子没剩下几个子儿。”

“就这样那帮大老爷还不给警察涨工资呢。”齐孝石啐了口吐沫，“他们是整天在办公室里看报纸喝茶，压根儿不知道这帮穷伙计的艰难日子。”

“得了得了，莫谈政治。”老赵马上转移话题，“我倒劝你啊，趁着还不算太老，戒烟戒酒，锻炼身体，再续个老伴，别老一个人独着了。”

“呵呵，续个老伴，我还再生个大胖小子呢。”齐孝石自嘲地坏笑，一脸褶子把眼睛都给挤没了。

“你个老流氓，忒矫情，一辈子就没正经过。”老赵也笑了，“我说的是真话，要不要我给你介绍一个啊，我老伴她们幼儿园有个丧偶的，岁数也不大，还不到五十……”

“得得得，你让人家好好待着吧，行吗。喝酒，喝酒。”齐孝石举起酒杯，逼着老赵一饮而尽。

那海涛在市局门前等到将近九点，才等到龚培德。龚培德今年五十出头，身材健硕，一张方脸鼻直口阔，在路灯的照射下，却满目愁云、脸色铁灰。

“师父，怎么回事啊？”那海涛三步并作两步迎了过去。

“别问了，累了……”龚培德有气无力地说，“送我回去吧。”

“嗯，回哪儿？”那海涛问。在他的印象里，龚培德在单位住的频率是要远高于回家的。

“回单位吧。”龚培德靠在汽车后座上，仰面不语，心事重重。

在回程的路上，那海涛透过后视镜看着满目愁云的龚培德，思绪不由得回到了多年以前。那时自己刚刚二十出头，因为努力钻研业务，不怕苦累，已经成了预审处最年轻的预审员。预审员虽然只是个虚职，但与书记员相比却有着天壤之别。当了预审员就意味着可以独立受理案件，就意味着从幕后走到台前，可以按照自己的侦查思路进行审讯，这是所有从事预审工作的警察要迈上的第一个台阶。按照预审处以往的惯例，走上这个台阶起码需要十年左右的时间，这十年需要勤勤恳恳、兢兢业业、打水擦地、记录订卷，干别人不干的活儿，忍受默默无闻的苦累。而那海涛却因为跟了预审处里的鬼才齐孝石，仅用了四年时间便被破格提拔为了预审员。齐孝石教那海涛的方法只有一个字，那就是“干”，实践出真知，一切从行动开始。那海涛获得了比同龄警察多出数倍的实践机会，再加上自己勤奋努力，很快便开了窍，一连拿下了几个重特大案件，让领导和同事们刮目相看。

当时那海涛年轻有为、雄姿英发，审讯以稳准狠见长，步师父齐孝石的后尘，也得了个外号，叫“那三斧子”。虽然知名度还远不及师父的“七小时”，但与同龄人横比，却是一马当先。

既然话说到了“七小时”，那就不能不说说这个外号的来由。这个外号来源于当年齐孝石破获的一起惊天大案，那是块难啃的硬骨头，对手是一个三进宫的老炮儿（老流氓）。

那是2003年初的一天，预审处接到紧急任务，要派遣一名预审专家配合市局刑侦支队突审犯罪嫌疑人。预审处选了又选，最后在龚培德的主动让贤下，选中了齐孝石承担重任。齐孝石知道龚培德为什么不接这活儿，犯罪嫌疑人外号叫“老三”，当年四十多岁，是南城有名的老炮儿，年轻时曾因为抢劫和盗窃被分别判了五年和三年有期徒刑，去年又因为敲诈勒索被刑事拘留，但因被害人临时更改口供被取保候审，最后逍遥法外。是人都能猜出被害人是受到了老三的威胁，但就是找不到证据。刑警队的兄弟们好说歹说，被害人就一口咬定说是自己冤枉的老三。老三出去后，恶习不改，仅隔了半年时间又犯罪升级，干了一起惊天大案，杀人碎尸。

被害者是一个不满十五岁的少女，几天前外出游玩后就再没回家，直至她的尸体残肢被河水冲到岸上，才被路人发现报案。由于性质特别恶劣，为减少社会的恐慌情绪，市局成立了专案组，要求限期破案。由于发现尸体的地方并非第一案发现场，且尸体被河水浸泡，无法确定准确的案发时间及地点，对案件的破获造成了极大的阻力。

被害者居住的小区属于回迁房，居民结构复杂，人员流动性强，且没有监控设施，专案民警只得通过小区外的监控获取线索。但由于外围监控距离较远，图像不够清晰，民警又从基础工作做起，对周边的群众进行询问，同时集中力量对小区内的所有可疑人、重点人进行排查，发现老三的作案嫌疑最大。老三不但有前科，而且根据走访的居民反映，当天还曾经尾随过被害的少女。但由于没有直接证据，无法对他立即实施抓捕。有经验的老侦查员不打无准备之仗，在详细分析老三的性格特点和前科情况之后，使用了引蛇出洞的招数。他们找了几条警犬，大张旗鼓地在小区进行痕迹取证，这下引来了不少居民围观。在人群中，刑警们发现了老三的身影。老三牵着自己家的黑背犬，以遛狗为掩护随时注意着刑警们的动向，有时甚至就在旁边像没事人似的看着，惊人地冷酷与冷静。刑警们经过观察，以及对多条线索的分析、串并，初步锁定了老三就是杀人碎尸的重要嫌疑人，于是对他进行了传唤。

但因为没有直接证据，老三进了看守所之后，照吃照喝一点都不耽误，只是一到审讯的时候就缄口不言，问急了就死猪不怕开水烫地叫嚣“有本事你们就崩了我”，让许多预审员都吃了苦头。这个案件当年被公安部列为督办案件，如果迟迟拿不下来，不但会让社会上人心惶惶，也无法给被害人家属一个交代。市局局长跟公安部的领导立下了军令状，如果拿不下案件，自己就引咎辞职。所以选齐孝石来主审这个案件，无疑是将千钧的压力压在了他一个人的身上。

齐孝石自然明白这个道理，但他不会像龚培德那样前思后想、权衡利弊，也不会反复考量这个案件如果拿不下的后果。审讯对他来说不只是一个工作，还是一种挑战。预审干久了，反而会对软弱的对手产生厌倦，齐孝石内心渴望遇到难啃的骨头、棋逢对手的较量，也许那样获得的胜利才能真正体现出自身的价值。给他打下手当书记员的，就是当时刚参加工作的那海涛，他唯一收过的徒弟。

那次的审讯很艰难，齐孝石惯例式准备的三包烟、半杯茶弹尽粮绝，从始至终也没机会掏出核桃来。话赶话，事跟事，一句顶一句，随时发问随时变线，警察和罪犯头脑的对抗几乎到了尖峰时刻。刚开始那海涛做记录，后来连续三个小时手就有点跟不上了，预审处的老科长邢克生就过来当记录员，再后来局长都亲自旁听审问。审讯室的空气仿佛凝固一般，除了齐孝石和老三你来我往地快速答辩，其他人一句话都不敢说。

刚开始老三面无表情，眼睛永远看着墙壁，无论齐孝石怎么发问都不与他直视，任凭怎么发问也不回答。齐孝石就开始用激将法，从老三小时候打架被送工读学校聊起，一直说到他抢劫了十块钱被判了五年，再到他老婆跟他离婚，出来找不着工作，讽刺挖苦嬉笑怒骂，逼得老三忍不住还嘴。

齐孝石见有成效，就继续煽风点火，说老三不是爷们，这么多年连媳妇也讨不着，人生失败。老三从愤怒到再次沉默，在心里实际上已经输了一筹，齐孝石此番的做法，目的就是打掉老三心中的盲目自信，让他感到自己的卑微与无力。果然，此役过后，老三不再狡辩，所有的回答就剩下三句话。

“不是我。”

“不知道。”

“有证据就崩了我。”

这三句话一出，老三只剩下消极抵抗。齐孝石当然不会放过继续对他的打击，在齐孝石抽完第二包烟的时候，已经过了凌晨一点，他抿着到了根儿的高沫儿酽茶，凭着自己长期失眠的底子，与老三打起了疲劳战。他开始对老三“围城打援”，模拟案发现场，逐一讯问老三家的各处角落，从门厅到卧室，从衣柜到餐桌，从里到外、从上到下，不落下一处。然而老三仍是那三句话的回答，有时甚至避而不答。这反复的讯问看似机械，却目的直接，那就是齐孝石在重复的发问中仔细观察着老三表情的每一个细微变化，以此去判断老三内心的想法。在说到住所的卧室时，老三的眼睛突然一动，但随即又恢复了平静。齐孝石似乎找到了线索，又东拉西扯地说了好一会儿，再次“无意中”提到了卧室这个词，老三的眼睛又动了一下，齐孝石心里觉得有戏，就开始围绕着卧室做文章，果然老三在疲劳战术的打击下，显得有些力不从心。这时，齐孝石给身边当书记员的邢科长悄悄地写了一个条，上面是：重新勘查卧室。

又过了两个小时，三包茶、半杯酽茶弹尽粮绝之际，邢科长终于走进了审讯室，不动声色地递给齐孝石一个字条，上面的内容令他兴奋不已。

“经勘查，嫌疑人卧室墙壁系重新粉刷，在涂料下发现了血迹。”

成了！齐孝石心里有底了。这个至关重要的线索，验证了他的判断，犯罪嫌疑人老三没有条件在其他地点处理尸体，碎尸地点肯定在他家中。但喜怒不形于色是预审员的基本功，齐孝石面沉似水，但在心里却开始默默默盘算起如何在适当的时机使用这颗“子弹”。掌握时机发出证据，是预审策略拍山震虎的最重要环节，如果时机把握不好，不但会浪费“子弹”，还会造成敌我心理态势的反转。齐孝石没有选择立即出示证据，而是相时而动，准备在关键时刻给老三致命一击。不久，这个时刻到了。

在审讯开始第七个小时的时候，老三终于抽了一根齐孝石的烟，两人之间的针锋相对也渐渐转入到了缓冲区。齐孝石谈起了自己母亲的去世，说当了警察这么多年，没什么事儿是后悔的，而只有因为审人没能见到母亲最后一面才是终身的遗憾。没想到，一向冷酷的老三却在这个话题下动容了，他默默地抽着烟，宛如一尊雕塑，冷漠的表情抑制不住心底的波澜。

“我们刚才又对你家进行了搜查，因为要有见证人在场，所以把你母亲接到了你家。”齐孝石如是说。

老三紧闭的双眼突然圆睁。“你们把她怎么样了？”老三竟是质问的语气。

“我们不会为难老人的，但老人很疲惫，搜查完之后就睡在了你的卧室。”齐孝石死盯着老三的眼睛说。

一秒、两秒，齐孝石从老三冷漠的眼神中慢慢看到了犹豫、矛盾、退缩，直至恐惧。齐孝石知道时机来了，决定使用那颗关键的“子弹”。

“但我们没让老人在那里住，因为你我都知道……那是你干事儿的地方！”齐孝石肯定地说。

中国话中的一语双关和一词多义，是外国话没法比拟的。齐孝石所说的“干事儿的地方”，就是一语双关，说是指碎尸的地点吧，没问题，但要说是干其他事的地方吧，也行。这样一来不仅起到了拍山震虎的效果，还给自己留了余地，一箭双雕、进退自如。

老三浑身震颤，眼神中全是绝望。

“老三，什么都别隐瞒了。说白了，你丫横竖都是死罪，别犯𡳞让我看不起你，死得有点尊严，就算吃颗黑枣也得像个爷们，我们会通知你的亲属照顾你的母亲。”齐孝石下达了最后通牒。

撂了！撂了！老三认罪了！七个小时！最关键的口供！齐孝石在全面掌握老三前科记录、生活履历、家庭情况、作案现场等情况，分析其性格特点、辩解策略等的基础上，跟他打了一场时间不长但对抗激烈的攻守战斗，最后一举拿下了口供。这是典型的“浑水摸鱼”，再“重点突击”。

齐孝石走出讯问室的时候，什么话也没说，只是默默抽了局长递来的一根香烟，消瘦的身形在月色的照映下宛如剪影，他就那么站着、站着，足足有十来分钟。

这是那海涛至今也忘不了的镜头。

“讯问，一般是不能中断的，我们在审讯对方，对方也在揣摩我们，哪怕只暂停一小会儿，对方的心理防线就会重新筑起，之前的全部努力就可能付诸东流。”这是齐孝石不止一次教给那海涛的预审方法。“第一个小时聊，第二个小时磨，第三个小时绕，第四个小时引，第五个小时迷，第六个小时拍，第七个小时供！”这是齐孝石之所以能七小时内攻无不克的制胜法宝。烟、茶，都是顶着自己腰杆的武器，核桃其实不是什么工具，而是他曾经的老伴给他买的小玩意儿。

那海涛因为跟了齐孝石而迅速长进。在那次审讯之后，齐孝石就有了“七小时”的外号，这些年无论“七小时”审什么案子，都能在七个小时内拿下口供，在警界同行的口口相传中，他已经成了继襄城预审“老鬼”之后，又一个被神化了的人物。但不料，就在齐孝石扬名警界一帆风顺没多久，他却重重撞上了一座令他折戟沉沙的暗礁，从此一蹶不振，从巅峰跌到谷底，一切的荣誉都离他远去，只留下一个“七小时”的虚名和逐渐衰老的躯壳。

那海涛也终因耐不住寂寞，接受了龚培德抛来的橄榄枝，转投到了他的门下。齐孝石勃然大怒，与那海涛恩断义绝，从此没了师徒名分。一声叹息啊，世事无常，百转千回，岁月的尘土可以将往事掩盖，却遮挡不住人心中的爱恨，未来裹挟着现在，变为过去，一晃十年，物是人非……

夜静了，窗外的景色唯一变化的就是路上车尾灯的闪烁。这是一个反复无常的城市，白天的繁华喧嚣是它的假面，身处其中却感受不到真实的心跳和呼吸，而只有在深夜，它才会剥去伪装，露出瘦骨嶙峋的身体，像我们每个人一样寂寞和无助。

齐孝石酒喝大了，摇摇晃晃地回到了预审支队的办公室，楼道静得诡异，时间过了十一点，值班员都已经入睡。齐孝石觉得头晕，刚才和老赵干了整整两瓶二锅头，老赵吐得稀里哗啦的，齐孝石就看着他哈哈大笑，最后笑着笑着自己也吐了一地。唉，时光啊，总是匆匆而逝，想当年刚来预审处那会儿，老赵这小子还是个挨欺负的小四眼儿。齐孝石不由自主地回忆着，但手中却没停下动作，他挪开办公室靠墙的桌子，把放在里面的行军床搬了出来，三下五除二地打开放平，又从铁皮柜子里取出被褥，平整地铺好，但找了半天，枕头却不见踪迹。他在漆黑的房间里伫立，周边没有一点声音，回忆中的豪情壮志与现实的枯萎呈现巨大的反差，他很沮丧，机械似的寻找着枕头，感到无所适从。齐孝石浑身上下摸了半天才找出香烟，但找了半天却没了打火机。睡觉没枕头、抽烟没火，这简直就是自己生活的隐喻。齐孝石正烦着，身后突然发出了声音，灯也亮了。

“老齐，还没睡？”

齐孝石回头一看，来人正是龚培德。

“靠，找不着枕头了，睡什么睡。”齐孝石酒劲还没过，说起话来像孩子般沮丧。

龚培德脸色青灰、愁眉不展，他下意识地帮齐孝石在屋里寻找，走了几步从一个椅子上拿起了一个枕头。

“是这个吗？”龚培德问。

齐孝石摇摇晃晃地过来细瞅。“是，拿我的枕头当靠垫，小吕这兔崽子……”齐孝石轻声地咒骂，“你有事儿吗？”齐孝石想起了龚培德还在身边。

龚培德欲言又止，抿了半天嘴唇也没说话。

“没事我睡了啊，和老赵这孙子喝大了……”齐孝石对龚培德还算客气，但两人毕竟不是一条船上的人。

龚培德知道这是逐客令，但还是没走。他本想说“老齐，咱老哥俩喝点去”，但齐孝石此刻已酒足饭饱。龚培德哑巴似的站在那里，一点没有往常的骄傲和自信。

“你是不是有事啊？”齐孝石一屁股坐在行军床上，靠着枕头说。

“嗯，也没什么事儿，就想和你聊聊。”龚培德说。

“聊？聊什么？有什么可聊的？”齐孝石半卧着说。他的酒劲退了一些，表情又恢复了大大咧咧的样子，他对待龚培德一直是这个态度。

龚培德拉过把椅子，坐在齐孝石旁边，两人隔着一米左右的距离，正好可以摆个饭桌。但现在是在办公室，既没有饭桌，也没有白酒、花生米，就空空地隔着那么个距离。

“老齐，咱们认识多少年了？”龚培德没头没尾地说。

“多少年了？我不记得了。”齐孝石没好气地说。

“三十多年了，三十多年啊。”龚培德自问自答。

“陈芝麻烂谷子的……你有事吗？有话直说。”齐孝石说。

“没事就不能找你聊聊？”龚培德反问。

“行，没问题。你是头，我是兵，你是大拿，我是碎催，无论是聊天还是做思想政治工作，我都得听着。怎么着？用我立正稍息吗？”齐孝石拿出一根烟叼在嘴里。

龚培德取出打火机打着，送到齐孝石面前，齐孝石犹豫了一下，把烟嘴迎了过去。他没接齐孝石的话，自顾自地说：“记得那时咱们都二十多岁，你最大，老赵第二，我最小。”龚培德对着天花板笑了一下，“你最能折腾，老赵最腼腆，我最听领导的话。‘老七处’一开会啊，你准迟到，动不动就捅娄子，老科长没少替你扛雷。老赵呢，踏踏实实的，跟现在一样，没审出几个大案子，也没犯过啥错误，内勤干了十年，又被调到技术，这一辈子踏踏实实风平浪静的，也挺好。”龚培德说得很感慨。

“你撒什么癔症，到底想说什么？”齐孝石疑惑。

“呵呵，没什么，就是觉得感慨，这一晃几十年了，但好像就在昨天。现在想想，咱们年轻时你争我抢的，都想冲在前头，但最后能得到什么呢？什么也得不到。”龚培德说。

“别跟我这儿念秧儿，我是一辈子什么也没得到，你能没得到吗？笑话。”齐孝石有些反感，“我马上就退休了，姥姥不疼舅舅不爱的，一辈子除了年轻时挣蹦过几下，还不是闷了这么多年。你不一样啊，预审支队的大支队长，好几个二等功、三等功的，全国预审能手，咱俩不一样，不能往一块扯。”齐孝石吸了一口烟说。

“你呀，老齐，这么多年了，你还在怪我？”龚培德说。

“怪你？我怪你什么啊？”齐孝石索性跷腿躺在了行军床上。

“还不是刘松林那个案子让你背了黑锅。”龚培德少有的这么直接。

齐孝石躺在床上，眼睛看着天花板，一言不发。

“那确实是我的错，当时为了竞争‘老七处’的科长，那个案件我不敢承担责任……让你背了这么多年……唉……对不住了……”龚培德缓缓地说，也掏出一根烟，点燃，“什么叫铁证如山啊，就是口供与证据一定要紧紧相扣，不能有一点差错，重证据轻口供说得简单，但办起案来，谁能完全杜绝主观臆断啊。”

龚培德说完也沉默了，房间里顿时安静了，除了门旁的一个白炽灯损坏前的忽亮忽灭，世界仿佛都停止了运转。

时间一下就回到了2004年。“非典”过后的城市有种获得新生的轻松，公共场所重新开放，人们再次涌上街头，万物回春、百废待兴。

预审处却接到了经侦移送来的一起案件，本市新远集团的老总刘松林因为涉嫌一起经济案件被刑事拘留。新远集团是本市的纳税大户，主营房地产业务，在酒店、传媒、娱乐等方面也有涉及。因为案情重大，预审处决定由副科长龚培德亲自上阵作为主审。龚培德为此做了大量的前期工作，不但对刘松林的个人经历、家庭关系、企业情况做了全面的调查，还对新远集团近年来的经营状况做了资料搜集。经侦移送的罪名是刘松林涉嫌向非国家工作人员行贿，他为了获得一个项目的经营权，向对方主管人员行贿，金额高达两千万元人民币。

这起案件虽然领导关注、金额特别巨大且嫌疑人身份非同寻常，对于预审员来说有着不小的压力，但对于像龚培德这样的“名提”，这个案件的审理难度却并不大。所谓对非国家工作人员行贿罪，实际上手段和罪名都和检察院管辖的行贿罪大同小异，只不过依照分工，属于国家工作人员的，由检察院反贪局负责，而属于非国家工作人员的，由公安部门负责。行贿和受贿，本就是拴在绳子两头的蚂蚱，一个认了，另一个也跑不了。这起案件人赃俱获，账目、受贿人的口供都基本拿下了，对待刘松林这样的行贿者，基本等于是瓮中捉鳖。

龚培德开始审理的时候顺风顺水，不到两天就拿下了基本口供。但事不凑巧，到了第三天的时候，龚培德突发疾病，腹泻不止，被紧急送到医院治疗，这审讯刘松林的工作就被紧急调到了齐孝石手里。齐孝石没有怨言，临危受命，迅速熟悉材料，蓄势待发。而就在他接下刘松林的审讯工作后，却发现了不同寻常的问题。

刘松林全面翻供，之前关键性的供述不但被全面推翻，而且都有了合理的解释。齐孝石费解之极，他反复查看之前龚培德做过的笔录，又详细研究了经侦所做的前期工作和大量获取的证据，不明白刘松林怎会在一夜之间就从混沌变为开悟。这时，刘松林聘请的律师团同时在外界施压，说公安局错抓好人，让本市的优秀企业家身陷囹圄，一时舆论哗然。经侦的领导也顶不住压力，多次过来和预审开会，询问刘松林的下一步处理到底是该报检察院批准逮捕，还是直接取保候审。齐孝石综合分析了刘松林行贿的事实，让经侦配合他一起再做几步关键工作，争取不以口供为主要砝码，零口供批捕。于是警方再次讯问了涉嫌受贿的相关企业人员，得到的结果竟然也是全面翻供，企业人员称与刘松林的款项来往是正常的借款关系，而且还由其家属找出了之前打下的借条。怪事层出不穷，涉案公司的会计也紧急报告警方，说警方要其交出的账本丢了，和自己汽车后备厢的其他财物一起，被人窃走。齐孝石不信，让会计提供报警记录，没想到去刑警队一查，会计还真报案了。无奈中，齐孝石想到了调取刘松林行贿前后的监控录像，没想到监控室的水管漏水，把设备和录像带全部泡坏。一切证据都消失了！

经侦的领导打了退堂鼓，告诫齐孝石也要量力而为，毕竟如果是冤假错案，公安机关是要为此承担行政赔偿的。但齐孝石不管，他知道世界上不可能有这样的巧合，他又以自己的方式分几次问了刘松林相同的重点问题，发现刘松林的供述不但前后不一，而且在刻意回避着什么，特别在几个关键的问题上闪烁其词，一看就是经人指点。搞预审的都异常敏感，齐孝石明白了，这里面有诈。但他不想去猜测，也不敢去猜测，这一切是否与龚培德有关。

“账丢了，呵呵，说是放在汽车后备厢里被撬了，还真报了案了；水管漏了，录像带进水了；受贿的翻供了，说自己是借款，查他的银行账户吧，还真有每个月两万的还款。借了两千万，每个月还两万，要还一千个月，将近一百年，还不要利息。鬼才信啊！”齐孝石突然发作，猛地从行军床上坐起，“你信吗？啊？”他质问。

龚培德一惊，眼神复杂。“老齐……咱能不能……不提这个……”龚培德缓缓地回答。

“我就想问问，是不是有人在这儿吃里爬外了，跟我这儿打马虎眼了？”齐孝石提高嗓音。

“老齐……这……”龚培德无言以对。

“他们走你的托儿了？”齐孝石直逼着龚培德，一下把十年来在心中郁积的疑问脱口而出。

“你说什么呢……我……”龚培德回避着。

“今儿个这儿就咱俩，你也甭抖机灵，我也不弄那猫儿腻。都是审人的人，抖攒儿耍鸡贼，那是不局气。我憋了这么多年了，就想问你一句，你是不是湿鞋了？是不是！”齐孝石步步紧逼。

“老齐，这都过去多少年的事儿了，到现在你还过不去吗？”龚培德说。

“过不去！”齐孝石斩钉截铁地回答，“这么多年了，我就想问问你，你丫还是不是一个警察，是当官重要，还是良心重要？你丫要还拿自己当警察，就拍着胸脯跟我说句实话，你到底在那案子上湿没湿鞋。别跟我这儿掉腰子装孙子，你要是不说，咱俩之间的这道坎永远也过不了。”齐孝石气喘吁吁。

“唉……”龚培德一声叹息，站了起来，摇了摇头，“老齐，我自认为没做亏心的事儿，没坏了警察的良心……”龚培德说。

“没有就好，没有就能睡个踏实觉，就不怕人家找后账。”齐孝石说着又躺了下去。

“唉……”话不投机半句多，龚培德沉默了一会儿，“小那……你还得好好带带。他虽然搞了不少像样的案子，但还是随了我的毛病了，做事太急，有时缺少方法策略，容易吃亏。”

“哼，笑话。”齐孝石把双手枕在脑后，“他是你的徒弟，我带什么，人家是副大队长，人称‘那三斧子’。急有急的方法，缓有缓的道理，猫有猫道，狗有狗道，我没什么可教他的了。”

龚培德无言以对。“咱们的事儿，不要放在孩子身上。再怎么着，他也叫过你师父。”龚培德叹了口气，“我失眠的毛病一直治不好，这些年来没睡过几个好觉，行，你休息吧，我走了……”

龚培德说完，缓缓地离开了办公室。

齐孝石用余光看着他离去的背影，突然有点心酸，泪腺似乎要开始工作。但他极力地抑制住这种不明不白的伤感，做了几个深呼吸才强压下去。龚培德也老了，虽然他比自己小了几岁，但毕竟也是五十多岁的人，那步伐和体态也大不如前了。酒精让人感性，齐孝石的鼻子又开始发酸，他叹了口气，感觉自己也是越发脆弱了。想当年预审处的邢科长说啊，要想当一个合格的预审员啊，基本功之一就是要掩藏好自己的真实情感，不然就会被别人利用，成为弱点。呵呵，这句话虽然听着扯淡，但在实际工作中却是至理名言。

齐孝石不争气地再次失眠了，那深藏在内心的往事像失控的DVD一样，强硬地循环播放。那个案子是他预审生涯的分水岭，由巅峰到谷底，一落千丈，一败涂地。

刘松林最后被取保候审。为了挽回名誉和证明清白，他一不做二不休，高薪聘请了几个律师，一方面大肆宣扬公安局违法办案、错抓良善，一方面高调申请行政赔偿、要求惩戒相关办案人。检察院向公安局发来了执法建议书，要求公安机关依法撤销案件、对当事人进行妥善安抚赔偿。市局对齐孝石做了内部处理，免去了他预审处副科长的职务，转为一个普通民警。“七小时”的神话就此破灭，成了办案武断片面的代名词。

齐孝石从主管审查经济案件的重点岗位被调换到了审查小偷小摸、伤害盗抢的探组。刘松林不但全须全尾地重回商界，而且相关的涉案人员也都逍遥法外，齐孝石恨在心里，却无能为力。他是一名警察，不是行侠天下的剑客，不能未经审判去惩恶扬善。齐孝石没有放弃，几次找到经侦的江浩队长要求重新查案，但都被严词拒绝。江浩队长说的也有道理，案结事了，人要是能抓早就办了，现在检察院都要求结案了，侦查部门也束手无策。齐孝石几番挣扎，最终只得无奈承认了这个现实，世上没有常胜将军,法律的利剑有时也无法斩断所有罪恶的荆棘。但不料一波未平一波又起，齐孝石折戟沉沙刚过了几个月，他一直全力培养的徒弟那海涛也选择了离开，转投到了龚培德的门下。

“唉……”齐孝石躺在软塌塌的行军床上，腰部一阵酸疼，他披着警服坐起来，光着脚盘起腿，默默地抽烟，不时剧烈地咳嗽。回忆像个剪辑失败的电影，顺序错乱，一下又回到了三十年前。

预审处那时还在城东的焦化厂附近，每天都能看到不远处喷涌而出的黑烟。年轻时的齐孝石、老赵和龚培德还都是书记员，属于没家没业没钱的三无人员，没事就在一起喝酒聊天。谈起自己的梦想，老赵说，要在这个城市立足，踏踏实实地生活，找一个好媳妇，生一个健康的孩子，把父母从外地接过来；龚培德说，要走仕途，要当官，官当得越大就越能实现自己惩恶扬善的抱负；而齐孝石呢，说了些什么呢？大概是诸如“要成为最厉害的预审员”这样的废话。而就在那天傍晚，齐孝石和龚培德在焦化厂的篮球场上打起了赌，也不知起因是什么。记得当时齐孝石说，只要龚培德能在篮球架下扎马步三十分钟，自己就连吹十瓶啤酒。老赵刚开始还劝，后来看到两人都脸红脖子粗地斗气，也就不再管了。于是，龚培德这家伙还真的在篮球架下扎了三十分钟的马步，到最后五分钟的时候，衣服都被汗水浸透了，半泡尿还尿在了裤子里，但还真就没松腿。三十分钟后，龚培德仰躺在地上双腿抽筋，却忍住疼哈哈大笑，叫嚣着让齐孝石连吹十瓶啤酒。后来的事情齐孝石便记忆犹新了，在小饭馆里，自己豪迈地一下打开十瓶啤酒，从喝完一瓶接一瓶到喝完一瓶吐一瓶，从饭馆喝到了洗胃的医院。那时真年轻啊，头天洗了胃，第二天早晨还接着审人。唉……

但如今呢，齐孝石又想。老赵到现在也没住上梦寐以求的大房子，爹妈到死也没能到大城市生活，倒确实是踏踏实实、忍气吞声了一辈子。龚培德呢，当了大官实现了愿望，却和老朋友们形同陌路，仕途让他变了嘴脸，一出口就是官话，只顾往上爬，不看脚下的路。而自己呢，到底在这一辈子与人斗的日子中得到了什么？他找不到答案。天慢慢地亮了，办公室窗帘的缝隙里透出微光，齐孝石感到身心俱疲，烟也再抽不出味道。他默默地想，这都是怎么了？为什么年轻时热得滚烫，到最后却冷得冰凉？本来挺好的几个人，到头来都成了冤家？这世界，到底怎么了？

畏罪自杀

那海涛和小吕在晨曦中漫步，从早晨八点半开始，新一轮的预审工作即将开始。今天要审讯的就是几天前经侦移送过来的案件，海城市新时代公司某高管涉嫌的职务侵占。那海涛现在是预审支队二大队的副大队长，主要工作是对口审理经侦支队移送的经济案件。经济案件大都涉及金融犯罪、职务犯罪、票据犯罪以及集资犯罪等，相比侵财、伤害等刑事案件，案情更为复杂、涉及人员更广、知识面更杂。

新时代公司是一家国有控股的企业，在海城主营连锁超市业务。如果被举报人的职务侵占事实成立，那他所侵占的资产也就是国有资产。那海涛一边走一边翻着案卷，职务侵占这个罪名，说白了就是公司企业的内部人员利用职务便利，侵吞公司企业资产的行为，一般要挪用占有三个月以上，同时达到一定的金额。这个罪名看似简单，但在执法的实践上却存在一定的问题。那海涛这几年主要接的是经济案件，没少跟这类罪名打交道，职务侵占罪的成立必须由被害人举报，也就是必须由受损失的公司负责人进行举报。现在公司大都为股份制，存在多个经营者，职务侵占罪常常会沦为公司股东相互打压、相互攻击的道具。比如一个股东在未经其他股东认可的情况下，占有了公司的财产，那其他股东就可以联起手来以公司的名义状告该股东职务侵占，以此将对手排挤出公司。经济案件错综复杂，民事与刑事的界限模糊不清，有时公安机关在报案人的迷惑下，本意是打击犯罪，后果却是插手了经济纠纷，这种情况屡见不鲜。那海涛深知，公安机关办案打击的是法律规定的违法犯罪行为，而绝不是给企业的内斗当枪使的，所以每遇到重大的职务侵占案件，那海涛总会要求底下的预审员重新对报案人进行询问，以掌握报案人到底是否存在贼喊捉贼的背后企图。

该案从案情上看并不复杂，新时代公司的总经理陈沛侵占公司一千万元，手段也非常低端，通过虚构的开销名目使用虚开的发票报销，这种手段说通俗了就是涉案人员以没有实际发生过的虚假会议费、差旅费等相关费用发票，到公司进行正常报销，之后将报销金额占为己有。陈沛从新时代公司成立至今，一直任该公司的总经理职务，也许从他自己的角度来看，这家国有控股的企业已经是他自己的了，所以这一年来开始肆无忌惮，指使底下的财务人员通过虚开发票的形式给自己虚假报销款项，公司监管形同虚设。

今天来的报案人是新时代公司全权委托的法务部经理常骁。那海涛让小吕主问，自己给他做书记员，目的很明确，就是要好好锻炼一下小吕的工作能力。小吕人挺好，老实本分、勤勤恳恳，就是实践经验太少、太软太嫩，还没有被锻造成一个真正的预审员。搞预审的得什么样啊？原来刚参加工作的时候齐孝石告诉过那海涛，就是“别拿人当人，别拿事当事”，再牛 × 的人也别拿他当回事，别有压力，该拍拍、该问问，再软弱的人也别看不起他，没准就是个蔫人出豹子、蔫狗咬人的主儿。事情也一样，再大的案子放跟前儿也得理清思路，别被吓倒，再小的案子也得注意细节，没准一个毛病让人家揪住了全盘皆输。那海涛知道，其实自己身上的这些本事，大都是跟齐孝石学的，齐孝石搞案子不拘一格，出奇招、有新意，和其他预审员不同，他是在用心搞案子，拿破案当挑战。但十年前自己那个冒失的选择，却让这段师徒情谊烟消云散。悔啊，当时自己年轻气盛干事太绝，因为齐孝石被停职，接不了案子，自己耐不住寂寞便改投师门，做了不该做的事情。虽然后来的师父龚培德一直对自己提携有加，从预审员一直把他提拔到了副大队长的职位，但那海涛知道，论工作能力龚培德根本没法和齐孝石比。但仕途这个东西有时并不是和工作能力挂钩的，走仕途需要的是综合素质，龚培德除了工作能力不如齐孝石外，其他方面都远胜于他。

"您好，我们是预审支队的办案人，我叫那海涛，他叫吕铮，今天要对您举报的情况进行询问，希望您配合我们的工作。"那海涛在候问区向常骁介绍着。

常骁客气地起身与那海涛和小吕握手。"啊，您放心，我一定会好好配合你们的工作。我来之前，公司的领导特意叮嘱了，让我在报案的同时做好后勤工作，你们在办案中有什么困难就提，出人出车都没问题。"常骁说。

"车和人都不需要。"那海涛强调了一下，"这位是案件的主办预审员，一会儿要给您重新做一份笔录，还得麻烦您再说一遍。"

"好，您放心您放心，你们问我什么我就回答什么，一定实事求是。"常骁回答得干脆。

询问室里，小吕让常骁看完《询问通知书》和《证人诉讼权利告知书》并签字按指印，询问便正式开始。那海涛明显能感到在他身边的小吕的紧张，但仍要逼着小吕去练。预审是公安工作中比较复杂的一个警种，如果做不到沉稳、练不出城府，就一辈子出不了师，干不了主审。经常有四十多岁的书记员主动要求调离岗位去其他警种的，不是因为别的，就是因为总给年轻人打下手，丢脸。

"姓名……年龄……出生日期……工作单位……个人简历……"小吕按部就班地询问，迅速进入工作状态，一点没有向那海涛汇报时的惶恐与不安。在审讯中，每个预审员都要发起主动攻击，确保审讯台后的绝对权威。

常骁列举了被举报人陈沛侵占一千万元资金的事实，在小吕询问为何公司董事会没有监管的时候，常骁解释因为陈沛一直任公司的总经理，人事、财务一把抓，董事会对他的工作能力非常认可，且信任有加，所以掉以轻心，放松了监管力度，才导致了恶果。权力一旦失去监管就会滋生腐败，陈沛年轻有为，却从一个优秀的企业家堕落成贪污犯，也实在令人可惜。那海涛听着常骁振振有词的举证，仔细观察着他的眼神和表情。

预审和人接触，有时就像古玩淘货，要想辨货的真伪，先要看卖家的诚信，不察言观色，打了眼就要自己认栽。同时也像医生看病，望闻问切，要从细节入手，看是病在腠理，还是病在骨髓，辨明病因，才能对症下药。从这些年的经验来看，无论是犯罪嫌疑人，还是报案人和证人，没有人的叙述能做到完全真实。犯罪嫌疑人为了逃避打击推脱抵赖，供述时百般狡辩；报案人有时被怨恨左右，会夸大举报事实；而证人则更为复杂，有的记忆不清、供述不明，有的身处旋涡、回避或沉默，有的虚构事实、心怀鬼胎，有的则明知情况、拒不配合。所以在预审初期，既要防止被别有用心的证言干扰，又要避免审讯中武断，造成冤假错案。去伪存真、获得真实的证言，才是日后工作的基础。

询问室经过隔音处理，关上门便与外界隔绝。三个人在密闭的八平方米空间里，相互面对着彼此的呼吸和心跳。那海涛故意盯着常骁的眼睛看，想从中探寻是否有躲闪或彷徨，常骁从容地迎着那海涛的眼神，平和淡定。

“你们公司是如何发现陈沛职务侵占事实的？”小吕问。

“是通过公司财务部员工沙伟的举报。”常骁回答。

“说一下沙伟的情况。”小吕问。

“沙伟，男，三十岁，在新时代公司的财务部工作。”常骁回答。

“他和陈沛有什么关系？”小吕继续问。

“他是陈沛招来的员工。”常骁回答。

“陈沛招来的员工？”小吕抬起头看着常骁，“那他们之间有无亲属或朋友关系呢？”

“这个我就不知道了，但公司的许多人都知道，实际上凭沙伟的资历，是不可能到财务部任职的，他是陈沛亲自招来的员工，也算是他的亲信。”常骁说。

“亲信？”小吕愣了一下。

“他有什么证据证明，陈沛职务侵占是事实？”那海涛插话说。

“他是这件事的经办人，是他陆续为陈沛虚假报销了一千万元。”常骁回答。

“嗯……”那海涛点点头。

“这么说……”小吕停顿了一下，“沙伟是良心发现？”

“不是。”常骁否定了这个猜想，“我看沙伟是出于恐惧，明哲保身。”

“出于恐惧？”小吕疑惑。

“是，据沙伟向我们公司董事会的交代，这一年来，他如坐针毡，没睡过一个踏实觉，作为财务人员，他明知这种行为是违法犯罪，但迫于陈沛的压力也不得不这么做。而如今已经累积到了这么大的数额，他也只得明哲保身，把这个情况上报公司了。”常骁回答。

“沙伟有侵占财务的情况吗？”小吕问。

“至今还没有发现。”常骁回答。

“陈沛这个人平时在公司的口碑如何？”那海涛又插话。

“陈沛的工作能力很强，公司在他的带领下，几年来的发展也很好。但他就是有点……有点……”常骁欲言又止。

“有点什么？”那海涛追问。

“有点独断专行。”常骁回答。

“嗯……”那海涛停顿了一下，“陈沛与你们公司的董事长卓越关系如何？”那海涛又问。

“啊，很好啊，陈总和卓越董事长的关系很好。”常骁回答。

“真的很好吗？”那海涛继续问。

“是，真的很好，这个情况您可以到我们公司进行走访。卓越董事长是国企派驻到我们公司的，是国家工作人员的身份，所以平时并不在公司坐班，公司的大小事情都是由陈沛打理。遇到突发情况或重大事项，陈沛会向卓越董事长汇报。从两个人的合作来看，一直是很默契的。”常骁回答。

那海涛这两个看似与案情无关的问题，实际上才是本案的关键。他要以此判明，到底陈沛案发的原因，是不是源于公司内部的斗争，而爆料人沙伟，是否是公司其他股东派到陈沛身边的内鬼。

这时，那海涛的手机突然响了起来，屏幕上显示着预审支队办公室的电话，他没有接听，挂断了电话。在询问过程中是不允许接听电话的，更何况询问室内还有监控在录音录像。

清晨九点，齐孝石跌跌撞撞地进了家门，一宿的失眠令他疲惫不堪，就索性告了个病假，回家补觉，却不料刚进家门，就看到了女儿齐欢。

“啊，爸，您怎么这么早就回来了？今天不上班啊？”齐欢有齐孝石家的钥匙，每周都会来一次给他打扫卫生。

“啊，来了啊。嗐，昨天和你赵叔儿喝多了，头疼，上午请假了。”齐孝石无精打采地回答。

“哎，不是我说您，快六十的人了，没事别老喝那么多酒。就说上次吧，您把赵叔儿给喝到医院去了，瞧把赵婶儿给急的。”齐欢责怪地说。

一听这话，齐孝石反倒乐了，“呵呵，是，上次是有点过了，老赵这小子盯不住劲了，崴泥了。但那也不能怪我啊，是他喝美了非要跟我拼酒，那他哪是个儿啊……”齐孝石一屁股坐在沙发上。

“唉，您啊。”齐欢摇头，“那昨天晚上您睡哪儿了？别说是在马路上啊。”齐欢说。

“哎哟，那怎么可能呢，你爸再怎么着也是个警察，你就记住喽，只要我跟赵叔儿喝酒，只有他睡马路上的时候儿。”齐孝石得意扬扬，一扫刚才的颓废。

“行了行了，瞧您英雄的。”齐欢转身进了厨房，“我妈和张叔叔去苏杭旅游刚回来，给您带了点儿无锡的排骨，我放冰箱里了啊，微波炉热热就能吃。还有张叔叔给您拿了两条苏烟，我放橱柜里了。”厨房传出了洗菜的声音。

齐孝石一听这话，就不那么自在了。虽然与前妻离婚了这么多年，但一想到她和后老伴老张的美满生活，还是不免心生凄凉。他用最轻的动静叹了口气，然后摸出了点儿八的中南海，默默地点燃。“哎，那什么欢欢……你妈……你妈最近怎么样啊？”齐孝石隔着一间屋问女儿。

“挺好的啊，他们这趟走的时间不短，回来我妈都晒黑了。”齐欢在厨房里回答，“中午给您做热汤面吧，别喝酒了啊。”

“得，谢谢您了啊。”齐孝石说。

“爸，您还跟我客气什么啊。”齐欢系着围裙从厨房走了出来，“对了，爸，我还要跟你说多少遍啊，出门戴口罩。现在外面都什么样子了？天天污染爆表，好不容易有个晴天，还得靠大风吹。这网上都说了，PM2.5 致癌，我上次给你买的 N95 口罩呢，你戴没戴着啊？”

齐孝石就爱听女儿唠叨，那样子和她妈年轻的时候一模一样。他左右看看，屋里已经焕然一新，让女儿收拾得井井有条。“唉，我戴，我戴。就今天忘了，一会儿出门准戴。”齐孝石应付道。

齐欢今年二十五岁，长得娇小可爱，仿佛一朵出水的芙蓉。她和其他娇生惯养的女孩不同，素面朝天，看着就独立自信。一转眼，齐孝石与前妻已经离婚十五年了，这些年女儿一直跟着前妻过，齐孝石除了每月按照法律规定支付自己工资百分之三十作为女儿的抚养费之外，其他几乎毫无作为。警察的收入微薄，别看每天的工作是冲锋陷阵，在审讯台后耀武扬威，但一提到经济问题，就不免捉襟见肘。干了将近四十年警察，齐孝石的工资也就五千出头，更何况在女儿齐欢最需要关心呵护的年纪，他几乎将所有的时间都付出在工作上。所以在他看来，如今女儿还能记着有他这个爸爸，还能接长不短地过来看看他，已经是阿弥陀佛的万幸之事了。

“我看您啊，也别老这么一个人凑合了，有机会也再往前走一步，别老独来独往了。”齐欢说。

“哎哎哎，这是女儿跟爹说的话吗……”齐孝石不自然起来。

“嗐，这有什么啊。谁都有追求幸福的权利，您说是不是。再说了，也该有个人管管您的生活了，没多长时间您就该退休了，这以后总一个人在家，我也不放心啊。”齐欢说的句句在理，而齐孝石听在心里，却不是滋味。

“行了行了行了，别总跟我说这个了，我的事儿不用你管。”齐孝石犯了脾气，简单粗暴地打断齐欢。

“爸，你就总是这样，别人的意见一点都听不进去，我说的怎么了？幸福是靠自己争取的，而不是消极地躲避。”齐欢这点随了齐孝石，伶牙俐齿。

“你烦不烦，烦不烦……”面对女儿的质疑，齐孝石一点没有当预审员的强硬与果断，甚至有点不知所措，浑身难受起来。作为父亲，他不想在女儿面前承认自己生活的混乱和寂寞，但事实又摆在面前，不容分辩。

“行了，爸，你呀就是嘴硬，我做饭去了，你少抽烟。”齐欢总算给齐孝石一个台阶下。“那个……”齐欢停顿了一下，“海涛说过几天想请您吃顿饭，您看……”

“不去！别跟我提他！”齐孝石一听这名字心里就冒起一股邪火。这是齐孝石最不愿意看到的一个现状，那就是女儿齐欢正在和那海涛谈恋爱，而且已经快到了谈婚论嫁的阶段。

“爸，都过去多少年的事儿了，您就别再记恨了。”齐欢也是暴脾气，又走出厨房说，“他也跟我说过，当年擅自换师父的事儿是做得不对，但这事都过了这么多年了，您就不能原谅他年少无知、一时冲动吗？”

“我过得去过不去跟你没一毛钱关系。”齐孝石气呼呼地回答。

“怎么跟我没有一毛钱的关系？”齐欢反驳，“我是你女儿，那海涛是我男朋友，你们总这样，让我怎么办啊！”齐欢提高了嗓门。

"你怎么办跟我有什么关系啊？这是你跟他的事儿！"齐孝石也火了，一下从沙发站了起来。

齐欢愣在那里，泪水涌出眼眶。"爸……这么多年了，你还是那样，一点都不关心我……是，我的事儿是跟你没关系，要是有关系的话，你也不会在我发烧的时候还在单位加班，让我得上中耳炎；就不会一次都不参加我的家长会，让同学们笑我没有爸爸；就不会在姥爷去世的时候都不来看一眼……"齐欢泪水涟涟，一下将齐孝石多年来作为父亲的失职都一一历数。

齐孝石愣在那里像接受讯问一样手足无措。是啊，女儿说的这些哪点不对呢？这些年来，自己为家庭负过责任吗？自己对妻儿有过交代吗？在工作上，自己一事无成、一败涂地。在家庭上，也一无所有、分崩离析。妻子、女儿、徒弟，无不离自己而去。这才叫失败呢，这才叫悲剧呢。齐孝石深深地叹息，刚才的邪火在一瞬间被冰冷熄灭。他重重坐在沙发上，一言不发。

齐欢取过纸巾，擦干自己的泪迹，缓了缓情绪说："爸，我知道您过不了自己心里的那道坎，但在海涛的事情上，我真的希望您能原谅他，我再次跟您说一句，我和他不可能分开，不可能……"齐欢擦了擦眼泪，"就是您再使用什么方法，我们也不会离开……"

齐孝石知道自己前段日子干的缺德事被女儿发现了。因为这事，在很长的一段时间里，他都在女儿面前抬不起头来。但在心底，他确实不想让齐欢和那海涛走到一起。他不是还记恨多年前那海涛的背叛，而是不放心把女儿交给这名年轻的预审员。嫁给一个警察，特别是搞预审的警察，作为家属是要付出常人无法理解的代价的。工资微薄，工作辛苦，上班有点儿下班没点儿，逢年过节的时候不是执勤就是加班。连续不断的审讯工作，熬夜毁身体不说，还要抵御钱色的诱惑。唉……这是干吗啊，一辈子跟自己较劲。但齐孝石的这些话却没法和女儿明说。这些年来，虽然女儿齐欢很懂事，隔三岔五地来看自己，但毕竟从小不是自己看大的，彼此之间还是有着一层隔膜，这层隔膜是一种客气的陌生感，不是靠一两天的相处能消除开的。这是岁月积攒下的惩罚，是永远也弥补不了的亲情缺失。

这时，齐孝石的电话响了，他一看号码，是老赵打来的。

“哎，你看啊，刚才还说到你赵叔儿呢，现在就把电话打过来了。”齐孝石借此机会，缓和与女儿之间的尴尬。

“喂，老家伙，昨天回家媳妇跟你翻车了吧，哈哈。啊？什么！你再说一遍！”齐孝石的表情迅速变化，“你再说一遍！谁自杀了！什么！怎么会！”

齐欢也被父亲的举动弄得诧异，刚才的小脾气也一扫而光。“怎么了？”她走到齐孝石身边，关切地问。

齐孝石挂断电话，重重地跌坐在沙发上，眼睛茫然地注视前方，出神了半天才说：“老赵……老赵说……龚培德……自杀了……”

齐孝石来到焦化厂的时候，远远地看到旧办公楼下已经拉上了警戒带，四周人群聚集、警灯闪烁。他三步并作两步往近处跑，刚穿过旧楼旁一个临时搭建的塑料顶棚，就觉得胸口发闷，一下蹲在了地上。

“真的是老了。”齐孝石气喘吁吁地摇头，费尽了全力才重新站了起来。举目望去，那海涛正在和两名制服民警相互推搡，纪委副书记沈政平在一旁劝阻，却无济于事。

“靠，这王八蛋撒什么癔症呢！”齐孝石心里暗骂。

那海涛在询问完常骁之后，才回拨了预审支队办公室的电话。在电话中，内勤蒋梅带着哭腔告诉他，龚培德支队长在城东老焦化厂废弃的大楼上，坠楼身亡。

那海涛顿时感到天旋地转，要不是小吕扶了一把，几乎跌坐在地上。

师父，你怎么会自杀呢？怎么会！这么多年风风雨雨的你什么没见过，多少大案子从你手上经过，也都有条不紊，你在预审行里是出了名的稳准狠啊，怎么今天就这么想不开呢？那海涛痛哭流涕，小吕在一旁不知所措。

“你这是让那帮纪委的孙子给逼死的啊！”那海涛泪流满面，咬牙切齿，攥着拳头一直从审讯室外忍到了事发现场。

那海涛等不到汽车停稳，三步并作两步地跑到人群前。

“怎么回事？怎么回事？”那海涛语无伦次，质问一名在现场的警察。

警察认得那海涛，对他很客气。“那队，死者是龚培德支队长，我们经过勘查，初步排除了他杀的可能，应该是自杀坠楼身亡。”警察回答。

“什么？自杀？怎么可能？怎么可能！”那海涛突然狂躁起来，一把抓住了警察的双臂，“不可能！不可能！我师父是不会自杀的，绝不可能是自杀！他是什么人你不知道，我还不知道吗！”那海涛摇晃起警察，“你们怎么回事！怎么这么轻易就下了判断！周边的目击者走访了没有？痕迹指纹取了没有？尸体检验做了没有？”那海涛几近疯狂地喊着，对面的警察无可奈何地任其发作。

这时，沈政平走了过来。他今年五十出头，身材瘦高，黑框眼镜后是一双严肃谨慎的眼睛。

“海涛，你干什么！”沈政平一把攥住那海涛的手，“这里是现场，不是你们家，你闹什么？”

“沈书记，你来得正是时候。”那海涛失去了理智，转头对着沈政平说，“我问你，我师父是怎么死的？啊？他当了这么多年警察了，干了这么多年预审，弄错过案子没有？”那海涛一把反攥住沈政平的胳膊，“你们纪委为什么要带他走？有什么确凿的证据？你们知不知道这样做，是毁了他的名声？啊！”那海涛提高了嗓音。

“你疯了吧，那海涛，在这个地方说这种话？”沈政平也生气了，“你看看自己现在的样子，还像不像一个副大队长，像不像一名人民警察？”

两名制服民警过来阻拦那海涛，而那海涛仍不依不饶，紧紧抓住沈政平的胳膊。这时，一个人走到那海涛面前。那海涛抬头看，来人正是齐孝石。

“放手。”齐孝石说。

那海涛泪如雨下，仍不放手。

“放手！我让你放手！”齐孝石大喊。

那海涛这才缓缓放开了沈政平。

“你要认他当你师父，就好好地配合刑警勘查现场，别在这儿裹乱！混不吝是吧，有本事让你师父活过来啊？能吗？不能就滚一边去！”齐孝石一张嘴可没好话，“你以为就你难受啊，啊？我们心里好受啊？”齐孝石说着眼里也转起了泪花，“这老家伙，昨天晚上还找过我呢，我说怎么看他不对劲呢……怎么……怎么这一下，人就走了？走了！”齐孝石自责地哀叹，眼泪顺着一脸的褶子分流到各处。

“什么？他找过你？他找你干什么？对你说什么了？说什么了？”那海涛情绪激动，忙问齐孝石。

“他最后跟我说的话，是让我……好好带带你……”齐孝石停顿了一下，“他说你虽然搞了不少像样的案子，但做事太急，有时缺少方法，容易吃亏……”齐孝石克制住情绪，努力把龚培德最后的话说完。

那海涛全身颤抖，泣不成声，他双手再也聚不拢力量，身体缓缓蹲了下去，“师父……师父……”谁也无法将此刻的他，与那个自信骄傲的预审员联系在一起。

两个小时后，刑警终于处理完现场，经过仔细的痕迹检查，基本排除了龚培德他杀的可能。但尸检还需要一段时间，龚培德是否服毒或者服用迷幻药物，还要做进一步鉴定。

沈政平和那海涛、齐孝石一起来到了龚培德的办公室，依据局领导的指示，纪委的民警还要在两个人的见证下，对龚培德的办公室进行搜查。

“人都死了……还要搜查他的办公室吗？”那海涛不理解地问，声音哽咽。

沈政平看着那海涛哭红的眼睛，冷静地说：“海涛同志，我理解你此时的心情，但作为警察，你刚才的行为过于鲁莽，太不成熟！我们首要的任务是查清事实、还原真相，而不是感情用事、扰乱秩序。咱们都是警察，算起年龄你也该叫我一声师傅。当警察的，从穿上这身衣服起，就要做到严格执法、依法办事，就要懂得令行禁止、公大于私。龚培德的不幸不仅你痛心，我们也非常难受，但这并不意味着我们要因此而放弃自己的职责。你明白吗？”

那海涛的愤怒消散了，变为一种无力，坠落在空洞里。他当然知道沈政平话中的含义，自己刚才的所作所为确实太有失原则了。在警徽面前，他不仅是龚培德的徒弟，更是一名人民警察，一名预审支队的副大队长。

“书记，我……知错了……”那海涛低下了头。

“知道就好，亏你还是个领导干部。”沈政平恨铁不成钢地补充了一句。声音很轻，含义很重。

“老齐，龚培德昨天晚上见过你一面？”沈政平问。

齐孝石点头。“是，昨晚十一点左右的样子，我没回家，在办公室留宿，他来办公室和我聊了十来分钟。”齐孝石如实回答。

“嗯，聊了什么？”沈政平问。

“也没有什么实质的问题，就是和我叙旧，陈芝麻烂谷子的事儿。当时我还琢磨，好么秧儿的扯这些干吗，现在想起来确实不正常。你也知道他平时的德行，没事不甩闲篇儿。”齐孝石说。

“具体说了些什么呢？”沈政平打开笔记本，拿笔记录。

齐孝石知道这不是随意的聊天，而是纪委的调查，就仔细地回忆起来。“他到我们队的大开间儿，说什么我们认识三十多年了，提到了我和他还有老赵在一起工作的情景，然后又说十年前的刘松林案件让我背了黑锅……”

齐孝石事无巨细，一点一点地将昨晚的事情全盘托出。他边说边摸出一根中南海，自顾自地点燃。

沈政平没有打断齐孝石的陈述，默默地记录完毕。“刘松林的案子，具体是什么情况？”他问。

“那个案子说起来就长了，是十年前经侦转来的一个行贿受贿的案件，刚开始他是主办，后来因为他闹病，就转到了我这里。最后案子没办成，咱们局还给对方做了行政赔偿。”齐孝石说。

“哦，我知道那件事，就是那个做生意的到处告你的案子？”沈政平想了起来。

是啊，十年前的那起案件弄得满城风雨，被媒体炒得沸沸扬扬，不仅弄得海城警界人人皆知，还让齐孝石的警察生涯跌入低谷。

“是啊，那时你还在刑警队呢吧，就是那事。”齐孝石大大咧咧地说。

沈政平原来是刑警大队的副大队长，这几年才被提拔到纪委当副书记。

“你为龚培德背了什么黑锅？”沈政平又问。

“这个我也说不好。龚培德就那么一说，也没解释，当时我喝多了，也不想多问。我觉得吧，他可能就是觉得那个案子最初自己弄得不利索，才让我弄砸了的。嗐……那是我自己手潮点儿背，跟他没一毛钱关系。”齐孝石避重就轻地回答。

沈政平凝视着齐孝石，听出了那话里的言不由衷，但还是没有深究。“嗯……还说什么了吗？”他问。

“走的时候，他好像最后说什么‘一辈子没睡过踏实觉，我走了’的话……”齐孝石回忆起来。

“看来他是有准备才走的。”沈政平叹了口气说。

“是……现在想起来，他找我可能是有什么话要说，但我……唉……”齐孝石也叹气，“但我……没给他好脸儿，他也就没吐口儿……”

那海涛默默地听着，眼泪又夺眶而出，“书记，我师父他不可能刑讯逼供，他搞了这么多年预审了，是不会犯这种低级错误的。你们找他谈话，又搞搜查，这是对他的不信任啊。”

沈政平看着海涛沉默了一会儿。“这事，本来不该对你们说，但事情都发展到这一步了，我就向你们把基本的情况透露一些。我怀疑龚培德在自杀前，是经过深思熟虑的。”沈政平说。

“什么？深思熟虑？”那海涛惊讶地重复着。

“是啊，我刚开始也不相信，认为不可能，但在刚才的勘查中，刑警在焦化厂旧楼的楼顶，发现了这个东西。”沈政平说着，从皮包里取出一个取证用的塑料袋，塑料袋里是一张纸条，“你看看，就会明白他的用意了。”

那海涛接过塑料袋，一字一句地看着里面的纸条。字迹是龚培德的没错，上面写着：

预审，预审，就是靠所谓正义的“谎言”去揭穿恶意的谎言。但谎言一出，所有人都要付出代价。与人斗，是最残酷的斗争，结尾绝不是输赢，而是相互摧残。我斗了一辈子，没睡过一晚的踏实觉，身心俱疲，得到的只是空名和永远无法圆上的谎言。累了，真累了，我睡了。我不会坐在审讯台下，等待纪委和检察院去审我。我一生最对不起的人，就是我的家人和战友，请转告老齐，我欠他的，此生无法偿还，只待来世吧。

龚培德绝笔

“根据刑警调取的附近监控录像，龚培德应该是今早凌晨四点到的焦化厂，他把车停在了厂外，步行上的那栋六层的旧办公楼。同时根据技术勘查出的现场遗留物和脚印，龚培德在楼顶留下了三十多个烟蒂，还反复踱步，最后在清晨六点左右坠楼身亡。他的尸体到了上午十时许才被来焦化厂遛狗的居民发现，打了110报警……”沈政平陈述着情况。

那海涛和齐孝石愣愣地看着纸条，呆若木鸡。齐孝石想象着龚培德站在焦化厂旧楼楼顶，俯视着不远处废弃的篮球场，回忆着年轻时曾在那里打赌、奔跑、追逐的场景。

“我靠，你丫……欠我什么啊……”齐孝石默念。

在预审支队大楼门前，齐孝石和那海涛送沈政平上了车。齐孝石让那海涛先回去，看他走远了，自己却一拉车门，一屁股坐到了车的后座。

“沈书记，你刚才还没说清楚啊，这事到底怎么回事？龚培德到底犯了什么事儿？”齐孝石问。

“老齐，你是老同志了，也该理解我们纪委的工作。有些情况在调查清楚之前，是保密的，不能说。”沈政平解释道，“虽然在龚培德的办公室里没有发现有价值的线索，但这个事件还在调查过程中，不仅仅是走个程序那么简单。”

“噢，是这样啊。”齐孝石停顿了一下，看了看前面的司机，“小秦，我跟你们书记有话说，你下车待会儿。”齐孝石用命令的语气说。

沈政平会意：“小秦，你先下车抽根烟吧。”

司机下了车，齐孝石一下就变了态度，“姓沈的，你在别人面前是书记，是领导，在我面前别猪鼻子插葱——装象（相），儿媳妇的肚子——装孙子。我在‘老七处’当预审员的时候，你丫还给我打水买盒饭呢。现在当领导了，不认人了？姥姥！我问你，这到底是怎么回事？你必须给我交个实底儿！”齐孝石把忍了半天的气儿，一下子爆发出来。

沈政平看着齐孝石，无奈地摇头，“老齐，这个事你管不了。不光你管不了，我们纪委也只是在调查阶段，还不能完全证实。”

“狗屁！不能完全证实，你们丫带龚培德走？不能完全证实，你们搜查他的办公室？别跟我这儿扯淡！你丫蒙小民警还行，蒙我？没戏！”齐孝石不依不饶，“我就问你两句话，你给我讲明白了，我就立马走人。讲不明白，我告诉你姓沈的，我这还没几个月就退休了，惹急了爷谁都不吝。”

沈政平无奈，“行，你说，哪两句话？”

“第一，你们审查龚培德，到底是因为他刑讯逼供违法办案，还是因为他的其他行为，比如经济问题？第二，他的死，到底跟你们调查的事情有没有关系？”齐孝石问道。

沈政平听齐孝石说完，沉默了一会儿才说：“老齐，你问的这两句话，确实是本案的关键。但是……”沈政平停顿了一下，“这两个问题，我都不能回答。”

“嘿，你跟我这儿装孙子是吧。”齐孝石翻脸了。

“你先别激动，听我说，听我说。”沈政平做了个手势，“既然说到这个份儿上，我就跟你透漏一些基本的情况。但有一点，咱们君子协定，这些情况你绝不能外传。这既是对我们纪委调查的案件负责，也是对龚培德名誉负责。”沈政平十分严肃。

“咱俩认识不止一两年了吧，老沈，我这嘴严不严你也不是不知道。”齐孝石改变了对沈政平的称呼，“我现在老着脸求你，就是想知道真实的情况，龚培德，到底是为什么死的。”

沈政平点点头，“我当然相信你，既然你‘七小时’张嘴了，我就多跟你说几句。这段时间确实有不少人在举报控告龚培德，除了那个刑讯逼供的案子，我们还多次接到匿名举报，称龚培德的银行账户里有大额的不明资产，作为预审支队的公职人员，他还在以法律顾问的身份，给许多个公司出谋划策，插手经济纠纷。”

“什么？”沈政平的话虽然印证了齐孝石的猜测，但还是让他大吃一惊，“你们查他的账户了？他账户里有多少不明资产？”

“五百万。”沈政平回答。

“五百万！”齐孝石震惊了。

“是，这笔钱他说不出来源，跟他和家人的收入都严重不符。”沈政平说，“其实作为刑讯逼供案件，我们是没必要搜查他办公室的，今天的搜查也主要是为了这个案子。”

“是一次性打进去的吗？”齐孝石问。

“不是，是每隔一段时间打一次。”沈政平回答。

“隔多长时间？”齐孝石问。

“老齐……”沈政平犹豫。

“隔多长时间？”齐孝石接着追问。

“你拿我当审讯对象了吧。”沈政平说。

“我就问你隔多长时间！”齐孝石不依不饶。

“一两个月一次。”沈政平叹了口气，放弃了抵抗。

“一两个月……”齐孝石若有所思。

“唉，老齐，我们纪委的纪律你也不是不知道，不能向非相关的案件调查人透露情况，我说得够多了。这一切都要严格保密，我相信你，也希望你遵守我们之间的承诺。”沈政平说。

“那就让我参加纪委的调查组吧。”齐孝石说。

“这不可能。”沈政平说。

“怎么不可能！”齐孝石急了。

“你马上就要退休了，而且还与龚培德存在利害关系。”沈政平回答。

“什么利害关系？我和他有一毛钱关系吗？”齐孝石生气了，拍了一下车的玻璃。车外的司机小秦见状忙跑过来，又被沈政平打发走。

“他在遗书上写了，欠你的。你想想，这能是没有利害关系吗？”沈政平反问道。

齐孝石一下又蔫了，哑口无言。是啊，他欠我的？靠，丫欠我什么啊！齐孝石扪心自问。

“唉……老沈，你知道，我和龚培德是一起分到‘老七处’的，到现在都三十多年了。我问他的情况，不是想给他到外面散去，我没那么脏心烂肺。我就是想知道，有什么天大的事儿，能让像他这样的老预审过不去。自杀？这事儿怎么会发生在他身上呢？”齐孝石反问，“这孙子的性格我了解，好强。我不是背着人说坏话，他这人啊，为达目的不择手段，不达目的誓不罢休，他还真是干预审的料。我在想啊，他昨天晚上找我，一定是有什么想跟我说的，没准就是那件让他过不去的事儿，不然怎么也不能都临走了，还往纸上写那样的话。唉……要不是我堵他的嘴，没准……没准……”齐孝石说着就哽咽起来，“唉……现在说什么都晚了。”

沈政平看着齐孝石通红的眼睛，默默地摇了摇头。

“唉……”齐孝石长叹一声。“为什么要选择焦化厂呢？为什么呢？”齐孝石不解地问着自己，不禁又想起了昨晚回忆起的那些场景。龚培德在焦化厂的篮球架旁赌气地蹲着马步，浑身上下被汗水浸透，老赵在一旁喊着加油加油，而自己则背着手不屑一顾地给他算着时间。“二十分钟了，别撑着了……”自己曾经这么说过吧。但龚培德都尿了裤子却还是不认输，他真硬啊。

“这老家伙，一辈子都没认过输，年轻时为了跟我打赌，蹲了三十分钟马步。怎么老了老了，就尿了，就软了……我没怪过他啊，其实昨天晚上我想说来着，那案子是我自己搞砸的，跟他没一毛钱关系……但这老家伙啊，蠢啊！”齐孝石泪水决堤。

沈政平也动容了，“是啊，我也不解，怎么像龚培德这样心理素质过硬的人也会自杀，是有不对的地方……老齐，虽然你不能加入纪委的调查组，但发现情况随时都可以向我通报，放心吧，龚培德是咱们共同的战友，如果有冤，我们一定会为他昭雪。”

“唉……人都死了，说这些还有什么用。”齐孝石叹了口气。

沈政平看着齐孝石。“有烟吗？”他问。

“嘿，你什么时候也抽烟了？”齐孝石拿过烟给他点燃。

“想事儿的时候偶尔抽一根。”沈政平吸了一口说，“龚培德的案子，我觉得另有蹊跷。刑讯逼供和他大额资产来源不明的匿名举报，几乎是在同一个时间段内发生。我觉得，不排除是同一伙人所为。”

“嗯，我也这么想。”齐孝石点头，“还有，听说龚培德给对方做笔录时的监控录像坏了？那在场的书记员呢，不能证明吗？”

“监控录像不是坏了，而是被他关了。”沈政平更正说，“那天审讯时，龚培德特意支走了书记员，让他去监控室把监控关停，大约十分钟后书记员才重新回到审讯室，所以无法证明龚培德没有进行刑讯逼供。”

“噢……”齐孝石越听越觉得不对劲了，“那书记员也没看到嫌疑人身上是否有伤？”

“书记员供述说没看到有伤，但在我们的追问下，他承认了曾看到嫌疑人身上有灰尘，应该是在他出去时嫌疑人曾经摔倒在地。”沈政平说。

齐孝石点头，觉得事情越来越复杂。“你觉得龚培德支走书记员就是为了要打他吗？”齐孝石问。

“不那么简单……”沈政平摇了摇头。

“那三斧子”

一个月后，龚培德自杀身亡的消息已经慢慢平淡。时间是个可怕的东西，可以将所有复杂的情感稀释，只留下难以磨灭的创伤在心底铭刻。海城市公安局内人来人往，如往日一样繁忙，那海涛坐在办公室里翻看着案卷，不时处理着民警提交来的报告和请示。一切照旧，预审员的工作忙碌异常，只要世界不停止转动，警察就不会停止办案。

看得倦了，那海涛就拿出一根烟，默默地点燃。喷云吐雾间，他不由得注视起书柜里的那个琉璃烟灰缸。那是师父龚培德去年送给他的生日礼物，他一直没舍得用，放在书柜里。阳光照在琉璃上，映出七彩的光影。那海涛默默地看着那七彩的光，心中的苦涩又起。他心情很差，师父去世的阴影还未消散，徒弟小吕又过来添乱。作为主审，小吕刚刚提讯了涉嫌新时代公司职务侵占案的主犯陈沛。但不料在提讯中，小吕的结巴毛病又犯了，断断续续地说了半天也没出个整句子，一下倒让陈沛在审讯台下翻了身，嚣张起来。

“亲、亲、亲、亲，你问我亲谁？”陈沛反问小吕。

小吕额头冒汗，还得强压怒火，“我……我……我问……问你知不知……道……职务侵……侵……侵占！”他最后几个字还是咬着牙才说出来的。

“我听不懂你说的是什么！”陈沛反倒急了。

搞预审就是这样，人与人的对抗是最高级的斗争，其间毫无缓冲余地。你发了问，就等于上了阵，成败得失在一念之间。亮相失败了，丢盔卸甲，就别指望对方能惧你、怵你，按照你提的问题回答。小吕一上阵就丢了范儿，一下让陈沛翻了身。

交锋失利，小吕自然无法再问。他磨磨唧唧地跟那海涛认了错，低着头等待挨骂。

那海涛恨铁不成钢，在心里也明白是自己的错。小吕刚干预审没几天，书记员还没当好，让他接预审员的活儿确实不太恰当。也是自己太急，老想着一蹴而就，结果就是拔苗助长。审人这活儿得由浅入深、因人而异、对症下药，有时需要高压态势、拍山震虎，有时则要“随风潜入夜、润物细无声”的细微渗透，方法对了，才能事半功倍。那海涛一边看着小吕的笔录，一边思索。

“陈沛的学历是什么？”那海涛问。

“嗯，陈沛的学历是自学考试的大专，没受过全日制的高等教育。”小吕说。

“你怎么现在不结巴了？”那海涛冒了一股邪火。

“我……我……”小吕又结巴起来。这结巴就怕提醒，越提醒就越坏。

“行了行了。”那海涛摇头，“他是怎么来到新时代公司的？”那海涛问。

“他……他是……”小吕又艰难起来。

“得了得了，案卷的所有材料你给我拿来，我自己看看。”那海涛烦了。

小吕低头抿嘴，出门把十几本案卷都抱了过来，然后又低着头离开。

“你没事好好练练念报纸，按照我告诉你的方法一字一字地念。”那海涛补充道。

这时有人敲门。

“谁啊？”那海涛没好气地问。

“砰”的一声，门被一脚踢开。齐孝石叼着烟走了进来。

那海涛一看是他，马上转换了表情，“师……师父。”

“甭叫师父，叫老齐。”齐孝石冷着脸说，手里的俩核桃揉得咔咔直响。

“哎，您这是干吗啊。坐，坐。”那海涛起身挪过一把椅子，“您找我有什么事儿？”

齐孝石虽然现在还在预审支队上班，但因为没多久就要退休，已经没人安排他具体工作了。他每天也是上下班没点儿，想来就来，想走就走，一副逍遥大仙的样子。

“没事，我去查个账户，找你批个手续。”齐孝石说着把一张《查询存款审批表》扔到了那海涛面前。

“这……这是哪个案子啊？”那海涛皱眉。他知道，现在齐孝石手里压根儿就没有案子。

“你甭管，给我批了。”齐孝石不耐烦地说。

“师父，这……”那海涛欲言又止，但想了想又说，“师父，您要是想查询哪个案子的涉案账户，也不用自己去跑啊。您告诉我具体查哪几个账户，我让小吕、小李他们批手续，查完之后交给您不就行了。”那海涛玩儿了个迂回。

“你别跟我玩儿这套。”齐孝石是什么人啊，哪能听不出来这点儿弯弯绕，“跟我这儿掉腰子是吧，怎么着？怕我办私案？那我还就告诉你，现在我没法跟你说那么多，但有些事情还必须得查，就这么简单。一句话，批还是不批吧。不批，我就当你给了我一大耳刮子，我立马滚蛋，不碍您眼。批，就痛痛快快的，别那么多废话。”齐孝石一点不留情面。

那海涛看齐孝石这副嘴脸，心里也不自在起来。心想虽然您曾经是我的师父，但现在毕竟有上下级之分，再怎么不拿我当回事，这办案的程序也不能违反啊。签字，就意味着认可他的侦查行为，就意味着要承担法律责任。那海涛可不会做这样的糊涂事，他能走到如今的位置上，还是有一名领导干部最基本的原则的。想到这儿，那海涛的心就硬了起来。

“师父，这字我不能签，我毕竟是副大队长，要对自己的审批负责。还是那句话，您要是想查什么案件，可以详细跟我讲讲，或者直接让小吕、小李他们协助您办。但在我连案情都不掌握的情况下，确实没法给您签字……”那海涛看着齐孝石的眼睛说，毫无退让。

“行，那队长，我明白了。”齐孝石说着就站了起来，“我现在立马滚蛋，以后再有什么事儿也不麻烦您了。”齐孝石说着就往外走，门重重地被摔上。

“哎，师父您这是干吗啊。”那海涛站起来阻拦，无奈地摇头。

不一会儿，又有人敲门。

那海涛不敢再耍态度。“谁啊？请进。”他客气地问。

“那……那队，是我……”门外传来了小吕的声音。

“进……进来，什……什么事儿……”那海涛被气得也结巴起来。

“刚……刚才……齐师傅……拿走了我手里的一张……一张查询银行通知书……”小吕说。

“什么？拿走了查询银行通知书？”那海涛瞪大了眼睛，“那你怎么不拦着他呀！”那海涛急了。

“我……我哪儿拦得住……齐师傅……呀……”小吕知道自己又犯错了，低下了头，“他……他还复印了……我的工作证……”

“什么？”那海涛站起来又坐下，头脑发胀，再也没心思看手中的案卷。

齐孝石穿着半年都不洗一次的警服，大摇大摆地走进了银行。因为雾霾袭扰，银行里的客户大都戴着口罩。齐孝石暗叹，照这样下去，以后抢银行的罪犯都不用化装了。

一进门大堂经理便迎了上来，“您好，请问您办什么业务？”大堂经理是个年轻的姑娘，礼貌端庄。

“我查账，个人账户，到哪个柜台？”干预审的都是杂家，不但要熟知法律、会审讯，还要懂得侦查、能办案。更何况齐孝石除了干预审，还从事过不少的警种，所以搞起经侦的活儿来也驾轻就熟。

“嗯，请您跟我来。”大堂经理微笑着引导，“但根据我们银行规定，来查询的公安人员必须是两名，请问那另一位警官呢？”

“啊，在门口儿呢。外面不好停车，交费又太贵，我就让他在车上待着。这是他的工作证复印件，我都印好了。”齐孝石说起瞎话来比真话还真。

大堂经理犹豫了一下，也就没再追问。

“这么说龚培德的账户，除了每两个月左右的大额现金存入之外，只有这一笔五十万元是通过账户转入的？”齐孝石问查询柜台的银行柜员。

“嗯，是的。您看一下，只要是标记‘03’的，就都代表是现金存入，现金存入可以通过ATM机，也可以在我行任何一个网点进行柜台存款，所以这些钱的来源很难查到。”银行柜员说。

“嗯，我明白……”齐孝石缓缓点头，“那您就给我调一下这笔五十万元的传票吧，我要看看对方转让的户名是什么。”齐孝石知道，两个月前的这笔五十万元汇款，该是唯一的线索了。

“哎，是不是……不久前你们公安局的，查过这个账户了？”银行柜员在不经意间看到了电脑系统中的查询记录。

“啊……是查过了。”齐孝石点着头回答，“但是上次查得不清楚，这次要再加加工。”柜员的质疑被他轻易地蒙混过关。他知道不久前来查询龚培德账户的，一定是纪委的同行。

在等待的时候，齐孝石摸出一根烟，刚叼在嘴上就被大堂经理客气地制止了。他笑笑，说自己不抽，就是叼着，也确实这么做了。抽烟是种习惯，特别是在思考的时候，龚培德在年轻时曾戏言，吸烟是男人对女人乳房依恋的延续，齐孝石觉得也有点道理。他叼着一根点儿八中南海，用手推了一下银行柜台，让转椅旋转一圈，又马上就觉出不对，毕竟自己现在还穿着警服。这时，银行柜员的查询结果出来了，“您看一下，就是这张传票。”

齐孝石接过传票细细观瞧。金额五十万元，汇款方：世纪创新咨询有限公司。咨询有限公司？齐孝石不解。

“能查出这家公司的开户情况吗？”齐孝石问。

银行柜员又拿过传票，“嗯，我可以给您查查，通过汇款方的账户看，这个户是在我们银行开的。”

银行柜员操作了一会儿说：“警官，经过查询，世纪创新咨询有限公司的开户时间就是这笔汇款当天，而且从对账单上看，这家公司账户自开立至今，就发生过这一笔业务。”

“什么？就这一笔业务？”齐孝石惊讶。

“是，世纪创新咨询有限公司在开户当日汇了这个五十万元，一直到现在都没有其他业务的发生，账户内的余额也是零。”银行柜员说。

“那这笔钱是从哪里转过来的呢？”齐孝石问。

“这五十万元，也是柜台存现。”银行柜员回答。

“柜台存现！柜台存现！”齐孝石心烦意乱。他越发觉得事情没有想象的那么简单。通过柜台存现存入大额款项，这是典型的为了规避调查而采取的手段。

“能调录像吗？柜台存现的录像。”齐孝石问。

“嗯，可以，那您稍等。”银行柜员非常配合。

“多调几个摄像头，最好能看到存款人的脸。”齐孝石补充道。

在银行员工调取录像的间隙，他又给市局经侦支队的探长林楠打了一个电话。“喂，小林啊，哎，我是老齐，嗐，什么七小时八小时的，没大没小的，呵呵……”齐孝石一笑满脸褶子都堆在一起，“哎，我说啊，帮我查个公司啊，嗯，是案子上的事儿，你记一下啊，世纪创新咨询有限公司。对，看看这个公司注册在哪里，有没有犯罪记录，总之能查到的我都要。行，那多谢了啊，我等着。呵呵，谁让你们经侦跟工商熟呢，好。”齐孝石说着挂断了电话。

那海涛和小吕走进了看守所的大门，门前的武警冲他俩敬礼，小吕也立正回礼，案卷差点掉在地上，他看了一眼那海涛，抿了抿嘴。那海涛目不斜视，心里在盘算着用什么方法去突破陈沛。在审人的时候要讲气势，就像《曹刿论战》里讲的一样，一鼓作气，再而衰，三而竭。在陈沛的审讯中，小吕已经败了一程，如果今天还不能扭转局面，那拿下陈沛口供的概率就会越来越小。

在提人的间隙，看守所的冯管教笑着走了过来。“哎哟，那大队来了，这么大领导怎么亲自提讯来了？”冯管教白白净净胖胖乎乎，像个刚出屉的大包子。

“嗐，我算什么领导啊，干活儿的差役。”那海涛脑子里有事，不想多加寒暄。

“大事儿，肯定是大事儿吧？”冯管教神秘地问。

“什么大事儿啊？”那海涛费解。

“大案子啊，要不是大案子，您能亲自来提？”冯管教自作聪明地说。

“不是不是，就是一般的经济案件。”那海涛不想多说。

“那就是‘大脑袋’（上级领导）做过批示，急难险重？”冯管教继续问，好奇心挺强。

“哎，你就别再问了，没法说。”那海涛有点烦了，应付地回答。

“明白了！明白了！”冯管教自顾自地点头，“涉密案件！一定是涉密案件！这事儿大了！”

“嘿，怎么又涉密了啊。”那海涛烦了，“不是你想象的那样，就是一般的案件。”那海涛不是怕他误会，而是怕这家伙乱说。他可知道这姓冯的，没事净打听些案件的消息作为茶余饭后的谈资。

“知道，知道，我肯定不说，我这嘴你还不知道吗？铁嘴钢牙橡皮的腮帮子！”冯管教乐了，白胖的包子开了褶儿，“但那小子在号儿里可够硬的啊……”冯管教留了一句话，转头就走。

“哎，老冯，他怎么硬了？”那海涛反被他勾起了胃口。

冯管教回头又乐了，“那个叫陈沛的，进了号也不服规矩，让背监规不背监规，让坐板儿不坐板儿。先进去的几个小子让他刷马桶，嘿，他还不刷。这几天没干别的，净跟人家打架了……”冯管教摇着头说。

那海涛听着，脑子又转了起来。

十分钟后，银行柜员把齐孝石叫到了办公区内部。

“警官，当日的存款录像我们现在可以让您观看，但如果要调取的话，还需要开具一份《调取证据通知书》。”银行柜员说。

“哦，可以，没问题。我今天先看看，如果需要调取，明天我就开手续。”齐孝石干脆地回答。

“他开户和存款的地点都不是在我们网点，但我们行实现了全市联网，可以调取其他网点的记录。”银行柜员解释，“您看，这个就是存款人。”银行柜员指着电脑的屏幕说。

齐孝石眼神不太好，凑近屏幕仔细地看了半天。“嗯……这也看不清楚这人的样子啊。没有正面的录像吗？”齐孝石问。

“对不起，没有。他存款的地方只有这个摄像头。”银行柜员回答。

从方位上看，摄像头的位置应该在存款人头顶，这样就只能看到存款人的身形，而看不到最重要的面容。

“嗯……那你能不能再调一下银行大门口的录像，我想看看他长什么样子。”齐孝石说。

“这个我们没办法。”银行柜员摇了摇头，“刚才按照您的要求，我也联系过存款的网点了，他们查了一下，门口确实有摄像头，但摄像头的录像已经消除了，无法再恢复。”

“已经消除了……”齐孝石一边说一边想，“那能调取一下当日存款人的签字吗？”齐孝石问。

“嗯，这个可以，请您稍等。”银行柜员说。

这时，齐孝石的手机响了，经侦的林楠来了电话。

“怎么着，林大探长？”齐孝石比林楠整整大了两轮，但说话还是随随便便的。林楠在电话里告诉齐孝石，经他联系工商部门进行查询，世纪创新咨询有限公司，注册成立于两年前，公司的法人叫宋涛，公司注册资金五十万元，经营范围是信息咨询等一般国家允许的项目，地址在城南的菜园西里 15 号。其他的如果要细查，就只能拿着介绍信去工商局了。

齐孝石临走时，用自己 200 万像素的破手机拍了电脑屏幕上存款人的画面，又照了传票上的签字。他出门看了看表，觉得还有时间，便打车直奔了世纪创新咨询有限公司的办公地点。齐孝石一上车就脱衣服解裤子，司机被吓了一跳，“警官，您这是去洗澡还是游泳啊？”

齐孝石一乐，“我哪儿都不去，就换身衣服。”他从随身带的书包里拿出便服衣裤，换下了警服。

审讯室里，陈沛不卑不亢地坐在审讯台下。他今年四十多岁，人高高大大的，横眉立目，是个典型的冷面孔。他不是海归派也没有高学历，高中毕业后先到一家国营单位干销售，没干几年就下海经商自己单练，这些年来凭着坚忍不拔的毅力和敢打敢拼的气魄，从小打小闹经营几家超市一直做到了一个连锁私企的总经理，一度成为海城年轻企业家的表率。后来赶上私企和某国有公司共同出资组建新公司，他就到了这家新公司任职，这家企业就是新时代公司的前身。陈沛经营有道，拓展能力强，被改组后的新时代公司聘为总经理，全权负责公司日常经营。现在新时代公司下辖的超市门店就多达几十家，陈沛在公司大权在握，几乎站到了新时代公司这个商业帝国的顶端。

“你年薪多少？”那海涛一上来就没好脸。对待陈沛这种人，就要以硬制硬，打掉他的傲慢。

从陈沛的个人履历和性格特点上看，他是那种从小靠个人能力打拼，从草根变成精英的人。这种人成功前低调隐忍，一旦成功就自视甚高目中无人。特别是像他这样的企业管理者，每天习惯了下属的拍马和奉迎，要想把他拿下，必须使用拍山震虎的招数，强势出击。要硬得直接，碰出火花，才能击倒他的高傲和自信，以实现平等的交流。

“我年薪为什么要告诉你？”陈沛昂起头来，用下巴对着那海涛。

“为什么不说？嫌丢人？”那海涛以牙还牙。

“我嫌丢人？笑话，我拿的年薪是你们这些警察的不知多少倍，我嫌什么丢人！这是我的个人隐私，你们无权过问。”陈沛不屑一顾地回答。

“呵呵。”那海涛笑了，“是，你拿的年薪是比我们警察多不少，但你现在坐在哪儿呢？我坐在哪儿呢？”那海涛夸张地正了正自己的座椅，“刚开始我干警察啊，拿工资跟人家一比，也觉得心里别扭。为什么呢？我当时就想啊，为什么我们这些干警察的天天没早没晚地加班，没黑没白地审案，一个月才那么点工资，而天天被我审讯的这些老板呢，动辄年薪就有几十万，上百万的也不在少数。唉……那心里真是不平衡啊。后来干的时间长了，我才慢慢有点明白了，我和他们不一样，我挣的这是踏实钱。踏实钱啊，挣多少都能实实在在地落在自己手里，而那帮坐在审讯台下的家伙呢，在外面大把挣钱，一进来就都便宜别人了。你说是不是。”那海涛挖苦道。

“你说谁？你有什么权力这么说！”陈沛生气了，“你这种侮辱人的做法，我会控告你！”陈沛威胁道。

“可以啊，你去告。这是你的自由。”那海涛一点没软。小吕经常当他的书记员，知道这些话都是在审讯前你来我往的试探较量，根本不用在笔录上记录。

“这几天住得习惯吗？人际关系不错？”那海涛接着挖苦。

陈沛一提这个就气不打一处来，狠狠叹了口气低下头。

“嗯，看来你是住得很习惯，而且人际关系很好。是吧。”那海涛用起了从冯管教那里获得的素材。

“好个屁！”陈沛出了脏口儿。小吕刚要拍桌子，就被那海涛止住。

“你们把我放在什么监室里呀，啊！”陈沛急了，“那里都是些什么人！你们说说！强奸的、盗窃的，还有吸毒的，都是一些什么人啊！你看看，你看看我这脸，就是让他们打的，还有没有王法，有没有王法！”陈沛越说越激动。

“强奸的盗窃的怎么了？啊！他们怎么了！他们不是人啊！啊！你是不是觉得，自己高人一等，不应该和他们关在一起啊？是吗！”那海涛语气一转，硬得吓人，“那我还告诉你，你想错了，你以为自己现在是什么身份呢？企业老板啊？合法公民啊？谁都得围着你转啊？开玩笑！你现在的身份是犯罪嫌疑人！在接受法院判决之前，叫犯罪嫌疑人，在法院判决之后，那就叫罪犯。你和那些强奸的盗窃的吸毒的一样，都犯了法，都将接受制裁！还没醒呢？还有优越感呢？你醒醒吧你！”那海涛一口气说完，以眼还眼。

小吕在旁边默默学习，看来师父“那三斧子”开始抡第一斧了。打蛇打七寸，揭人就揭短。

陈沛被那海涛的话震住了，但他还是很强硬。“我在未经法律判决之前，是无罪的，你们不能主观臆断地说我有罪，不能！”陈沛说。

“现在谁也没说你有罪！是你一直不配合我们的工作！”那海涛也拍起了桌子，“我现在还告诉你，审讯是我的工作，是我每天都干的活儿，像你这样的人，有罪的、没罪的、罪轻的、罪重的，每年我要审讯上百人。坐这冷板凳的人，没人不说自己冤枉，也没人能承认自己有罪。但我们为什么还要费时费力地审讯呢？你知道吗？懂吗？”那海涛问陈沛。

陈沛侧目瞥着那海涛，不说话。

“不知道是吧，那我告诉你，是给你辩解的机会！”那海涛说，“哦，人家举报你职务侵占了，公安机关取证了，认为你有这个嫌疑了，把你弄进来了，扔号儿里了。然后就跟你说的一样，整天跟强奸的盗窃的吸毒的人关在一起，又没自尊了，又没人权了。为了什么啊？啊，为了什么？还不是为了从你嘴里获取事实情况，进一步查清事实！有罪的就依法惩处，被冤枉的就无罪释放，不就这么简单的事儿吗？有那么复杂吗？”

“这……”陈沛一时语塞，“那你也没问我啊？”陈沛说。

“我怎么没问你啊？我问你年薪多少，你怎么说啊？啊！你说为什么要告诉我，你挣得比我多好几倍。你这是什么意思啊？啊！跟我这炫富啊还是听不懂中国话啊？”那海涛继续强硬。

“我……这……”陈沛不知所措，“我不是那个意思，我是……”

“那你是什么意思，你现在就跟我说，你不是这个意思是什么意思？”那海涛追问。

“我是觉得……你问我年薪这个问题与案件没有关系……”陈沛强词夺理。

“你认为没有必要？笑话！”那海涛否定了他的回答，“那你认为什么有必要？说你无罪有必要？那好，我就在笔录上给你记，我认为自己无罪，那样行吗？这份笔录有用吗？你怎么无罪啊？为什么无罪啊？你账户里的钱是什么钱啊？从哪儿来的啊？你辩解了吗？你能解释得清楚吗？”那海涛冷着脸说，“我告诉你，问你年薪多少就是给你机会！经我们调查，你几个银行账户的存款都不少，如果全给你算到职务侵占的数额里，你想会是什么效果？”

“啊……那你们不能这样给我算啊！我账户里的钱都是合法的工资收

入，你们不能随便给我加数额的！”陈沛着急了。

“噢，你也明白了是吧。不能给你随便加，谁会无凭无据地给你加数额啊，开玩笑！”那海涛都不用正眼看他，“那你如何解释那些账户里存款的来源呢？”

“那……那是……”陈沛知道那海涛在耍他，但话逼到这份儿上也无可奈何。他脾气很犟，压了半天火气才说：“那些都是我的年薪收入……”

“嗯，好，那回到第一个问题，你的年薪多少钱？”那海涛看着陈沛问。

“五十万……”陈沛低声地回答。

小吕抬笔在笔录第二行写下这个数字，他知道那海涛虽然说了这么多，但真正的笔录才刚刚开始。前面那一系列的互探虚实、迂回包抄、拍山震虎、请君入瓮，都只不过是打退陈沛抗拒心理的招数。现在陈沛气势大减，在那海涛稳准狠的三斧子下已露出败象，之后的审讯工作虽然将更加艰苦复杂，但之前自己的棋输一着，已经被全面挽回了。

与此同时，齐孝石已经来到了南城的菜园西里。他把警服装在书包里，穿着一身便服下了出租车。齐孝石他当警察快四十年了，在记忆里除了没离婚时前妻经常给自己买衣服外，近些年来就没怎么添过新衣。搞预审的平时上班都穿制服，每天从早到晚泡在审讯室里，没多少穿便服的机会。就算下了班，随便拿件衣服往身上一套，回了家依然是警服毛衣、警服背心。可齐孝石这身便服也太惨了点，皱皱巴巴不说，袖子和胳膊肘儿处还磨掉了色，再加上那一脸的岁月沧桑，真像是个卖菜的老农民。他走在下班的熙攘人潮中，瞬间被淹没。

齐孝石沿着菜园西里，从头走到尾又从尾走到头，压根儿没找到什么15号。奇了怪了。齐孝石默念。实在没辙，他就找了个路旁小卖部的老板，问了问情况。老板也势利，不接他话茬儿，就问要不要香烟。齐孝石烦了，买了一条点儿八的中南海，老板才笑着说：“这15号楼啊，早就拆除了，现在就没有这个地址。”齐孝石一听傻了眼，哎！看来还得去趟工商局。

到工商局的时候，人家已经准备下班了。但齐孝石软磨硬泡，非说这是部长交代的案子，时间紧任务重今天必须查完。工商局的人一看他急切的样子也不由得不信，就加了班给他调了世纪创新公司的工商资料，但殊不知齐孝石说的部长不是公安部的部长，而是小卖部的部长。

齐孝石仔细翻看着资料，世纪创新公司虽然已经注册成立两年，但实际上根本没什么业务，除了一份年检资料之外，前前后后也就二十多页纸。资料中的注册登记、法人签字、股东签字等都是一个人的笔迹，凭齐孝石多年的办案经验一看便知，这是典型的代办公司注册的企业。所谓代办公司注册的企业，其实就是原来说的皮包公司。注册公司的人本身没有注册资金和经营实力，就找一个代办公司，让代办公司为其暂时垫付注册资金，代办公司在收取注册资金百分之一左右的费用之后，到工商局按照委托人的要求注册公司，之后再将新注册的公司转到委托人手中，最后抽走注册资金。当然，按照相关的工商法规，注册公司时的公司法人、股东签字和公司章程起草必须由公司所有人亲自办理，但从实际情况看，这些本应亲力亲为的事情，大都还是由代办公司的人员负责操刀。有钱能使鬼推磨，钱多了还能让磨推鬼，工商局个别人收了小钱，睁一只眼闭一只眼，再加上相关部门监管不力，造成代办公司大行其道，虚假注册的公司多如牛毛。什么法人、股东签字啊，根本没有审核。什么公司章程啊，基本都是同一个模子。据工商局自己统计，海城全市就有公司五十万家，其中正常经营、按时缴税的企业仅占十分之一。

法定代表人宋涛，身份证号码……齐孝石用纸笔逐一记录，同时又记下了代办人的姓名、身份证和电话。他对宋涛这个名字不抱太大希望，一般像虚假注册的公司，大都会拿个虚假的身份证进行注册。这种虚假的身份证有的是到农村几百块钱收集来的，有的是路边捡到的，或者是从小偷那里买来的。这种身份证虽然在人口户籍网上可以查到，但你一找到本人，人家就能出示丢失记录，查起来一点意义也没有。而此刻关键的线索，反而是代办公司的代办人，找到他，没准就能获得公司实际控制人的真实情况。

想到这里，齐孝石送还了工商资料，走到大门外，拿着手机就拨通了代办人的电话。代办人叫邓楠，从身份证看不是本地人，年龄不大，二十出头。这种人要是以公安局的身份去约他，一准不到，他们的工作本就游离在法律界限边缘，对警察肯定是避之不及的。于是齐孝石就用别的办法，他是出了名的鬼主意多，什么阴损坏招儿都使得娴熟。

“喂？是小邓吗？啊，我姓刘，最近想办一个公司，我一个哥们儿推荐你，说你干活儿挺利落的。”齐孝石张嘴就来，说得有模有样，“啊，公司不大，注册资金五十万就行，但比较急，你明天有时间吗？我想找你聊聊啊。”齐孝石开门见山。对方一听他是注册公司，还是朋友介绍来的，自然热情有加，于是和齐孝石约好了明天见面。

齐孝石挂断电话，默默地思索。给龚培德汇款的公司是一家虚假注册的皮包公司，而且从注册至今银行账户内就走过那么一笔账，公司还没有实际的经营。这说明什么？齐孝石暗自揣测。这只能说明一个问题，那就是这笔汇款有诈，要么是故意引起龚培德的注意，要么就是以此向他警告、对他要挟。要知道，就算龚培德存在受贿行为，行贿方也不会傻到如此明目张胆地直接从公司账户中汇款。而通过这种方式警告、要挟，又有什么意义呢？齐孝石找不到答案。但凭着他当警察近四十年的工作经验，也基本能确定，龚培德的自杀事出有因，绝对不像表面上看起来那么简单，是畏罪自杀。

齐孝石想到这里，胸口突然闷了起来，他下意识地掏出中南海，气喘吁吁地点燃。雾霾又重了，在大风来临之前，这里是能见度不足十米的肮脏世界。

审讯室里，陈沛抽着那海涛的一根烟，默默地摇头。“那警官，我说的真的都是实话，我从十几年前白手起家，一步一步地干到现在的职位，怎么可能因为区区的一千万元使出这样的手段？好，就算我使用了这种手段，变相地把公司的钱往自己腰包里装，那公司的财务人员能不知道吗？公司的董事长能不知道吗？他们能允许我这么做吗？”陈沛反问。

那海涛也抽着一根烟，控制着审讯的节奏。审讯是人与人之间的斗争，与人斗的关键就是要知己知彼、审时度势、相时而动、攻其不备，要随时随刻地改变思路，在关键时举证、看破绽突击，而绝不能从头到尾只使用一个招数或套路。预审的节奏也很重要，即使对待再强硬的对手，该软的时候也要软，该柔的时候也得柔。

那海涛没有马上接话，看来陈沛到现在还不知道是沙伟举报的他。“既然你这么说，我也可以直接告诉你，职务侵占这个罪名，必须有被害人的举报才能立案。现在举报你的就是你任总经理的新时代公司，这点希望你知道。”那海涛说。

陈沛一愣，但似乎也在意料之中。“他们就是在嫉妒我，嫉妒我……”陈沛有气无力地说。

“为什么嫉妒你？”那海涛问。

“可能……可能……是我的工作方法有问题吧。”陈沛开始反省，“我脾气有点急，可能在平时的工作中有些方式方法不对，所以……所以他们就记恨我。”

“什么？”那海涛表示惊讶，“你的意思是他们嫉妒你，就报假案让公安局抓你？是这个意思吗？这可能吗？你觉得可能吗？”那海涛反问。

“这……”陈沛一时语塞，“这我也觉得不太可能……唉，我真的搞不明白，他们为什么把莫须有的罪名强加在我头上。”陈沛深深地叹气，用双手抱住头，“那警官，但我敢对天发誓，我绝对没有以任何报销发票的形式从公司里侵占过资金，我是公司的总经理，要花钱消费随便找个理由不就行了，干吗要用这么低级的方法啊。”

“那你怎么解释你银行账户中陆续加在一起的一千万元？”那海涛问。

“那是他们的陷害！他们的陷害！”陈沛又激动起来，“那张卡根本不在我手上。”陈沛说。

“那在谁的手上？”那海涛问。

“在沙伟的手上，你们找过这个人没有？新时代公司财务部的沙伟，在他的手上。”陈沛说。

“在他手上？为什么？为什么你要把自己的银行卡交给别人？”那海涛问。

“沙伟是我招来的，我对他非常信任，说实话，这张卡是我拿来打点各方面关系用的，所以平时不带在我身上，有时出去消费或者提款，都是沙伟负责。”

那海涛看着陈沛，知道他这话说的倒是事实，从经侦的查账结果看，这张卡里除了有大额报销的进账之外，确实也有一些酒店、KTV 等娱乐场所的消费记录。

“你所说的打点各方面关系指的是什么？”那海涛继续问。

“嗐，这个……”陈沛停顿了一下，“其实说说也无妨，现在做生意的几个能免俗，中国的生意都是在饭桌上、在 KTV 里、在按摩床上谈的，真正能放在桌面上的有几个？搞项目就是拉关系，吃喝嫖赌，不样样精通，怎么能伺候好那些官老爷？”陈沛叹了口气，“其实有时候我也挺羡慕你们公务员的，工作虽然辛苦，但是不会为了明天操心。”

那海涛看着陈沛，觉得他说话的表情不虚，但供述的事实又与报案人提供的证据大相径庭。这到底是怎么回事呢？

“你说沙伟是你招来的是吗？”那海涛问。

“是的，是我招进公司的。”陈沛回答。

“你和他的关系如何？”那海涛问。

“其实没有什么过多的私人关系，就是上下级的关系。”陈沛说。

“你与他之间有个人的矛盾或者法律的纠纷吗？”那海涛问。

“没有，怎么可能？要是有的话我早就给他开除了。”陈沛肯定地回答。

“那你和他之间有什么利益往来或者生意合作吗？”那海涛继续问。

“没有，没有，你这么问到底是要证明什么？”陈沛费解。

“这么说你和他之间的关系就是清清白白的同事关系？”那海涛问。

“是，也不是。”陈沛有点矛盾，“我对待沙伟，怎么说呢，多多少少比对其他的下属要好一些吧。他是我招进来的，人挺朴实的，如果仅凭他的个人资历，是没有资格到我们公司财务部任职的，但因为他是我老家的表亲，所以才特招进的公司。”陈沛回答。

“沙伟是你的表亲？”那海涛问。

“是，但隔得挺远的，他和我的表舅是表亲。”陈沛回答。

“那这么说我就明白了。”那海涛胸有成竹起来。他转头看了看小吕。小吕知道，这是“那三斧子”要使用关键性的“子弹”了。

“陈沛，按照你刚才所供述的，你与沙伟之间没有任何的个人矛盾、经济往来、法律纠纷，也没合作过任何的生意，关系清清白白，而且沙伟还是你的表亲，按照人之常情，他应该是你的‘自己人’，起码是站在你这一边的，是吗？”那海涛做着合理推论。

“是，可以这么说。”陈沛点头。

“那为什么沙伟会举报你利用职务之便，使用报销发票的手段，累积侵占新时代公司款项共计一千万元？”那海涛适时射出了这发子弹，等着看陈沛的变化。

“什么？你再说一遍！是沙伟举报的我？是吗！”陈沛猛地站了起来，甚至忘了自己的双手铐在了审讯椅上。审讯椅哗啦啦地一响，冰冷的手铐迅速卡紧，疼得陈沛嗷嗷直叫。

“小吕，先给他松松手铐。”那海涛说。

“不可能，不可能！他怎么会这么做！怎么会这么做！我没亏待过他啊，为什么要陷害我？为什么！”陈沛歇斯底里，顾不上手腕的疼痛。

那海涛看着陈沛的“表演”，眉头紧锁。不可否认，在审讯中，有一些心理素质很强或者经过表演训练的人，在说谎的同时可以做出相应的身体和表情变化，以蒙蔽对手。但陈沛此刻的表情却太逼真了些，几乎已经到了可以乱真的地步。那海涛准备继续添油加醋，加大审讯的力度。

“如果不是沙伟的举报，新时代公司是不会知道此事的，如果不是沙伟的举报，也没有人能知道你那张隐秘的银行卡内会有如此巨额的存款。好，陈沛，刚才你已经说了，沙伟是你信任的一名员工，甚至还沾亲带故，那我倒想听听你的解释，他为什么要陷害你，他陷害你的原因是什么？对他来说有什么好处？”那海涛一连抛出几个问题。

“为什么要陷害我？为什么……”陈沛仿佛在问着自己，“我不知道……真的不知道……”他的语气虚弱下来，“也许……对！也许他是受了别人的指使，受了别人的指使！”陈沛似乎找到了唯一可行的答案。

“受谁的指使？”那海涛问。

“谁？谁？”陈沛满脸惨白，“我不知道，不知道……”

“在新时代公司里，谁有能力和你争权夺利？”那海涛问。

“谁？董事长？卓越？不可能！不可能！”陈沛刚说出又予以否定，“卓越是国家工作人员，来新时代公司任董事长，实际上也只是代表国有公司进行控股和监管，新时代公司即使没了我，他也得不到任何好处。再说，我和他的关系一直很好，配合得也很默契。”陈沛的回答和新时代公司法务部的常骁所说一致。

“那沙伟为什么要陷害你？如你所说，他是你招来公司的，公司上下都知道你是他的靠山，他无缘无故地将莫须有的罪名加到你头上，让你身陷囹圄，他自己不也前途灰暗了吗？”那海涛问。

陈沛双眼无神地看着那海涛，一言不发。他似乎也在问自己，为什么，为什么……

“陈沛，你别演了。”那海涛一边讯问一边在脑海里排除了无数个假设，继续坚持正确的方向，“据沙伟自己交代，这一年来，他如坐针毡，没睡过一个踏实觉，作为财务人员，他明知这种行为是违法犯罪，但迫于你的压力也不得不做。但累积到这么大数额了，他也只能明哲保身，把这个情况上报公司。陈沛，现在我们讯问你，是给你主动承认自己犯罪事实的机会，如果你不珍惜这个机会，继续存有侥幸心理，妄图可以蒙混过关，我告诉你，那就大错特错了！希望你正视自己的行为，主动供述！这是你唯一的机会，也是最后的机会。”那海涛提高声音。

“我没有犯罪！我他妈主动供述什么！”陈沛又歇斯底里起来，“你们怎么就是不相信我呢？我这是对牛弹琴吗！”

“陈沛，注意你的态度！这里是公安局，不是你的总经理室！”那海涛也翻脸了，用力地拍了一下桌子。

陈沛急得摇头，用手抽自己的嘴巴，“我真的没有拿钱，我怎么说你们才相信啊！”

那海涛没有立即打断他，想看看他的表演。陈沛狂躁着、彷徨着，肢体语言体现着他的内心。看着陈沛的表现，那海涛不禁想起了齐孝石曾经跟他说的话：“讯问，一般是不能中断的，我们在审讯对方，对方也在揣摩我们，哪怕只暂停一小会儿，对方的心理防线就会重新筑起，之前全部努力就可能付之东流。第一个小时聊，第二个小时磨，第三个小时绕，第四个小时引，第五个小时迷，第六个小时拍，第七个小时供！”对啊，这才是“七小时”的制胜法宝。那海涛下意识地看了看表，距审讯开始到现在，已经整整四个小时了，面前的犯罪嫌疑人还没被自己拿下，看来自己“那三斧子”的功力还是远远不及“七小时”啊。

那海涛摸烟，但一盒香烟早已抽完，临时去买也不现实。手边的两瓶矿泉水已经喝完，如厕的欲望越来越强烈。那海涛这才想起来齐孝石三包烟、半杯茶的经验之举。唉，看来打持久战不做好准备真的不行。那海涛胸口憋气，下边憋尿，浑身上下一阵较劲，但他还必须忍着，不能让对手看出自己有丝毫的疲惫。一旦对手重新建立起心理壁垒，那审讯才是前功尽弃。

“那警官，救救我……救救我吧……”陈沛沉默了良久，抬起头竟已泪流满面。

那海涛看着一愣，没想到陈沛会是这种反应。

“怎么救你，你说。”那海涛的语气依然冷漠。他不会被审讯对象牵着鼻子走，必须保持连贯的情绪。

“沙伟是我招来的，他不可能无缘无故地陷害我，一定是有什么人在利用他，他一定有什么压力和隐情。那警官，您一定要相信我，我说的都是事实，您一定要救救我，救救我……”陈沛这是一种彻底崩溃的表现。

那海涛看着陈沛发呆，反而没了办法。如果按照一般侥幸心理和抗拒心理的正常变化，在用证据将陈沛逼到死角之后，他只可能有两种情绪变化：一种是继续顽抗，百般辩解；一种是死不认账，顽抗到底。而面前这种崩溃、求助的表现实在出人意料，起码是那海涛在审讯生涯中很少遇到的。

“想不明白的事情，就不能武断地继续。”这是龚培德反复告诫那海涛的。“预审员不能武断，不要相信对手，也不能相信自己，唯一能相信的只有证据。”这又是齐孝石的至理名言。那海涛看下不了定论，决定先结束这场笔录。

陈沛流着眼泪，用了一个多小时才看完笔录，又字斟句酌地让小吕修改了不少语句，这才签名、按手印。在被押出审讯室时，他再也没有刚进来时的强硬和嚣张，一个劲儿地求那海涛为他昭雪。那海涛无言以对，摆手让看守把他押走。

在看守所的筒道里，陈沛眼神空洞、面色苍白，他走过一扇又一扇为他打开的铁门，跌跌撞撞、步履蹒跚。那海涛看着他的背影，若有所思地和小吕说：“该是会会沙伟的时候了……”

经侦大案

湖滨餐厅是海城最有情调的餐厅之一。正如它的名字一样，餐厅沿湖而建，在风和日丽的季节里，推开窗就能闻到沿岸桂花的甜香。

那海涛匆匆赶到餐厅的时候，齐欢已经在临窗的位置等了整整一个小时。

看齐欢面带不悦，那海涛赶忙收起脸上的疲惫，赔笑地说："欢欢，不好意思啊，队里临时加班，实在是没有办法。"

齐欢一直关注着窗外，似乎对那海涛的到来不闻不问，窗外的湖面湛蓝静谧，偶尔湖风吹拂，荡起片片的波澜。这是雾霾过后少有的好天气。她回过头，淡淡地说："每次迟到你都在强调自己的理由，你考虑过我的感受吗？"齐欢盯着那海涛的眼睛。

那海涛尴尬起来，两小时前自己在审讯台后的自信顿时烟消云散。"哎，我不是都道歉了吗？是我不好。再说，我这干预审的，一审起人来哪能随便停啊，就跟钓鱼一样，等了半天，鱼刚上钩，你就让我撤，那……也不合理不是？"那海涛打趣道。

"你这是强词夺理。好，你要是喜欢钓鱼，那你跟鱼约会去啊，找我干吗？"不提"预审"这两个字还没事，一提齐欢就气不打一处来。是啊，要不是预审，齐欢的父母就不会离婚，齐欢的童年就不会缺少父亲的身影。“你要是真离不开你的工作，你就跟它去谈恋爱，你就跟它去过一辈子。”齐欢的语气里带着苦涩。

“那三斧子”是多精明的人啊，拿眼睛一瞄就能知道对方所想。看齐欢这样，他知道是自己找错了理由，于是脑子一转，转换话题。“傻孩子，我能跟工作过一辈子吗？”那海涛走到齐欢身后，双手扶住她的肩膀，“预审只是个工作而已，谋生工具。我干这个不就是为了能稳定些，好好地疼你爱你，一起过幸福的生活吗？”那海涛柔声细语。

齐欢为之动容，表情缓和了一些，“真的吗？你说的是真的吗？”女人不傻，却都是感情动物。凡是感情动物，都容易被感情左右。

“当然是真的。从我第一次见到你的时候，就喜欢上你了。”那海涛说得真诚，“我还记得那天啊，你穿着一身天蓝色的连衣裙，拖着长长的马尾辫，阳光洒在你身上，那样子，跟林青霞似的……”

“讨厌，那时我才十六岁，就像林青霞了？我有那么老吗？”齐欢抿着嘴嗔怪道，用手打了那海涛一下。

“呵呵，我说的是气质。”那海涛坏笑了一下。

“去你的。”齐欢又打了他一下。

“咱们要吃的吧，我从中午到现在还没吃饭呢，你来点菜，快。”那海涛说着把菜单递给了齐欢。

齐欢摇头，又把菜单推了回来。

“哎，你摇头什么意思啊？不知道，不想说，还是不确定？”那海涛装作严肃地问。

“你拿我当犯人审讯呢？”齐欢质问道，“你说的三种都不是，我是脖子疼！”齐欢扬扬得意，“知道今天是什么日子吗？”

这下可给那海涛问住了，那海涛故意拿起桌上的柠檬水慢慢地喝了一口，脑海里却在飞速地寻找。今天是什么日子……情人节？七夕？差得太远啊。第一次牵手？第一次接吻？这个太露骨吧。那是……那海涛直到喝了第二口水，还是没想到今天是什么日子，脑海里反而搜索出许多与齐欢毫不相干的日子，比如今天是陈沛刑事拘留的第十一天，再过十多天就该与检察院沟通批捕了；今天是整四风查摆自纠阶段的第二十天，明天就要让内勤上报自查报告；同时今天离月末还有不到五天，预审支队本季度的考评又该开始了。一想到这些，那海涛就觉得头疼。他索性放下了水杯，看着齐欢说："我不管今天是什么日子，但只要和你在一起的日子，就是最美好的日子。"他太极打得不错。

"你就狡猾吧，整天跟人玩儿心眼儿有意思吗？"齐欢说，"今天不是什么特别的日子，但我有个喜事。"齐欢终于笑了。

"啊？喜事？快说来听听。"那海涛在心里松了一口气。

"我今天到新单位报到了。"齐欢抑制不住兴奋地说。

"是吗！太好了，我们欢欢最优秀了！是你之前说的那家银行吗？"那海涛问。

"是啊，好几轮的面试呢，淘汰率百分之八十。他们昨天通知我的，今天第一天上班。"齐欢骄傲地回答。

"好，为你的美丽和优秀，干杯。"那海涛举起玻璃杯。

"但是啊，现在还是试用期，不拉到指定数目的存款，转为正式员工遥遥无期。"齐欢叹息，并没与他碰杯。

"啊？需要拉到多少存款啊？"那海涛问。

"两千万。"齐欢说出了数字。

"天……两千万，这……凭我的这点工资，估计几辈子也挣不出来。"那海涛咋舌。

"谁让你来存款了。"齐欢说，"以后有认识做生意的朋友，可以帮忙介绍一下，我们银行的服务好、理财水平高，钱放到那里肯定能增值。"

"瞧瞧瞧，'票号小伙计'这就自卖自夸，拉起生意来了。"那海涛笑了。他每当面对齐欢，心总是会变得异常柔软，这种感觉无法用语言形容，这就是所谓的爱吧。如果真的从他俩第一次见面算起，还真有整整十年了，那时那海涛还是齐孝石的徒弟，而齐欢则还是一个高中生。两个人在相恋之前都有过各自的恋情，但峰回路转又神奇地走到了一起。

“不用你管，我自己努力。别人能做到的，我也一定能做到。”齐欢要强地说。

“哎,别说这个了,咱们先解决肚子问题吧,再探讨转正问题。”那海涛说。

齐欢停顿了一下，问:“海涛，你真的爱我吗？”

“爱你啊，这还用说。”那海涛眼神中闪烁着真诚的光芒。

“你会一生一世在我身边吗？不放弃不背叛吗？”齐欢又问。

那海涛抿了一口水。“哎，当然了，欢欢，你怎么了？问这么奇怪的问题。”他抬头看着齐欢。

“那你为什么背着我去和别的女孩相亲？”齐欢话锋一转，质问道。

那海涛一听这话也不高兴了。“哎，欢欢，这件事我也不是跟你解释一两次了，你怎么还问啊？我不是说过了吗？这是误会，误会。”那海涛说。

“误会？是什么误会啊？我都把自己交给你了，你还去见别的女孩，你说，你让我怎么相信你啊。”齐欢说着就激动起来。受从小的单亲生活影响，齐欢十分缺乏安全感。

那海涛有口难辩，但还是不认输地说:“这是你爸的一个计策，计策。”

“计策？是美人计吗？”齐欢得理不饶人,“对,我也知道是我爸的计策，但你明知道是计策为什么还甘愿上当？你还是想见人家姑娘。”

“嗐……”那海涛摇头，“我要是刚开始知道这是你爸的计策我不就不见了吗？哎，也不是这意思。”那海涛无法自圆其说。

“对啊，对啊。”齐欢找到理了，“你自己说漏了吧，那海涛，我真是看错了你。”齐欢脸憋得通红。

那海涛也被自己给绕进去了，他理了理思路重新说:“哎，这可不能开玩笑，你听我说啊。事情是这样的，开始是我们市局副局长郭俭要给我介绍女朋友，我说不用，郭局就说，都跟对方说了，成不成的就见见面，就当是去应付应付，走个过场。你说我一个当兵的，人家局长说话了，我能驳人家面子吗？这不就硬着头皮去见了。我哪知道刚和那女孩见面，你和你爸就跑过来了……”

“是啊，就算你说的是实情，但就算是你们副局长让你去应付应付，走个过场，那你为什么不说自己有女朋友了呢？你要是说了，人家还能让你去走这个过场吗？”齐欢的思路清晰头脑敏捷。

“我……”那海涛也不知自己是下午说话多了脑子不好使，还是确实理亏，几句话没说对就让齐欢给捏住了。

“但后来咱们不是都知道了吗？这是你爸捣的鬼，他先以关心的名义让郭局给我介绍对象，后来又在我见面的那天带着你去那个餐厅吃饭，你说这不是……这不是阴谋吗……”那海涛无奈地摇头。

“这是什么阴谋啊？这是考验！你连这个考验都过不去，还凭什么说爱我。”齐欢火了，一下站了起来，拿起衣服就走。

“哎,欢欢,怎么说翻脸就翻脸啊,哎……”那海涛起身阻拦。齐欢急了，拿起杯子就将柠檬水泼在了那海涛脸上。“你和你师父一样，一心想着当官往上爬。”齐欢恨恨地说。

那海涛这下急了，脸色唰地变了，“哎，我说齐欢，你别太过分，我怎么一心想着当官往上爬了？这事跟我师父有什么关系？你觉得我见人家姑娘，是为了和副局长套近乎啊？我至于吗我？”

但齐欢根本就不听他说的话，转身走出了餐厅。

那海涛站在原地心里这个气啊，心想我这“七小时”师父啊，你可真是阴险毒辣啊！为了拆散我们俩也不至于使这种损招啊。美人计吗？呵呵，可真有你的。他欲哭无泪，面对着周围食客惊讶的眼神，默默地骂了一句脏话。

第二天的上午，齐孝石按照和代办公司邓楠的约定，早早地来到了海城城东的青年公园。齐孝石原以为在上班的时间公园的游人不会太多，却不料一进公园就像到了菜市场，退休的大爷大妈们熙熙攘攘、往来不绝，扎堆聊天的、围着公园遛弯的，跟运动会的开幕式一样。

十多分钟过后，一个消瘦的青年走进了公园东门。齐孝石虽然没见过邓楠，但一瞄他左顾右盼的眼神，就猜了个八九不离十。齐孝石收敛锋芒，站在原地装没看见他。反而是邓楠左右打量，看到了齐孝石。

“哎，您就是老刘？”邓楠走过来问。

“嗯，你是小邓吧？”齐孝石反问。

“你电话里说要注册公司？”邓楠试探地问。

“是啊，弄一个注册资金五十万的公司，规模不用大，要有注册地点，最好不是当年的。”齐孝石说得挺专业，他所说的不是“当年的”，意思就是最好弄一个几年前成立的公司，以显得可靠。

见“老刘”挺懂行，邓楠也就放松了警惕。“啊，五十万的公司……”邓楠停顿了一下，“老刘，您知道，现在注册公司不需要验资了，认缴就行。但要是弄个您说的几年前成立的公司啊，也确实得需要点费用。”

“费用不是大事，公司没问题就行。”齐孝石说，“要弄就弄个有一般纳税人资格的，不要有前科劣迹。”齐孝石说得专业。

“呵呵，您弄这公司是干吗用的？搞项目的？还是玩儿发票的？”邓楠接着问。

“这你别管，我找你先注册一家，如果弄得不错，以后还有不少生意。”齐孝石说。

“行，我办事你放心，但是有句话我可说在前面，现在工商和公安都查得紧，给你办了公司可别出事儿。”邓楠提醒。

“你放心，小兄弟，我不会让你为难的。”齐孝石一笑，一脸褶子舒展开。

邓楠侧目打量着面前的这位，越看越觉得不像老板的样儿。“那我跟你说说价钱。”邓楠说，“虽然现在不用验资了，但要是弄几年前成立的公司，还得按照百分之一的注册资本收，毕竟当时注册的时候是垫了资的。而且老公司注册完了都得花钱养着，这几年的工商年检费用我们也都担着。这样，我给您算算，再加上代办验照取证等杂七杂八的花销，一共收您一万块。怎么样？够便宜的了吧。”

“没问题，钱不是问题。”齐孝石笑了，他从身上摸出两根烟，先给自己点燃，又递给邓楠一根，同时从身上摸出一个鼓鼓的信封，“给，这是五千块，你先拿着。”齐孝石大方地回答。

邓楠一愣，很少见到这么痛快的主儿，一般找代办公司的人都缺钱，正因为筹不齐注册资金才出此下策，花钱也跟挤牙膏似的小气。而这个“老刘”却豪爽大方，让邓楠一下产生了好印象。

“行，那我给您开个收据。”邓楠说着就从身上拿出收据本。

“开不开都行。”齐孝石大大咧咧地说，“要开你就给我开张四千块的收据，剩下那一千块是给你的。”

这下倒弄得邓楠不好意思了，“哎哟，大哥您可真讲究啊，那我可就谢谢您了。”

“没事，咱以后常来常往嘛，有这方面的业务我都让你办。”齐孝石进一步给他甜头。他知道，对待这种人啊，一不能拿警察说事，对方干的这事是钻法律空子，你根本拍唬不住；第二还不能吓唬他，一吓就跑，手机号一变，到哪儿找人去啊。所以唯一可行的方法就是拿钱钩着他，让他觉得从你身上还能赚更多的钱，这才能变被动为主动。

“刘哥，您放心，以后有什么事儿需要我办的就尽管说。”邓楠变了称呼，“那我回去马上办，别耽误您做大生意。既然要弄个成立了几年的公司，咱就不用再重新办照了，我先找个壳儿，然后再看看您需要怎么变更成新的公司名称。”邓楠积极主动起来，果然是有钱能使鬼推磨。

“没事，看你时间，不急不急。”齐孝石大度地摆了摆手，“哎，还有个事你帮我打听打听。”

“您说。”邓楠爽快地说。

“我有个朋友让我帮着打听打听，有个叫什么世纪创新咨询有限公司的，是你们这儿给注册的吗？”齐孝石问。

此言一出，邓楠的表情顿时就变了。这一变，也让齐孝石心里一颤。坏了，有事儿。齐孝石暗想。

“你问这个干吗？”邓楠警惕地问。

“你觉得呢？”齐孝石用柔和的眼神看着邓楠，他可不想把这小子给吓跑。

“追债？”邓楠问。

“聪明。”齐孝石乐了。邓楠的猜测，符合他提前预设的三个方向之一。

“这事我可……”邓楠犹豫了。齐孝石明白，他没有马上拒绝，说明他对这个公司还有印象。

“兄弟，帮帮忙。”齐孝石说着又拿出一沓钞票，数都没数就塞给了邓楠。

邓楠犹豫了一下，把钞票塞进口袋里。

“这个公司……我确实有印象，但我只是帮着跑过腿，没和他们接触过，都是我们那个代办公司老板联系的。”邓楠说话时表情的变化不大，看样子不像在说谎。

“那就帮我好好查查。”齐孝石凑近他说，“跟你说啊，我也是给老板干活儿，世纪创新公司的人欠我们老板钱，你要是能帮我找到他们的人，我就给你这个数儿。”齐孝石说着伸出两根手指。

“两万？”邓楠问。

“再加个零！”齐孝石加重了语气。

沙伟今年三十岁，人长得瘦瘦小小，一双不大的眼睛左躲右闪，满眼都是紧张彷徨。为了防雾霾，他一直戴着口罩，直到走进审讯区的时候，才被武警勒令摘除。从穿着和举止就能看出，他是个典型的到大城市奔命的草根。

沙伟一进审讯室就傻了，回头问那海涛：“那……那警官……这……这不是要抓我吧？”沙伟脸色铁青。

那海涛表情严肃，端坐到审讯台后回答：“抓不抓你要看你的态度，态度要好就给你机会，态度不好……”那海涛故意停顿了一会儿，“我想你也明白，作为财务人员虚假报销票据的行为该怎么定性。”

一听这话，沙伟哆嗦得更厉害了，像筛糠一样，“您……您放心……我一定实话实说，实话实说。”

那海涛看着沙伟，心里开始琢磨。在审讯之前，他看过沙伟的简历，也询问过公司其他人员对他的评价。沙伟在财务部任职，可以说是老老实实、勤勤恳恳，在同事们中的口碑不错，每天最早到单位打水、扫地，任劳任怨。而且不少同事也知道，他是总经理陈沛介绍过来的，两个人据说还沾亲带故。小吕也在违法犯罪系统中扫过沙伟的信息，没有任何前科及犯罪记录。

“好，我们要听的就是实情，希望你珍惜公安机关给你的机会。”那海涛强调了一下。

小吕看那海涛拍唬得差不多了，就开始讯问，从沙伟的姓名、性别、籍贯、民族一直到他的个人简历和家庭情况。这些看似细碎的问题，是所有笔录开头必经的程序。有一些干预审的新警提出过疑问，既然嫌疑人都坐在面前了，咱们还问他性别干什么，再说了，籍贯和民族有什么关系呢？那海涛就给他们讲解这里面的基本理论。这看似教条细碎的问话，实际上是最基础的工作，也就是预审里讲究的纵轴和横轴。什么叫纵轴呢？就是审讯对象从小到大的成长环境、民族习惯、人生经历、遇到的重大事件、受过什么教育、家庭有什么变故、是否有过犯罪前科，话说俗了，就是他是从什么鸟变的。而横轴呢，则是对方的兴趣爱好、社会交往、从事职业、所处的平台，要丈量出他生活的宽度和广度。这样就整理出了对方的纵轴和横轴，之间那个交点，就是预审要对他进行审讯的切入点。找对了，审这个人，你就知道用软的还是硬的，用拍山震虎还是侧面迂回，就一通百通了。

小吕按部就班地讯问，结巴的毛病已经好转很多了。他是个很努力的年轻人，虽然在师父那海涛面前显得懦弱无用，但当初从十选一的考核中脱颖而出调到预审支队，凭的也是坚忍不拔的毅力和灵活机智的头脑。只不过在面对强者时，有种自惭形秽的自卑罢了。自卑，有时必须用努力去稀释，用自信去压倒。小吕为了改掉这个老毛病，每天都在业余时间朗读一个小时的报纸，又花了三千多块报了一个主持人的培训班，他在默默地努力，期待自己脱胎换骨的那天。

沙伟第一次坐在审讯室冰冷的讯问椅上，他仔细地回答着小吕提出的每一个问题，小心翼翼、战战兢兢，像小学生回答老师的提问，而眼神却始终离不开面前的《犯罪嫌疑人权利义务告知书》。他今天是被那海涛和小吕传唤来的，时间是二十四小时，身份已经成了犯罪嫌疑人。沙伟脑子里嗡嗡发响，不由得想起自己来海城这些年的付出与努力。这个城市太大了，繁华得几乎看不到整片的天空，而自己又太渺小，怎么奋斗也冲不出卑微的境地。他叹了口气，不由自主地想起了曾经在家乡的自由日子，想着想着，眼眶就湿润了。

“沙伟，沙伟，”小吕的发问打断了他的思绪，“回答我的问题。”小吕说。

“什么？什么问题？”沙伟表情恍惚。

“请你注意听我的发问，好吗？”小吕提示，“我问你有没有前科。”小吕问。

“前科……前科……”沙伟当然知道这个词的含义，“没有……但是，这次的算不算？”沙伟反问。

小吕想笑，接着问：“什么叫前科啊，就是以前曾经犯罪，受过刑事处罚。你有过吗？”

“没有，没有。”沙伟摇着头回答。

那海涛一言不发冷眼旁观，他看着面前这个慌慌张张、唯唯诺诺的小财务，觉得他的表现和自己的判断大致相符。但不知为什么，陈沛那歇斯底里的愤怒和痛彻心扉的哭号却总是浮现在他眼前，挥之不去。作为一名合格的预审员，他知道，在查清最终的事实之前，一切的表面现象都不能成为定案的证据。就像齐孝石说的一样，“不要相信别人，也不要相信自己，唯一要信的只有证据”。是啊，过分相信别人，就会被别人利用指引，过分相信自己的判断，就会成为武断，使案件走偏，只有客观的证据才是衡量罪与非罪的唯一砝码。那海涛决定用些招数，测一下沙伟说话的真伪。

“你和陈沛是什么关系？”那海涛单刀直入地插话。

沙伟脑子还乱着，猛地被插进一个问题，让他有些犯蒙。那海涛就是要打乱对方回答问题的顺序，让他措手不及。

“我和陈总，是同事关系啊。”沙伟回答。

“还有呢？”那海涛问。

“哦，还有我们是老乡，是他带我进的公司。”沙伟实话实说。

“你去年回老家了吗？”那海涛又问。

“啊？回了啊。”沙伟回答。

“什么时间回的？”那海涛问。

“什么时间回的？我忘记了。”沙伟摇头。

“什么时间回的家你能不知道？啊？”那海涛质问。

“我真的忘记了。”沙伟胆怯地说。

“大年初二回的！我告诉你！”那海涛用手点着桌子说。

沙伟的眼神一阵迷茫。那海涛就是要以这种方法告诉对手，他的行踪已被了如指掌。

“陈沛什么时间回的老家？”那海涛问。

“陈总什么时间回的……我不知道……”沙伟说。

“你们不是老乡吗？会不知道？”那海涛问。

“我们虽然是老乡，但在家里的关系并不近。您别看我年纪轻，但要论起来，我还是他的长辈，中间隔着好几道亲呢。再说他回家坐飞机，也不会像我一样挤硬座。”沙伟说。

“陈沛虚报的发票一共多少张？”那海涛问。

“一共三十四张。”沙伟对答如流。

“最大金额多少？最小金额多少？”那海涛问。

“最大金额二十万元，最小金额三万元。”沙伟回答。

“票都是从哪里找的？开的什么内容？”那海涛问。

“票有的是通过开票公司开的，按照百分之一到百分之三的点费买，有的就是直接到度假村办的卡，开了发票后报销出现金，再把卡退了。”沙伟回答。

“退卡需要支付多少退卡费？”那海涛问。

“有的是百分之五，有的是百分之七。”沙伟回答。

两个人一问一答，你来我往，小吕知道，这些都是记录的要点。

“发票都是真的吗？”那海涛问。

“都是真的，不然财务部报销也过不去。”沙伟回答。

“发票的项目都是什么？”那海涛问。

“找开票公司开的都是办公用品、餐费或者礼品费，找度假村开的都是会议费。”沙伟回答。

“财务部的其他人员没有监管吗？不知情吗？”那海涛问。

“这个……”沙伟低下了头，沉默了一会儿才回答，“因为陈总怕被别人知道了影响不好，所以这些发票报销的手续都是我办的，所以其他人大都不知道。”

“手续是你办的，那从公司的账上也看不出来吗？”那海涛接着问。

“应该是看得出来的。”沙伟不敢直视那海涛，“财务部的主管和会计应该都能看出来，但可能是碍于陈总的情面吧，他们也从来没问过我。”

那海涛一连十几个问题问出，沙伟回答得都没有毛病。那海涛心里有了底，看来沙伟说谎的概率并不大。

“沙伟，你身为财务人员，知道你这种虚开发票进行报销的行为是什么性质吗？”那海涛问。

“这……”沙伟一下沉默了，心都揪了起来，他下意识地攥着右手，这是他最不愿听到的质问。今天被带来的时候，他就有种不祥的预感，觉得这次可能有去无回。沙伟的双手不由自主地颤抖起来，战战兢兢地抬起头看着那海涛，眼神中有种祈求的无助。“那警官，你们就给我一次机会吧……”沙伟说。

那海涛要的就是这种效果，其实在陈沛职务侵占的案件中，沙伟的行为虽然涉嫌违法，但并没有占有公司财物，未达到共犯的程度，就是公安机关想处罚沙伟，也很难以刑事的打击进行处理，最多是基于其违反财会的制度给予行政处罚。但即使这样，拍还是要拍的，陈沛到现在还是零口供，根本不承认自己通过虚报发票进行职务侵占的行为，要想顺利让检察院批捕定案，就必须依靠沙伟这个关键证人的关键口供。

“看来你还是不明白，自己行为的严重性。”那海涛继续给沙伟上课，“根据《刑法》的规定，虚开发票的行为也是在公安机关打击的范畴之中的。你虽然是受陈沛的指使，但虚开发票的行为却都是自己做出的，而且从行为发生截止到现在，数额还特别巨大。沙伟，虽然你现在举报了陈沛职务侵占的行为，亡羊补牢，但从你自身来说，也有脱不了的干系。你明白吗？”那海涛一针见血地质问。

沙伟傻了，他躲避开那海涛的目光，呆若木鸡。“那……那警官，我知错了，知错了……请您救救我，救救我……”沙伟带着哭腔说。

那海涛看着被驯服的沙伟，心里继续分析对比。与陈沛歇斯底里的辩解和痛彻心扉的求助相比，沙伟的表现更让人信服。他停顿了一会儿，让沙伟的情绪稍作稳定，便继续发射子弹。

“沙伟，其实我们在找你之前，已经做了大量的工作，对你的情况早已了如指掌，所以你千万别跟我这儿玩儿什么心眼儿，今天带你来，就是给你如实供述的机会，这主动的供述和被动的讯问，同样的证言性质和态度却截然不同，你明白吧？”

“明白，明白。我敢对天发誓，我说的一切都是事实。”沙伟信誓旦旦。

“在陈沛这件事上，你拿钱了没有？”那海涛问。

“一分钱都没拿，我敢用自己的人格保证。”沙伟回答。

“你是通过什么关系认识陈沛的？”那海涛又问。

“我是通过自己的表亲认识的陈沛。”沙伟回答。

那海涛看问题问得差不多了，就让小吕按照程序准备收尾，同时告诫沙伟：“我们相信你，也希望你对得起自己的良心，现在是给你机会，让你如实举证，如果你胆敢作伪证或者欺骗、诬告，我们一定办了你！”那海涛的语气严肃。

沙伟一下起身，给那海涛跪下了，“我不敢，不敢，谢谢您给我机会！”

那海涛也站起身，勒令沙伟重新坐下。“陈沛不缺钱，他为什么要通过这种方式拿钱？”那海涛在沙伟心理状态最薄弱的时候，抛出了关键问题。

“他在澳门经常赌钱，这几年都是输多赢少，这些钱都被他用作赌资了。”沙伟在那海涛的强压下，将事实全盘脱出。

在审讯后，那海涛马上让小吕去调查陈沛的出入境记录，果然发现他多次往返澳门。那海涛心里有底了，照着职务侵占弄，肯定没错！从那天起，那海涛就没再提审过陈沛。既然要零口供批捕，就索性把有限的工作时间放在其他证言和证据的搜集上。

那海涛又询问了新时代公司的董事长卓越，卓越对陈沛的事情摇头叹息，说陈沛其实是个很有想法和作为的青年企业家，这几年为新时代公司的发展逢山铺路遇水搭桥，立下过汗马功劳。在金融危机中，他精简公司人员、做强基础门店、从委托采购变直接采购，使公司度过了危机。在行业竞争中他也表现不俗，这几年新时代公司已经成为海城零售业实力最强的公司之一，公司近一年的净利润已经超过了五千万，近三年的主营收入年均增长率还超过了 30%，已经达到了中小板上市的要求。但就因为此事，不但陈沛的前途尽毁，新时代公司也受到极大的影响。说句带有私心的话，如果不是沙伟直接向公司董事会举报了陈沛职务侵占的事实，公司也许会在完成上市前，暂缓对陈沛的处理，一切待公司完成上市之后再做决定。但现在这一切都不可能了，在陈沛被公安机关带走之后，不但公司内部人心惶惶，社会舆论也把公司推到了风口浪尖。广播电视、平面媒体、网络微博都争先报道，市民热议，其他竞争对手也添油加醋、落井下石，一切都变得不可收拾。

那海涛也不禁点头。是啊，陈沛的职务侵占不但对他个人来说悔之晚矣，同时对新时代公司也影响巨大。如果真的因此影响到了新时代公司的上市计划，那公司受到的损失又岂止是陈沛侵占金额的十倍百倍？

那海涛离开新时代公司的时候，灰黑色的天空正飘着零星的雪花。雪花沾染了空中的雾霾，落到车窗上变成一片污迹。这曾经美好诗意的场景，如今却变得肮脏不堪。那海涛启动汽车，戴上口罩。他默默地想，在打击效果和社会效果之间，作为一名警察，有时真的无法两害相权取其轻，感性永远不能去左右理性的判断。他准备回到警队，立即起草向检察院提请逮捕陈沛的报告，现有的证据材料已经齐备了。

阴沟翻船

西郊墓地的下午，天空飘着灰色的雪花，冷风一起，地上的落叶纷飞，与灰雪卷在一起。季节的更迭让岁月的流逝更加形象和具体，时间的刻度有时印在年轮上，有时也印在人们心里。

齐孝石和老赵蹲在一处墓碑前，往火盆里烧着纸。

“小龚啊，你还记得年轻时咱们怎么说那帮‘七处’的老炮儿的吗？”齐孝石比龚培德的年龄大，年轻时一直这么叫他。墓碑上龚培德在遗像中还穿着警服，那是他最后一次荣立个人二等功之后照的。“你们不是让我们扫地、打水、买饭、做记录吗？行，你们鸡贼、砸窑儿、不教我们真东西啊，我们自己学，不拼日出拼日落，等你们老了就是我们的时代了。那时多有干劲儿啊，多牛 × 啊……”齐孝石默默地说，手里轻轻揉着核桃。

“是啊，这拼来拼去，除了落了一身毛病还得了什么？”老赵在旁边也很感慨，“有时想想啊，人这一辈子，还就是年轻的时候快乐、无忧无虑、自由自在。”

“还记得咱们老科长说的话吗？要是别人都不对，那就是你自己的错。我现在想啊，还真是这么回事，人不能太圆也不能太方，哪头多了都不好。你总是说‘生要尽兴，爱要尽情’，我就不同意，人呢，不能太想赢，就得

‘不拿人当人、不拿事当事’才行。”齐孝石对着墓碑叹气，“唉……你小子啊，一辈子干事绝对，不给自己留余地，也不让别人踏实，这走了走了吧，还留下句欠我的。你他妈什么意思啊，你欠我什么啊？”

“哎，别瞎说了，什么欠不欠的，人都走了，还说这些干吗？”老赵拍拍齐孝石的肩膀。

“不是，他是有话要跟我说。”齐孝石倔脾气起来了，“要不是我犯混蛋，没准……没准丫还走不了呢……”齐孝石说着鼻子一酸，眼睛红了。

“行了行了，不提这事了。”老赵安慰道，“他这一辈子啊，也没活明白，伸着脖子往上够，活着的时候门庭若市，多少人巴结着他，而现在呢？谁来过了？你瞧瞧这碑上的土。”老赵叹息，“这预审圈里的传奇啊，真没剩几个了，襄城的‘老鬼’为了省俩钱儿栽河里了，小龚也想不开往楼底下跳。这人啊，要是不信来世，一共也就七八十年，除了吃喝拉撒、挣钱奔命，还能有多少属于自己的时间啊。想开点吧……年轻时啊，要珍惜每一天，到了你我这岁数啊，是要珍惜每一分钟了。”

“唉……可不吗？”齐孝石摇头，“但我们这些搞预审的啊，干的就是跟人家耗时间的活儿，一堂笔录下来少的一两个小时，长的就是一个通宵。珍惜？说得好听，那是忒金贵的事情了……要是有下辈子，我可不当警察了，特别是不能再干这预审，上班说鬼话、下班说人话，天天骗来骗去的，迟早有一天让自己给带沟儿里去。”齐孝石摸出一根烟，点燃。

“小龚这奔了半天命啊，最后也没落好。职位上去了吧，媳妇却早早就撒手人寰了，儿子跟着爷爷奶奶长大，惯得没样儿，也没少给他找事。这几年啊，我眼瞧着他白头发一天比一天多，那眼神儿里的亮儿都没了。他也是没退路了啊，要是连这个职位都没了，可就真不剩下什么了。”老赵说着也点上一根烟。

齐孝石沉默了一会儿，也许是老赵的话也击中了他心中的脆弱。他蹲累了，就找了块旁边的石头坐下。“咱们啊，总觉得自己精明，老拿人家当傻帽儿，最后发现自己其实才是个棒槌。越想占便宜啊，就越容易走眼，一辈子净干丢了西瓜捡芝麻的事儿。人比人能聪明多少啊？玩儿来玩儿去，还不是把自己给绕进去了。老赵啊……”齐孝石停顿了一下说，“我的退休申请快批下来了……”

“啊？退休了？那是好事啊。”老赵坐到齐孝石身边。

“是啊，就差我最后一个签字了……原来我也觉得是好事，累了，真累了，这一辈子啊，天天跟人打嘴仗，得理不饶人，无理搅三分，想着等退休了，就把自己关屋里睡上几天觉，踏踏实实地当个哑巴，再也不胡搅蛮缠了。”齐孝石望着远方的山峦出神，“但是今天上午政治处一通知我啊，我就觉得不对了，原想着自己该是高兴才是啊，但现在呢，心里发空，就这儿。”齐孝石指着自己的心窝。

“我知道，你这老家伙啊，就是闲不住。”老赵又拍了拍他，“换作谁都是这样啊，忙了一辈子了，哪能说停就能停下？就是刹车也得有个缓冲距离呢不是？等过一阵儿就好了，养养花、钓钓鱼，这才是真正的生活。”

“我还不准备马上签字，缓一段时间再说。”齐孝石停顿了一下说，“一签字就得交工作证了，交了工作证，我可就真不是警察了。”

“什么？缓一段时间？”老赵疑惑，“你手里还有什么案子没办完吗？”

“是啊，还有个案子，一天不办踏实，我就一天睡不好觉。”齐孝石若有所思，不时看着墓碑上龚培德的遗像，“人这一辈子啊，什么名啊利啊，都是假的，‘老鬼’‘七小时’这些名字，以后的人谁还会记得？但唯有案子，是黑白对错永远变不了的，你一天不把它给破了，它就永远不明不白地搁在那儿瞅着你……”齐孝石仿佛在自言自语。

讯问室里空气混浊，混合着烟味、汗味、发霉的味道，令人作呕。那海涛让小吕打开窗户透气，把这一宿的污浊都散出去。

看守把陈沛押进审讯室的时候，小吕大跌眼镜。才短短的十多天没见，他几乎脱了相。人瘦了一大圈不说，原本茂密的头发稀疏了不少，那是因为过度焦虑疲惫而产生的斑秃，俗话叫鬼剃头。再次见到那海涛，陈沛的眼神里昔日的骄傲和狂妄已经荡然无存，转而被迷茫和无助替代。

“姓名？”那海涛按照程序讯问。

“陈沛……”陈沛有气无力，不再抗拒。

“因为什么罪名被刑事拘留？”那海涛继续问。

“职务侵占。”陈沛回答。

“陈沛，根据《中华人民共和国刑事诉讼法》之相关规定，你因涉嫌职务侵占罪，经检察院批准，由我局执行逮捕。现在我们向你宣布。”那海涛拿起逮捕证向陈沛宣读，“这是逮捕证，请你签字。”那海涛让小吕把法律手续送到了陈沛面前。

陈沛浑身颤抖，他凝视着逮捕证，散乱的眼神慢慢聚拢，发出一种绝望的光。“啊！啊！”他突然狂叫起来，“我冤枉啊！冤枉！你们这些警察和外面的人狼狈为奸、沆瀣一气，一起陷害我！”他骂着喊着，将逮捕证撕得粉碎。

“陈沛！你要干吗？”那海涛火了，一下拍响了桌子，“这就是你对自己罪行的态度？！这就是你反思的结果？！”那海涛质问。

“你们这帮狗腿子！你们是警匪一家！”陈沛歇斯底里地大喊，“你们知不知道，这样助纣为虐，是会受到报应的！你们破坏了新时代公司来之不易的上市机会，多年来的努力毁于一旦啊！你们犯下了滔天大罪啊！滔天大罪！”

“你给我放尊重了！你说谁警匪一家？你有什么资格这么说！”那海涛火冒三丈，“我告诉你，我们执法的权力是法律和人民给予的，只要有人触犯了法律的高压线，无论是达官显贵还是平民百姓，我们绝不会姑息！滔天大罪？你该好好反思自己的行为才对，回去好好想想，押走！”

那海涛不问了，让看守把陈沛押走。而陈沛却还是不依不饶，努力挣脱了身边的看守，继续大喊:“姓那的，你会后悔的，你会为此付出代价的！沉重的代价！”

那海涛用坚毅的目光与陈沛的眼神交锋，看着看守强行将他架走，心里的怒火几乎迸发，努力做了几个深呼吸才止住愤怒。忍字头上一把刀，每个预审民警都要定期做心理治疗，在与嫌疑人对抗的斗智斗勇中，就算心理素质再好的预审员，也往往杀敌一千、自损八百，难免受到心理的创伤。

齐孝石来到了市局政治处，副主任刘权迎了过来。刘权四十多岁，人长得白白胖胖的，制服笔挺、油头粉面。

“哎，七叔，您来了？”刘权原来是经侦的侦查员，没少往齐孝石那里送案子，两人很熟，没人的时候，刘权就叫齐孝石“七叔”。

“是啊，这不刘大主任让我来吗，我哪敢耽误啊。行啊，刘主任，这才不到半年，又进步了啊。”齐孝石调侃。

“嗐，什么进步啊，就是领导错爱、同志们帮衬，能更好地为广大民警服务了，您说是吧。”刘权笑着说，“我说七叔啊，您现在才算熬出头了呢。那句话怎么说来着，对，炒股的梦想是高位出局，开飞机的梦想是平安降落，您看您这一退，潇潇洒洒、自由自在，给个局长也不干啊。”

“权子，你丫就爱跟我这儿裹乱，别以为你到了政治处就进了庙门成了真神了，我告诉你啊，在我眼里，你丫那德行一点没变。”齐孝石说着说着就对刘权换了称呼，警察之间就是这样，嬉笑怒骂才显得亲切。

“哎，这就对了，七叔，什么主任啊，那是吓唬孩子们的，在您面前立马露相。”刘权咧嘴一笑，基层警察那样子就露出来了。

“得得得，你别跟我这儿打马虎眼。我来是找你有事。”齐孝石说。

“明白，不光是有事，还是天大的事儿。”刘权点头，“来，您跟我过来签字吧，材料都备齐了。”

“我就是要跟你说这件事，这退休的事儿能不能再缓几天办？”齐孝石入了正题。

“缓几天？”刘权疑惑，“我说七叔，这上个月是您天天催我跟赶鸭子似的，我这上下折腾、跑前跑后的，一点没敢耽误啊，怎么着？现在办下来了，您又说缓几天退了？我说爷爷哎，这可不是开玩笑的事儿啊，这是组织程序啊。”

“唉……这不手里还有个案子没结吗，要是退休了，就崴泥了。”齐孝石说。

“嗐，案子没结就交给孩子们办呗，案子什么时候有头儿啊。”刘权没少和预审合作，知道他们的工作量，“您到这岁数了还不放心、还不撒手呢？这不行啊，七叔。长江后浪推前浪，前浪不腾地儿就得让后浪拍在沙滩上，这说得有点过但是理不歪啊。该放手就放手，别老自己担着，您这都什么岁数了。”刘权话糙理不糙。

“是，我也知道，不能总攥着。但这个案子……”齐孝石停顿了一下，“这个案子别人暂时接不了，有点乱，我就索性给它弄完了吧。”

刘权多精的人啊，他在政治处每日上传下达，消息灵通。齐孝石没说两句，他就猜出了个大概。“因为龚支的事儿？”刘权探过头轻声地问。

齐孝石一惊，没想到刘权会一语中的。但幸好他脸上褶多肉少，一般的表情都不容易显露，他不动声色地反观刘权的眼神，瞬间弄明白了对方只是猜测。“你说谁？龚培德？”齐孝石反问。

“是啊，龚支队长的死哪有那么简单，您是查那个事儿呢吧？”刘权笑着问，但嘴角微微颤抖。

“我管得着他吗，你这瞎扫听……他的事儿跟我有一毛钱关系吗？开玩笑。”齐孝石不屑一顾起来，“我现在搞的是预审，又不是检察院和纪委，就是想管也轮不着我啊。”齐孝石看着刘权，他知道这是刘权在套自己的话。

刘权将信将疑，但还是操着信以为真的口气说：“哦，我说也是。这事跟预审大概也没多少关系。”

“他那事儿还没完？”这回轮到齐孝石反问了。

“没完，据说现在是表面上不查了，但纪委的专案组还没撤。”刘权用探寻的眼睛看着齐孝石。

“哦……”齐孝石点了点头，“那这签字就先缓几天，我警官证什么的也先别收呢，等我办完案子再找你签字，就这样啊。”齐孝石说着就往外走。

“哎，别价啊，七叔。”刘权追了出来，“您先告诉我，还得多少天啊，这手续不能老放在我这儿啊。”刘权说。

“我尽快吧，不超过一个月。”齐孝石回头说。

傍晚，那海涛拖着疲惫的身体回到了公寓，连日的加班审讯让他头昏脑涨，他找了半天才从包里拿出钥匙，刚插进门锁却发现屋门是打开的。他笑了，心里如沐春风，在开门的同时，一股饭菜的香味迎面飘来。那海涛脱了鞋，放在鞋架上的红色高跟鞋旁。

一天的疲惫一扫而光，那海涛轻轻地脱去外衣，蹑手蹑脚地来到厨房。在厨房里，齐欢正在忙碌，她高挽着发髻，白皙修长的脖颈显露无遗，浅灰色的毛衣外裹着一条肥大的围裙，却仍挡不住成熟女性特有的凹凸有致的曲线。

那海涛轻轻地走到她身后，一下抱住了她。齐欢被吓了一跳，叫出声来。

“坏人，进来也不说一声！”齐欢回头打了那海涛两下。

那海涛照单全收，幸福地迎着她的粉拳。“我们家欢欢真贤惠，来，让叔叔表扬一下。”那海涛说着就冲齐欢的脸吻去。

“去去去，别捣乱。”齐欢用手挡住那海涛的嘴，“听话……听话……”齐欢一把推开了他，“快去把桌子收拾好，一会儿菜就熟了，准备吃饭。”齐欢用教育孩子的语气说。

齐欢的声音像一只毛茸茸的小手，挠得那海涛心里痒痒的。但那海涛却没有听话，反而更加用力地抱住齐欢，不依不饶，齐欢的拒绝反而更加刺激了他拥有的渴望，那海涛慢慢地低头，吻住了那白皙的脖颈，双手也从她腰部慢慢下移，轻轻地抚摸着那平坦的小腹。

“干吗啊，海涛，这是厨房，菜……菜都煳了……”齐欢摇摆着身体，呼吸渐渐急促。

“菜煳了就重做，你要跑了我找谁去……”那海涛的呼吸也渐渐急促。

“海涛，你爱我吗？”齐欢转过头，问紧拥自己的那海涛。

“爱……爱得死去活来……”那海涛在齐欢耳边回答。齐欢听了甜蜜，转头回吻着那海涛，两张唇紧紧地贴在一起。

女性胴体特有的芳香让那海涛不由得血脉偾张，他顾不得空间狭小，一把将齐欢抱起，放在厨房的操作台上。

“你要干吗，海涛？”齐欢惊讶。

“我要你，现在就要。”那海涛边说边解开齐欢的衣服。

“干吗，急什么，去卧室，还没洗澡呢……”齐欢娇息频喘，阻不住那海涛的粗鲁。

“等等……等等！”齐欢突然提高了声音。

那海涛愣住了，一下停住了举动，他想是不是自己过于粗鲁了，惹齐欢生气。

“关火，先关火……”齐欢笑了。

那海涛心里大喜，迅速关闭了灶台开关，像受到了鼓励，热吻着齐欢，然后猛地挺进，厨房里顿时陷入了混战，橱柜里的餐盘碗筷都叮叮咚咚地响动起来，宛如一首奏鸣曲。

“欢欢，我爱你，爱你，谁也拦不住我娶你……”那海涛一边冲锋一边承诺。

齐欢也幸福地迎合着。“你……你不怕……不怕我爸……不同意……”齐欢给他出着难题。

“早晚……早晚……他会同意……”那海涛吻住齐欢性感的肩胛骨，坚决地说，“我每天都是在攻克难题，一定能突破你爸这一关。”

齐欢欣慰地笑了，但随即就被心底升起的巨大满足所占据，她感到浑身紧绷，几乎停止了呼吸，她紧紧抓住那海涛健壮的后背，再也不愿与他分离。

傍晚的小酒馆里，人声鼎沸，略带文艺腔的外地小老板在播放着一首叫《玛奇朵飘浮》的手风琴乐曲，音乐婉转悠长，在这个冬日如炉火般温暖，袅袅腾腾，仿佛是在追忆着过往的时光。

齐孝石和老赵在油腻的小桌上对饮，一瓶存酒眼看着就要报销。两人相对无语，相互交流的唯一方法就是对碰酒杯，悠长的乐曲声在空中流淌，一直慢慢延伸到他们的心中。

“别喝了，到此为止吧，再喝就伤胃了。”老赵说。

“靠，你丫还有胃呢？”齐孝石不屑一顾地撇嘴，“我还以为你没心没肺呢。”他挖苦道。

“嘿，你这老东西又装孙子是吧。你是一个人吃饱了全家不饿，自由自在没人管。我不行啊，老伴给我下了死命令，必须戒酒。还不是因为你上次给我灌多了，让她抓了个现行。”老赵还嘴。

“你？戒酒？得了吧您哪。要是换成别人我还信，你？没戏。”齐孝石摇了摇头说，“我认识你快半辈子了，一直就喊着戒酒，哪次成了？你呀，烂泥扶不上墙，一见媳妇就腿软。整个一个杵窝子、妻管严。”齐孝石嚼着花生米说。

“我那叫尊重，尊重你懂吗？”老赵强调说，“这当了一辈子警察啊，本来就没怎么照顾过家，再不对媳妇好点，那还算是个男人吗？”

“嘻，多大点儿事啊，能喝就喝，不能喝，谁也没哈着你逼着你喝。”齐孝石看老赵不喝了，索性把他杯子里的白酒都倒在自己杯子里，犹豫都不犹豫，一仰头，干了。

“哎，我说你，悠着点。”老赵嘬牙花子，“酒是人家的，命是自己的。”

“唉……想喝点儿，这些天要不给自己灌多了吧，这觉就睡不踏实。”齐孝石两眼通红。

“我看啊，你这是太惯着自己了，你瞧你这脸色，几天没好好睡觉了？到了咱这岁数啊，就不能由着自己性子来了。要我说，你这酒也得少喝点，烟也该戒了。”老赵说。

“戒了，我都给戒了，那老天爷还不把我给戒了……”齐孝石摇头，“我这些天啊，就是睡不着觉啊，晚上明明躺下了吧，找半天姿势，一翻身还得从头再来。一闭眼啊……”齐孝石欲言又止，“一闭眼就老是看见龚培德最后一次见我的样子，丫那张苦脸啊，跟我欠了他八百吊似的……”齐孝石用手胡噜了一把脸，“不敢闭眼啊……”

老赵知道这是齐孝石的心病，便不多做引申，劝慰道：“这是你沏茶沏得太酽了，以后别喝花茶了，我给你拿点绿茶，喝清淡点儿就好了。”

“哎，不抽烟了，不喝酽茶了，就为了图个睡觉踏实，那我活着还干什么啊？”齐孝石皱眉，“跟那个‘老鬼’一样，省吃俭用，最后一头栽河里去？”

“嘿，瞧你说的。活着干什么啊？你这该退休的人了，就该享福了，别跟自己较劲。抽烟呀，喝茶呀，该戒就戒，也趁早别再耍嘴皮子了，后半辈子就别给自己什么压力了，歇歇吧。你呀，现在就该调整心态，你别再拿自己当什么预审行里的‘七小时’，换个活法，踏踏实实的、安安静静的，以后的日子还长着呢。”老赵说。

“是啊，长着呢……”齐孝石默默点头，“长得看不到头啊……”

“哎，说正事，过几天的检查身体你去不去？要去咱俩一块去，正好我儿子休息，坐坐他的新车。”老赵说。

“不去不去，我压根儿不信那玩意儿。体检有什么用啊，该死卵朝上，真查出什么事儿来得闹心，要完蛋趁早，嘎嘣一下还省事儿了。”齐孝石撇了撇嘴说。

“瞎说，呸呸呸。”老赵摇头，“我看你啊，现在是嘴硬，等老了真有毛病就后悔了。再说了，这估计是你退休前的最后一次体检了，等你退休证一下来，呵呵，该跟人家那些老干部们一起去了。”

“唉……这回真成老干部了。”齐孝石沮丧。

“听说你暂缓退休了？怎么回事？”老赵问。

“不为什么，就是手头还有点事，得归置归置。”齐孝石打马虎眼。

“你放屁，我还不知道你，从几年前就不好好接事儿了，还归置归置。是因为龚培德的事儿吧？”老赵问。

“不是，跟他没一点关系。”齐孝石否认。

“老齐，我劝你，别管这个闲事了，就是真有事，也得让纪委他们去搞，你搞不合适，也搞不了。”老赵说。

“我知道，但……”齐孝石犹豫了一下，“我就是不相信，龚培德那么硬的人，能把自己给糟践了？这里面肯定有事。”齐孝石还是转不过这个弯。

“你就好好盘手里的核桃，没事公园遛遛弯，想聊天了就找我，再过两年我也退了，咱俩钓鱼去。其他的啊，什么都别想，这不是咱们能管的事情。来，喝完这一杯，酒也要戒，平平安安的比什么都强。”老赵拿起酒瓶，把残酒匀到酒杯里。

“好，干。”齐孝石也举起酒杯，两人一饮而尽。老赵呛了一口，咳嗽了半天。

齐孝石抬起头看着电视，脑海却都是龚培德的影子。电视里面正放着《晚间新闻》，新闻里播报着：

“目前，全省连锁超市企业50多家，这些企业在市县区域市场增加了就业，同时具备安全、快捷、低价的服务优势。新时代集团曾经以超市门店25家、百货2家、批发公司1家的骄人成绩在本市成为行业的龙头老大，传闻近期亦在推进公司上市事宜。但由于近期披露的新时代集团总经理陈沛被司法机关带走协助调查一事，造成公司内部人员地震，经营陷入停滞，上市事宜无限期推迟。媒体和网络广泛猜测，陈沛被带走与公司内部腐败有关。本台记者向海城市公安局新闻办证实，陈沛正在看守所接受调查，至于具体情况，由于案件还在处理中不便透露。新时代集团否认了外界传闻的公司上市受挫等说法，到现在集团董事长卓越的电话仍处于关机状态……受此影响，新时代集团在本市客运中心车站和新天地广场的两处1万平方米以上的经营场地也在租赁竞标中失利，经营权被实力和规模紧随其后的正毅集团获得，正毅集团董事长刘松林接受了本台的采访。有专业人士分析，由于新时代集团受到陈沛案件的影响，公司的稳定和市场的信心均严重受挫，正毅集团将成功抢占新时代集团的市场份额，跃居本市连锁行业经营、销售之首……”

“这就是商战啊，你方唱罢我登场。”老赵没头没尾地说了一句，他打量着眼前的齐孝石，他正望着电视出神。“哎，你看什么呢？有市局的人露面儿啊？”老赵疑惑地问。

“刘松林……你看见了吗？他……怎么又回到海城了？”齐孝石惊讶地看着电视说。

“谁？刘松林？”老赵也似乎想起来了。他转头看着电视屏幕，里面的一个人正在接受记者的采访，屏幕下打着字幕：正毅集团董事长，刘松林。

“是他！就是十年前告我的那个刘松林。”齐孝石张大了嘴。

齐欢给那海涛盛了一碗汤，慢慢地递过去。“这是我特意熬的冬瓜排骨汤，你尝尝好不好喝。”她绯红着脸，羞涩地说。

那海涛配合地连连称赞：“不错，好喝。”两个人肩并肩地坐着，享受着来之不易的幸福甜蜜。

“汤确实不错,就是这红烧大虾似乎有点煳了。”那海涛嚼着嘴里的菜说。

齐欢一愣。“是吗？我尝尝……”她说着也自己吃了一口，“没煳啊……啊！你真坏！真坏！”齐欢突然醒悟。

那海涛坏笑。“我爱你，欢欢，能和你在一起是我最大的幸福。”他真诚地说。

齐欢的脸更红了。“我也是，海涛，请原谅我那天对你发脾气，我知道那是我爸出的坏主意，但我就是心里不舒服。”齐欢有些委屈。

“那不怪你，怪我。”那海涛也自我检讨，“我如果不是考虑到领导的面子，也不会去见那个女孩，下次再有这样的事儿，我肯定坚决地对他们说，我有女朋友了。”那海涛信誓旦旦，“再说了，我喜欢你跟我发脾气，你越发脾气，就说明越爱我，是吧。”那海涛笑。

“讨厌，美得你。”齐欢还嘴，“嗯，这样啊，我也想了，像我们海涛这样精明强干的小伙子啊，不招一两个姑娘喜欢也是不对的，所以嘛……”齐欢说着转身从包里拿出一个小纸片，“我就要给我齐欢自己的东西，贴个标签！”

“啊？标签？什么东西啊？”那海涛费解。

“嗯，是个大头贴！”齐欢说着就拿过了海涛的手机，三下五除二地把大头贴贴了上去，“看看，喜不喜欢，这样你见不到我的时候，就能够自省自律自我约束了，哈。”齐欢笑起来。

那海涛拿过手机一看，齐欢把一张自己的自拍照，贴在了他手机屏幕的上方。那海涛故意皱了皱眉，“这个……不太好吧……”

“怎么不好？怎么不好？”齐欢把头凑过来说，“这就是时时刻刻提醒你，别忘了自己是谁的。”齐欢笑着眯起眼睛。

那海涛刚想反驳，但心又软了，“行，行，我的姑奶奶，我是你的，行了吧。”那海涛妥协。

“嗯，这还差不多。”齐欢满意了，“海涛，你打算怎么过我爸这一关啊？”

“这好办，过几天我就正式跟他去谈。”那海涛说得英雄，但一想到齐孝石的嘴脸，全身上下的战斗力就泄了一半。

“怎么谈啊，有招数？”齐欢笑着问。

“这招数嘛……”那海涛故意转了转眼睛说，“我就先给他来个拍山震虎！告诉他，你女儿我非娶不可。然后再来个侧面迂回，咱也来点软的，请他吃顿饭，好好做做思想政治工作，让老同志也明白，我能给他闺女带来幸福的生活，是吧。然后呢，再来个请君入瓮，让他在做通了思想政治工作之后大彻大悟，将他闺女，嗯，也就是你主动送到我府上，然后咱就拜天地、入洞房，顺手牵羊、将计就计。”那海涛说得摇头晃脑。

“别闹，我说真的，你有招儿了？”齐欢有些忧虑地问。

“我……还没有可行的方案……”那海涛顿时哑火了。说来也是，你别看现在那海涛搞预审得心应手，一张嘴稳、准、狠，别人问不出来的嫌疑人他能问出来，别人破不了的案到他手里迎刃而解，但这些招数大多都是齐孝石传给他的，要是论起和师父较量，那海涛的心里还真是没底。

“说实话啊，欢欢，我现在最怵的人啊，就是你爸。”那海涛现了原形，“我想过多少个跟你爸改善关系的方法，也都试过不少了，但是……你爸他就是不肯原谅我。”那海涛摇头叹气。

“为什么啊？就因为你十年前不当他徒弟了？”齐欢问。

“是，但也不是……”那海涛挠头，“怎么说呢，我当然知道，在警察行里徒弟换师父是大忌。但十年前受那个案子的影响啊，市局就决定把你爸调离一线岗位了。师父没了案子，徒弟就跟着清闲。但你说，当时我刚上班没几年，正是想往前冲的时候，整天熬在办公室里订卷打杂，能受得了吗？当时就有不少同事劝我，让我跟别的师父，但我没走，真的，我真的是死心塌地跟着你爸。”那海涛似乎对当时的回忆还很痛苦，“后来是龚培德师父主动找的我，让我跟他，又加上当时的预审邢科长劝我，我才离开的你爸。唉……现在想想，也是我不对。”那海涛叹气。

“唉……我真不懂你们警察，一个个都拿工作当命，就为了破几个案子，可以不吃饭不睡觉不回家，可以不顾妻子不顾孩子不顾自己的生活。海涛，有时我会感到有些怕……”齐欢轻声地说。

“怕？怕什么？”那海涛问。

“怕你和我爸一样，不顾家人，一心就想着工作。”齐欢说着眼圈就红了，童年的委屈涌上心头。

“傻孩子，不会的。”那海涛一把将齐欢拢到怀里，“我和你爸不一样，虽然都是痴心于工作，但我分得清这两者的界限，不会让自己成为工作机器。欢欢，请你相信，我一定会让你过得幸福。”

齐欢甜蜜地伏在那海涛的怀里，“我相信，当然相信……”

“要不……咱们先斩后奏吧！”那海涛眼珠一转，“那三斧子”的劲头又冲了出来。

“啊？怎么先斩后奏？”齐欢问。

“下周就是咱们恋爱的纪念日，咱们去民政局把结婚证领了再说。”那海涛笑着说。

“这……”齐欢有些犹豫。

“怕什么？怕气坏了你老爸？”那海涛问。

“不是，我是觉得这样太仓促了。”齐欢看着那海涛说，“你要真是爱我，领证早晚都不会妨碍我们的感情，所以我想还是先突破了我爸的障碍再说。你不会生我的气吧，海涛？”

“怎么会，你说得也对。”那海涛点头。

“快吃饭吧，都凉了。”齐欢赶忙给那海涛夹菜。那海涛亲了齐欢一口，狼吞虎咽起来。

两人边吃饭边看着电视，宛然过起了家庭生活。

电视上正在播报《晚间新闻》，里面是关于新时代集团陈沛被抓的消息，那海涛心不在焉地看着，心想在陈沛被捕之后，这方面的消息已经满天飞了。新时代集团作为本市的连锁企业老大，受到社会的关注和质疑都是在预料之中的，何况当今的媒体抱着“狗咬人不是新闻，人咬狗才是新闻”的态度，对陈沛被抓的消息趋之若鹜，也在正常范畴之中。

“受此影响，新时代集团在本市客运中心车站和新天地广场的两处1万平方米以上的经营场地也在租赁竞标中失利，经营权被实力和规模紧随其后的正毅集团获得，正毅集团董事长刘松林接受了本台的采访。有专业人士分析，由于新时代集团受到陈沛案件的影响，公司的稳定和市场的信心均严重受挫，正毅集团将成功抢占新时代集团的市场份额，跃居本市连锁行业经营、销售之首……”当那海涛听到这一段的新闻报道时，心里却突然一紧。

“欢欢，你拿遥控器把刚才的报道再回放一下。”那海涛对齐欢说。

齐欢不解，但还是拿遥控器按照那海涛的要求把新闻回放。

那海涛全神贯注地看着电视,似乎要在心里记下新闻里的一字一句。“刘松林……”他默念着这个名字，感到浑身发紧。陈沛那歇斯底里的愤怒和痛彻心扉的哭号又浮现在那海涛眼前，那是两种截然不同的感情，他从没有看到有人表演得那么像。一种不祥的预感在那海涛心底浮起，他无暇再吃饭，起身就拿起外套。

“你这是干吗去啊？”齐欢问。

“我得再回趟单位，有个紧急的工作得加会儿班。”那海涛心思完全在案子上，随意地应付道。

齐欢欲言又止，看着那海涛开门离去，再没阻拦。她叹了口气，刚才的甜蜜似乎一扫而光。

齐孝石醒来的时候，已经天光大亮。他努力把身体撑起来，感到浑身酸软，屋子里弥漫着一股酸臭的味道，他这才想起来昨夜打包的剩菜还没放进冰箱里。他披上一件撕掉了臂章的旧警服，挣扎着站起打开窗户，外面的阳光倾泻进来，屋里的浊气也渐渐散去。他拿出一根点儿八的中南海，享受着清晨第一根烟的宁静。已经快退休了，单位是不会有人再去记他的考勤，朝九晚五的惯性生活也似乎告一段落。这本来是个好事，但现在却让齐孝石觉得心慌，就像一直惯性行驶的列车突然刹住，几乎要脱轨翻车。

他慢慢地喷云吐雾，早晨的阳光照在身上暖洋洋的，让人越发慵懒。也许老赵说得对，是到了该健康生活的时候了，齐孝石默默地想。这时，他放在桌子上的手机振动起来。他没有马上拿来接听，反而是蜷缩在被窝里，慢慢将烟吸完，才步履蹒跚地走过去，查看未接电话的号码。

这一看，他立马就醒了。坏了！耽误大事了！齐孝石心里暗叫。手机上的十余个未接来电都是一个号码，这个号码不是别人，正是代办公司的邓楠。齐孝石不敢耽误，清了清嗓子，回拨过去。

“喂，小邓吧，我是老刘。不好意思啊，刚才手机关无声了没听到。”齐孝石客气地说，“什么？有信儿了？是吗。你已经查到了世纪创新公司的相关情况？好，好，辛苦了。”齐孝石一下就从慵懒中清醒了，“行，那咱们下午见一面儿，具体说这个事。好，地方你定，不见不散。”齐孝石兴奋起来。看来自己的五千块钱真没白花，他在心里念叨。

下午四点，齐孝石按照小邓的要求，来到了位于城南的郊野公园见面。郊野公园原来叫康寿公园，就建在护城河的土山包旁边，近两年赶上地区拆迁，康寿公园也在拆除的范围之内，门票就不收了，公园也没人管了，就这么半死不活地荒芜着，里面统共也没几个游人。

齐孝石进了门等了半天也不见小邓的身影，就沿着公园破旧的石板路往湖边上走，一边走一边打小邓的电话，传来的声音显示手机已经关机。

“这孙子怎么回事？”齐孝石在心中默念。正在这时，他感觉身后生风，似乎有人在迅速靠近。齐孝石猛地回头，不料眼前一黑，头被一个黑布口袋用力罩住。

“干吗？谁？”齐孝石大喊，他使尽全身的力气，要把口袋揪开，不料手还没抬上去就被一个棍子打中。“哎哟……”齐孝石感到手臂上火辣辣的疼。

棍棒如雨点般地落下，头上、身上、腿上，齐孝石想要反抗，却在黑暗中毫无还手之力。郊野公园游人稀少，即使有个把游人经过也避之不及。齐孝石感到脸上一阵潮湿，知道大概已经头破血流，他左躲右闪，默默地辨识着方向，准备一有机会就冲出重围，却被一棍重重地打在腿上，身体腾空，一下子拍倒在地。齐孝石知道自己跑不了了，就索性用双臂护住脸面，夹紧双腿，尽可能地保护自己的要害。而棍棒却丝毫没有停止的意思。

“老丫挺的，让你丫多管闲事！”终于有个嘶哑的声音说话了。

齐孝石知道这个时候不能硬碰，就连连求饶：“大哥，别打了，饶了我吧……”他气喘吁吁，同时默默地在脑海中刻下对方的声音。

“让你丫长长教训！”又一尖嗓音出现在他身后，随即齐孝石后背又挨了一下。齐孝石忍住剧痛，没有回嘴。他仔细辨别着声音，知道目前在身边行凶的不在两个人以下。

“我告诉你，没事别总跟在人家后头闻屁股，你要是拿自己当狗，我们就把你当死狗一样打，今天能让你脑袋开花，明天就卸你一个胳膊。给我滚远点，老东西！”对方威胁道。

齐孝石火冒三丈，这辈子当警察还没吃过这样的亏，他攥紧双拳，真有心爬起来跟这帮人死磕到底。但一想到龚培德的案子，他又冷静下来，不能贸然行事，也许这还是条往上追查的线索。齐孝石到了这个时候还想着案子，他在黑暗中默默还原着公园内四周的情况、确定着自己所处的位置，脑子一转想出了计划。

“姓邓的……姓邓的不是个东西……收了我五万块钱不说实话……”齐孝石用嘶哑的声音说。

“收了你多少钱？五万？”齐孝石身后的尖嗓子不禁重复。

“是啊，五万啊，我老板给的。”齐孝石虚弱地说。

“那你丫得加价啊，这么便宜就给我们打发了？”尖嗓子中了齐孝石的计，冲着另一个方向说。齐孝石心里有谱了，邓楠确实也在现场。但另一个方向却没有回音，齐孝石知道，那是邓楠怕暴露自己。

“甭管多少钱了，说，是谁让你查这个公司的？”那个凶狠的哑嗓来到齐孝石跟前说，同时用脚踩住了齐孝石的右手。

“哎哟，你轻点，哎哟……”齐孝石大叫。

“说，你老板叫什么名字？”哑嗓问。

“我哪知道叫什么名字，就知道姓焦……”齐孝石侧躺在地上说。

“姓焦？和谁‘性交’？”哑嗓故作幽默，旁边的尖嗓子捧场地哈哈大笑起来。

齐孝石在故意拖延时间，他回忆出了此刻周围的场景，不远处的路灯旁应该有一个治安摄像头。齐孝石挪了挪身体，尽可能地让摄像头能录下对方的正脸。他东拉西扯，与哑嗓子和尖嗓子周旋着，默默地记录着两个人的声音，以便日后寻找。此刻虽然被对方踩在脚下，忍受奇耻大辱，但内心却还是自信和高傲的，王八蛋！爷爷这是在趴着给你们搞审讯呢，齐孝石暗想。

“我哪知道他和谁性交，就知道姓焦。”齐孝石又说。

“他人在哪儿？有电话吗？”哑嗓子问。

“他公司在菜园西里，电话我得给你找找。”齐孝石说着就坐起来，要摘掉罩在头上的头套。

“不许动，要不打死你。”哑嗓顿时警告。

“好，好，我不动，那我怎么告诉你们他号码？”齐孝石问。

“你告诉我他号码在你手机的位置，我们自己去找。”哑嗓子说着就拽齐孝石的衣服，要搜他的手机。这一下齐孝石可紧张了起来，他怕的不是对方要拿自己的手机，而是怕他们发现自己放手机口袋里的警官证。一旦暴露了自己的身份，调查可就真的前功尽弃了。

齐孝石反抗，“别，别，我自己找，自己找……”哑嗓子生气了，照着齐孝石的肩膀又是一棍，疼得齐孝石哇哇大叫：“我给你们，给你们啊。”

齐孝石说着在身下摸索起来，他挣扎着半坐起来，突然拿出手机，猛地向远处扔去。“给你们！”齐孝石大喊。

就在对方的视线被高抛的手机吸引之际，齐孝石用尽全力猛地站起，顾不得摘去头套，冲着公园的门口飞奔过去。原来在黑暗中，他一直在默默地寻找方向，随时等待着逃脱的时机。

“抓住他！”哑嗓在他身后大喊。

齐孝石一把揪开头上的布袋，这才发现自己的头上已是鲜血淋漓。他顾不得查看对手的相貌，跌跌撞撞地向前跑，一边跑一边大喊：“杀人了！杀人了！”这一喊可吓住了身后的几个人。

尖嗓子跑到湖边，发现齐孝石扔出的根本不是什么手机，而是一块石头。几个人想去追齐孝石，又担心被人发现，就从反方向逃出了公园。

齐孝石一口气跑出了公园大门，一下跌倒在人群中。“我操你们八辈子祖宗！王八蛋，打老子……”齐孝石怒不可遏。

路人被浑身是血的齐孝石吓呆了，几个年轻人跑过来问他需不需要报警。

“报……报警……打 110 让刑警队的来，别让派出所过来糊弄事……”齐孝石说着就虚弱起来，头晕目眩，视线渐渐变得模糊。他脑袋一仰，身体倒地，在昏厥之前还紧紧攥着衣服的口袋，那里面有他的警官证。

一败涂地

那海涛熬了整整一宿，从网上调取了新时代集团和正毅集团相互竞争的新闻资料仔细研究。在陈沛职务侵占案发之前，新时代公司和正毅集团就开始了你死我活的交锋。新时代集团为了确保自己在海城的连锁霸主地位，在陈沛的带领下，以门店远远多于正毅集团的优势，降低销售价格、赴货源地直采，甚至自办物流，试图拖垮正毅集团的几家门店。而正毅集团也不甘示弱，他们雇用平面媒体的枪手，接连炮制了诸如《新时代连锁超市进货渠道不明，产品质量存疑》《新时代连锁深陷信任危机，公司内部矛盾突出》等文，欲毁坏新时代公司的名声。为此新时代公司还将正毅集团告上法庭，要求停止污蔑，并承担公司遭受的损失。商场如战场，生意场的竞争就是你死我活。现在新时代公司出事了，正毅集团便顺风顺水起来，从互联网的消息上看，正毅集团的市场份额已经从 8%跃升到了 12%，不但获得了两家经营场地的租赁权，还成功超越了新时代公司成为海城的第一大连锁企业。而新时代公司则是混乱不堪，作为公司灵魂人物的陈沛现在身陷囹圄，公司内部也分崩离析，员工走的走散的散。其他管理人员没有陈沛硬朗多变的经营手段，在市场竞争中接连失手，公司的销售额也大幅度下降。到现在不要说上市了，就连保证正常经营都成问题。从本月起，新时代公司已经出现了员工的离职潮，场面变得越发不可收拾。

那海涛关心的不止是这些，他通过市局经侦支队的探长林楠，查询到了正毅集团的工商注册情况，重点调取了近三年来股东的变化。他惊讶地发现，正毅集团的董事长，早在一年前，已经由原来的姚健群变更成了刘松林，刘松林以入股的形式控制了正毅集团51%的股权，正式接管公司。而刘松林同时仍是海城鑫源公司的董事长、法定代表人，那海涛看着工商材料上刘松林的身份证复印件，认出了他就是十年前让师父“七小时”名誉扫地的罪魁祸首。

此事非同小可，那海涛不敢耽误，立即动身前往新时代集团。他要对陈沛职务侵占的案子进行复核，绝不允许出现任何差错和偏颇。

到新时代公司的时候，董事长卓越刚刚开会归来，在办公室见到等了许久的那海涛，表情复杂。

“那警官过来干什么？还要搜集什么证据吗？”董事长卓越五十多岁，面沉似水。他也不给那海涛让茶，自己坐在了大班台后。

“我想马上见见沙伟，我反复打过他手机了，一直处于关机状态。”那海涛焦急地说。

“我们也找不到他了。”卓董事长说，“沙伟已经离开公司两周了，电话也关机了。”

“什么？离开公司了。”那海涛心里发空，“你们把他辞退了？”

“我们没有辞退他，到这个月还给他发着薪水。而他呢，既没有做财务工作的移交，也没有任何说明，人就这么走了。唉……我们也找不到他。”卓越董事长叹气。

“走了……两周……”那海涛的大脑飞速地旋转着，“也就是说，在陈沛被批准逮捕之后，沙伟才走的。”

“嗯，时间是在陈沛批捕之后。”卓董事长回答。

“沙伟会知道陈沛批捕的时间吗？”那海涛又问。

“哼……他怎么会不知道，现在不光他知道，我们公司的人全都知道，外面的人也都知道了。”卓董事长气愤地看着那海涛，“那警官，我们不知道陈沛被捕的消息是从哪里走漏出去的，但有一点我相信你也知道了，就是此事对我们公司的影响十分重大。由于此事在外界的风传，不但影响了新时代公司上市的脚步，更严重的是影响到了社会各界对我们公司的信心。我们辛辛苦苦建立起来的品牌受到了质疑，公司的市场份额也大大缩减。新时代是国有控股的企业，做到现在这个程度非常不易，现在公司的损失，实际上就是国有资产的流失。”卓董事长叹了口气，“但也没办法，商战商战，成王败寇，战场上的交锋是你死我活、愿赌服输，但……陈沛案件引发的连锁反应太大了，公司的损失数以亿计啊，员工也大量离职，墙倒众人推啊。但是，外面一直在传一个消息，我不知您听没听说。”卓董事长看着那海涛的眼睛。

“什么消息？您说。”那海涛回答。

“外面有人说，公安机关的人拿了正毅集团的黑钱，在串通一气搞掉新时代的陈沛。”卓董事长一字一句地说。

“这是胡说八道！”那海涛迎着卓董事长的眼神，“我们是严格依法办理的陈沛职务侵占案，如果在办案过程中有任何贪赃枉法的行为，都会承担法律责任。卓董事长，您的这种质疑是在怀疑我的人格和尊严。”

卓董事长和那海涛对视了良久，才收起眼神，他转过身看着窗外。“我也相信法律的公正，但这件事情中确有许多疑点，沙伟的不辞而别也是其中之一。”他转过身来看着那海涛，“那警官，作为新时代公司的负责人，我现在恳请你，再次依法审核一下这起案件，到底有没有虚假证据和诬告的成分，警察不是有句话吗？不放过一个坏人，不冤枉一个好人。那警官，我们这些合法的经商者，希望您言既出行必果。”

那海涛感到大脑发空，他怎么也没想到沙伟能不辞而别。在审讯沙伟时，他特意让小吕在笔录上写下：如离开本市必须经过公安机关的同意。沙伟也表示配合。但没想到短短几周之后，沙伟便人间蒸发了。那海涛越发觉得不对劲，他匆忙赶回预审支队，让小吕再次取出沙伟的所有个人信息。

那海涛详细地回看着沙伟的资料，一边想着林楠告知他的刘松林情况。刘松林现在的真实身份，是鑫源公司的老板，鑫源公司出资收购了正毅公司51%的股权，刘松林才成为了正毅公司的董事长。与此同时，现在所谓的鑫源公司，前身实际上就是十年前涉嫌商业贿赂的新远公司。新远公司在事发之后，名义上是破产倒闭，实际上是另起炉灶成立了鑫源公司。鑫源和新远甚至连拼音都一模一样。

那海涛一边想，内心一边颤抖。陈沛在审讯时歇斯底里的表情越来越频繁地在他眼前晃动。他摸出香烟，默默地点燃，一种混合着焦虑和彷徨的情绪在他心中缠绕，这是他从警以来少有的惶恐，他甚至开始怀疑自己审出的证言到底是不是事实。而这时，一张工作记录引起了那海涛的注意。春节的大年初二，沙伟回老家……那海涛看着小吕的查询报告。

“吕铮，你来一下。”那海涛叫过小吕，“你这个工作记录里写的，沙伟大年初二回的老家，依据是什么？是新时代公司人供述的，还是经过系统查询的购票记录？”那海涛问。

小吕回忆了一下，“哦，是我查询的购票记录，系统记录里显示，沙伟是去年春节大年初二购买的火车票。”

“他买的什么火车票，从哪里到哪里？”那海涛急切地问。

“这个……”小吕茫然地想了想，“师父，这个咱们系统里查不到，只能显示他购过车票，具体的乘车路线要到铁路部门去查。”小吕说。

“快查，快查！”那海涛说。他突然意识到自己犯了一个严重的错误。从海城到沙伟的老家，即使飞机、火车票不好买，每天也有多班直达的长途大巴。如果没有什么特殊原因，沙伟是不可能放弃和家人大年三十的团圆，而要等到初二再回去的。果然一小时后，小吕匆匆带来了查询结果。沙伟去年购买的火车票，不是从海城到老家，而是从广州到他老家。

那海涛感到浑身发冷，“沙伟是在一年半以前通过老乡介绍来到新时代公司任职的，那怎么会在去年的大年初二从广州回到了老家？”小吕也惊呆了。是啊，这个沙伟到底是怎么回事啊？

“上网查，查海城的暂住证登记，查沙伟老家的户籍登记，查公安部全国人口信息系统，看看沙伟到底是怎么回事。”那海涛浑身战栗，他要确认，沙伟确切的身份。一边查，那海涛一边不禁回想起自己审讯沙伟的场景。

“你去年回老家了吗？”那海涛问。

“啊？回了啊。”沙伟回答。

“什么时间回的？”那海涛问。

“什么时间回的？我忘记了。”沙伟摇头。

“什么时间回的家你能不知道？啊？”那海涛质问。

“我真的忘记了。”沙伟胆怯地说。

“大年初二回的！我告诉你！”那海涛用手点着桌子说。

沙伟的眼神一阵迷茫。

“妈的，当时我误会沙伟的反应了，我认为他是在隐瞒，实际上他是在茫然。”那海涛自言自语地说，听得小吕一头雾水，“我们很可能被人骗了，被人骗了……”那海涛茫然地说。

经过查询，海城的暂住证登记、沙伟老家的户籍登记、公安部全国人口信息系统都显示着相同的户籍登记：沙伟、男、三十岁……并未发现什么矛盾。但在各类系统的显示上，却都没有沙伟的照片。

“师父，要不咱们联系一下沙伟的原籍的派出所，看看他现在是否回到老家了？”小吕说。

“不行。”那海涛摇头，“沙伟现在是躲着咱们，就算他回到老家也不会轻易露面，再说了，如果他原籍的派出所的民警贸然上门去找，反而打草惊蛇，会把他惊得更远。”那海涛说，“这样，小吕，你马上去买两张到沙伟老家的车票，事不宜迟，咱们马上出差调查，务必要找到沙伟的下落。”这时，那海涛的手机突然响了起来，他拿起手机，在大头贴下的屏幕中，正是齐欢的来电。

“喂，欢欢……什么？你说什么！”那海涛大惊失色，“怎么回事？你再说一遍。我师父怎么会……好，好，我马上去！”那海涛惊慌失措，挂断了手机，“小吕，这个差我暂时出不了了，但也不能耽误，你跟小李去，记住了，一定要把沙伟的情况查到穷尽，查询结果随时向我汇报。”那海涛说着就拿起外衣往外走。

“师父，怎么了？没出什么事儿吧？”小吕看着那海涛的惊慌失措，关切地问。

“齐师傅出事了，现在在医院。你出差前跟内勤蒋姐说一声，让她向支队领导做个汇报，齐孝石现在在海城中心医院急诊病房。”那海涛说完便急匆匆地走了。

在海城医院急诊室里，齐欢哭成了泪人。那海涛赶到的时候，老赵正坐在齐孝石身边。

“师父，怎……怎么回事啊这是……”那海涛也顾不得许多，跑到齐孝石床边问。

齐孝石的头被打破，满脸都是伤痕，幸好颅内没有出血，身上、腿上都缠着绷带，多处骨折。他仰躺在病床上，活像个木乃伊。看那海涛来了，齐孝石转不了脖子，但还是抛出一个白眼儿。“没什么事儿，摔了一下……”齐孝石肉烂嘴不烂。

“摔了一下，怎么会……”那海涛一时语塞。齐欢看齐孝石不高兴，走过去把那海涛拉到一边。

“刚才我爸晕倒在康寿公园的门前，幸亏有路人打了110报警，是派出所的警察给送到医院的。我问了半天，他也不说怎么回事。”齐欢说。

“哎，我说老齐，你徒弟是过来看你的，瞧你这鼻子不是鼻子脸不是脸的，有你这样的吗？”老赵在病床旁说齐孝石。齐孝石刚想还嘴，就剧烈地咳嗽起来，浑身上下的伤也疼痛难忍。齐欢和医护人员忙过来帮齐孝石缓解。

“哎哟哎哟，行了行了，我不说了，不说了还不行吗。”老赵赶忙自责。

“你个老家伙，是过来看我，还是气我来了。”齐孝石气喘吁吁地说。

“看你，当然是看你来了。”老赵无奈地摇头，“我催你多少次了，今天跟我去体检、去体检，你就是不听啊，这下倒好了，横竖还是到医院来了。”

“对，我这次做的体检全面，占组织大便宜了，怎么了？”齐孝石逞强地说。

两个小时后，齐孝石被转到了医院的外科病房，那海涛跑前跑后，把齐孝石安顿好了也没离开。齐欢打好了饭，把病床摇起来一些，让齐孝石能坐起来。

“爸，这是海涛给您买的骨头汤，您先喝点，不烫了。”齐欢说着拿勺盛汤，送到了齐孝石嘴边。

齐孝石默默地看着如影相随的那海涛和齐欢，心里郁结了很久的结，似乎打开了一些。他闭目张嘴，喝了一口汤，算是给了天大的面子。

齐欢受到了莫大的鼓励，不由自主地笑了起来。“爸，这汤好喝吗？”齐欢问。

“一般吧……”齐孝石冷面地说。

齐欢冲那海涛使眼色，把汤勺和汤碗递给了他。那海涛接过来，坐到了齐欢的位置上。

昔日的师徒重新坐在一起，两个人都很尴尬，老赵拽着齐欢离开了病房，给他们一个独处的机会。

“师父……喝口汤吧……”那海涛拿起汤勺说。

“不喝了，太咸，齁人。”齐孝石闭嘴拒绝。

那海涛无所适从。“师父，你还怪我呢……”他轻轻地问。

“我？怪你？我吃饱了撑的啊。”齐孝石睁开眼睛，不屑地说，“陈芝麻烂谷子的事儿了，我不是翻小账儿的人。”

“师父，十年前是我不对，我不该……在您最艰难的时候离开您，这十年来，我一直在遭受这种谴责，而且心里也一直在自责。”那海涛真诚地看着齐孝石。

齐孝石没说话，把眼神转到了窗外。

“师父，但直到今天，无论您认不认我这个徒弟，在我心里，您都是我永远的师父。”那海涛说，“我这身上的本事大部分都是您教的，没有您给的手艺，就没有我的今天。师父，也许在您眼里我是个……吃里爬外的叛徒，但我真的希望您能给我一个机会，让我有机会改过，有机会去赎罪。”

“靠，多大点儿事儿啊，还赎罪。”齐孝石心里一阵感动，但嘴上却不承认，“什么吃里爬外的，甭听他们丫那片儿汤话。自己活好了就行，鞋舒不舒服只有脚知道，管他们怎么说呢，天儿雾霾重，还不喘气儿了？”

那海涛看齐孝石话里有缓儿，就再接再厉。“师父，这十年来，我最大的愿望就是您能原谅我，真的。您说说，要我怎样才能得到您的原谅，只要我能办到，我一定努力去做。”那海涛信誓旦旦。

齐孝石冷眼看着那海涛，满脸的褶子往下一沉。“小子，你甭以为我不知道你葫芦里卖的什么药。十年来？我看是三年来吧。”齐孝石一语道破天机。

那海涛一愣，马上就明白了师父的意思，“师父，我……”

那海涛刚想解释，就被齐孝石打断了。“原谅你，行啊，只要我提的要求你能办到，我就原谅你。”齐孝石提高嗓音，似乎要让门外的人也都听到。

“行，师父，您说吧，只要您能原谅我，提什么要求都行。”那海涛坚定地回答。

“只要你能离开我的闺女，我就原谅你。”齐孝石一字一句地说。

那海涛一听顿时泄了气。齐孝石可不傻，他这个老油条能不知道女儿把那海涛叫来的原因？

“师父，您这么说就不对了。”那海涛觉得自己被齐孝石玩儿了，“我和欢欢……我和欢欢是自由恋爱，您总这样反对，也等于是阻碍了欢欢的幸福不是？”那海涛反击。

“阻碍了欢欢的幸福？谁说的？你说的？”齐孝石来了精神，发出疑问，“我告诉你，那海涛，我就觉得你给不了欢欢幸福。”

那海涛叹气低头，感觉自己之前做的功课又都白费了。

“行，师父，那这个事先不提了。我刚才听赵叔儿说了，您受伤是因为查龚培德的事情，是吗？”那海涛问。

“谁说的？没那个事儿。”齐孝石否认，“我说了，就是我自己摔的。”

“师父，咱明人不说暗话，都别藏着掖着。您现在这样，即使想去调查也没有办法，如果您还信任我的话，就交给我查吧。”那海涛诚恳地说。

齐孝石看着那海涛，眼神里说不好是种较量还是妥协。他心里也在盘算，是啊，现在自己这个德行，就是想继续调查龚培德的事儿也无能为力。但是要交给那海涛查……齐孝石又觉得不放心。

“师父，可能您还不知道，经侦探长林楠是我的警校同学，您让他帮忙查了什么，其实我都知道。师父，谢谢您为龚师父做的一切，真的，我在内心里感谢您……”那海涛说着眼圈就红了，齐孝石看了也有些许动容。

“不用，我用不着你感谢。什么为他做的啊，我是为我自己做的。”齐孝石不再隐瞒，“我干了一辈子预审了，干预审的就有这个毛病，打破砂锅问到底，看到不对的情况就得查出真相。龚培德无论是不是你师父，我也要查，跟你没一毛钱关系，感谢我个屁。”齐孝石说，“既然你这么说了，那我就接话茬儿了，咱们事先说好了，你查归查，但一切都得和我商量，不能单独做主。同时，我让你配合我并不代表我和你恢复了师徒关系，你也别叫我师父，就叫我老齐，行不行？”齐孝石强调，“要是行咱就继续，要不行就拉倒，咱还是各干各的，谁也别干预谁。”

那海涛看着齐孝石，知道他对自己的能力还不完全信任，但思来想去两害相权取其轻，也只得如此，“行，老齐。”

“好，那现在有个急活儿，你得马上办一下。”齐孝石说。

“您说。”那海涛说。

“说实话，今天我去郊野公园，就是为了获取一个叫世纪创新咨询有限公司的情况，结果叫一帮人给打了。别看我现在这副德行，但我已经获取了一些线索。”齐孝石虽然浑身上下缠着绷带，但一说起案子就顿时来了精神，“首先，这个世纪创新公司是由别人代办的，办公地址是虚假的，公司的法定代表人叫宋涛，但我怀疑这个身份也是假的。这个公司开业后没有任何经营，就往龚培德账户里打过一个五十万，我觉得这后面有事儿，得沿着这条线儿往回倒。其次，代办公司的经办人叫邓楠，我给了他几千块钱的好处，本想从他嘴里套出点儿有价值的线索，结果没想到被他引来的一帮孙子给打了，我想他肯定知道一些内情，但迫于压力不敢去讲。还有，打我的这帮人我没看到长相，他们用个破口袋把我脑袋罩住了，但就在我挨打的周围，应该有个治安摄像头，你一会儿马上联系派出所调取一下那个摄像头里的录像，然后做一下前后几个地点的比对，没准就能查出这帮人的身份。”齐孝石一口气说完，病容全无。

那海涛点头，都记在了心里。“师父，按你这么分析，龚师父是被人陷害的？”那海涛说。

“叫老齐，老齐！”齐孝石再次重复着。

“行，老齐。”那海涛点头。

“是不是陷害，我不好说，但可以肯定的是，他们在龚培德主审那个税案的前后，用世纪创新公司这个壳儿给他打了五十万，即使这笔钱与那个税案没有直接关系，也或多或少有着某方面的联系。还记得税案的主犯举报他刑讯逼供吗？”齐孝石问，“但为什么他去世后他就不再举报了？那个主犯现在去哪儿了？是不是见好就收啊？”齐孝石一连几个疑问，“我前几天也查过他的去向，人间蒸发了，住处也换了，公司也搬了，人去楼空。怎么回事？这正常吗？咱们得琢磨琢磨，这五十万到底是好处，还是要挟。”

齐孝石的一番话，说得那海涛浑身发冷，让他不禁想起沙伟的失踪。

“这些事情都不正常，不正常的事儿就有不正常的道儿。我跟龚培德认识三十年了，甭管关系远近，要不把这事儿查清楚了，就没法给他一个交代，我也就没法安心地退休。”齐孝石说。

那海涛听到这里，心里激动起来，他拉开凳子，扑通一下就给齐孝石跪下了。“师父，不，老齐，谢谢您为我龚师父做的一切。我错了……错了……”说着眼泪就流了下来。

齐孝石最烦就是软蛋，一看那海涛跪下了，反而气不打一处来。“起来，你给我起来！认什么㞞啊。”齐孝石说，“我最烦的就是腿肚子软的，娘儿们唧唧的，烂泥扶不上墙。你给我起来，裹什么乱啊。”

那海涛站起来。“老齐，龚师父能有您这样的朋友，这辈子也算没白活。”那海涛说。

“我跟他……不算是朋友……”齐孝石梗着脖子摇头，“但就算是同事、同行，哪怕就是个普通老百姓，出了事儿不明不白的，我也得管。咱是干什么的？预审！不把人问出个底儿掉还叫什么预审。你要是能做，就先找到那个代办公司的邓楠。别忘了，把我的钱给要回来。姥姥的，赔了钱还挨了揍，真气人……”齐孝石气不打一处来。

这时，齐欢和护士一起走了进来。

“你们和好了？”齐欢笑着问。

那海涛回头看着齐欢，表情复杂。

“爸，我妈和张叔叔说了，过几天来看你。”齐欢说。

齐孝石一听这话，表情立马就茫然了，“别来，千万别来，我这个德行怎么见人啊。”

“15床，一会儿要给你做个全面体检，你先准备一下。”护士说。

“体检？公费还是自费啊？”齐孝石皱着眉头问。

派出所的民警在那海涛的协助下，迅速调取了康寿公园的监控录像，根据录像显示，在现场有两名嫌疑人殴打了齐孝石，另外还有一个人一直在旁边观望。那海涛知道，那个人应该就是齐孝石说的邓楠。那海涛又顺藤摸瓜，调取了公园外的几处监控录像，经过时间和路线轨迹的比对，锁定了犯罪嫌疑人驾驶的牌照为“HLS6806”，经过交管系统的行车轨迹查询，当晚就在海城城东的新华家园小区找到了涉案车辆。

新华家园小区是个没有物业的老旧小区，车辆随意停放，无人管理。那海涛左右观察，发现涉案车辆停放的位置正在一个单元门前，嫌疑人的住处很有可能就在楼上。但楼房的格局是筒子楼，一层就住了二十多户人家，六层楼整整一百多户，调查起来谈何容易。而且时间已经到了傍晚，逐户查询扰民不说，还会打草惊蛇。派出所的民警束手无策，建议今晚就在涉案车辆附近蹲守，以物找人，直到嫌疑人出门再做抓捕。那海涛摇头，觉得蹲守艰苦不说，效果还不一定好。他眼珠一转，计上心来。

“来，把车给我用用。”那海涛让派出所民警下车，自己把车开到了涉案车辆的旁边，几把打轮，把车紧紧贴住了涉案车辆停放。这样一来，涉案车辆就被挤在里面，开不出去了。那海涛走下车，拿出一张纸条写上了自己的手机号码，塞在了派出所的车玻璃下。他们开的是地方牌照车辆，不会引起涉案车主的警觉。

“咱们先去吃饭，一会儿等他们电话。”那海涛说着就引几个穿便服的派出所民警走出了小区。

“那队，你真是吃饭、抓人两不耽误，高，实在是高！”一个民警笑着对那海涛挑起大指。

那海涛对这个小伎俩不屑一顾，“我不是两不耽误，而是没有别的办法。今天晚饭就凑合弄碗面条儿得了，改天我做东，叫上你们秦所长一起好好聚聚。”那海涛大方地说。

小饭馆里，几位正秃噜着面条，那海涛的手机就响了。他接听电话，那头一个哑嗓在大声抱怨：“哥们儿，你怎么停的车啊，快给我挪了，还急着出去呢！”

那海涛挂上电话一乐，“得，自首的来了。”派出所的民警纷纷放下碗筷，起身要走。

“别着急，咱们先吃完饭再去，放心，那帮孙子得等着咱们。”那海涛笑着说。

回到小区，那海涛远远地就看见两个人正怒气冲冲地站在车旁。根据目测，他们的身高体型基本与录像中殴打齐孝石的人相符。

“哎，哥们儿，你怎么才来啊，这都多长时间了？我们这还有事呢，你看你是怎么停的车。有往这儿停的吗？”为首的一个男人抱怨道，他三十多岁的年纪，虎背熊腰，说起话来嗓音嘶哑。那海涛知道，这就是齐孝石说的哑嗓。

“是啊，要不是看是一个小区的，我们就把你这破车给顶出去了，会不会停车啊？不会我教教你。”旁边一个尖嗓子的小个子说。那海涛知道这孙子最狠，齐孝石的腿就是他给打骨折的。

“我怎么停车了？谁告诉我不能这么停了？”那海涛一点没给对方好脸，“这小区这么多地儿，凭什么就你们的车能搁在门口啊。还嫌慢，嫌慢就腿儿着出去啊。你们有事我还有事儿呢，催什么催？催命呢！”那海涛一脸的傲慢。

两人一听这话就火了，他们住在三层，是兄弟俩。一个叫大铁，一个叫二铁。

“嘿，看这意思是不服啊。”尖嗓子的二铁说。

“服，不服你们，我怎么撒尿啊？”那海涛挖苦道。

“嘿，孙子，你是敬酒不吃吃罚酒了？”尖嗓子的二铁急了，“那我们哥俩今天就给你‘拿拿龙’，让你知道以后怎么停车。”二铁说着就走过来，冲着那海涛就是一拳。

那海涛不慌不忙，看二铁的手快到了跟前，猛地用反手重击二铁的手腕，然后一个回抽，正打在了二铁的脸上。

“哎哟……”二铁一个趔趄，差点摔倒在地。

大铁一看也急了，“我看你丫是找抽啊，那就别怪我们了。”说着也冲了上来，他人高马大的，抬起双手要掐那海涛的脖子。

那海涛是满族人，从小就跟老爷子学了几下摔跤的功夫，原来在警校上学的时候，还曾经以一对三撂倒过高年级的学生。看大铁的双手临近，那海涛垫步拧腰，顺势用右手猛地揪住了大铁的手腕，然后俯身抬手，一个大背跨把大铁摔了出去。

三个人你来我往，在小区里打了起来。看得在暗处埋伏的民警们连连赞叹。

“好，插手，对、对，就这么摔！”一个民警轻声喊。

“哎哟，瞧左路的拳……好，就这么打。”另一个民警自言自语地说。

“哎，你还别说，那队这坐办公室的，练起手还真不含糊。”一个民警说。

“那可不是，我听秦所儿说过，那队原来在学校的时候，就是出了名的摔跤好手。我说他怎么不让咱们帮忙呢，原来是拿这俩孙子当活靶子，泻火去了。”另一个民警说。

大铁跟二铁被那海涛打得一会儿站起一会儿趴下，鼻青脸肿不说，浑身就像散了架。那海涛这哪是擒敌抓人呢，简直就是拿他们当布口袋练摔法呢。最后大铁、二铁筋疲力尽，索性不动手了，往地上一坐，呼哧带喘，任凭那海涛怎么拿话挤对，也不站起来了。

“行，你……你够狠，我们服了，以后不把车停这儿了还不行？”尖嗓子的二铁首先说了软话。

“不行，你们就得把车搁这儿，我天天挡着。”那海涛拿他们寻开心，“站起来。”那海涛命令道。

“我……我不站。”二铁坐在地上摇头，“一起来你就摔我，我才不上当呢。”二铁到了这份儿上还抖机灵。

哑嗓的大铁拿眼睛瞥着那海涛，心里不服但嘴上不敢说，“兄弟，就当我们栽了，你挪挪车，放条路。”

“放条路？做梦去吧。快给我起来，跟我去派出所。”那海涛说。

“嘿，你……你也欺人太甚了吧。”二铁急了，“你把我们给打了，还让我们跟你去派出所，你……你有病吧。”二铁刚想站起来，却又怕被那海涛再撂倒，转身又坐在了地上。

“你什么意思啊？杀人不过头点地，你还想讹我们钱是怎么着？”大铁挺身站了起来，他比那海涛高半头，但此时在气势上却矮了半截，“走，你要敢去我们就敢去！我还告诉你，我们哥俩派出所都有人，去了没你好果子吃。”

那海涛笑了，“行，我倒要看看，怎么没好果子吃。”“来，把他们铐上，不用带回派出所，直接扔看守所吧。”那海涛对身后的民警们说。

民警一拥而上，大铁、二铁懵懵懂懂地被戴上了银镯子。

到了看守所，大铁和二铁都傻了眼。两人怎么也想不通，现在警察抓人的方法怎么变了，不是说文明执法吗？怎么改一上来就臭揍了。

那海涛有自己的解释，刚才他和大铁、二铁打斗的过程，藏在暗处的派出所民警都用执法记录仪做了录像。据录像显示，是大铁二铁先动手拒捕，后才被那海涛还手制伏的。那海涛先审大铁，但并没把二铁押到号儿里，而是让看守先把他押在候审区。

“姓名？”那海涛坐在审讯台后，看着台下的大铁，语气中有绝对的威严。

大铁是个“老炮儿”，这些年没少往局子里跑，他仰着鼻青脸肿的脸，斜眼看着那海涛。“张大铁，大小的大，钢铁的铁。”大铁没好气地回答。

“钢铁的铁？我怎么看是个软蛋。”那海涛不屑一顾地说。

“知道我今天找你什么事儿吗？”那海涛引而不发，故意跟大铁玩儿心理战。

大铁没接话，他是几进宫的老油条，知道些应对警察审人的手段。“不知道，您给我说说。”他反问。

“我给你说说？你事儿多了，我从哪个说起啊？”那海涛和大铁一照面儿，就知道这是个难啃的硬家伙，“你昨天下午干吗来着？”那海涛问。

“昨天下午？”大铁皱眉，“啊，昨天下午我喝酒来着。”大铁瞎话来得挺快。

“和谁喝酒？”那海涛问。

“就自己喝酒，一个人。”大铁回答。

“喝的什么酒？”那海涛问。

“二锅头。”大铁回答。

“在哪儿喝的？”那海涛问。

“就在家喝的，喝完就睡了，睁眼就今天早上了。”大铁对答如流，说起瞎话来跟真的一样。

那海涛知道，他是在故意躲避作案时间。

“行，你记得倒挺清楚。”那海涛说。

“警官，我真的什么事儿都没有。”大铁摇头，“我刚才就想和兄弟开车出去，结果就被您给打了，这满身满脸的伤啊，估计要是做鉴定，怎么也得是个轻伤。哎哟……不行，我现在脑袋就疼。”大铁耍起无赖来。

那海涛点头，“脑袋疼是吧，除了脑袋，还有哪些地方疼？”

“胸口、胳膊、腿，都疼。不行不行……警官，我得看看病去，真疼得厉害。”大铁满脸痛苦。

“行，要真是难受，我也不难为你。你先回号儿里想想清楚，等什么时候想好了，我再提你。一句话，有事就承认，没事也别往自己身上揽，明白了吗？”那海涛说着就站起身来。旁边的书记员一头雾水，心想这还没开始呢，怎么就结束了，这“那三斧子”唱的哪一出啊？

“是，您说得对，没事我往身上揽什么啊。我这……回号儿里也想不起来啊，我没犯事儿想什么啊……”大铁一脸的无赖样，心里却得意扬扬，没想到这么轻易就逃过了审讯。他出门的时候斜眼瞥了瞥那海涛，心想这警察也就是个手段平庸的棒槌。

看守押着大铁走出了审讯室，那海涛也跟了出去。快到候审区的时候，那海涛又叫住了大铁。

“张大铁，你今天回答得不错，值得表扬。”那海涛赞许道。

大铁丈二的和尚摸不着头脑，诧异地应和：“是，警官，我说的都是实话啊，实话实说总没错吧。”

“你先好好休息，如果事实确实和你供述的一样，我想你也不会在这儿待得太久。你今天表现不错、态度很好，还是那句话，犯了事儿就承认，没事也别往自己身上揽，你说是吧。”那海涛亲热地拍了拍大铁的肩膀。

大铁有点含糊，但想想毕竟人在屋檐下不得不低头。“行，您需要问什么就再找我，我今天说得也差不多了，就……”大铁刚想多说，就被那海涛打断。

“张大铁，我告诉你，犯事儿不怕，主动承认了就是改过自新的开始。给你机会，你就接好喽，肯定没错。行，就先这样吧……”那海涛最后重申了几句，就让看守把大铁押了进去。

大铁心存狐疑，边走边觉得不对，但又想不出那海涛这么做的目的。他怎会想到，就在自己和那海涛对话的时候，二铁正在他身后的候审区里蹲着呢，他刚才所说的一切，都原原本本地传到了二铁耳朵里。

五分钟后，二铁坐到了刚才大铁的位置上。二铁是大铁的亲弟弟，为人处事却远不如大铁油滑。他坐在审讯台下，有点犯怵。

“姓名？”那海涛坐在审讯台后，还是刚才对待大铁的态度。

“张二铁，一二的二，钢铁的铁。”二铁比大铁矮小得多，低着头不敢与那海涛对视。

“钢铁的铁？我怎么看是个软蛋。”那海涛不屑一顾地说，“知道我今天找你什么事儿吗？”那海涛引而不发，问他的问题和大铁一样。

“我……我不知道……”二铁声音颤抖，低着头说。

“不知道？”那海涛皱眉反问，“那让我告诉告诉你！”他猛地拍响了桌子，“张二铁，你昨天下午，伙同张大铁等人，持凶器在本市的康寿公园袭击了一名老者，造成老者身体多处受伤入院抢救。同时在你和张大铁的共谋下，还使用不当手段，犯下了多起案件。张二铁，你还要我逐一给你说出来吗？”那海涛语气强硬，一点不给二铁解释机会。

二铁一听这话，心都揪了起来，他试探性地抬头看着那海涛，但随即又低下头去。刚才在候审区里，他听得清清楚楚，大铁什么都招了，看来自己扛着也没有意义。二铁前思后想，顾虑重重。

“警官，能给我根儿烟抽吗？”二铁问道。

“什么？还要烟？你有什么权力要烟？啊？你干了那么多缺德事儿，我还给你烟？扛着吧你。”那海涛没给二铁好脸，“说吧，先从你下午带着大铁打人开始说。”

“什么？我带着大铁打人？”二铁一听这话就愣了，再加上那海涛对待大铁和他截然不同的态度，心里的火一下就起来了，“明明是大铁带着我打的啊？好家伙，怎么现在倒成了我带着他了？”二铁辩解。

书记员一边记录一边在心里暗笑，原来那队长使的是欲擒故纵的计策。

“什么？他带着你？”那海涛故作惊讶，“那你说说，你们为什么这么做？”

“哎，警官，真是大铁带着我去的。这个活儿是他接的，上家我根本就不认识，您要是不信，我可以跟大铁对质。”二铁极力辩解，“前几天，大铁接到了这个活儿，说有个老头儿可能是追债的，没结没完地查人家公司。人家老板烦了，出一万块钱，让我们教训教训老头。我就按照大铁的要求弄了个黑布口袋，还准备了两根棒球棍，这不昨天下午的事儿您都知道了，别的我对天发誓，我要是知道，就是……就是丫头养活的。”

那海涛看二铁这德行，默默摇头。“在什么地方殴打的对方？”他继续问。

“就在城南护城河边上的郊野公园，对，就是您说的康寿公园。”二铁回答。

“为什么要殴打对方？”那海涛问。

“哎，我不是说了吗？那老头追债，死咬着人家不放，人家烦了，就拿钱让我们平事儿。”二铁回答。

“现场除了你跟大铁，还有谁？”那海涛问。

“还有个小白脸，好像姓邓。”二铁回答。

“说一下他的基本情况。”那海涛问。

“他的情况……我还真不知道。”二铁说，“这你得问大铁了，但我觉得，最终给我们钱的，还不是这个小白脸，应该是他背后的老板，他跟着我们到郊野公园，主要就是认人去了。”

“嗯，你还算老实，但大铁说的可不光这一件事，还有不少。你再想想。”那海涛乘胜追击。

“啊？您说的是哪起啊？”二铁犯了难。

“嘿，是我问你，还是你问我呢？你说哪起啊？就从几天前你们合伙干的那件事说，最后把人家怎么着了？”那海涛没头没尾地问，故意拿模棱两可的话去套他。

二铁带着哭腔，“啊，这事儿您都知道了，大铁这孙子可真是软蛋……您说的是不是在长城劫人家钱的事儿啊？”

“不是，还没到这件事呢。”那海涛在心里暗笑。

“啊，那我知道了，那您说的一定是长途车站那件事。”二铁说。

“你还算老实，说说，到底怎么回事？”那海涛问。

“嗐，要不是开小公共那孙子太牛 × 了，我们也不至于下手啊。那孙子仗着老乡多，欺行霸市啊，挤对得那一片儿的司机都没饭碗了。这不，人家王老板就给我们哥俩拿了五千块钱，让我们好好收拾收拾那孙子，剩下的事儿您就全知道了，还用我说吗？”二铁赔笑地问。

“废话，你不说我们怎么记啊。张二铁，我告诉你，你现在算是主动供述自己的罪行，是在争取从轻的机会。”那海涛顺水推舟地引导。

“啊，明白，明白。”二铁赶忙点头，“我们就是趁着天黑，埋伏在那孙子回家的路上，趁丫不注意，就给了一闷棍。当时我看就起了一个包，谁也没想到就脑震荡了，太不禁打了……警官，这事真不怪我们，是他先惹的事啊，其实我觉得吧，我们这该算是替天行道，不算犯法。”

“替天行道，你以为自己是水泊梁山啊。”那海涛撇嘴，“行，你再说说长城的事儿。”

“嗐，那事儿更没什么可说的了，就是我们哥俩没钱花了，劫了人家点儿钱。”二铁低着头说。

“多少钱？”那海涛问。

“不到两千块钱，是一个穷光蛋……”二铁喃喃地回答。

那海涛一鼓作气，不但从二铁嘴里把伙同大铁一起故意伤害齐孝石的事实全部拿下，还连带着深挖出这两名犯罪嫌疑人多达十余件的故意伤害、敲诈勒索案件。书记员的笔录记了三十多页，手都酸了，二铁还在那儿喋喋不休地竹筒倒豆子呢。那海涛一边讯问，一边用手机短信将讯问的细节发给刑警队的刘队进行核实，不一会儿就里应外合，将其中的几起案件进行了印证。那海涛暗想，估计这哥俩得在号儿里待上一段日子了。

在送二铁回号儿里的时候，二铁还纠缠着那海涛不放，一个劲儿地说自己只是从犯，所有的案件都是跟着大铁干的。那海涛没再搭理他，对这种人多说一句好话都是浪费口舌。

当大铁再次坐到审讯台下的时候，那海涛已经是胸有成竹了。

“大铁，说说吧。”那海涛说。

“啊？说什么啊，警官？”大铁装傻充愣。

“先说说在长城劫人家钱那事儿吧。”那海涛漫不经心地说。

“啊？长城……”大铁瞠目结舌，“长城……我……我没干什么事儿啊。”他的脑袋还没转过弯来。

“被害人叫郭京京，美籍华人，被你们劫了一千八百四十元，脑袋上还挨了一棍子，住了两个星期的院。”那海涛向他通报了刑警队刘队的反馈结果。

大铁彻底傻了。“这……”他无言以对。

“那就说说故意伤害小公共司机的事儿？还是先把殴打老人的事儿说了？”那海涛逐渐加重语气，“张大铁，你别给脸不要脸！”他猛地拍响了桌子，“刚才给你面子让你供述，不珍惜机会是吧，胡说八道，自以为聪明。行，既然你这个德行，我就按照二铁的供述，一件一件地核实，全算在你的头上。跟我这儿耍三青子，我告诉你，你选错了地方！”那海涛横眉立目。

大铁知道二铁让警察给玩儿了，低头想了半天说：“大哥，我认栽。你能再给我一个机会吗？”大铁吐了软话。

“怎么给你机会？”那海涛问。

“我都说，全算我一人身上，你们别为难我弟弟。”大铁还算仗义。

“行，我给你机会，你也要珍惜。”那海涛说。

“你是想问我殴打老头的那件事情吧？”大铁一点也不傻。

那海涛看着他，并不回答。

“那件事是我做的，我认。我收了姓邓的小子一万块钱，答应他帮着教训一个老头。老头具体是什么人我不清楚，行里的规矩也不能去问。昨天下午我跟着姓邓的小子到了郊野公园，他指人，我动手，就这么简单。”大铁开了口。

“姓邓的叫什么名字？”那海涛问。

“我不知道，就叫他小邓。一完事他就关机了，我现在也找不着他。”大铁回答。

大铁竹筒倒豆子，将殴打齐孝石的事实如实供述。他说自己并不知道小邓背后的老板是谁，目前只有一个小邓的电话号码。那海涛用公用电话拨打那个号码，显示已经关机。毋庸置疑，邓楠已经成了案件的重要知情人，只要能抓获他，就有希望挖出隐藏在幕后的黑手。但茫茫人海，找一只惊弓之鸟又谈何容易。

那海涛让看守押走大铁，默默地往监区外走。天色已晚，四周漆黑一片，冷风起了，那海涛不禁打了一个寒战。正在这时，他的手机突然响了起来，是小吕的来电。

那海涛接通电话，小吕的声音焦急彷徨。

“师父，沙伟找到了。”小吕说。

“找到了！”那海涛不自觉地提高嗓音，刚拿下大铁、二铁口供的畅快让他还在兴奋的情绪之中，“嗯，那还废什么话，找到了就立即带回来，用口头传唤。”那海涛急切地说。

“不是，我们找到的这个沙伟，不是那个沙伟。不是不是，我的意思是，我们现在找到的沙伟，不是咱们要找的沙伟……”小吕语无伦次。

“什么意思？”那海涛皱起眉头，“你别着急，慢慢说。”

电话中沉默了几秒，显然是小吕在整理着思路。“嗯，是这样，我们依照户籍查询的地址找到了沙伟的居住地，在属地派出所的配合下也找到了沙伟本人。但这个沙伟根本不是咱们找过的那个人，他一直在原籍务农，从来就没有去过海城，更不要说到新时代公司任职。师父，我们被骗了。”小吕一字一句地说。

“什么！”那海涛的脑袋嗡的一下，耳边仿佛响起了一个炸雷，“你……你再说一遍！沙伟是怎么回事？”这下轮到那海涛语无伦次了。

“师父，我是说，我和小李找到的真正的沙伟，一直在老家务农，而咱们审查的那个人，是在冒名顶替他的身份。”小吕再次强调。

那海涛感到一阵眩晕，眼前一黑，身体就往后仰，幸亏书记员扶了一把，才没摔倒在地。

“没事，没事，你先走，我没事。”那海涛支走书记员。

看身边没人了，那海涛才继续通话。“小吕，你是说，咱们审查的那个沙伟，一直都是在假冒他人的身份？”那海涛强压住浑身的颤抖问。

“是，我刚开始也不相信，但后来经过属地派出所的查询和对沙伟邻居亲属的走访，才基本认定了他近期没有离开过原籍，也没有去海城打工。”小吕回答。

“什么叫基本认定！”那海涛的火气一下就上来了，“咱们调查案件可以基本认定吗？”

“哦，是完全可以认定。”小吕改变了说法，“而且，在原籍务农的沙伟几年前丢过一次身份证，这个丢失记录在属地派出所还有登记。我查询了丢失登记的原始记录本，真实无误。去年春节前，他曾带着父母到广州旅游，直到大年初二才回家。这个情况，我们也做了证实。”

那海涛头晕目眩，强压住自己的情绪，“对不起，我有点激动。”他也不想这么失态，但在内心中却是寄希望于小吕是误判。太可怕了，自己亲自审查的证人竟然是个冒牌货。

“这么说……咱们被骗了？”那海涛怔怔地问。

“师父，咱们该怎么办啊？”小吕的语气也惶恐不安。

“先回来吧，把证据搜集完全，一切等回来再说……”那海涛的语气恢复了镇定，他不能让出差在外的小吕再担惊受怕。但在挂断电话后，那海涛却一屁股坐在了办公室的地上。

“他到底是谁呢？从哪里来？为什么要这么做？”那海涛默默地取烟点燃，无数个疑问从脑海里蹿出来，一种失魂落魄的无力感从心底升起，这种无力感把他一贯以来的骄傲和自信吞噬得体无完肤。那是一种巨大的坠落感。那海涛闭上眼睛，像个战败的武士丢盔卸甲，心中一团执拗的火焰瞬间被吹灭，他几次想站起来重新投入忙碌的工作中，却根本没有勇气再睁开双眼。直至烟头烫了手指，他才被一种掏空了似的疼痛击回到现实。

“我操……我操！”那海涛低声地呻吟着，被玩弄的屈辱瞬间燃烧成愤怒，“我被人玩儿了，玩儿了一个彻彻底底！！”他猛地从地上站起来，跌跌撞撞。他怎么也想象不到，自己曾经认定的懦弱胆怯的沙伟，竟然是个玩儿手段的老油条。他彻底傻了，“那三斧子”？狗屁！这个昔日的美名在此刻显得如此滑稽可笑。他手忙脚乱地打开档案柜，翻找着陈沛案件的证据材料，却连一张纸也没找到。他越发愤怒，浑身都颤抖起来，如果不是还有一丝良知在支撑他已薄如蝉翼的理智神经，他真想把档案柜掀个底朝天。他深呼吸，他制怒，他默默地告诉自己不要慌、不要急、不要失去理智、不要歇斯底里。这些狗屁道理平时都是自己给别人讲的，凭什么要这时用于自己！那海涛打开了所有的档案柜，甚至叫来内勤蒋梅帮助查找。卷在哪儿？卷在哪儿？他满脑子都是这句话。但找了足足半个小时，他才沮丧地意识到，陈沛的所有案卷都已经移送检察院了，一张纸也没留下。他用双手撑住桌子，努力地调整着自己的呼吸，眼前不自觉地就浮现起沙伟的模样。

这简直是种嘲笑，是对自己的巨大侮辱！那海涛努力甩甩头，试图逃离这种回忆。

他到底是谁？演得太像了！那海涛逃脱不了接踵而来的回忆，仿佛再次置身于当时的审讯中，他不禁又回想起沙伟的那个眼神。天衣无缝的卑微和茫然，滴水不漏的反应和回答。那海涛深深感叹，这绝不是一两天能练就的能力，自己真是遇到高手了。而沙伟的证言是陈沛定罪的关键证据，更是移送检察机关起诉的中心依据，一旦这个证言被推翻，那整个案件必然会推倒重来。作为案件的负责人和主审，自己也将承担失察的责任和严重的后果。那海涛感到胸口发闷，仿佛有一只拳头在用力抵着，他知道，自己这次的折戟沉沙，不仅是他预审职业生涯的一次重大挫败，更将是他人生道路中的一次重大挑战。是跌倒还是重新站起，这个选择已经摆在了面前。

蒋梅看着那海涛茫然的样子，关切地问："那队，你没事吧，那队，那队……"

那海涛被蒋梅的声音拽回到现实。"哦，没事……"那海涛努力掩饰住自己内心的惶恐，"蒋姐，你马上帮我联系一下检察院执法监督处的同志，明天一早我要和他们说一个重要案件。"

"好，我马上联系。"蒋梅说着就走出了房间。

看蒋梅走了，那海涛又掏出一根烟，默默地坐了下来。窗外灰黑一片，已经到了傍晚。外面的空气浑浊不堪，几乎看不清人影，在"大赶快超努力提升 GDP"的政策下，海城的环境污染程度已经到了影响居民生存的临界点。雾霾包围了整个城市，侵袭着一年四季的每分每秒。那海涛望着灰黑色的雾霾，心想，茫茫人海，那个冒名顶替的沙伟，如何去寻找呢……

审讯精髓

医院的病房早早就亮起了灯。因为雾霾严重，医护人员叮嘱住院的病人少开窗户，以防止身体在虚弱状态下出现肺部感染。几位年龄大的病号本来就怕风，经医护这么一说更是谨小慎微，连通风的时间也省略了。这下可烦透了齐孝石。

齐孝石的腿伤还没痊愈，出门透气得有人扶着。齐欢虽然每天都来看他，但毕竟都是在下班之后，白天还得依赖护士。医院的护士很忙，一个病区百十来号人，都要靠她们照顾，齐孝石叫人家一两次还行，多了就招人烦了，随便找个理由就让他等着。齐孝石暗骂，姥姥的，我还不如号儿里的犯人呢。其实透不透气对他来说并不重要，重要的是他要满足自己的烟瘾。一天三包烟是雷打不动的，到了点儿不抽上一根还真能要了老命。人说闲饥难忍，而烟民更是闲抽难忍。

几天前雾霾没这么严重的时候，齐孝石还能偷着在窗户边儿上嘬两口，虽然同屋的几个老家伙都提过意见，但抽完一通风散味，大家还能勉强忍耐。而这几天就不行了，一关门闭户，说是防雾霾，实际上是等于给齐孝石变相戒烟了。

清晨七点半，医生刚查完房，齐孝石就憋不住了。他侧身朝里躺着，不时用眼瞄着门外医护人员的动静，抽不冷子就点上一根中南海，猛嘬两口。

“哎，我说老齐啊，你怎么又抽烟了。现在关着窗户，你这一抽烟，不等于让我们都陪着吸二手烟吗？”旁边床位的病友老常提了意见。

“是啊，老齐，掐了吧，太呛了。”对面的老陈也说。

“马上完，马上完啊，再抽两口就没了。”齐孝石一边抹稀泥，一边发狠地吮吸。但病房里门窗都关着，就算他再快抽完，烟味儿也一点散不出去。

“哎，老齐，你有点过分了啊。你说我们这一屋子人，总陪着你吸二手烟，这不是损害我们大家的健康吗？”老常有点生气了，“你再抽烟我叫护士了啊。”

“哎哟，没事啊，得不了肺癌。”齐孝石就听不了别人威胁他，火儿腾的一下就起来了。

“嘿，你要是这么说，我还就真叫护士了，你有点公德心好不好？什么叫得不了肺癌啊，我要是得了呢！”老常刚说到这里又觉得是在诅咒自己，连忙冲空中呸呸呸起来。

“哎哎哎，你这吐沫星子啊，别传染我禽流感。”齐孝石这话跟得倒快，一张嘴就不饶人。

老常气得一下坐了起来，转身按动了护士的呼叫铃。

齐孝石撇嘴不屑，“哎，你呀，一看小时候就是个打小报告的货。”他趁着护士到来的间隙，最后嘬了两口中南海，然后把烟头往病床的铁架子上一捻，烟屁就不见了。

护士赶过来，刚要批评齐孝石，却找不到他吸烟的证据，无奈让护工整整搜了几遍齐孝石的随身物品，也没找到一根香烟。齐孝石反倒乐了，心想跟我斗，你个小丫头片子还嫩了点儿。护士没办法了，为了驱散一屋子的烟味就短暂地开窗通风，老常在一旁撇着嘴听广播，再也不正眼瞧齐孝石。广播里播着早八点海城气象台的天气预报，里面说：

“本日我市将继续发布霾黄色预警信号，预计今晨到明天上午，本市平原地区将维持中度雾霾天气，南部地区可能出现重度雾霾，极不利于空气污染物扩散，能见度差，请注意防范。”

齐孝石仰头看着灰蒙蒙的窗外，自言自语地说：“抽不抽烟都好不了，只要喘气儿的就没跑儿……”他闭上眼睛，感到压抑，这是什么生活啊！

这时，病房门开了，齐孝石听着脚步声临近，一睁眼，竟然是前妻秀云。

“啊，你……你怎么来了……”齐孝石惊慌失措，一不留神，几根散烟一下从袖管里掉了出来。

前妻秀云中等身材，岁月的风霜已经掩盖了她曾经的容颜，但那双纯净的眼睛却一直没有变。“听说你受伤了，我和老张过来看看你。”前妻秀云言简意赅，语气里都是关切。她说完就回头看了老张一眼，表情有些不自然。

老张是秀云的后老伴，退休前是一个大学的教授。他人很好，一副黑框眼镜后是一双诚恳的眼睛。从和秀云结婚到现在，他拿齐欢视如己出，没有再要孩子，就算齐孝石这么一个挑三拣四的主儿，也一点挑不出老张的毛病，反而几次见他都自惭形秽。现在这世上说真话的诚实人太少了，秀云能和这样的人生活在一起，齐孝石真心觉得踏实放心。但旧人相见，也难免尴尬，齐孝石看着对面相依相伴的两个人，恨不得找个地缝钻进去。

“嗐……我没事……过两天就出院了，你说你们还这么客气……”齐孝石语无伦次。

“这还没事，你瞧你这腿……”秀云看着心疼，却要顾及老张的感受。这是一层要刻意保持的距离，谁也不能拉近。“我们是听欢欢说的，说你又见义勇为了，受伤了。老张一听就说来看看你。”秀云刻意说明了此行的来由，既化解了齐孝石的难堪，又不会让老张觉得尴尬。

齐孝石看着面前熟悉的秀云，心里却生出一种陌生感。他想，人情世故，又何尝不是一种谎言。

“是啊，老齐，听欢欢说这几天你恢复的情况比较好，我们才敢过来看你。你们这个职业真不容易啊，危难时刻显身手，但我还是要劝你几句啊，在保护百姓的同时，也要注意自己的安全。”老张一说话就是知识分子腔调，齐孝石虽然不喜欢，但也不能挑理。

“哎？他是什么职业啊？”经老张这么一说，旁床沉默许久的老常突然来了精神，在他眼里，这老齐可和流氓有一拼。

“啊，他是……”老张刚要回答就被齐孝石挡住了。

“我是淘大粪的，专门清除老百姓的排泄物和城市垃圾，危难时刻显身手，明白了？”齐孝石回答。

老常一听他说的就不是正经话，哼了一声又不言语了。

“哎，来就来吧，还拿什么东西啊。”齐孝石说，“我这哪是什么见义勇为啊，这是阴沟里翻了船，玩儿鹰的让鹰把眼睛啄了。放心，我没事，过几天就出院了。”齐孝石搜索枯肠，才挤出这么几句话来，不是不想说，是此时此地，真是觉得自己寒碜，没勇气再说什么场面上的话。

这时，刚才搜齐孝石烟的护士走了进来，一看他床边有人，可来了精神。

“哎，我说15床啊，你刚才不是口口声声说没藏烟吗？这是什么？怎么回事？”小护士年纪轻轻，一张嘴伶牙俐齿。因为齐孝石抽烟的事儿，她没少挨护士长批评，见秀云和老张在，顿时找到了诉苦的人。

“你们是15床的家属吧？”护士也不等秀云他们回答，一边低头捡烟一边自顾自地说，“这15床老齐啊，现在可是我们病区的名人了，偷着喝酒找不到酒瓶，偷着抽烟还找不到烟头，我们护士站整天接到他的投诉，连正常的工作都给耽误了。你们作为家属，也帮我们劝劝他，别再妨碍其他病人休养治疗了，也别再让我们这些当护士的为难了……”小护士一张嘴就不停，别说秀云了，就连齐孝石这老江湖都没插嘴的份儿。

秀云和老张没辙，就连连赔笑，一个劲儿地替齐孝石道歉。齐孝石心里气愤，却又不敢打断。他不是怕别的，是怕小丫头片子气一不顺，再把自己什么恶行抖搂出来。直到小护士说痛快了，这个话题才算告一段落。

“15 床，你说，你是不是不对？”小护士最后抛出一个问题，似乎是要给齐孝石改过自新的机会。

齐孝石压住的火腾的一下又起来了。“哎，我说姑娘，这……”他本想说杀人不过头点地，但心里琢磨着这话一出，估计小护士又该没完没了，就忍着巨大的屈辱改口说，“这以后我会注意的……你啊，真是个搞预审的料。”齐孝石还是忍不住说。

“啊？预审？”小护士费解。

“你进来，就是告我状来了？”齐孝石掩盖住尴尬问。

“嗐，我都让您气晕了。”小护士倒是直来直去，“老齐，医生让我给你验个尿，你去下洗手间，尿在这个盒里。”小护士说着看了一眼老张，“大叔，那就麻烦您了，扶着 15 床老齐去趟洗手间吧，尿液盛在这里，三分之一就够。”小护士说着就把尿盒递给了老张。

“哎，这可不行，这可不行，哪能麻烦您啊……”齐孝石挣扎着坐起。他心想，让前妻的后老伴扶着自己撒尿，这叫什么事儿啊！

“哎，老齐你别动，小心你的腿。”老张忙扶住齐孝石，秀云也下意识地凑过来，动作却停在老张之后。

“是啊，老齐，让老张扶着你去吧，不麻烦。”秀云说。

“不用，真的不用，我自己去就行。”齐孝石忙乱地说。

“你自己去？你自己去得了吗？”小护士接话说，“你跟家属还客气什么啊？要是他们不扶你去，那就我扶你去呗。”小护士话里明显带着不满。

齐孝石这个气啊，恨不得抽自己俩大嘴巴，你说这好端端的怎么就成了今天这样。

小护士让老张跟她去护士台拿个拐杖，老张一边出门一边微笑着安抚齐孝石，像对待孩子一样。

秀云看老张走了，停顿了几秒才轻声地说：“你啊，这么多年了，还是不注意自己，唉……说你什么好呢，能不能想想自己的年龄……”

齐孝石抬起头，眼神正好与秀云相对。一看见那温柔的眼神，齐孝石就百感交集起来。

“嗐，我这算不了什么……”齐孝石无言以对。

“其实这么多年啊……我一直没有照顾好你……”秀云眼圈发红，语气也不自觉地柔软起来。

齐孝石不是滋味了，许多往事从心底喷涌而出。他努力克制住自己的情绪，这个时间地点，回忆往昔可不是个好主意。

这时老张拿着拐杖走了进来，秀云停止了话题。

“来，老齐，我扶你。”老张走到他跟前，伸出手说。

齐孝石万分尴尬，但却没有拒绝的理由。正在这时，病房的门又开了，老赵走了进来。

“哎，秀云和老张也在啊，老齐怎么样了？好点没有？”老赵问。

“嘿，你这老家伙怎么现在才来啊！”齐孝石像找到了救星一样地高声说，“我等你半天了，那个案子怎么样了？”齐孝石咋呼起来。

老赵被他说得一头雾水，“案子……你说哪个案子啊？”

“嗐，就是那个涉密的案件，啊？你忘了？”齐孝石一个劲儿地努嘴使眼色，“正好，护士还要让我验尿，你……就一块给办了啊，去去去，到护士站要个轮椅，你推着我去！”齐孝石主动拽过老赵，狠狠掐了一下他的胳膊。

老赵顿时明白了。“行……没问题。那……我先带他去？”老赵转头冲秀云和老张说。

老张也自然明白齐孝石的意思，就知趣地说：“你们要是有案子要说，我们就先走了，改天再来看老齐。”

齐孝石连连点头。“好，好，那我就不多留你们了，案子耽误不得，不好意思，不好意思。”齐孝石绝处逢生，就坡下驴。直到见秀云和老张走了，他心里的一块石头才落了地。“唉……”齐孝石长长地叹了一口气，觉得自己真是愚蠢之极。

老赵无奈地看着他，不知该说什么好。

“哎，我说老齐，那女的和你什么关系啊？”一边的老常看笑话似的问。

齐孝石知道他是幸灾乐祸，就随口回答：“是我表妹，怎么了？”

“表妹？呵呵，我看是前妻吧？”老常还真是眼光老辣。

“你放屁，是你前妻！”齐孝石刚说出话，又觉得让老常占了便宜，连忙对着空气呸呸呸起来。

“哎哎哎，你这吐沫星子啊，别传染我禽流感啊。”老常在这儿等着他呢。

老赵把齐孝石留的尿交到护士站后，借了轮椅推他到外面放风。上午十点，本该是阳光充足的时间，却不料昏昏暗暗的雾霾笼罩，四周的能见度也就在几十米以内。在这种环境中徘徊，显然不是明智之举。

“你说这天，灰蒙蒙的，大清早出门还得打手电，一不留神就人撞人。我看啊，在这环境中也趁早甭戒烟了，戒了也没用，整天喘气就跟抽烟没什么两样儿。”老赵没好气地说。

“哎，你说对了，别废话了，来一根儿吧。”齐孝石坐在轮椅上还不老实，伸出两根手指比画着夹烟的动作。

“你这老东西，一点不听医生的话。”老赵说。

“哼，我是谁啊，搞预审的，天天给人甩片儿汤话，人家得乖乖地哈着我，让我听别人的吆喝，笑话！”齐孝石撇嘴，一脸的不屑，“再说了，我住院也没得了什么病，不就腿出了点小毛病吗？戒烟戒酒管个屁用。”齐孝石不屑一顾地说。

“你有理，最有理，谁也管不了你。”老赵摇头。

齐孝石坐在轮椅上，在浓浓的重雾中狠狠地抽了一口烟，没骨折的那条腿还不老实，一个劲儿地想往上抬。

“哎，你想干吗啊，你这是不疼了？”老赵责怪地说。

“唉……你是不知道啊……”齐孝石叹了口气，“这整天在床上待着啊，浑身发紧，骨头架子都快散了。这要再不出来活动活动，就真成废人了。”

老赵没有回音，沉默不语。

“嘿，你今天这是怎么了？心里有事儿？”齐孝石叼着烟卷回头看老赵。

“嗐，我能有什么事儿，没事。”老赵苦笑着摇头。

“不能够，没事就是有事。”齐孝石抖着腿说，“你别蒙我，你一搞技术的可斗不过干预审的，实话实说，甭让爷给你下家伙。”齐孝石故意逗他。

老赵一点没觉得可乐，反而更忧郁起来，“老齐，你说咱这一辈子拼死拼活的到底为了什么啊？”

“为了什么？为了活着呗。”齐孝石直接回答。

“是啊……活着。但活着真难啊。”老赵怅然。

“是啊，活着是难。”齐孝石转过头，望着远处的天空说，“这一晃都三十年了，咱们也土埋半截子了，记得刚参加工作的时候啊，要是看见谁警衔到了督察了，那一准就改嘴叫人家师傅了。师傅是什么啊？是老东西喽。但你瞧瞧现在的咱俩，早就扛着一督多少年了，小年轻的见了面叫师傅都是便宜他们，论起岁数来，他们得叫叔。这时间啊，就跟二锅头差不多，你喝的时候吧，觉得挺爽，但一喝多了吧，又难受后悔……”齐孝石也感叹起来。

“是啊，三十年了。”老赵也望着远方说，“还记得咱们刚来‘老七处’的时候啊，你、我和小龚，多年轻啊，咱们报到的时候说过什么你还记得吗？”

齐孝石一听龚培德的名字，心里就觉得一紧。“说了什么？”齐孝石反问。

“说了从警的目的啊。”老赵说，“那时‘七处’的老科长问咱们啊，以后想怎么干工作，从警的目标是什么。”

“嗯，这个我有点印象。”齐孝石说。

“是啊，这个怎么能忘了呢。我记得当时龚培德说啊，他当警察就是努力干好工作，要让更多的同志在他的带领下惩恶扬善，早晚要成为一名领导。

呵呵，你看这家伙，当时就雄心壮志。”老赵感叹，“然后是你说的，你还记得自己说过什么吗？”老赵问。

“我不记得了，陈芝麻烂谷子的事儿。”齐孝石故意抗拒着回忆。

“你不记得，我可没忘。”老赵说，“当时你说啊，搞预审就是与人斗，与人斗其乐无穷，你一定会搞好业务，让所有的案子都水落石出，当个最厉害的预审员。”

齐孝石苦笑，没反驳。“那你自己呢，说了什么啊？”齐孝石问。

“我？忘了。”老赵摇头。

“你忘了，我可记着。”这回轮到齐孝石了，“你当时说啊，‘我是一个外地人，来海城市公安局工作已经很满足了，就想踏踏实实地干好工作，结婚生子，买个大房子，把父母都接过来。’这不都是你说的？”齐孝石如数家珍。人就是这样，经历的事情多了，有时越是久远的记忆反而越清晰。

“是啊，谁能忘啊……”老赵根本没有忘，他只是不愿意提及，“那时的想法多单纯啊，是啊，踏踏实实、平平安安、不争不抢，宁可无功也别有过，一步一个脚印……我就是这么活的啊，但到了现在呢？忍气吞声一辈子，谁也不拿我当回事，爹妈都没了，也还没接到海城呢，什么踏踏实实、平平安安啊……我这一辈子真是窝囊啊……”老赵说着就带了哭腔。

“哎哎哎，老赵头，你这是怎么了，唉……”齐孝石丈二和尚摸不着头脑，“有事就跟我说说，咱老哥俩多少年了，别窝在心里自己难受。”齐孝石宽慰道。

“唉……”老赵叹了口气，慢慢坐到一旁的石台上，“你说我这一辈子啊，什么都不争，什么都不抢，但最后呢，本该属于自己的都让别人抢走了。你就说咱们局分房，我发扬风格多少次了，这临了临了该轮上我了吧，得，公安局也停止福利分房了。”老赵无奈地摇头，“没办法啊，我们老两口就贷款买房，一个月背好几千块的压力，挺不容易房子按揭还完了吧，我这儿子又出事了。”

“啊，儿子出事了？怎么回事？”齐孝石问。

“儿子不争气啊……”老赵一声叹息，“挺不容易找了个媳妇，没过几天踏实日子，就让人家给戴了绿帽子，这还不算，这些年挣的钱啊，自己没数儿，全让人家给划拉了。现在闹离婚了，还要分他一半房产。”老赵摇着头说。

“分房产？没听说你儿子买房了啊。”齐孝石问。

“还不是我的房。我糊涂啊，当初看他们结婚没什么给的，就把房子过户给了儿子。现在倒好，全贴给别人了……龙生龙凤生凤，窝囊也遗传。”老赵默默地吸烟。

齐孝石看着老赵，一时语塞。“这不行啊，按照法律也不能分给她啊。”齐孝石找补着说。

“人善被人欺，马善被人骑，老实人最倒霉，这就是命……”老赵默默地说。

检察院办公楼是一栋灰色的建筑，金色的检徽高高悬挂，显得庄重威严。那海涛痴痴地望着窗外，检察院门前宽广的大理石台阶反射着冷冷的光泽，让人感到压抑和敬畏。他转头看着面前端坐的检察官周济广，郑重地说：“事实情况就是这样，周检，我愿意承担此案带来的一切责任和后果，请你们立即按照法律程序办理。”

周济广不动声色地看着那海涛，半天也没有说一句话。他年过五旬，眼神里有种饱经沧桑的淡然。

那海涛忍不住这种沉默。他虽是预审出身，但在此案的大是大非面前，冷静就等于是在浪费时间。“周检，这个案件一定要立即办理撤销逮捕的决定，不然就错上加错了。”那海涛急切地说，“在陈沛被批捕后，新时代公司已经出现了巨大的动荡，国有资产大量流失。我作为案件的负责人难辞其咎，该怎么处理我都认，但有一点，这个案件一定有着不为人知的幕后势力，这是个人为制造的陷阱。”

周济广穿着一身藏蓝色的检察院制服，胸前红黄相间的检徽闪闪发亮。他凝视着那海涛，缓缓地说：“那警官，你当了这么多年的警察，应该知道撤销逮捕不是儿戏。一旦撤销，后果会很严重，你能承担得起由此产生的责任吗？”

“我……”那海涛停顿了一下。作为一名资深的预审员，他怎会不知这撤销案件的严重性。案件一旦撤销，检察院将会对办案人进行追责，这必将给他前景光明的预审工作带来巨大的负面影响。那海涛抬起头，迎着检察官周济广复杂的眼神，目光渐渐坚定。他知道，面前这位经验丰富的检察官，已经对陈沛职务侵占案下面的走向了然于心。他此刻不是在征求自己的意见，而是在考验自己痛改前非的决心。

“周检，论起资历来，您是我的前辈。在前辈面前，我就有话直说。陈沛的案件责任在我，因为对关键证人证言的错判，导致了整个案件的严重走偏。由此带来的后果，可以说是无法弥补的。一旦撤销案件，从我个人的角度来说，也许会受到很大的影响，这一切我都心知肚明。”那海涛一字一句地说，“但是周检，我从警十多年，也算是一名老警察了，您放心，我决不会因为个人的利益而丧失公心、违反原则，我会坚守一名政法干部的尊严和底线，我知道自己在做什么。”那海涛信誓旦旦。

“海涛，我很欣慰你能这么说。”周济广点了点头，“在当今的执法环境下，执法办案的理念一定要从有罪推定转变为疑罪从无。陈沛的案件不光是你的重大错判，也是我们检察机关的重大失误。纵观全案，虽然相关证人证言都滴水不漏，但从现有的证据依然可以看出，公安机关在获取证据的过程中存在着武断和主观臆断，特别是在沙伟的证言上，更是带有先入为主的色彩。所以撤销这个案件的逮捕决定是当务之急。同时，海涛，你回去要继续全力彻查该案，特别是要寻找到那个冒牌沙伟的下落，如果这个关键人物找不到，那咱们就真的没法向合法企业和被害人交代了。”周济广的眼神从冷漠变为炽热，里面仿佛有一团火在逐渐燃烧。

那海涛重重地点头，“周检，我明白，我一定全力以赴。”

“海涛，你是个好警察，也一定要继续坚守住警察的责任和荣誉。这话说着容易，但做起来难啊。我跟你师父龚培德认识，而且不止合作过一次，有的事情你要吸取他的教训。”周济广话里有话。

那海涛闻之抬头，看着周济广的眼睛，一时语塞。面前的这位检察官他早有耳闻，一年前省厅经侦总队赵顺的案件就是由他主办的，当时赵顺被贪腐人员污蔑为精神病，身陷囹圄，正是周济广接到赵顺的举报为其洗清冤屈。

周济广看了看表，站起身来。“最后我还要提醒你，海涛。”周济广说，“你们预审讲的是用策略击穿诡辩获取真相，还原事实情况，但作为检察机关，我们需要的证据却要保持没有一分一毫主观色彩的原始状态。这世界上迷惑人的东西太多，钱色欲望、生存压力、亲友关系、仕途升迁，但作为一名执法人员，抵制住诱惑，以事实为依据、以法律为准绳，才是我们最基本的底线。所有的口供和证据都不会自己说话，都要靠我们去搜集去获取，在搜集中，永远要记住，再天衣无缝的伪装也禁不住真实的推敲，一切的伪装都会有痕迹。在执法工作中，不能用概率去推断，不能做到百分之百的确定，就要一切归零。坚持住真理，哪怕遍体鳞伤，也一定要无愧于心。一旦放弃真理，即使获得一时的利益，也早晚会一败涂地，付出惨重的代价。”周济广严肃地说。

“您放心，我当然知道自己该怎样做。”那海涛郑重地点头。

“好。”周济广也郑重地点头，“这个案件我会立即通知侦查监督处做出撤销批捕的决定，同时你回去也要马上准备材料，向你的上级领导进行汇报。你要做好思想准备，一旦陈沛被释放，新时代公司将很有可能对执法机关进行行政赔偿的诉讼，不要措手不及。”周济广停顿了一下说，“海涛，有什么需要帮助的随时来找我，你是个好警察，过去是，现在是，未来也要是。”

那海涛站起身来，缓缓地抬起右臂，庄严地敬礼。“周检，我不会辱没警察的荣誉。”他一字一句地说。

检察院办事神速，仅用了一天，就做出了对陈沛撤销逮捕的决定。陈沛刚被放出来，就以新时代公司总经理的名义召开记者会，在会上有两个重点。一是陈冤。陈沛称自己被捕是彻头彻尾的冤假错案，那一千万元的侵占款项，根本是在他不知情的情况下汇到账户里的，贸然将他逮捕是政法部门的严重渎职。他的律师已经向市公安局和检察院提交了国家赔偿要求，相关部门不但要严惩责任人，还要登报道歉，为他挽回名誉损失。二是起诉。要提起两个诉讼，第一个是新时代公司对市公安局和检察院的行政诉讼，要求两部门在全力挽回新时代公司名誉的同时，承担由此造成的上亿元经济损失。第二个是陈沛个人对公安局预审员那海涛提起的个人民事诉讼，因为那海涛在审讯时的盲目武断，已经造成了他个人无法挽回的名誉损失和严重的心理伤害，因此向那海涛提起一百万元的损失赔偿，要求他个人承担。

此言一出，海城上下顿时沸沸扬扬。媒体记者向来“狗咬人不是新闻，人咬狗才是新闻”，遇到了这么轰动的一个公共事件，自然不能放过。一时间市公安局、检察院门前人满为患，人们都要看看政法机关如何应对这个棘手事件。更有人把陈沛起诉公安局、检察院和预审员个人的行为总结成“双起事件”，呼吁日后再遇到政府部门的失职渎职行为，就以此为例进行效仿。这个事件被媒体炒作起来，通过平面媒体、电视广播、互联网爆炸性地传播，接二连三地登上各类媒体的头条，不但给海城政法部门带来了极大的压力，更让那海涛本人付出了沉重的代价。

那海涛走出主管局长郭俭办公室的大门，静静地将门关上。他感到浑身无力，这种无力虽在预料范围内，却仍无法抵御。

那海涛不想让别人看到自己的脆弱，努力调整着步伐，让脚步的稳健展现他内心的平静。窗外暗淡的光线显示时间已到了傍晚，他彷徨地走着，安抚自己的努力一次次被窗外射进来的余晖打乱。他甚至想不清自己到底该去向哪里。去办公室吗？自己已经被停职处理，那里没有自己的位置。但也该庆幸，若不是主动提出撤销逮捕的纠错申请，就算检察院给自己戴上渎职的帽子也不为过。回家吗？那海涛叹了口气，回哪个家，是自己空荡荡的宿舍还是去找齐欢？不，他可不想让齐欢看到自己失魂落魄的样子。自己是个强者，还没有完全丧失战斗能力。

这时，纪委副书记沈政平走了过来。那海涛停住脚步，他知道自己与沈政平不是"偶然"相遇。

"书记。"那海涛把腰杆挺直。

"海涛，进来坐坐？"沈政平朝自己办公室的方向指了指。

那海涛没有拒绝，默默地随沈政平进了屋。

"怎么样？还承受得住吗？"沈政平给那海涛倒了一杯水，语气平和地问。

"还行吧。"那海涛挤出一丝苦笑，"愿赌服输，搞预审就是这样，赢了，理所应当，输了，就要付出代价。"

"这是你师父说的吧？"沈政平坐在那海涛身边，看着他的眼睛问。

"是，是我师父说的。"那海涛知道沈政平在这里指的师父，是龚培德。

"你是个好样的，在某些事情上比你师父强。"沈政平说。

"您这是什么意思？"那海涛反问。

"没什么意思。"沈政平回答。

那海涛知道，从一个纪委副书记嘴里说出的话，是不可能没什么意思的。但这些事也不能深问，那海涛正在头昏脑涨之时，没力气做细致分析。

"海涛，你下一步想怎么办？"沈政平接着问。

"下一步？"那海涛看着沈政平的眼睛，仿佛是在问他，又像是在问自己，“还能怎么办？停职处理，回家等通知呗。”他沮丧之情溢于言表。

“不能这样。”沈政平一下否定了那海涛的决定，“我找你谈话的目的，就是要跟你说一些情况。你要知道，对你进行停职处理，是市局党委万般无奈的决定。”沈政平喝了一口水，停顿了一下说，“陈沛的职务侵占案件出现问题，事出有因，市局领导也知道这里面的情况。但现在事情已经发生了，而且造成了无法弥补的后果，对外，市局领导是需要对陈沛提出的‘双起’诉讼进行应对的，而对内，市局为了服众，也只能通过纪律处分对你进行停职。但这些应对和处理，都不是市局领导的最终日的，你明白吗？”

“我……”那海涛想说明白，但又摇了摇头。他这才意识到，沈政平看似与自己推心置腹地谈话，实则是在代表市局领导向自己非官方地宣布命令。

“是，你不明白。”沈政平说，“海涛，虽然你现在已经暂时被停职处理，不再是预审支队的一名副大队长，但你要明白，你仍然是一名人民警察，仍然承担着人民警察应尽的职责。市局对新时代公司的行政诉讼，只能进行暂时的应对。你我都明白，陈沛提出的上亿元赔偿，市局是没有理由也不可能支付的。当务之急，是尽快查清新时代公司陈沛蒙冤的罪案，只有案件真相大白了，陈沛个人和新时代公司才能昭雪，所引发的损失才能获得补偿。海涛，你现在虽然被暂停了副大队长的职务，但警察的权力仍然享有，谁也没有收回你的办案权力。”

“也就是说，我还能办案！”那海涛异常惊喜。

“是，你仍然可以办案，和过去一样。但现在的形势较以前更加紧迫了，要求也更高了。海涛，不要失去信心，要迎难而上。”沈政平一字一句地说。

“明白了，书记。”那海涛站了起来，“我一定全力完成任务，不辱使命。”那海涛也一字一句地回答。

冷风起了，呼啸着把地面上苟且的残叶席卷到半空再狠狠抛弃，那些昔日的璀璨从坠落的瞬间起便成为垃圾。纠缠多日的雾霾终于消散，傍晚深灰色的天空竟呈现出一片清澈。但坚守在室内的人们却不再相信天气预报的轻率结论，从专家证实 PM2.5 致癌之后，人们都觉得这个城市再无一处安全。

那海涛行走在夜色中，熙攘的车流不断从他身边涌过。红色尾灯汇集成血液，在这个城市的巨大肌体中循环往复、川流不息。那海涛深深地吞吐着烟雾，仿佛要把每一个动作都做到极致，似乎要用自己的肺和胸腔去做武器，消灭指缝间的对手，或许这就是预审员的职业病吧。把每一步都做到极致，其实是个无法完成的任务、一个伪命题，就好像公安机关常常提到的那些口号一样，“天天都是关键时刻，事事都是最高标准，人人都是最佳状态”，这么干一天两天还行，要把冲锋当作常态去搞，那警察们不被逼疯了才怪。但这就是现状，干什么都得照死铆劲，一出场就冲锋陷阵，已经成了警察们的日常生活状态。那海涛在沉默中突然爆笑，嘴里的烟头都掉在了地上，他在夜幕中的街头笑着，力度逐渐增加，笑声越来越大，仿佛在笑那个不近人情的激进口号，又像是在笑自己一贯以来的行为举止。他望着车流后海市蜃楼般的城市剪影，根本找不到东南西北。

不知不觉，那海涛竟徒步走到了海城医院。他停住了脚步，下意识地望着病房楼前闪烁的灯光，突然感到胸膛中一丝微弱的火苗在逐渐升温，似乎有融化寒冷的可能。

齐孝石正在闭目养神，刚才一个乱七八糟的噩梦让他心烦意乱。他梦见自己陷在一个泥潭里，浑身无力，怎么也拔不出腿，四周漆黑一片，分不出是黑夜白昼。他想喊，喉咙却发不出声音，想跑，却没有一丝力气。这是个什么预兆啊？齐孝石沮丧地想。有人说梦境是生活的映射，也许在自己的内心最深处，生活就是漆黑一片毫无希望吧。他叹了口气，努力调整好自己的呼吸，就像每一次与预审的对手交锋一样，要让自己不露声色、气定神闲。搞预审的警察，最低级的手段才是拍桌子瞪眼，声色俱厉地唱白脸，做到高级了，就不用再拿这些形式化的手段去敲打对手，反而要用一种气定神闲的状态以不变应万变。相由心生，简单的人喜怒形于色，有城府的人不露声色，一切的伪装先要调整好自己的心态。齐孝石永远记得他第一个预审师父，老科长邢克生教他的一个方法。调整呼吸，用呼吸去稳定心跳，再由心跳去稳定情绪，当身心的节奏归于平静的正轨时，内心的惶恐才会变为力量，才有了更多战胜敌人的可能。

又一个梦，又似乎不是梦，或者该叫作回忆。齐孝石在似睡非睡中，心境由烦乱渐入平静。他似乎又回到了三十年前的某个片段。那时他和龚培德、老赵都很年轻，见到领导会感到压力，自己的成败要依靠别人的评价，一瓶啤酒一口气就吹完，但一堂笔录有时熬个通宵却拿不下来。那时真是没少为了工作的事儿挨领导和师父的骂，但在骂声中，业务水平却在飞速提高。

记得当年龚培德在审讯中闹过一个笑话，他主审一个违犯国家法规、倒买倒卖以次充好货物的经济犯罪嫌疑人。他在年轻人中业务水平最好，三下五除二就把嫌疑人给拍服了，声色俱厉地拿下了口供。而正当他眉飞色舞地把笔录交到了老科长邢克生手里时，却不料被劈头盖脸地骂了一顿。

“嫌疑人是搞法律的？”邢科长当时是这么问的。

“不是啊。”龚培德是这么回答的。

“那他怎么会回答，我是违犯金融、外汇、金银、工商管理法规，投机倒把，情节严重，依据《刑法》之相关规定，属于以走私、投机倒把为常业的首要分子……他是背着‘法条’交代的？”邢科长怒了，“去，给我把他的口供弄成人话！”

这下龚培德傻了。他本以为把嫌疑人拍服了，照着法条给他往口供上加，能更利于检察院批捕，但没想到却弄巧成拙。而他事后却仍振振有词，不服输地挑邢科长说话的毛病。

“把他的口供弄成人话”，怎么的？《刑法》里的话就不是人话啊，难道是鬼话？开玩笑！龚培德这家伙，一直是这样一个不服输的硬骨头。

齐孝石笑醒了，一睁眼却又回到了四白落地的病房。他叹了口气，闭上眼睛继续调整呼吸，努力进入回忆。回忆真美好啊，人总是会为失去的事物惋惜，所以在记忆中就不免将原本残缺的往事修饰成完美。这种完美虽然有些自欺欺人，但谁也不会去拆穿，把难得的美梦打碎。

老赵年轻时和现在一样，人老实不善言辞，经常是一上审讯台就哆嗦，几次都被嫌疑人噎得哑口无言。预审邢科长最看不上的就是他。所以老赵在龚培德和齐孝石都纷纷“上台”审人的时候，被调到了内勤组，和几个大姐一起干起了报销药费、整理卷宗的活儿，这一干就是两年。当时内勤有俩大姐，一个到了快退休的年纪，一上班就织毛衣看报纸，干活儿能躲就躲，除了吃饭上厕所，你问她什么都说不会；另一个虽然有责任心，但工作能力有限，写一个报告能打回来四次。邢科长一个用着不顺手，一个用着不放心，自然就把大量的工作放到了老赵手里。老赵虽然审人的功夫不行，但做事却细致周全，到了内勤以后大事小事一把抓、苦活累活一勺烩，一下成了内勤的“大拿”。老赵至今仍然认为，那是自己警察生涯的第一个辉煌。这就是人尽其才的道理。

但老赵年轻时还是犯了不少笑话。比如有一次帮“老七处”军转的民警大刘写入党申请书，老赵那时年轻，哪写过这东西啊，就照着一个党刊上的申请书格式照猫画虎。结果大刘刚交了申请书没半天，就被“老七处”政工科的冯科长叫过去谈话了。冯科长问大刘是不是不想在公安局干了？大刘军人出身，人耿直说话也冲，一听冯科长这话就气不打一处来，说冯科长你要是想教训我就直说，别拿话挤对我。怎么了？我想不想在公安局干，你还能给我开除了是咋的？冯科长一看大刘变脸了，也就缓和了语气，就让大刘读那份入党申请书的第二段第一行，大刘拿着老赵帮他写的申请书，当着政工科一干人等的面儿，朗声读道：“作为一名石油勘探工人……”全场笑喷。

“哼，哼哼……”齐孝石被回忆与梦境间的片段笑醒，一睁眼，那海涛正坐在他面前，面如土色。齐孝石被吓了一跳，平和的状态瞬间被打乱。

“你……你……怎么来了？”齐孝石正犯迷糊，还没醒过味儿来。

“师父，我……”那海涛浑身烟味，“我路过医院，就想来……看看你。”那海涛说得犹豫，却是实情。

“这大半夜的，你玩儿什么幺蛾子……我有什么可看的呀，你是……有过不去的事儿了吧？”齐孝石一语点破,他已经知道了那海涛被停职的事情。

“师父，我……我……”那海涛再也抵不住失落，胸腔里郁积许久的情绪一下奔涌而出，“我折了，输得一败涂地，我丢了您的脸。”那海涛一连几个叹息，用手抱住了头，“我在预审行里混不下去了！让人玩儿惨了！”

“怎么了？怎么就一败涂地了？”齐孝石最看不上的就是软蛋，特别是懦弱的警察，“就因为那个案子失了手，就这么死去活来的？”齐孝石冷眼看着那海涛。

“不是，不光是那个案子，是我一直以来的自信。自信啊，师父。”那海涛苦笑着，“我曾经真的以为自己行了，能在审讯台上游刃有余了，罪犯‘拖、瞒、骗、赖、扛’，咱就‘敲、拍、点、缓、突’，兵来将挡水来土掩，但是……呵呵……”那海涛自嘲地摇头，“现在看啊，那都是胡扯，都是梦话，我根本斗不过人家。”那海涛再次叹气。

“滚！别让我看见你的这个操行！”那海涛还没说完，就被齐孝石突如其来的咒骂打断。他愣住了，战战兢兢地看着齐孝石。

“我这辈子不恨轴、不恨蠢，恨的就是软蛋㞞货，你这个德行，对得起你死去的龚师父吗！”齐孝石一下就翻车了，用双手一撑就坐了起来。也许是用力过猛的原因，他感到胸口一憋，猛地咳嗽起来。

“师父，师父……”那海涛自觉失语，忙过来搀扶。

“滚开，滚一边去！”齐孝石用力打开那海涛的手，根本不领情，“要是龚培德看到你这个操行，会跟我一样生气。当警察的，无论到了什么时候，也得挺直腰板儿，特别是裉节儿上，决不能认㞞！要不趁早找根绳儿吊死！干预审的，不怕手潮、不怕嘴笨，就怕心㞞气短！感情丰富、自控能力差、情绪波动大、好冲动，对待这种人的方法是什么？啊？我问你！”

“啊，对待的方法是拍山震虎、施以重压。”那海涛被齐孝石这一吓，已经脱离了刚才的情绪，像小学生一样回答问题。

“你还记着！”齐孝石恨铁不成钢地说，“预审，预审，审的是对手，审的是敌人！见天儿地拿刀切菜，不琢磨自己的角色不行！得拿审讯当刀把子，拿嘴当刀刃子，拿话当刀尖儿，扎那帮孙子的脏心烂肺！你自己先认了㞞、服了软，这不擎等着把脑袋往人家刀口下面送吗！亏你还是预审警察里的头头。我告诉你那海涛，就冲你这掉链子的德行，我就看不起你。”齐孝石连珠炮似的骂着，让一旁的病友老常都不敢吭声了。

“我……我懂了……”那海涛也知道自己的失态，低头不语。他明白师父这是在言传身教，把“拍山震虎”用在了自己身上。

“你呀……”齐孝石看他这样，也让自己平静下来，“怪不得龚培德说你，做事太急，有时缺少方法策略，容易吃亏。”齐孝石说完叹了口气。

“龚师父，他……”那海涛抬起头，看着齐孝石。

“他走的前一夜，到办公室找到过我……”齐孝石说得断断续续，再次揭开内心的伤疤，“当时他絮絮叨叨跟我说了好多话，陈芝麻烂谷子的，扯了好多老年间的事儿，说什么让我不要怪他。我那天喝多了，也没多想，就甩了他几句片儿汤话。谁知道……他第二天就……”齐孝石语塞起来，一股阴郁的情绪顿时将他架空。

“他……他都跟你说了什么？”那海涛问。

“唉……”齐孝石一声长叹，“也不过就是些多年以前的老皇历。”齐孝石缓缓抬起头，“但他临走的时候跟我说啊，你虽然搞了不少像样的案子，但还是随了他的毛病，做事太急，有时缺少方法策略，容易吃亏。后来我才醒过味来，他这是在向我交代后事啊……”齐孝石说着情绪就激动起来，泪花在眼睛里打转。

“师父，师父……”那海涛也按捺不住，浑身颤抖起来。

“说实话啊，那海涛。你虽然跟过我，也跟过龚培德，但在预审的手艺上啊，是真没怎么学到看家的本事儿。”齐孝石直来直去，“这搞预审啊，拍山震虎、引而不发、欲擒故纵等招数都是小手段。我没给你讲过，龚培德没给你讲过吗？一切靠招数赢得的胜利都是暂时的，靠一句句顶着、扛着逼出来的口供都不能保证百分之百的真实。这搞预审的人啊，是不能相信自己，也不能相信对手的，唯一要相信的是证据，证据！疑罪从无，为什么这么说呢？就是不能轻易给事情下定论，不能主观臆断任何一个细节。‘那三斧子’，笑话，我从听到你这个外号的时候就觉得可笑！我问你，三斧了之后呢？怎么办？再来三斧子？那还有用吗？操之过急、急于求成，是预审的大忌啊！”齐孝石推心置腹。

“师父，我知道自己不行，我压根儿就没学到你们的精髓，我是个软蛋，是个㞞货！”那海涛自暴自弃起来，“这次的案子我是彻彻底底地失败了。我心里难受，不是因为自己的失败，或者是因为被停了副大队长的职位，我难受的原因是给无辜者带来了影响啊，重大的影响。好好一个公司濒临破产、分崩离析，上千人失业，损失好几个亿，这都是我犯的罪啊，我……我怎么偿还啊，怎么挽回啊！师父，我真的无能为力，不知该怎么办了。”那海涛声音越发颤抖。

齐孝石看着那海涛，心中也翻腾起来。他知道，那海涛这次输得很惨，不但遇到了警察生涯最大一次挫败，还可能就此一蹶不振，就像当初的自己一样，浑浑噩噩下去，再无翻身的勇气。齐孝石缓和了一下情绪，看着那海涛的眼睛，“我问你，预审开始之前要做什么工作？”

“啊？”那海涛一愣，但随即回答，“要摸清对手的横轴和纵轴，横轴就是对手的兴趣爱好、社会交往、从事职业等等，纵轴就是对手的成长环境、民族习惯、人生经历、遇到的重大事件、受过什么教育、家庭有什么变故、是否有过前科。”

“嗯，你还没忘。”这是齐孝石多年前教给那海涛的第一课，“那我问你，在你审讯的这起案件中，你弄清对手的横轴和纵轴了吗？”齐孝石又问。

“我……”那海涛不知怎么回答。

齐孝石看着他摇头。“是，也许你在心里想说，你问清了。但我觉得你该再好好地问问自己，是不是真的弄清了，还是只弄清了浮在面儿上的情况。”齐孝石一针见血。

那海涛恍然大悟。是啊，如果当时在审讯沙伟时能彻查一下他的成长环境和人生经历，没准就能从他原籍的情况查到他伪造的身份了。“师父，我没有查清。”他摇着头说。

“你的对手是谁？你搞清了吗？”齐孝石继续问。

“是……”这么一个简单的问题，又让那海涛无法回答。是啊，那海涛在办案中，一直认为陈沛是他的对手，却不料中了沙伟借刀杀人的计策。

“你啊，不是中计了，而是轻敌了。”齐孝石一语道破，“还记得我曾经跟你说的吗？一个会说谎的人，会在跟你说的十句话中，说九句真话、一句假话。说九句真话是为了迷惑你，赢得你的信任，而这一句假话，就足以置你于死地。”齐孝石说，“但有什么办法能对付这九假一真呢？”

“全部否定，一句也不信。”那海涛回答。

“对，在没掌握真凭实据之前，不能相信对手的每一句话。但还得长心眼儿，句句都要牢牢记下，为的就是等以后裉节儿的时候，再拿出来拍唬他，让他不能自圆其说，这样谎言才能原形毕露。”齐孝石来了精神，病容顿散，“在审讯中得有眼力见儿，不但细节得瞧准了，还要抓几个有分量的证据照死了砸，只要功夫到了，就能问出个底儿掉。对手可能会伪造许多个细节作为假象，也可能牢记住所说的谎话，但就算他们再做得细致，也难免百密一疏，事实上他们永远掩盖不了时间，地点，人物，有记载的文件、证明，只要有一点不对，就能破了他们的局，抓住狐狸的尾巴。谎言啊，永远禁不起推敲，编得再圆也会有纰漏。”

“物质不灭。”那海涛脱口而出。

“是，说文明了就是这个词儿。”齐孝石说，“你知道预审为什么要七个小时吗？”齐孝石自问自答，“所谓的七个小时，并不是非要在七个小时内拿下口供，显示所谓的能力，而是要在七个小时的时间里，与对手试探、周旋、出击、防守，就像打拳一样。第一个小时聊，第二个小时磨，第三个小时绕，第四个小时引，第五个小时迷，第六个小时拍，第七个小时供。每七个小时就是一个战斗，每一个审讯阶段就是一个战役，你懂了吗？”齐孝石说出了预审的精髓。

“我懂了，师父，我懂了。”那海涛眼睛发亮，他好久没听到如此让自己醍醐灌顶的教诲了。

齐孝石没再反驳那海涛对自己的称呼，继续说：“求快、求急、好大喜功，这是你作为一名预审员最大的问题。搞预审的不能情绪外露，不能喜怒形于色。什么‘三斧子’‘四斧子’的，一遇到石头就会断刃。预审老话讲，对手‘拖、瞒、骗、赖、扛’，咱就‘敲、拍、点、缓、突’，讲的就是制敌的手段要千变万化。要搞清这个案子，就要从头再来，不要学我，也不要学龚培德，一倒下就趴窝了，再也站不起来……”齐孝石停顿了一下，“别拿人当人，别拿事当事，只要不让自己给打败了，总有翻盘儿的机会。”这是齐孝石推心置腹的话。

“师父，谢谢您的教诲。”那海涛真诚地说，“我知道该怎么办了。”

“该怎么办？”齐孝石问。

“我明天就去新时代公司‘谢罪’。”那海涛说。

“这可不仅仅是去‘谢罪’。”齐孝石说。

“我知道，我是要真诚地求他们谅解，无论受到怎样的对待，我也要争取到他们的配合。这是重新开展工作的第一步，也是我真正去面对自己的失败，重整旗鼓的开始。”那海涛说。

齐孝石默默地看着那海涛，心里有了一丝暖意。“明天我也裹裹乱，跟你一起去。”齐孝石说。

真正敌人

新时代大厦，海城的一处地标性建筑，昔日的辉煌与如今的萧条形成了鲜明的对比。在陈沛案发之后，公司便出现离职潮。员工像候鸟一样，远离寒冷追逐温暖，转奔更好的生活，留下偌大的办公室空空荡荡，异常清冷。

雾霾散去，清晨的阳光和煦温暖。齐孝石的腿伤还没好利落，拄着拐杖一瘸一拐地和那海涛走进了公司大门。那海涛在向公司前台说明来意之后，前台女员工的脸色就冷下来了。

“啊，你就是那警官啊……”女员工冷冷地说，“卓越董事长现在不在，陈总倒是在，但不知道有没有时间见你。”

那海涛知道女员工是在故意为难自己，但还是赔起笑脸，“姑娘，请你帮我联系一下陈总，我有重要的事情向他通报。非常重要。拜托了。”那海涛非常诚恳。

女员工无奈，在前台拨通了陈沛的电话。

“喂，陈总，前台有两个警察要找您。啊，其中一个姓那，说有重要的事情。”女员工话还没说完，电话那头就传来了阵阵的吼声。那海涛和齐孝石离得不远，可以清晰地听到陈沛在电话那头问候着他们的女性长辈。

“对不起，陈总他不在办公室，暂时不回公司。”女员工说话的时候，眼神刻意地回避那海涛，下意识地向右边看。

那海涛虽然不及齐孝石老辣，但干了这么多年的预审，也是个人精。人们在日常生活中举手投足的动作，往往会反映心理活动的变化。特别是在说谎的时候，肢体上一些不经意的细节，恰恰会暴露刻意的伪装。

那海涛没给女员工停顿的机会，继续发问：“那陈总在哪里？”

女员工有些慌了，“这……我不知道，我哪敢问他。”

“他不在公司，你也不知道他在哪里，是吗？”那海涛问。

“是啊，有什么问题吗？”女员工有些不耐烦了。

“那你为什么只拨了八个号码，这打的不该是他的手机啊？”那海涛戳穿了对方的谎言。

“这……”女员工无言以对。

那海涛也不管她的阻拦了，和齐孝石一起径直往办公区里闯。女员工拦不住他们，就回头呼喊其他的同事。几个男员工撸胳膊挽袖子，气势汹汹地跑过来，为首的一个大声地喊：“滚，你们给我们滚！”大有动武的准备。

见此情况，齐孝石用手一推那海涛，示意他先走。那海涛稍做犹豫，也顾不了那么多了，在齐孝石的掩护下，三步并作两步走向总经理办公室的方向。

男员工们急了，冲着齐孝石就冲了过来。“你们把我们公司整得这么惨，现在还有脸过来捣乱。躲开！你要再不躲开，就别怪我们不客气了。”为首的男员工叫嚷着。

齐孝石多鬼啊，他可不会与这帮小年轻的硬碰硬。眼看着男员工跑到他面前，齐孝石哎哟一声，侧身扔拐，一下躺倒在地板上。“哎哟，我的腿啊，你还真下黑手啊。孙子，有本事你给我弄死，惹急了爷谁都不吝！”齐孝石猪鼻子插葱，装起“象”来，几个小伙子顿时傻了眼，面面相觑，不敢再碰他。

“你们……别杵着啊，过来扶我一把啊……我这腿啊……”齐孝石鬼哭狼嚎起来，引来人们纷纷围观。这为首的小伙子可冤枉死了，“这……这可不是我碰的他啊，是他自己摔倒的，你们可要帮我作证啊。”其他男员工见状，都避之不及，一下就呈鸟兽散，剩下这个倒霉蛋走也不是，不走也不是。

说时迟那时快，那海涛已经走进了陈沛的办公室，刚一进门，就与正往外走的陈沛撞了个满怀。

“你不长眼啊！”陈沛恢复了以往的嚣张，指着那海涛的鼻子就骂。

那海涛刚想发作，又强压住心中的火气。他忘不了齐孝石昨天说的那些话，搞预审的不能情绪外露，不能喜怒形于色。是啊，自己此行的目的不是为了和陈沛发生冲突，而是要争取他的配合。

“陈总，我今天来的目的，是要向你道歉。”那海涛说。

“道歉？呵呵。”陈沛冷笑起来。他人长得高高大大，横眉立目，满脸都写着冷漠和傲慢，“事到如今了，你还有什么资格向我道歉？你以为道歉就能弥补我精神和身体上的伤害吗？你以为道歉就能挽回我们公司数以亿计的损失吗？开玩笑！我告诉你，不要以为这样做就能让我放弃对你们的起诉。我既然被无罪释放了，被昭雪了，那首要的任务就是要控告你们的执法不公，让你们付出应有的代价！怎么，你怕了？”陈沛挑衅。

“怕了？你开什么玩笑？”那海涛也话锋一转脸色一变。他知道，对待陈沛这样的人，是不能出软招的。陈沛恃才傲物、骄横跋扈，你越软弱他就越强势。

“陈总，我这么叫你，是对你的尊重，这点希望你明白。首先，我要告诉你，为你昭雪的，不是别人，而是我。是我在办案中发现了关键证据出现了瑕疵，才主动报请的检察机关要求撤销逮捕。其次，我虽然理解你的心情，但也要奉劝你一句，你不要认为我来向你道歉是因为害怕你对我个人以及海城市公安局的所谓‘双起’控诉。我来找你的目的，是进一步查明这起案件的真实情况，找到我们真正的对手。”那海涛一字一句地说。

“别我们、我们的，谁跟你是‘我们’？”陈沛还在气头上，根本听不进那海涛的话，“我告诉你，今天就算你说出大天来，我也不会让你顺心如愿。我知道你们搞预审的巧舌如簧，能把黑的说成白的、把死的说成活的，但到了我这儿你尽管打住。咱们有什么事儿到法庭上见。滚，你给我滚！”陈沛口出狂言。

那海涛火往上冒，但努力压制。他停顿了几秒，刻意避开陈沛的锋芒，转了一个语气缓和地说：“陈总，我承认，我之前受到蒙蔽过于武断，造成了错案，给你个人以及新时代公司都带来了无法挽回的损失。为此，我应该承担一切责任。但有句话我也不得不说，就是干什么事情要分轻重缓急。就好像打仗，最重要的一步并不是要击溃对手，而是要辨明谁才是真正的敌人。你说对吗？”

“你什么意思？”陈沛高傲地扬起头，冷眼看着那海涛问。

“我希望你能回答我三个问题，就三个问题。”那海涛恳切地说。

陈沛不语，冷眼相视。

“第一个问题，沙伟真实的身份是什么？请你回答我。”那海涛问。

“沙伟的真实身份，笑话，我哪知道他的什么狗屁身份。”陈沛撇嘴。

“好，那我告诉你，我也不知道沙伟的真实身份。”那海涛说，“经过我们调查核实，那个曾经在新时代公司财务部任职的沙伟，实际上是冒名顶替的，他根本就不是你的老乡。真正的沙伟一直在家乡务农，根本没有来到过海城。”

“什么！你……你再说一遍！”陈沛惊讶起来。

“我再说得清晰一些，你一直以来照顾有加的沙伟，实际上是个冒名顶替者。他根本就不是你的那个远房表亲，而是默默地潜伏在你身边，伺机而动的别有用心者。他不叫沙伟，你和我都不知道他的真实姓名。”那海涛说。

“这……这太可怕了……”陈沛惊得合不拢嘴，“这么说，他来公司是早有预谋的？”陈沛问道。

“这个我现在还不确定。”那海涛说。

“第二个问题，是沙伟举报你涉嫌犯罪，对他来说能有什么好处？”那海涛问。

“好处？对他有什么好处……”陈沛一时回答不上来。

“是啊，举报你犯罪，拉你下马，对沙伟来说有什么好处呢？他是一个乡下人，在海城无依无靠，能来新时代这样的大公司任职也是通过你的介绍。你是他唯一的靠山，你倒了，他的结局也可想而知，不是被公司辞退，就是要承担连带的法律责任。以此分析，拉你下马，对他来说是有百害而无一利的。那他为什么举报你犯罪呢？仅仅是因为所谓的恐惧吗？如果真的因为恐惧，那他为什么会选在新时代公司即将上市的关键时期，向公司董事会举报？这一系列举动，是偶然的现象吗？”那海涛反问。

“这……”陈沛语塞，答不上来。

“那沙伟与你，有什么私人上的矛盾或纠纷吗？”那海涛继续问。

“没有啊。”陈沛答。

“那你是否使用虚假报销的手段，侵占了新时代公司一千万元的财物？”那海涛顺势发问。

“我怎么可能干这种下三烂的事情，那纯粹是栽赃陷害、血口喷人！”陈沛大声说。

“那沙伟为什么举报你职务侵占？”那海涛又问。

“这……”陈沛仍然答不上来。

“第三个问题，谁才是此案真正的受益者？谁才是你和我真正的敌人？”那海涛问。

“这……”陈沛瞪着眼睛，目不转睛地看着那海涛。

“这是我们都需要追寻的答案。陈总，现在可以做一个猜测，那就是在沙伟的背后，一定有着一个不为人知的幕后势力。他的一切所作所为，都是经过精心谋划的，他从一开始就盯上了新时代公司，以你为突破口，一步一步地实施计划，手段隐蔽、准备充分。现在你与公安机关的对抗，也是他计划中的一部分，这样做，只会让这个案子雪上加霜，变得更加不可收拾。陈总，我真心希望你能配合我们的工作，把这个案件重新彻查，找出沙伟陷害你的真实目的，挖出幕后的真正黑手。”那海涛一字一句地说。

陈沛与那海涛对视着，高傲的眼神渐渐收敛。他沉默了许久，缓缓地转过头。“小李，你过来一下。”他对站在门前的女员工说，“我授权你去配合他们的工作，有什么情况随时向我汇报。我不想再见到他们，不要再打扰我。”陈沛说着摆摆手，转身走进了里屋。

那海涛还想说些什么，被跟过来的齐孝石拽了一下衣角，“行了，这已经算有里有面儿了，别再逼他。”齐孝石轻声说:“姑娘,你听见陈总说的了吧，从现在开始，你就要配合我们的工作了。”

“好，我会按照陈总说的去做。”女员工点头。

“你们卓越董事长呢？今天在不在？”那海涛问。

“卓董事长啊？好久没见到他了。听说是被控股的国企调走了，也是因为陈总这件事的影响。”女员工回答。

“噢……”那海涛点了点头。

“您……您的腿没事了吧？”女员工问齐孝石。

“嗐……我这人皮实,伤好得快。现在已经不疼了！”齐孝石咧着嘴笑了。

直至深夜,那海涛和齐孝石才离开了新时代大厦。为了进一步获取证据，那海涛又多次“叨扰”了总经理陈沛。陈沛心里的疙瘩虽然还没解开，但嘴上却也不再那么蛮横，他是聪明人，知道这个案件对自己的重要性。正如那海涛说的一样，找到真正的敌人，才是最重要的。沙伟背后的人，也许才是对陈沛最大的威胁。

在那海涛的循循善诱下，陈沛慢慢回忆着与沙伟相关的所有情况。有句话叫当事者迷，陈沛越回忆，越发现自己在许多问题上都疏忽大意，特别是在沙伟的身份上。沙伟来新时代公司之前，并不与陈沛直接认识，而是通过陈沛的表舅介绍。表舅介绍沙伟是家乡的表亲，陈沛看他老实听话，也想在公司里安插个自己人，就破格录用了他。在被释放之后，陈沛又联系过表舅，查找沙伟的下落。表舅悔恨万分，一个劲儿地说自己对不起陈沛，说其实自己与沙伟并无亲属关系，而是收了他的一万元好处，才牵线搭桥介绍他入职。

回忆到这里，陈沛狠狠捻灭了烟蒂，“那警官，这是个预谋已久的圈套。”

那海涛坐在陈沛的大班台下的折叠椅上，和愁眉不展的陈沛一起交谈、较量、摊牌、分析，似乎是换了场合和位置的继续审讯。总经理办公室里被喷云吐雾的两人弄得云山雾罩，宛如这窗外雾霾的城市。他默默吸了一口烟，没有回答。

齐孝石让小李带着去询问新时代公司的报案人常骁，不料他也已离职多日。这引起了齐孝石的警觉。常骁作为公司法务部的经理，不会因陈沛的入狱而受到牵连，又加上是公司中层干部，在这个时候离职实属蹊跷。齐孝石默默地思索，索性调取了陈沛事发后新时代公司离职的所有员工名单，梳理后约有两百余人之众。齐孝石看着名单，心里渐渐找到了一个工作方向。但这个方向只是猜测，并不明朗，就好像要去拆解一团乱麻，突然间找到了一个线头，但因线团缠绕太紧，想去揪又怕成了死结。

海城的夜很冷，风迎面吹来像碎玻璃划过脸庞。这个城市如今越发让人觉得陌生，几十年前，当这里随着改革大潮血脉偾张时，空气中还弥漫着田野泥土的味道。那时的天空湛蓝无邪，像初恋女人的眼睛，清澈见底毫无城府。而数年后，海城已成为国际化都市，CBD 和商业街区成了这里的标志，泥土的芳香已被钢筋水泥所掩盖。GDP 增长、拉动经济，带有强烈目的性的赶超风气让辛勤劳作变成了急功近利，让这个城市的居住者也成了盲从者。超女、快男，一夜暴富、一飞升天，成功的案例被传说千百遍，成为人们追逐的方向和努力的目标，所有人在盲目乐观的情绪中挥霍着本该细水长流的幸福。

齐孝石在雾霾中默默地吸烟，像在思考或在回忆。今夜的污染指数已经爆表，那海涛习惯用美国大使馆的检测结果作为依据。

“师父，少抽些烟吧，对身体不好。”那海涛一边开车一边打开雾灯。

齐孝石一言不发，深深地叹了口气，“老了……真是老了……力不从心，不服软儿不行。”

“师父，您这是怎么了？”那海涛费解，转头看着齐孝石。

“好好开你的车，别分神。”齐孝石提醒道。此刻的能见度不超过五十米，路上处处是要命的陷阱。“实话实说，越查，我越觉得这个案子，深不见底，一眼瞅不到边儿。”

“为什么？就因为沙伟的身份？”那海涛问。

“不止是这个。是要做的事情太多太多，而我却时间有限。”齐孝石说。

那海涛这才想起齐孝石退休将至，即将结束警察生涯。两人就这样在车厢里沉默着，在迷茫漆黑的夜里，沿着城市道路上仅有的微光缓缓前行。谁也不能预知五十米外的未来到底是什么，就像谁也不确定这个案件下一步的走向。

“海涛，你知道这辈子最让我过不去的事儿是什么吗？”齐孝石问。

那海涛侧过头，默默看着他。

“是我的家人。老婆孩子，我最对不起她们。”齐孝石自言自语中，缓缓摸出了裤袋里的一对核桃，轻轻地揉弄起来。

那海涛懂得，这是师父解不开的心结。

从那天开始，那海涛和齐孝石便陷入到了纷繁复杂的工作之中。在沙伟离职后，新时代公司又陆续有将近两百名的员工离职，其中不乏常骁这样的公司中层。齐孝石梳理出这些离职人员的名单，希望能从中找到某种带有关联性的线索，他试图确定员工的离职原因和去向。但离职的人大都变更了联系方式，即使联系到了部分人，也都不愿意配合，这为调查工作带来了意想不到的困难。那海涛在征得预审支队领导的同意后，暂时回到单位继续查案，而齐孝石也继续拖延着退休的时间，争分夺秒。

他们首先将新时代公司法务部经理常骁作为工作重点，一手通过户籍系统调取常骁的暂住情况，查找其下落；一手通过技术手段去追寻他的联系方式。但工作虽然缜密，却收效甚微。常骁同沙伟一样，似乎人间蒸发了，不但在暂住地不见他的踪迹，连联系方式也停止了使用。这种不正常的情况让齐孝石和那海涛顿生警觉。难道，常骁会是第二个沙伟？于是两人决定派出警力到常骁的户籍地进行实地调查。两天后，出差的侦查员查实了情况，竟然再次印证了两人的猜测，这是个最坏的结果。常骁在入职新时代公司时所提供的身份证件以及学历证明等相关文件，均是伪造的，真正的“常骁”几年前丢失过身份证，现在仍在原籍上班。新时代公司的这个常骁，也是冒用身份潜进来的。这个结果让齐孝石陷入深思，以此分析，沙伟潜入新时代公司举报陈沛的行为便不再是个案，而是由常骁配合的一起有组织有计划预谋已久的行动。不，也许还不止沙伟、常骁两人，或许还会有其他的成员曾经潜伏。

于是那海涛和齐孝石从最基础的工作做起，逐一核实新时代公司离职的每一个员工情况，大海捞针，不放过任何线索。但时间飞逝，两人加班加点熬了半个月，才核实了不到一半的员工。连日的疲惫几乎拖垮了齐孝石，他一直发着低烧，却依然扎在工作里。那海涛劝他暂时休息无果，就只得叫来齐欢，在软硬兼施中才勉强让他同意休息几天。面对繁杂浩大的工作量，那海涛也一筹莫展，真有种“一拳打在棉花上”的感觉，用尽全力却毫无效果。他和齐孝石都知道，即使找到了下一个沙伟、常骁，就算明知他们的身份是虚构的，但只要找不到他们的下落和去向，核实不了真实的身份，那之前的所有工作也等于白做。而茫茫人海，找到这些嫌疑人又谈何容易，在这个上千万人口的城市，一个人的踪迹就如一颗星辰，在浩瀚银河中难寻坐标。

那海涛熬红了眼睛，转木了大脑，也无计可施。无奈中暂停了对新时代公司员工去向的全面排查，将工作重点转到了查询给龚培德账户打款的线索之中。经过对大铁、二铁的再次审讯，基本可以证明，雇用他们对齐孝石下手的人，就是代办公司的邓楠。那海涛分析了整个案件的线索，又将龚培德的案件和齐孝石被打的事件互相串并，得出了往龚培德账户里入款五十万元的匿名者与邓楠有关的结论。于是抓捕邓楠就成了推进这一系列案件较为关键的一步。不谋万世者，不足谋一时；不谋全局者，不足谋一域。虽然现在对邓楠仅停留在怀疑上，还没有确凿证据证明他参与犯罪，但办案侦查有时就是要拓宽思路，要有通观全局的能力，事与事相互纠结，案与案相互联系，有时抓到一个线索，也许就能拽出它的源头。以现在的证据，还不能给邓楠开具刑事拘留手续。手续开不出来，对人就没有强制力。那海涛为稳妥起见，联系了邓楠原籍的警方，准备先核实邓楠的身份是否真实，再通过一切手段，全方位地查找邓楠的下落。

时间一分一秒地流逝，那海涛在空空如也的办公室里，对着窗外的黑暗发呆。网撒出去了，能做的事情都做了，剩下的就要靠运和命了。作为一个信仰共产主义的党员，那海涛是不该相信运、命之说的。但搞预审的人都明白，有时运和命不仅是指带有迷信色彩的天赐注定，还指一种世间万物解释不清的因果法则，就好像中国的那句古话，“谋事在人，成事在天”，说的就是这个道理。

转眼过去了一周，案件毫无进展。冬日的萧条寂寥让整个城市昏昏欲睡，人们蜷伏在温暖的室内，消极度日。一旦过了上班高峰期，街头的熙攘就瞬间退去，像潮水的涨落，像世间的冷暖。一些闲适的老人在街头遛弯，用衰老的生命呼吸着空气中的悬浮微粒。在这样的污浊环境下，自由自在的代价就是付出健康的身体。

年轻啊，真的只是一瞬。那湛蓝天空中婀娜的云朵，停泊一会儿，就会被风吹散。人们青春的奔波，实则是迈向衰老的努力。从清晨到日暮，每一次循环往复，陌生的期待和惶恐都会走向淡然的习以为常。那些说过的话、做过的事儿、编织的梦和畅想的路，一旦成为过去，便热情耗尽繁华落地。那曾经期待的宽广海平面，也会因熟悉波涛汹涌的韵律而归于平淡。一切一晃而过啊，等抬头时才发现，路还是路，自己却不再是自己。那曾经的万丈豪情已经稀薄，生存的压力成为主题。曾经想仗剑走天涯，如今却在为柴米油盐苦恼。现实越发骨感，不是梦死了，而是心碎了。自由没有绽放出淡然，而是生出空虚。攀登者越过高山，看到的却是黑暗，没有等到黎明。许多人就是在这种背道而驰的境遇下碎了心，远离了原本坚持的路。走吧，也许此生的目的就是跋涉。面前雾霾漫天的前路，如不远行，又怎知崎岖。不知什么时候，咖啡厅里收音机放着一首不知名的歌曲，歌中唱道：

我想走上田野，看大片大片的金黄，
在衰落之前的绽放，染红远方的夕阳；
我想走过海洋，看寂静无边的宽广，
在澎湃之前的低潮，迸发绚烂的时光。

漫无目的地行走，是终其一生的愿望，
可以自由索取，爱和极致的忧伤；
忘不了那双眼眸，黑暗中频频眺望，
是否放弃才珍惜，把瑰丽的青春遗忘……

湖滨餐厅，三个人相对无语。齐孝石拿出中南海刚要点燃，就被服务员礼貌地制止。

“爸，你少抽点吧。”齐欢也劝。

齐孝石觉得无趣，想叹气又要顾及场合，只得苦笑着摇头，把烟塞回到烟盒里。

那海涛穿得文质彬彬，眼神里却依然有种警察的光芒。他在齐孝石面前永远是个虔诚的徒弟，齐欢看着两个人无语相对，觉得可笑却又无计可施。

今天是齐欢的生日，也是她和那海涛准备向齐孝石摊牌的日子。

“爸，我今天有些话想对你说。”齐欢说。

齐孝石侧脸看着窗外。餐厅沿湖而建，不远处便是湖水和植物。

“爸……您看什么呢，今天可是我的生日。”齐欢有些失望。

“哦，生日快乐。”齐孝石努力更换表情，举起手中的茶杯，“别怪你爸啊，警察现在不让喝酒了，我就拿茶祝贺我女儿的好日子。”

“嗯，这还差不多。”齐欢笑了。

那海涛也举起杯，和父女俩一起碰撞。

“你们……真的想好了吗？”齐孝石自然知道女儿要说什么，也不想让交谈循序渐进、层层铺垫，索性就直入主题、一箭中的。

“爸，您指的是什么啊？”齐欢反而不适应齐孝石的这种方式。

“我能指什么？闺女啊，你就别跟我玩心眼儿逗咳嗽了。”齐孝石破例地笑了，“说吧，直来直去。”

“那我就直说了，我想……我想和海涛结婚。”齐欢也单刀直入。

齐孝石看着齐欢和那海涛，一时无语。他知道女儿向他征求意见，实际上只不过是一种尊重罢了，他们两个人决定的终身大事，是谁也不可能阻拦的。

“师父，我……真的很爱欢欢，希望您，您……”那海涛一张嘴就语无伦次，一点没体现出“那三斧子”的稳准狠。

“希望我同意，希望我支持，是吗？”齐孝石帮他补充。

“是。”那海涛和齐欢一起回答。

“其实……”齐孝石说着又拿出烟，停顿了一会儿，又痛苦地塞回烟盒。这是他每次审讯之初的必备动作，也是开口说话的必经程序。“其实我也希望你们好。”齐孝石给出了肯定的答案。但那海涛和齐欢都知道，“其实”后面，必有“但是”。

“但是……”齐孝石果然话锋一转，“我觉得现在还不是时候。我知道，你们俩能征求我的意见，是尊重我，是拿我当人。”齐孝石说，“平心而论，这么多年，我对欢欢没尽到责任，没当好一个父亲，更没能帮助她做任何事。反而是欢欢一直在照顾我。从这方面来说，我根本没权力去阻止你们、妨碍你们。”

“爸，您别这么说……”齐欢有些动容。

“你听我讲完。”齐孝石打断齐欢，“除了欢欢，我还对不起欢欢她妈。”齐孝石说，“当警察啊，特别是干预审，时间不是自己的，生活也不是自己的，有时甚至连这条命啊，也不是自己的。这么多年了，我能跟人提起来的事儿，也就是那些案子。流氓、地痞、商人、政客，有的死不认账，一条道走到黑，有的百般抵赖，把黑的说成是白的。要想审出他们的实话啊，就得拿嘴斗、拿心斗、拿时间磨、拿命耗，等到最后把这帮孙子送进去了，自己也就只剩下个空壳，除了想睡觉，狗屁精力都没有了。”齐孝石缓缓地说，“什么家庭的责任啊，义务啊，照顾老婆孩子啊，根本没那个念头。欢欢，我不是一个好父亲，记得你小时候有一次跟我哭着说，人家的爸爸都带孩子去游乐园，只有我没带你去过。我刚才还琢磨呢，还真是没带你去过一次。我一直跟你妈妈说忙，平时基本都住在单位不回家。实际上，留在单位也不都是办案、审人，许多时候就是耗在那儿，值班、备勤，还有不少理由……”齐孝石拿起茶杯，抿了一口，“不是我不想回家，而是不知道……怎么对待你们娘俩……有的时候审完案子了，心里压着火回了家，一准和你妈吵架。一吵架你就哭，我就又得回到单位住。这样的次数多了，反而害怕了家庭生活。唉……”齐孝石苦着脸摇头。

对面的齐欢已经泪流满面，不知怎么劝慰父亲。

那海涛见状，脑子里飞速寻找着解决的方法，他可不想让齐欢生日的氛围继续变坏。趁着服务员将主菜上桌的时机，那海涛连忙打岔，“师父，咱先吃饭，慢慢说，慢慢说。”

齐孝石也努力缓解着心中涌动的苦涩，毕竟今天是女儿的生日。“哎，不说了。欢欢，爸爸敬你一下。”齐孝石说着又拿起茶杯。

“爸，我也敬您。”齐欢也端起杯子，“其实在我心里，您一直是个英雄。”

“呵呵，英雄……”齐孝石摇着头与女儿碰杯，“你瞧你爸这样子，哪像个英雄？”齐孝石自嘲。

“哎，您这样说可就不对了。”那海涛不失时机地插话，“欢欢，要说我师父可是海城警界的传奇。之前我给你讲过的那些就不说了，今天我就给你讲讲，‘七小时’是怎么用黑话审案的。”那海涛一下开了话匣子。

“嗐，陈芝麻烂谷子的，说这些干吗。吃饭还堵不住你的嘴？”齐孝石打断那海涛的话。

“别啊，我要听。”齐欢忙说。

“好，那我就讲了啊。”那海涛坐正身体，清了清嗓子。他讲起故事来手舞足蹈，活像个说书艺人。

那是那海涛刚当齐孝石徒弟时的一个案子。当时市局刑警队抓了一个涉嫌强奸妇女的老流氓。老流氓姓黄，在南城干了不少玩弄女性的事儿，人送外号“黄三太”。黄三太对自己的罪行，不以为耻，反以为荣，进来以后，耍老资格，一张嘴就是黑话，几个年轻预审员都拿他不下。老科长邢克生一看是这情况，就派齐孝石负责救场。对付黄三太这样的老炮儿、几进宫，必须先声夺人，如果一开始气势就输了，那日后再开展工作的力度就会大大减弱。审人的第一次照面儿十分重要，第一个眼神、第一个表情，甚至说的第一句话，都能决定日后审讯的走向。齐孝石接了这个夹生饭的活儿，年轻人都问了几堂了，半生不熟的，弄不好就会砸在自己手里。这事要是换作龚培德，是死活也不能接的。但齐孝石却没那么多顾虑，他不怕砸不砸自己的“牌子”，在他眼里，反而是这种夹了生的案子才更具挑战性。他带着那海涛做了整整两天准备工作，就提枪上阵杀进了审讯室，针尖对麦芒地与南城黄三太斗了起来。

黄三太一张嘴就是黑话:“别的雷子不灵了,改你们俩‘戳份儿’来了？”

那海涛当时刚上班，对社会上流传的这些黑话还十分陌生。但齐孝石可不白给，劈头盖脸就给他还了回去。

“嘿,今儿‘折了’‘折了’,还不消停,你以为自己‘砸盘子’‘玩圈子’,是‘上杆’的老手啊？呸，我看你呀，也就是个还没‘开鞘’的货色。”齐孝石一张嘴也全是黑话，听得那海涛云山雾罩。

黄三太也一愣,没想到警察中还有这样熟门熟路的人,又梗着脖子说道:“我一没‘养佛爷’，二没‘洗’人，你们凭什么‘折’我？”黄三太不服。

“呵呵。”齐孝石乐了,“你以为没人‘抬了’你,我们会‘折’你？‘小老虎’你认识吗？”齐孝石说的“小老虎”实际上是南城另一个流氓的外号。

黄三太一听小老虎这名字，顿时就傻眼了。因为他那次作案，“小老虎”不仅是同案的案犯，还在犯案后就没了踪迹。没的说，看样子一准是被公安局先捉到了。

“怎么着？‘撂’不‘撂’？‘撂’了就算吃‘窝头’喝‘素面’，你还算是个‘份儿大’的。不‘撂’也没关系,我就当你‘认㞞’‘跌份’了,不敢单练。”齐孝石继续挤对他。

黄三太闷头抽了两根齐孝石的烟，心想既然“小老虎”都撂了，自己再藏着掖着也没什么意思，就如实供述了他伙同犯罪嫌疑人“小老虎”强奸妇女的事实。齐孝石审得得意，但没想到转眼一看那海涛的笔录纸，却空空如也，一个字也没记上。

"啊？你为什么一个字也没记啊？"齐欢疑惑道。

"我当时怎么记啊？一句话都没听懂。"那海涛笑了，"什么'盘子''圈子''抬了''折了'的，它们认识我，我不认识它们，怎么往笔录上记啊。后来还是我师父自己一笔一画，把黑话翻译成正经话写在笔录上的。"

"得了得了，说这些干吗。"齐孝石虽嘴上这么说，但脸上还是按捺不住得意的神情。

"后来我师父誊完了笔录，就让黄三太签字，你猜怎么着？"那海涛故意和齐欢卖关子。

"怎么着？他不签？"齐欢说。

"那不能够，黄三太站起身来，双拳一抱说：我折在你手里值了。那气势，呵呵。"那海涛赞叹道。

"啊，真有意思……"齐欢似乎也入了情境，"但是爸，海涛刚才说的什么，'盘子''圈子'，都是什么意思啊？"

"哎，这个……"齐孝石顿时面带窘态，"这个你女孩子家的就别问了，都不是好话，是流氓词儿。"

"啊？是吗……"齐欢一听，做了一个鬼脸。

齐孝石笑了，真心地笑了。他似乎开始适应同女儿的这种交流了。齐欢笑着，在阳光下像极了前妻秀云的样子，让他觉得恍如隔世。

"师父，咱们祝齐欢生日快乐吧。"那海涛看父女俩情绪有了好转，就举杯应景地说。

"好啊，生日快乐。"齐孝石举起了杯。他努力地笑着，努力地摆出幸福的模样，但眼泪却不自觉地从眼角淌下。

齐欢看在眼里，面带疑惑，"爸……您这是……怎么了？"

"嗐……唉……"齐孝石深深叹气，努力抑制住胸腔中起伏的情绪，"我这是高兴啊……女儿大了……真的长大了……"齐孝石说。他看着齐欢，又转眼看着坐在面前的那海涛，根本找不到理由去阻止两人的结合。他下意识地把手插到左裤兜，把那张纸又往里掖了掖，然后说了句莫名其妙的话："欢欢，其实爸爸一直不同意你们俩在一起，也是为了你们好。"说完便把杯中的茶一饮而尽。

齐欢和那海涛面面相觑，疑惑却又不敢多问，他们谁也不愿打破刚刚和谐的气氛。

"欢欢啊，今天是你的生日，我就遂你的愿，你们的事情我不干涉。"齐孝石放下茶杯，一字一句地说，"但是……"齐孝石的话又做出转折。

那海涛刚想举杯感谢，一听齐孝石话里的转折，又停下手来。

"但是，海涛，你要答应我，无论在什么样的情况下，都不要让活儿给压住了，不要走我的老路，辜负了家人，丢了最重要的东西。"齐孝石看着那海涛说。

"师父……"那海涛说着站起身来，"您放心，我一定做到。"他信誓旦旦地回答。

齐孝石久久地看着那海涛，表情复杂。

齐欢看着父亲脸上的层层皱纹，心里再次酸涩起来。这饭桌旁两个自己生命中最重要的男人，组成了自己最坚实的依靠。

"欢欢，许个愿吧。"那海涛说。

"好。我的愿望是，今年能在新的工作岗位转正！"齐欢是个男孩子性格，张口就说。

"哎，你怎么说出来了，说出来就不灵了。"那海涛笑着说。

"呸呸呸，什么不灵了，灵！一定要灵！"齐欢装作生气。

"转正的事情难办吗？"齐孝石问。

"唉……需要存款啊，老爸……"齐欢拉长了声音说，"您还记得我说过的小张吧，和我同一天去的银行，现在人家都是副主任了，我还是实习行员呢。"齐欢说到这里，显得有些沮丧。

"啊？怎么回事啊？你工作上没人家努力吗？"齐孝石问。

“怎么会啊，我天天起早贪黑的不知道有多努力。”齐欢反驳说，“还不是因为小张她爸是住建委的一个领导，一帮开发商通过她往我们银行开户存款。爸，现在的银行啊，能不能转正不是看你的工作能力，而是看你的业绩。业绩是什么啊？就是拉存款的数量啊。”

“啊……”齐孝石听到这里，摇头苦笑，“我……可是没本事帮你了。”齐孝石说，“人家爹是大领导，底下有人捧着哈着，你爹我是个该退休的老头儿，在单位臊眉耷眼的，现在还得跟那大队叫领导呢。”齐孝石哪壶不开提哪壶。

“嘻，我也没让您帮我啊。”齐欢大大咧咧地说，“要转正需要两千万存款呢，谁找得着啊……反正我都干了这么久了，不转正就不转正吧，继续等待，寻找时机呗。”齐欢话虽这样说，脸色却渐渐暗淡下来。

“哎，欢欢，这有什么可叹气的。小张说了半天也就是靠她老爹，咱们欢欢天生丽质，工作能力也强，除了比她晚几天转正之外，其他方面不知要比她强多少呢。”那海涛宽慰道，“师父，您是没见过那个小张啊，长得跟……”那海涛琢磨了一下，“长得跟咱们支队的小吕似的，黑、胖……”

“哈哈，讨厌，瞧你说的。”齐欢被逗乐了，“我可告诉你啊，你别现在看人家小张黑胖，但过一段日子你再看，人家可就改头换面了。”

“啊？这是为什么呢？”那海涛费解。

“听说她春节后就准备到韩国整容，到时候人家就改头换面，摇身一变，就成白富美了。”齐欢说。

“唉，我说这些整容啊，都是瞎掰，整来整去都没了爹妈的模样。”齐孝石摇头。

“话是这么说，但爱美之心人皆有之啊。”齐欢反驳道，“最近听说有个女明星，去韩国整容之后回国就被海关拦住了，硬说她不是护照上的那个人。您说，这得有多大变化啊。”齐欢表情夸张。

“哎哟，那可是大动干戈了。”那海涛也表情夸张地比画。

“那后来她怎么入关的呢？”齐孝石来了兴趣。

“后来说是通过什么人脸识别系统给验证出来了，说无论怎样整容，这人颧骨之间的距离以及眼睛的间距都是不会改变的。就这样那个女明星才顺利回国。”齐欢说。

“什么什么？你再说一遍？”齐孝石瞪大眼睛，急切地问。

“啊，我是说，她被人脸识别系统给验证出来了啊……”齐欢费解地回答。

她这么一说，那海涛也似乎得到了启示，两眼发光，“人脸识别，眼睛间距。是啊，师父，咱们找到方法了！”

“对！立刻通过支队去联系全国的技术部门，看看哪里可以找到人脸识别的技术。”齐孝石一下站了起来，“另外，把咱们获取的所有离职人员的照片都梳理出来，做好比对之前的准备工作。这帮孙子就算能隐姓埋名，但是相貌是永远不会变的，只要能做到‘以貌取人’，就一定能找到他们现在的去向。”齐孝石加快语速。

“欢欢，我们要感谢你啊，你可立了大功了！”那海涛用力抓住了齐欢的双臂。

“你们这是怎么了？”齐欢看着面前的两个男人，一头雾水。

人脸识别

三天后，那海涛和齐孝石找到了海城市公安科技研究所的李博士。李博士文质彬彬，做事谦虚谨慎，四十岁的年纪就是全省知名的刑事科学专家，同时也是公安部重点科研项目“人脸识别查询技术”的直接参与者。

李博士思索了一下说：“人脸识别技术说通俗了，就是基于人脸的特征去分析辨别特征人身份的技术。与人的指纹识别、声音识别等人体特征识别技术相比，人脸识别具有不易伪造的优点。作为一项逐步被应用于公安实际工作中的生物特征识别技术，正在逐渐被推广到公安工作中的嫌疑人识别、人像鉴定等方面。如果你们可以提供犯罪嫌疑人清晰的照片，我想通过公安系统的常住人口和暂住人口的数据库，是有可能分析出使用相同照片的身份信息的。”

“那太好了。”那海涛兴奋地说，“我们可以提供嫌疑人的清晰照片，同时也可以申请省厅打开全省常住人口、暂住人口的查询权限。”

“嗯，那就最好了。”李博士说，“但人脸识别技术也不是无懈可击的。在实际识别中，公认的难题还有识别对象年龄、姿态、表情、环境等，也就是说即使两个图像是同一个人，颧骨距离以及瞳距等要件同一，但一旦出现识别对象的姿态移位等情况，人脸识别技术的结果也会出现偏差。”

“也就是说，如果一张照片我的脸是正的，而另一张照片我是侧着脸的，那人脸识别系统也不能完全识别？”齐孝石问。

“对，就是这个意思。”李博士回答。

齐孝石默默点头。

“而且如果需要校验的人员数量众多，再加上全省的比对人员数量巨大，就算我们掌握的人脸识别技术工作正常，要完全确认被识别人的身份，大约也需要一段时间。”李博士说。

“一段时间？大约多少天呢？”齐孝石问道。

“嗯，这个不好说。虽然现在人脸识别技术的速度很快，能达到一秒钟万人次的运算进度，但加上初查、筛选以及人工比对的时间，你们所说的两百人比对，在几千万的人口库海查，大约也要一周时间。”李博士说。

“一周时间……”那海涛默默地重复，“那李博士，您看咱们能否这样，先从海城本市的暂住人口信息库入手，再逐步扩大到全省的人口库，由小至大地进行识别。同时我们抓紧侦查的进度，逐步排除两百人之中没有嫌疑的人员，缩小识别范围。这样一来，既可以避免做海量查询的无用功，也可以有的放矢地开展工作。您觉得呢？”

“嗯，我觉得小那的这个方法好。”李博士点头称赞，“同时，我建议你们还可以向市局申请做全市性的人脸识别布控，更有效地检索到被识别人现在的去向。”

“人脸识别布控？”那海涛不解。

“所谓人脸识别布控，就是依据人脸识别技术，通过全市的交通摄像头、治安摄像头以及商场、银行等公共场所的摄像头进行的一种技术识别搜索。咱们在将嫌疑人范围圈定之后，就可以将需要识别的人员照片设置在搜索系统之中，然后全面检索全市各层次、各系统、各平台中的信息。如遇到识别相近、相同的结果，就可以锁定排查，这样一来，就可以有效寻找到被识别人的活动方向及落脚点。”李博士说。

“啊，这样可太好了。”那海涛更兴奋了。

“海涛，事不宜迟，咱们马上去市局申请全市的人脸识别布控。这个案件有希望了！”齐孝石也激动起来。

经过连续的工作，那海涛带领预审支队的民警们，逐步对新时代公司离职的两百名员工进行排查。他们按照确认身份、核实原籍、查找下落、约见本人等顺序，逐渐将嫌疑人员范围缩小到四十人左右。在此期间，那海涛得到了市局情报中心反馈回来的嫌疑人邓楠的下落。据出入境系统查询，邓楠已于大铁、二铁被抓后的次日逃离出境，这让那海涛和齐孝石更感蹊跷。那海涛向市局申请了“边控”手续，按照出入境管理法，一旦邓楠入境，相应口岸就会立即将其扣留。

在这个忙碌而充实的冬日，那海涛似乎摆脱了停职带来的压抑，齐孝石也像忘记了心底无法改变的痛苦。警察为了破案而生，预审员为了获取真相而活，这对昔日的师徒再次走到一起，扣紧彼此的齿轮，高速地运转，为了一个共同的目标在与时间赛跑。

在海城市中心的正毅大厦顶层办公室，一个人正在大班台后默默地注视着窗外的远方。

“您约的人来了。”女秘书在门外轻声说。

“让他进来。”说话的人话语简单，声音却浑厚有力。

厚重的办公室实木门打开，进来的人正是沙伟。他刚去过医院，身上还有“来苏水”的味儿。他一边进门，一边打开手机后盖，把电池和手机卡取出，放在女秘书手中的托盘里。

“老板，您找我？”沙伟垂手而立，毕恭毕敬。

“是从医院过来的？”那个人目不转睛地看着窗外，头也不回地问。

“是的，多谢您的关照了。”沙伟轻声说。

“只要你对我忠心，我就能保证你母亲的治疗，钱不用担心。”那个人说，“做完这次你就离开海城，远走高飞。”

“嗯，我一定全力以赴。”沙伟回答。

“听说警方查得很紧，预审里面有两个狠人物？”那个人转过身来，五十岁上下的年纪，面沉似水。他站起身来，高大的身材给人压抑感。“这两个警察，你都见过吗？”他缓步走到沙伟面前。

沙伟抬起头，但并不直视对方的眼睛，似有畏惧。“我见过其中的一个，但，名不副实。”沙伟轻笑。

“名不副实？为什么？”那个人问。

“如果他真如传说中的那么凶狠，就不会被我玩弄于股掌之中了。”沙伟略微抬头，一脸得意。

“你说的人是个年轻人吧？”那人的眼神中流露出不屑。

“是。是个三十岁左右的警察，叫那海涛。”沙伟回答。

“呵呵，我说的两个狠角色，可没有这个人。”那人笑着背过手去。

“那……您说的人是？”沙伟费解道。

“他们是两个老家伙，都到了快退休的年纪，一个还活着，一个……”那人停顿了一下，“已经死了……”

“噢……”沙伟连连点头，“我知道您说的人是谁了，是……”

沙伟刚要说出姓名，就被那个人打断了，“你知道就好。许多事埋在心里是最好的选择。我这次雇你来，不只是要让你完成任务的，你明白吧？”

“是，我知道。”沙伟回答。

“你看看。”那个人用手指着窗外的海城，“从这个高度看下去，城市就在我们脚下。这里日新月异，每天都有无数的可能。有些人陷在灯红酒绿中不能自拔，碌碌无为一事无成，而有的人却能卧薪尝胆厚积薄发，最后占领这个城市的最高空。你知道，这是为什么吗？”他问。

“我……不知道……”沙伟摇头。

“是因为他们追求的东西不同。”那人给出了确切的答案，“有的人胸无大志，娶妻生子终老一生便得以知足；有的人好高骛远，终日沉浸在自己的世界中孤芳自赏；有的人表面努力，心中却异常自卑，总想融入某个环境和群体，最终被别人同化成为木偶；有的人虽追求权色，但最后反被吞噬，成了物质的奴隶。这些人都不可能站在这个城市的最高空。而只有不断努力、不断战斗、不断挑战命运、拥有自己信仰的人，才会获得最终的成功。‘一个人应养成信赖自己的习惯，即使在最危急的时候，也要相信自己的勇敢与毅力。’知道这句话是谁说的吗？”

沙伟摇头不语，接受他的传道。

“是拿破仑，一个超越自己的英雄。‘世上只有两种力量：利剑和思想。从长而论，利剑总是败在思想手下。’这是我喜欢的拿破仑的另一句话。现在这个世界中的竞争，早就过了刀兵相见的冷兵器时代，讲的不是体力上的搏杀，而是头脑间的比拼。给他们欲望，让他们就范，成为我们的奴隶，才能获得最终的胜利。你知道这句话是谁说的吗？”他又问。

“是您说的。”沙伟狡黠地回答。

“呵呵，是个聪明人。”那个人也笑了，“去吧，占领敌人的高地，让他们在迷惑中吞下刀剑，在彷徨中落败。这次之后，你就算还了我的人情，我放你远走高飞。”他坐回到大班台后，转眼向窗外眺望。

阳光明媚的一天，当雾霾散去，清澈的视野反而有种不真实感。昨夜的风霜悄无声息地离去，那些爱的、恨的、确定的、迷失的、游离彷徨的、坚强或无力的感受也随之而去。再伤痛的记忆也终成往昔，跌倒在岁月的雾霾尘埃之中，云消雾散。新年的钟声在远处敲响着，年轻的人们视此为新的希望和憧憬，幻想着以时间为界限去抛弃过去。而老人们则恐惧着年龄的增长，不再自欺欺人地遗失过往。面对时间这个巨大的容器，我们都是再渺小不过的蚂蚁，就算我们内心藏着十万个宇宙，但在时间的长河中却仍手无缚鸡之力。年轻人欣喜过年，是因为还未体验过岁月的残忍，不知道年龄的增长实则是时光刀尖的刻录，而老人淡然，则是难得糊涂间的浑噩，不会再试图做一个清醒而残忍的梦。

齐孝石最近总在失眠，在夜晚对着一盏孤灯挣扎徘徊，也许这就是衰老的表现。每当这个时刻，他总会感到一种恐惧，恐惧黑暗的漫长，也恐惧它的稍纵即逝。黑夜是个掩体，可供脆弱的灵魂躲避，而时间却是个矛盾体，随时可以将漫长短化。快与慢，纠结着失眠者的神经，在黎明到来时，一夜的努力注定无果，失眠消耗了次日生命的活力，让人像具行尸走肉般颓唐麻木。在失眠面前齐孝石无能为力，就像办砸的案件一样，无论过程多么艰辛曲折，结果都是一败涂地。

当太阳升起，时间无情地驱赶走自欺欺人的梦境。人们“倾巢出动”，在城市中开始了新的觅食。齐孝石黑着眼圈，在早班车的拥挤人群中忍耐了整整一个小时，才来到了海城城郊的陵园。车外的寒冷与车内的拥挤形成鲜明对比，齐孝石下车后猛地大呼着冷风，缓解着胸中的压抑。他气喘吁吁，觉得那车里的味道一点也不比审讯室好。

冬日的陵园人迹罕至。齐孝石走到了龚培德的墓前，拿出随身带的纸钱，用打火机点燃。

“小龚，过来瞅瞅你。”齐孝石燃着纸，蹲在龚培德的墓前，“死啊，其实没什么可怕的，就是一蹬腿一闭眼，对吧。都说抽烟、喝酒不好啊，现在连坐个飞机没准都能从天上掉下来，甭管是谁，早晚都得跟你一样在这儿躺着。哥们儿，你这是有福气，能睡个踏实觉，不用见天儿地整宿整宿睁着眼。我这几天睡不着啊，一闭眼你就坐在我跟前儿，也不说话，就那么看着我。你想干吗啊？有事儿就直说，别跟我这儿掉腰子。你丫白天能睡觉，我不行啊，这儿还有事儿没办完呢，不能立马过去找你。唉……”齐孝石深深地叹息，“我今儿个来啊，就是想问问你，到底想干吗？最后见我一面支支吾吾的，跟我这儿念秧儿。还写个纸条，说什么欠我的。靠，你丫欠我什么啊？我琢磨了半天，也就是三十年前那半包大前门。你呀，总是跟我这儿玩儿心眼儿，年轻时是，现在也是，有话不好好说，总得绕个弯子。我问你小龚，你觉得这样有意思吗？我还告诉你啊，惹急了爷谁都不吝，你的事儿我他妈还不管了。”齐孝石说着变了脸，“我知道，你是有事儿过不去了，才从那儿跳下去的。我也知道，要不是顶天儿的事儿，你也不会低着头去找我。你这些年来，从来也没服过软，但怎么这次就㞞了。到底是因为遇到了横主儿，惧了怕了？还是惦记着自己的那点面儿，掰不开镊子了，又犯轴了？你怎么想的就跟我说一声儿啊，别让我在这儿猜哑谜、活受罪啊。你知道我快退休了吧。我不想掺和这些烂事了。当警察四十年了，没白天没黑夜的，除了这身老骨头，我还有什么啊。到了了，你还让我点灯熬油的，把这最后一点命都给奉献了，真有你的。唉……”

齐孝石摇着头，停顿了一会说：“案子是搞不完的，我老了，力不从心了。原来熬一宿审人，第二天还能接着干活儿。但现在呢？一宿睡不着，第二天就跟要死似的。到了这个岁数，甭再聊什么理想啊信念啊，就只剩下良心了。我知道你的选择也是为了良心，就凭你那个铁嘴钢牙胶皮腮帮子，就算你丫犯了事儿，也不会怕纪委那帮货的审讯。就冲这，我认你，年轻时的事儿咱翻篇儿了。干警察的都得有个良心，审了半天人到底为了什么啊？还不是希望这世界好点。甭管到了什么时候，只要有胡作非为的人在这儿祸害，咱们就一准得冲过去大耳帖子抽他们丫挺的。给老实人挡横儿，这就是咱们的本分。”

齐孝石回头望着远方繁华的海城。“小龚，你现在明白我今天来的意思了吧。我就是想告诉你，踏踏实实的，我不会让你这条命白丢。”他重重地说，“我知道你最后是想跟我说什么，也知道你每天给我托梦，是怕我含糊不清。放心，我没你想的那么傻。咱们老科长说的话你都忘了吗？要论预审技术，我永远比你强。你托付我的事儿，我会照办，那海涛那小子长进了不少，没磕磕绊绊地摔跟头，这帮小子就永远长不大飞不高。既然你拉我下水了，那就好好保佑我们，一切顺利，马到成功。唉……”齐孝石叹了口气，“你呀，一辈子都没服过我，临了临了却拉我当垫背的。行，你这招够狠，在那边给我留个好床位，等我有一天过去了，好好跟你整两口儿。”

他默默取出烟盒，点燃了三根点儿八的中南海，插在龚培德的墓前，又拿出一瓶二锅头，静静地洒在墓前的土地上。眼泪模糊了视线，齐孝石蹲在地上，想抽烟，拿出一根犹豫了许久，又狠狠攥在手里。他孤独地在墓区中抽泣，谁也看不出这个瘦弱的老头，是个老辣的预审警察。

办公室里，齐孝石一口一口地抿着酽茶，他沏的“高沫儿”说白了就是碎茶叶沫儿，不到三十块一斤的价格，买一次照着一个月喝都有富余。

“师父，我看你这脸色可不好，昨晚又没睡好吧？”那海涛一边翻卷宗，一边瞅着齐孝石说。

“岁数大了，觉少。”齐孝石应付道。

“这茶您也少喝点吧，就是喝也别沏得这么酽了。赶明儿我给您弄点绿茶吧，养胃安神。”那海涛说。

“得了吧您哪，我可受用不起。一个月挣不了俩仨钱儿，能凑合喝这个就不错了。”齐孝石自顾自地点燃一根中南海，“喝这口儿几十年了，顺嘴了，就跟抽烟一样，您就是拿人民币卷成卷儿，也没这点儿八中南海味儿好。”

那海涛摇头，他有自知之明，劝齐孝石只能点到为止，说多了就招他烦了。

齐孝石抽了口烟，把视线停留在一份案卷材料上，“这么说，邓楠已经离境了？”

“是的，据出入境部门调查，邓楠的离境时间就是在大铁、二铁被抓获之后。”那海涛回答。

“去哪儿了呢？”齐孝石问。

“从深圳乘车去的香港，但到了香港之后再去了哪里就不得而知了。”那海涛回答。

“就因为这点儿破事？家都不要了？”齐孝石问。

“这……”那海涛也没有确切的答案，“也没准出去旅游了。”那海涛猜测。

“人控上了吧？”齐孝石问。

“是，边控已经做好了。”那海涛说，“但是，如果邓楠通过非正常的方式入境，咱们也控制不住。”

“是啊……”齐孝石叹了口气，“我觉得邓楠的线一断，咱们就又得走段弯路了。对了，李博士那里怎么样了？”齐孝石问。

“李博士那里有了一些进展，但是人脸识别的难度还是很大的，先不要说全省四千多万人口，就是海城一个市也有几百万人呢，再加上流动人口的暂住系统，估计还要等一段时间。”那海涛说。

齐孝石点头，继续翻看笔录，看着看着，突然停住了视线。此刻他手中的材料正是一份沙伟的讯问笔录。齐孝石仔细地端详了良久，起身离座走出了办公室。几分钟后，又拿着一个手机返回了办公室。

“海涛，你看看这两个签字。”齐孝石一边说，一边把沙伟笔录的最后一页和自己的手机叠放在一起。

那海涛走过来，“师父，您这是让我看什么啊？”

“看我手机的这张照片。”齐孝石把手机递给那海涛。

手机屏幕显示的是一张银行汇款单的签字，上面草草地签着一个名字，宋涛。

“宋涛？宋涛是谁？”那海涛问。

“宋涛是世纪创新咨询有限公司的法定代表人，公司地址在城南的菜园西里 15 号。我去过那个地方，是假的地址。”齐孝石说，“我还查过宋涛这个身份，是个假人。”

“假人？”那海涛抬头看齐孝石，“您怎么确定的？”

“就一个暂住地址登记，其他什么都没有，有身份证号，没有照片，原籍还远在新疆。我跟你说吧，这个世纪创新咨询有限公司就是邓楠代办的，我当时就是因为查这个公司的底细才挨的揍。”齐孝石撇着嘴说。

“哦……我明白了。”那海涛点头，“您是觉得，这个宋涛的签字和沙伟的……相像？”

“是，我觉得很像。你仔细看。”齐孝石说着拿出一张纸，模仿出沙伟和宋涛的两个签字，“你就看这几个细节，第一，沙伟签名中‘伟’字右边的‘韦’这个起笔的写法，同宋涛签名中的‘宋’字下面的‘木’起笔的写法是否相似；第二，你再看看沙伟名字中‘三点水’的收笔，同宋涛签字中‘三点水’的收笔是否相似。”齐孝石比画着说。

那海涛凑近了仔细比对，默默地点头，“是有点像。”

“嗯，那你再看看这张照片有没有印象。”齐孝石说着又拿起手机，翻到一张照片停止。

“这个……”那海涛拿起手机默默端详，“这个背影太模糊了，看不太清啊。”齐孝石给那海涛看的，正是他从银行录像中翻拍的存款人录像。

“像是沙伟吗？”齐孝石问。

“这个我不好确定，师父。没有正面的照片吗？”那海涛问。

“废话，要是有正面的照片，我还跟你这儿裹什么乱啊。”齐孝石撇嘴，“我看啊，咱也别光自己在这琢磨了，找个行家过来看看。”他说着就拿起办公室的警用内线，拨起电话。

不到十分钟的工夫，老赵就进了门。

“哎，这大中午的，我还说睡会儿呢。”老赵一进门就抱怨。

“睡什么睡，工作时间。”齐孝石皱眉，“废话少说，你赶紧过来看看，这两个签字是不是一样。”齐孝石一把就将老赵拽了过去。

老赵坐到办公桌前，拿出老花镜，细细地研究起这两个签字，许久才说：“这两个签字啊……我看不好认定是否同一。”

“啊？这是为什么啊？”齐孝石问。

“你看啊。”老赵拿起沙伟的签字，“这份笔录一共七页，虽然每页都有沙伟的签名，但这个签名与你手机中要认定同一的签名‘宋涛’却是不一致的。做文检最重要的第一步就是要确定检材的规格统一。就是说，要想验证签字是否同一,起码要获取嫌疑人两个以上的相同签名才行。所以用‘沙伟’的签名去比对‘宋涛’，显然是不科学的。”

“哎,你这说了这么一大套,有一点有用的没有？”齐孝石不耐烦了,“我说老赵啊,你也不是第一天干警察了,怎么还这个操行？是,您是搞技术的,科研工作者、专家，但好歹以前也干过几天预审啊，怎么一张嘴都是外行话呢？越干越抽抽了？”齐孝石一张嘴就没好话。

“嘿，你这是怎么说话呢。”老赵不服。

“我现在没让你出什么鉴定书，也没让你拍着胸脯跟我这儿打保票。我就是让你先推测一下，看看这两个签名是否存在同一人书写的可能，就这么叽叽歪歪的，有那么难吗？”齐孝石说。

“行，行，我服了你还不行吗，我错了。”老赵无奈地摇头，“哎，小那，你给我找个放大镜，再拿一把尺子和几张纸过来。”

“一般来说笔迹鉴定，是要根据书写人的书写习惯去鉴别的，但从这两个签名上可以断定，书写人都是在故意隐藏自己的书写习惯。”老赵一边用尺子比对签字的细节特征一边说。

“您是说，沙伟或宋涛签字的时候就是做好隐藏准备的？”那海涛问。

“是啊，但这个人的书写字体比较特殊，再怎么伪装隐藏也会露出痕迹。而且他犯了一个致命的错误。”老赵说。

“什么致命的错误？”齐孝石问。

“呵呵,那就是他故意伪装后的字体也很特殊,仍没能摆脱用笔的习惯。”老赵说，“而且他两次签名的相距时间应该比较长，这就让他忘记了用其他的书写方式去伪装签字，而使用了同一种伪装的方式。说白了，就跟你每次喝完酒一样，话密、闹炸，万变不离其宗，都是一个德行。”老赵戏言。

“哦，我明白了。也就是说签字的人虽然伪装了自己的签字，但两次伪装签字的方式却还是一致的，到头来还是可以认定同一。”那海涛说。

“是，就是这个意思。”老赵点头，“你看，他写这个字的时候，笔画弯曲，有停顿，基本可以判定为伪装笔迹。”

“有停顿就是伪装笔迹了，这有点武断了吧。”齐孝石说。

“哼，你写自己名字的时候，会出现停顿吗？”老赵反问道，“这是典型的书写方式与文字的熟练程度不相称。从这里我还可以推测，这个名字不该是书写者的真实姓名。”

“嘿，你连这个都能知道？”齐孝石惊讶起来。

“那是，刑事科学讲的是什么啊？就是从现象看本质，从结果看成因。你想啊，书写人为什么要伪装自己的签字啊，目的还不就是伪装自己的身份。现在从这两个签字可以看出，书写者如果是同一人，那他使用沙伟这个名字的频率，要远远大于宋涛这个名字。”老赵非常肯定。

“成，我服你了！”齐孝石兴奋起来，“海涛，马上给李博士打电话，让他再对宋涛这个身份进行排查。”

“这个……”那海涛犹豫了一下，“刚才我也用系统查了一下，宋涛虽然有身份证号，但常住和暂住系统里都没有照片啊，这个没法用人脸识别。”

“啊，这倒是个问题。”齐孝石点头。

“这个简单啊。”老赵抬起头说，“给宋涛原籍的公安发‘协查’，让他们翻户籍底票啊，有照片的话就翻拍发过来呗。”

“这些我们都做了，原籍也没有照片。”齐孝石摇头，“看来得另想办法了。”

“你们这是碰上高手了吧。”老赵笑笑说。

“是啊，真是碰上高手了。这帮孙子专门找人的短儿下手，让人哑巴吃黄连，有苦说不出。干完了就跑，什么痕迹也不留下。”齐孝石说，“现在能用的招儿都用得差不多了，好多年不这么玩儿心眼儿动脑子了。”

“动动脑子好，省得老年痴呆。”老赵笑着说，“主犯是签字的这个人吗？”

“还不能确定。”齐孝石摇头，“但我有种预感，这件事一定与他有关。老赵，你知道刚才鉴定的这两个签字有什么关联吗？”

老赵摇头。

齐孝石拿出一根中南海，缓缓点燃。“其中一个签字的人，诬告了新时代公司总经理职务侵占。而另一个签字的人，则往龚培德账户里打了不少的钱款。如果这两个签字是同一个人的，那龚培德的案子、新时代公司的案子，就是同一伙人所为。”齐孝石一字一句地说。

老赵惊讶，一句话都说不出来。

襄城距海城有几百公里远，是以产煤闻名的地级市。那海涛十年前曾因换押犯人来过这里，当时他对这里的记忆就是脏，空气脏、城市脏、天空灰暗。但随着这几年大小煤窑纷纷关停，襄城的天色也逐渐“亮”了起来。

那海涛和另一名侦查员一前一后，随着襄城公安局宁大队长往村子里走。冬日的乡村冷冷清清，村间的路上看不到几个人。

“老宁，还有多远？”那海涛问。

“不远了，就是前面那个小楼。”宁大队四十岁上下，人高高大大的，一脸的粗糙朴实。“邓楠在家是老二，他上面还有个大哥。”宁大队说。

“他家一共几口人？”那海涛又问。

“一共三口人，但邓楠和他大哥都出去打工了，家里就一个老太太。在你们来之前，我就把附近的几处公用电话都摸到了，已经上了技术，你放心吧，一切都安排好了。”

“嗯，这次有劳了。”那海涛说。

“哼，你跟我客气什么啊。要不是前年你给我的那个贩毒线索，让我一举破获了乔建华贩毒案，这个大队长的职务我还不定要等多少年呢。”宁大队憨厚地笑。

那海涛也笑笑，算是默认了宁大队的感谢。两年前，那海涛在一个案件的审讯中，通过深挖余罪，获取了一伙嫌疑人在襄城市贩毒的重大线索。他干净利落脆，不但拿下了口供，还梳理出了襄城贩毒组织的整体名单和犯罪链条，会同襄城刑警队一举破获了案件，公安部为此给予了表彰。当时的老宁还是刑警队的探长，因为这个案子荣立了个人二等功，之后被破格提拔为刑警大队长。警察有句老话，天下公安是一家。要想在办案中顺风顺水，就得在平日工作里与同行们积累感情，到关键时刻才能形成合力重拳出击。老宁一直觉得欠那海涛一个人情，所以这次看他亲自出来办案，自然是要亲力亲为、全力协助的了。

“这次的案子又不小吧？”宁大队问。

那海涛点了点头，没有多说。

“唉……你们搞预审的啊，有时还真不如我们刑警，抓人办案身体上虽然累点，但不用累心累脑子。”宁大队感叹，“我刚参加工作的时候，就听师父们说过，原来在襄城啊，也有一个厉害的预审员。”

“你说的是‘老鬼’吧？”那海涛说。

“哎，你也知道啊。”宁大队惊讶。

“当然知道了。”那海涛笑，“干预审的谁能不知道襄城的‘老鬼’，据说他不但审讯思路犀利刁钻，而且审讯手段也异常老辣，到他手里的嫌疑人，基本没有能扛过三个小时的，比我师父‘七小时’还厉害。但可惜啊，英年早逝。”那海涛摇了摇头。

“是啊，我听老警察们说啊，他是有一次在审讯中头痛难忍，舍不得打车，就大黑天的骑车去医院看病，结果骑到河边一没留神掉了下去，就这么不明不白地死了。后来在法医鉴定的时候说他是突发脑溢血。唉……就为了省俩钱，一代‘名提’就这么去了，可惜啊……”宁大队说。

“是啊，我也是这么听说的。可惜啊，一个预审圈里的神话就这么没了。到了连个徒弟都没带出来。”那海涛叹了口气。

三个人都穿着制服，一前一后地在村子里走。路上行人不多，偶尔遇到的一些村民都交头接耳地轻声议论，猜测着到底是谁家出了事引来警察。

不一会儿，他们来到了邓楠家的门前。宁大队上前叩响了大门。

“谁啊？”里面传来了一个老人的声音。

“我们是公安局的，找你儿子。”宁大队单刀直入，一点不做掩饰。

“啊？公安局的？”随着疑问声，门吱扭一声打开了，走出来一个六十岁上下的老太太。“你们说找谁？找我儿子？”老太太问。

“是啊，找您二儿子邓楠，他在家吗？”宁大队操着当地的口音说话。那海涛和同事则闭口不语，以防老人多心。

“他不在啊，一直就没回家。”老太太一边说，一边用眼睛打量着面前的三个人。

“您看我们能进去说话吗？这在外面也不太方便啊。”宁大队说。

老太太看了看不远处围观的一些村民，往屋里伸了伸手，算是一种默许。

三个人进了屋，老太太招呼他们坐下。屋子里阴冷潮湿，桌椅摆放凌乱，看样子确实是老人独住。

“哎，你们是派出所的吗？”老太太说。

“不是，我们是刑警队的。”宁大队回答。

“啊，刑警队的……你们找我儿子干啥？”老太太皱起眉头。

“嗯，是这样，我们有个案子，需要找你儿子作证。”宁大队说，“但是这个案子跟他没啥关系，他只是证人，我们不会抓他。”他强调。

“他不在家，一直就没回来。”老太太摇头。

“没回来吗？”宁大队皱眉。

“没回来，他跟他哥一直在外地打工，这么多年了都没回来过。”老太太加快了语速。

那海涛看着老人的表情，默默地想，先不要说邓楠一个月前从海城到襄城的订票记录，就是单从老人现在急于摆脱干系的表情，也说明这话里有虚。

“那怎么有人说邓楠前一段时间回来过呢？”那海涛也不再掩饰自己的口音，直接询问。

“啊？他没有回来过啊。谁说的，啥时候啊？”老太太反问。

那海涛知道，这是说谎者不自信的表现，故意把问题踢回来，以确定进一步说谎的时机。

“呵呵……”那海涛笑了，“哪个时间回来过，我们怎么会知道？我就是问您。”那海涛又把问题踢了回去。

老太太的表情不自然起来，“啊……他……他真的没回来过。”

“哦，那好。如果他回来了，请您务必让他给我们打个电话，我们找他没什么了不起的事情，就是有一些问题要询问他，让他作证。”那海涛说着递过一张纸条，上面留着自己的联系方式。

“我家老二咋的了？咋回事啊？”老太太有些焦急。

“哎，真没什么事儿，说白了就是别人犯事儿了，他知道一些情况，我们让他去作证。”那海涛解释道。

“哦……”老太太点了点头，“那……你们不会抓他吧……”

“呵呵……”那海涛笑了，“老大妈，我们现在能到家来找他，就不是为了抓他。但有句话我也在这说明白了，他要是明知道我们找他，却躲着不见，时间长了，领导要求变更强制措施了，我们也没办法。”

“啊？啥措施？”老太太不解。

“就是说，现在不抓他，老躲着就要抓了。”宁大队把法言法语解释得通俗，“老太太，赶紧让你儿子回来，在法律这个事儿上可别犯糊涂。”他强调说。

三个人又对老人做了一些政策教育，就告辞离开了。老太太把他们送出了村口，看他们上了车才回头离去。她眼里一片空洞，身影宛如雕塑。

在车上，那海涛给宁大队递烟。

“老宁，你觉得邓楠回来过吗？”那海涛问。

“我看十有八九是回来过的。你看老太太那个紧张的样子，一看就是心里有事。”宁大队一手开车，一手接烟。

“嗯,我看也是。”那海涛笑着说,“那下一步咱们就等着了？守株待兔？”那海涛打着火机，把宁大队的烟点燃。

“放心,咱们来的时候我就布置好了。这村里的两处公用电话都上线了，只要老太太跟邓楠取得联系，咱们就能追到他的去向。”宁大队胸有成竹地说。原来三个人从穿着警服进村之前，就做好了追踪邓楠的外围工作，刚才所做的一切都是在“打草惊蛇”，故意引邓楠的母亲有所动作，以此追踪邓楠的下落。

“剩下的工作啊，你们什么都不要管。今天晚上我做东，带你们尝尝襄城的清炖羊肉去。”

“哎，晚上就不麻烦了，我们在宾馆吃就行了。”那海涛摆手。

“那可不行，来了襄城不吃清炖羊肉，不喝襄城老酒，这话要是传出去，不是让海城同行说我老宁抠门吗？”宁大队笑着说,“咱们晚上要不醉不归，你看现在都过了下班时间了，咱们就先回城吃饭。小那，我得看看你的酒量有进步没。”

“嗐，我这酒真是不行，再说了，您也不是不知道，我们海城市公安局发布禁酒令了，全体民警不能喝酒，您……这不是让我犯错误吗？”那海涛也笑着说。

“哎哟，将在外军令有所不受，这件事就不要讨论了。到了襄城就听我的，要不可就是看不起我了。”宁大队故意变脸说。

那海涛苦笑，心想今晚这一场酒战看来在所难免。正在这时，他的手机突然响了起来，他一看，是齐孝石的号码。

“喂，师父……”那海涛接通了电话，“嗯，我……”那海涛用手摇上了车窗，“我不在海城，有个急活儿，对，是手里别的案子，出一趟差，几天就回去。嗯，现在在……在德阳，对，德阳……”那海涛口不对心，“啊，什么？哎呀，那好啊。行，我明白了，我处理完这里的事情马上回去，好，好。”那海涛说着挂断了电话。

宁大队侧目看着那海涛。“哎呀，咋还说起瞎话来了。是领导？”宁大队问。

“嗐，不是，是同事。我搞的这起案子涉密，背靠背。”那海涛回答。

“哦，明白，明白。”宁大队点头。

“老宁，看来我们今晚不能在一起喝酒了。”那海涛说，“刚才同事通知，单位有紧急情况需要我回去，你直接把我们送到长途车站吧。”

“啥？有啥急事一顿饭都吃不了？”宁大队皱起眉头。

“唉，老宁，真的是有急事，我是那种装孙子的人吗？”那海涛看出了宁大队的不满，“反正这个线索交给你了，早晚我还得来襄城，到时候咱再一醉方休。”

“行，有你这句话就行。”宁大队是典型的襄城人性格，豪爽义气，“小那，你就等着我的好消息吧，这个邓楠要是找不着，你就把我当羊肉给清炖了。”

“哈哈……你这个家伙。”那海涛大笑起来。

刚才齐孝石在电话里通报，研究所李博士的人脸识别结果已经出来了，这本该是个让那海涛欢呼雀跃的消息，而他却怎么也打不起精神来。

襄城的夜降临了，那海涛坐在长途车上跟宁大队挥手告别，突然心生一种伤感。那海涛不知道，自己这一生，到底能与宁大队这样直爽的朋友吃上几顿饭，喝上几口酒。在稍纵即逝的时光中，许多人都是匆匆过客，唯一能珍惜的也许就是身边那几个亲人。而警察这个高强度的职业，却又少了与家人团聚的时间。那海涛仰躺在长途车的卧铺上，拿出手机，默默地注视着屏幕上方齐欢的大头贴。他闭上双眼，默念平安。

绝地反击

当强压的痛楚慢慢释怀，久违的寂寞才喷涌而出。当所有的期待和梦想幻灭，脆弱才会赤裸呈现。冬日夜色中的雾霾肆意地绽放，像一片带毒的植物，又像人心中膨胀的欲望。有时人们不知道什么叫满足，只知道心中那缺口在不停索求着，难以抑制地想要被认可、被尊重、被高看一眼、被前呼后拥。你大爷的，世界。你为什么要让我从黑暗中走出来，又让我逐渐走回黑暗？你强逼着我找寻幸福，为什么又要在某一刻剥夺我的所有一切？为什么让我一路上获得的东西终有一天要全部失去，为什么让我逐渐被填满的心最后空空如也？

齐孝石蹲在一栋白色建筑前的路旁抽烟，烟雾袅袅腾腾融化在周边更加浓郁的雾霾中，在傍晚的漆黑里，显得诡异。天越来越晚，在路灯点亮之前是一段最狡黠的黑暗，它逃离了所有制度的监管，理所应当地吞噬着这段时间。齐孝石望着远处璨如繁星的灯火，突然泪流满面。他张了张嘴，想叫想骂却发不出声音，最后剧烈地咳嗽出一口黄痰。老了，真是老了，他突然站起身来，对着天空无声地呐喊。寂寞啊，有时真让人成了温水中迷茫的青蛙，想跳出来却再无勇气，只得留在这里被慵懒残忍地吞噬。香烟燃尽，齐孝石看着手中的烟火渐渐熄灭，他停顿了许久，才将烟蒂用手弹飞，让它消失在面前的黑暗中。

退休了，真的退休了，尽管自己再三恳求也无法阻拦。齐孝石拿出那个崭新的证件，知道这个崭新恰恰代表着自己的破旧不堪。他惨笑了一下，顿时觉得浑身的力量都消耗殆尽，一身的本领也不再有意义。我不再是个警察了,齐孝石痛哭流涕。他宁可把心底最彻骨的压抑用最浅显的方式表达。

突然有点悲伤，看着桥上的微光，
想起一些过往，过往的迷茫；
世界每个地方，都有人尚怀梦想，
一直向着远方，不住地眺望。
就愿这时光，短暂而漫长，别让花香散落海洋；
就愿这过往，悲喜都歌唱，能有勇气把伤痛去珍藏。
每次告别都是新的盛放……

那是首叫作《每次告别都是新的盛放》的新歌，音乐台的主持人在深夜的播音中轻声地介绍着。那海涛坐在肮脏的卧铺长途车上，时而被车厢的颠簸打断思路，而这首歌曲却让他找到了暂时的安静。他闭着眼，让心中堆积的压抑和惶恐随着歌声的起伏一丝一缕地释放，直到身体轻缓地升腾入梦。在梦里，他想起了自己那些固执的往昔，自己不达目的誓不罢休、为达目的不择手段的往事。他想起了第一次叫龚培德师父的情景，想起了自己收拾装备时齐孝石失落的眼神。唉……他在梦里叹息，不禁缓缓地睁开眼，面前是布满污迹的长途车顶。他打开手机，离黎明还有漫长的过程。他重新闭上眼,默默地祈祷着,要战胜这黑暗,要想不被吞噬就只能反击……他一直以来的顾虑，谁也不会知道。

一夜无眠，断断续续的梦搅乱了黑夜和白天。那海涛一脸疲惫地回到办公室，这才知道齐孝石退休的消息。

“怎么退休了？前几天政治处不是还说能特事特办呢吗？”那海涛问支队的内勤蒋梅。

“唉，据说市局政治处也是无奈，齐师傅延迟退休这么久，已经违反了组织程序。这次要是再不发布命令，就该违犯公务员法了。”蒋梅说。

“哦……”那海涛默默地点头，没想到这才短短两天，齐孝石就彻底脱下了他珍视一生的警服。他不禁回想起刚参加工作的时候，齐孝石穿着笔挺制服到政治处接他的样子。那时的齐孝石四十多岁，人很阳光，但时间一晃而过，眼看着船到码头车到站，齐孝石的警察生涯就这样走到了尽头。那海涛联想到了自己，不禁唏嘘。他看了看表，转身拿了车钥匙，向楼下奔去，但还没到停车场，又改了主意，再次回到了市局大楼，直奔政治处。

在公安科技研究所，那海涛见到了齐孝石。齐孝石眼圈发黑，一身烟味，一看就是彻夜未眠。

“师父。”那海涛叫齐孝石。

“回来了？”齐孝石眼睛里布满血丝。

“是，听说您……”那海涛停顿了一下，“退休了？”

“是啊，退了……退了……工作证被收走了，换了个退休证。”齐孝石苦笑，摇头叹气。

“嗐，这是好事啊，师父。”那海涛宽慰道，“您忙了一辈子了，也该好好休息了。”

“你是说我老了？”齐孝石很敏感。

“不是，不是，我不是这意思。”一向巧舌如簧的那海涛一到齐孝石面前就笨嘴拙舌，“我知道，您还不想退休。龚师父的案子还没查清，而且这个案子又到了关键时刻。”那海涛索性实话实说。

齐孝石看着那海涛，久久才说话。“唉，我当了一辈子警察，搞了半辈子预审，闲不住啊……”齐孝石叹着气说，“再说，这个案子还没办完，正在裉节儿上，现在让我卷铺盖走人，我……真是不甘心啊……”齐孝石抱怨，“还说给我开什么欢送会，狗屁。退都退了，一脚把我踢开了，还走什么形式。”

“师父，您听我说，听我说。”那海涛打断了齐孝石的话，“我理解您现在的心情，说句实话，您退休的事情谁也阻拦不了，这是按照公务员法执行的，再大的‘脑袋’也没办法。咱们支队的人都挺尊敬您的，谁也不能一脚把您踢开。再说，谁敢踢您啊，师父，您这一辈子可净尥蹶子踢别人了，呵呵。”那海涛故意逗齐孝石。

“嘿，你拿我开涮是不是？见了姑娘叫大嫂子？没话找话了？”齐孝石不高兴了。

“不是，不是。”那海涛连忙解释，“我刚才来之前，找了政治处的刘权，商量了对您进行返聘的事情，您看看这个。”那海涛说着就递过去一张 A4 纸。

齐孝石接过来一看，A4 纸是一个表格，上面写着《海城市公安局退休返聘协议书》，下面依次是用人单位名称、聘用期限、工作内容等项目。齐孝石看着看着就抬起头问：“你小子的意思是，让我回去给公安局当临时工？”齐孝石说得寒碜，但眉头却舒展了。

“嗐，怎么是临时工呢，师父，是请您回去当专家。”那海涛笑着说，“刘权副主任带着我一起找了郭局。郭局挺支持我的建议，就让我劝劝您，能回到市局预审继续工作。返聘的钱是少了点，但作为一名老公安，您也得拿出点奉献精神不是？”那海涛给齐孝石留足了面子。

“呵呵，你这小子。”齐孝石自然知道那海涛的好意，“行，那我就发扬一下风格，继续给公安局卖几天老命。”齐孝石得便宜卖乖、就坡下驴，笑起来像个孩子。

“师父，你要是同意了，除了签这个，还得签一份《保密协议》。剩下的手续等哪天回单位时再补办。”那海涛说。

“行，签，签。只要能办案子，我签‘生死状’都行。”齐孝石一下说了实话。

这时，李博士走进了办公室，“你们师徒俩一唱一和，我都不敢打扰了。”李博士笑着说。

“嗐，耽误正事了。”齐孝石摇头，“这段时间可辛苦您了，结果出来了？”齐孝石问。

“是的，出来了，收获巨大！”李博士笑着回答，他边说边打开办公室的电脑和投影仪，不一会儿幕布上便显示出一张巨大的图表。

“你们看，这四十二个人，是陈沛案件发生之后从新时代公司离职的人员。其中既有举报人沙伟、法务部的经理常骁，还有销售部的李倩、王维、范慧鹏、张娟等。”李博士操作着鼠标，“我们详细地进行了人脸识别比对，发现其中有三个人在常住人口或暂住人口库中存在重复的情况，分别是常骁、裴琦、王凯三人。”

“什么？三个人！”齐孝石激动起来。

“对，就是这三个人。”李博士操作鼠标，幕布上显示出三个人的证件照片。

那海涛一眼就认出了常骁，“对，第一个人就是常骁，他是新时代公司法务部的经理。还有两个人，裴琦，王凯……我查查。”那海涛说着就拿起随身带的卷宗，翻找起来，“嗯，找到了，裴琦离职前是新时代公司办公室的员工，而王凯则是公司保卫部的保安。”那海涛说。

“嗯，这样就对了，对了！”齐孝石连连点头，“那他们重复的身份都是什么？”齐孝石又问。

李博士操作鼠标，幕布上又显示出三张不同的身份证，三张身份证虽然姓名、年龄和户籍所在地都不相同，但照片却仍是常骁、裴琦和王凯的。“第一张与常骁照片重叠的身份证，姓名为肖一凡，第二张与裴琦照片重叠的是田超，而第三张与王凯照片重叠的叫作张楚。”李博士依次说，“但从现在的情况上看，常骁与肖一凡，裴琦与田超，王凯与张楚，可能都不是这三个人的真实姓名。”

“嗯，这三个人以相同的手段，伪造证件，冒用多个假身份，已经露出了马脚。”齐孝石点头，“这些身份的情况都通过系统调查了吗？”

“调查了。”李博士说，“我通过全市的综合情报系统进行了比对，发现肖一凡、田超和张楚的三个身份，在几年前曾经有活动的轨迹。有的出现在旅店业系统，也就是曾经使用过这些身份住过旅店，而有的则是使用在汽车租赁和购买飞机、火车票上，但相同的是，这三个身份在三年前都停止使用了，而转为用常骁、裴琦和王凯的身份进行活动。”李博士站起身来，“依此分析，现在综合情报系统里再次出现了肖一凡、田超和张楚的活动轨迹，只能说明一个问题。”

“什么问题？”那海涛问。

“这三个人将三年前沉睡的另一组假身份，重新启动了。”李博士回答。

“对，这正说明他们干完新时代公司这一票，已经开始了新的动作。”那海涛也激动起来。

“你分析得没错。”李博士点头，“我还有一个重大的发现。”他说着又操作起鼠标，幕布上显示出三张员工证件。“我通过全市的社情系统分析发现，这三个被重启的身份，现在竟然都在同一家公司任职。那就是海城的长城实业有限公司。”李博士说。

“海城的长城实业有限公司？”齐孝石站了起来，“你是怎么查到的？”他追问。

“这是个巧合。”李博士笑了，“我原本没指望能查到，但就在我从公安资源系统中海查的同时，又从社会的网站上查询了一下这三个新身份的名字，没想到一下从长城公司的主页上发现了这三个人的姓名，这叫苍天不负有心人啊。你们看看。”李博士说着又打开了幻灯片里新的页面，幕布上显示出一篇名为《长城实业公司表彰优秀员工》的文字，里面在上一年度长城实业公司表彰员工的名录中，恰恰显示出肖一凡和田超的姓名。

“那还有一个人呢？”齐孝石问。

“嗯，您别着急啊，这还有一篇文章呢。”李博士又操作鼠标，另一篇名为《长城实业公司领导莅临指导下属分公司安全检查工作》的文字显示在幕布中，落款写着“联系人，公司保卫部，张楚”。“呵呵，这下凑齐了吧。”李博士笑着说，“做人员查询有时不能只依靠公安系统，广大的社会系统资源也要良好地进行利用。”

“嗯，这下对上了。”那海涛一边看一边思索，“长城公司股东肖一凡，公司办公室员工田超，保卫部张楚……他们在新公司干的活儿和原来一样啊。”

“一样？”齐孝石皱眉。

“您看师父，常骁原来是新时代公司法务部的经理，现在是长城实业公司的股东，裴琦在新时代公司和长城实业公司都是在办公室任职，而张楚则都是在保卫部。这说明三个人的分工明确，目的也是相同的。”那海涛说。

“是，他们的目的一定是相同的。”齐孝石点头，“但是，现在还有个关键人物没有找到。”

“你说的是沙伟？”李博士问。

“是，还有宋涛。”齐孝石说。

“这个我也知道，但是有个关键的问题，那就是沙伟和宋涛的身份在系统资源库中都没有照片，这就失去了人脸识别比对的最基础数据，所以，暂时还没能得出查询结果。”李博士回答。

“哎，这还真是个事儿。”齐孝石点头，“那我能不能这么理解，李博士，”齐孝石皱着眉说，“沙伟和宋涛，这两个身份被隐藏得最严实？”

“是，或者换种方式说，这两个身份是公安和社会系统资源中出现频率最低的身份。我想，该是故意而为。”李博士说。

“那就没别的招儿了？”齐孝石有些着急。

“从技术角度来看，暂时没有别的办法。”李博士摇头。

“嗯……那就想想别的辙。”齐孝石沉默了，思索了一会儿说，“海涛，你查一下长城实业公司前台的电话。”

“啊？您这是要干什么？”那海涛问。

“让你查你就查，麻利儿的。”齐孝石不耐烦起来。

不一会儿，齐孝石就拨通了长城实业公司的电话。

“喂，你好，请您帮我转一下宋涛经理的分机。”齐孝石对着电话说，“啊，我是他的一个客户，或者您告诉我他的分机也行。啊，他现在不在啊，啊。”齐孝石不禁咧着嘴乐了，“好，分机号是8001是吧，好的，那我下午再打。”他挂断电话，那海涛激动地拍起了桌子。

“行啊，师父，这么简单就搞定了！”那海涛笑着说。

李博士也笑了，“真不愧是老预审员，不服不行啊。”

“哈哈，我这幺蛾子啊，也是现琢磨出来的。有时咱们办案啊，也不能总依靠这高科技。科技先进了，人反而倒退了。跟人斗啊，对手用瞒天过海，咱们就得来个避实就虚、见招拆招，传统的侦查方法也不能忘啊，那都是老辈人的经验总结。”齐孝石得意起来。

“那就剩最后一个问题了。”那海涛说，“怎么能认定这个宋涛和沙伟是同一个人？”

“嗯，这是个最要紧的事儿。”齐孝石再次陷入深思，“李博士，能再帮我们通过社情系统查一个情况吗？”齐孝石问。

“您说，我尽力而为。”李博士说。

“帮我查查这家海城长城实业公司和正毅集团存在什么联系。”齐孝石说。

“好，给我一天时间。”李博士说。

海城的交通越发拥挤了。面对逐年增长的汽车数量，交管部门虽然实施了限号政策，也似乎无济于事。在拥挤的车流中，宋涛像往日一样被堵在上班的路上。他习惯在出门时戴上口罩,即使开车时也不例外。八点一刻，就在他驾车即将驶入最后一个弯道的时候，被两个执勤的交警拦住了。

“您好同志，请出示驾照。”一个交警说。

宋涛无奈地叹气。“哎，警察同志，我这上班都快迟到了，怎么回事啊……”宋涛抱怨道。

“请出示一下您的驾照。”交警再次重复要求。

宋涛从皮包里拿出驾照，犹豫了一下，递给了交警。

交警看了看驾照上的照片，又看了看宋涛本人。“请您摘下口罩。”交警命令道。

宋涛厌烦地以沉默作为抗议，停顿了许久，才扯下口罩。

“这是你本人的驾照吗？”交警问。

“当然了，那还能是别人啊？”宋涛不耐烦起来，“警官，您快点，我一会儿还有个重要的会议呢。”宋涛说得没错，作为公司财务部的员工，今天九点，他要参加公司每周一次的例会。

“等一下，我们做一下核查。”交警说着把驾照递给了同事。

“哎，我这是犯了什么事儿了吗？凭什么查我啊？”宋涛费解。

“是这样，几天前在这里发生了一个交通肇事案件，我们奉命在这里检查。”交警解释的同时，另一个交警用一个核查的仪器对宋涛的驾照进行了扫描。

“好，麻烦你了。”交警把驾照还给了宋涛。

“没事了吧，警官？我不是什么交通肇事罪犯吧？”宋涛问。

“没事了，感谢您的配合。”交警说。

宋涛收起驾照，驾车离去，开出不到两百米的距离，又停在了路旁。他并不回头，而是通过汽车后视镜，默默地观察着两个交警的动向。

两个交警并未停止检查，在此后的短短五分钟之内，又连续截停了四辆汽车。

“这帮臭警察。”宋涛咒骂着，猛地踩动油门，汽车顿时飞驰而去。

经过查询，齐孝石的怀疑得到了印证。长城实业有限公司作为海城规模最大的钼铁矿开发企业，现在正与正毅集团争夺一个新矿的开采权。两家公司数次交锋，各施所长，竞争得如火如荼。为了打压对手，两个公司纷纷加大投入，孤注一掷，仅银行贷款就数以亿计。据《财经日报》等多家平面媒体报道分析，这两家公司的恶性竞争已经到了血淋淋的地步，照此下去，一旦资金链出现断裂，两家公司都将面临破产的危险。

齐孝石看着李博士搜集来的这些报道，案件的线索在心中渐渐明朗。

“海涛，看来这一次，是这帮孙子冲着长城实业公司来了。”齐孝石说。

“是啊，看来他们的招数是和对付新时代公司一样。先期派几个人潜进去，慢慢地摸清对方公司的情况和底细，然后再找准漏洞从内部突破。手段不俗啊。”那海涛感叹。

“确实不俗。我搞了一辈子预审了，还是第一次遇到这样的幺蛾子。”齐孝石也感叹道，“这种犯罪的手段现在还不多见，顶多就靠个《刑法》第二百四十三条诬告陷害罪，但刑期短，惩处力度也低。唉……看来真是得与时俱进啊，犯罪不断升级，警察要跟不上，就真得让人家玩儿得晕头转向了。”

“我让你弄的那事儿怎么样了？”齐孝石问。

“已经安排好了，从今天早晨开始，长城实业公司门前的必经之路上，已经安排上了检查岗。”那海涛说，“我想不出意外的话，这两天就会有调查结果。”

刚说到这，他的手机便响了起来。那海涛翻动手机，是接到的一条彩信。“好！说曹操曹操就到！”那海涛看了一会儿，笑了起来。

“怎么了？”齐孝石问。

那海涛没有回答，把手机直接递了过去。齐孝石拿过来观瞧，彩信是一个中年男子的头像照片，上面写着一行字：驾照姓名，宋涛。

“这人就是沙伟，他化成灰我也认得他！”那海涛兴奋地说。

海城市中心，喧嚣繁华，一个古老的钟楼巍然矗立。那是一栋有百年历史的建筑，它默默地见证了这里的沧桑巨变，每年国庆、春节，市民们总会聚集在钟楼前的广场上燃放烟花，仿佛是在为这个“老人”庆祝寿辰。但有人欢喜有人愁，就在几年前有两个生意失败的商人，爬到楼顶，跳楼自杀。行政部门为了避免惨剧重演，从那时开始，便将这个吉祥欢乐的地方封闭，不再供游人参观。这个“老人”也仿佛被圈禁，孤独地伫立在那里，偶尔悲伤地呻吟。

下午四点，远方的钟楼敲响了四下。海城市公安局经侦支队的探长林楠，带着两个民警走进了长城实业公司董事长的办公室。董事长姓孙，问明了林楠的来意，请他们坐下。

“林警官，我可以问问你们这次调查的原因吗？”孙董事长五十多岁，礼貌的语气中带着质疑。

“董事长，我们怀疑在你们公司内部，有人涉嫌经济犯罪，所以要进行一些调查。”林楠开门见山。

“涉嫌经济犯罪？”孙董事长皱起眉头，“对不起，您说的我不太懂。”

“是这样，我们经侦支队接到了一个举报，是关于你们公司内部人员存在经济犯罪问题的线索，我们也是按照法律的程序办案。”林楠说着从皮夹里拿出一沓材料。

孙董事长侧目看着材料的首页上面，写着“举报信”三个字。

“根据法律程序，我们要对你们公司的几个员工进行询问，这是我们依法开具的《询问通知书》，请您配合我们的工作。”林楠说。

“哦……是这样……”孙董事长点头，“我能问问，举报的是什么情况吗？”

“这个，还不能对你说。在侦查阶段，所有的调查情况都不能进行公开，请您理解。”林楠说。

“好，我理解我理解。”孙董事长点头，“那请问，你们要找公司的哪几个员工询问？”

“我们今天要找四个人进行询问，他们分别是宋涛、肖一凡、田超和张楚。”林楠说，“但请您不要一下把四个人都找来，希望能按照我们要求的顺序，逐一让他们过来接受询问。”

“好，那我安排一下会议室，给你们做询问的场所。稍等。”孙董事长说着拿起了电话，“喂，小孟，去安排一个会议室，再拿一些矿泉水。”

林楠礼貌地道谢，带着两个民警就要离开。临出门时，孙董事长叫住了林楠。

“哎，林警官，我问您一句话。”孙董事长一边说，一边看着其他两个民警，欲言又止。

林楠明白他的意思，就让两个民警先去了会议室。

“您说，什么事儿？”林楠问。

“哦，是这样，林警官，虽然按照法律程序，我不该过问你们调查的情况，但我也希望你能理解，作为公司的董事长，我想请您在允许的范围之内，多少透露一些调查的原因。您是知道的，长城公司是海城的利税大户，多年以来合法经营，为城市的发展也做了不少贡献。我向您保证，一定不会对外泄露。林警官，你们到底为什么要询问这些员工呢？”孙董事长轻声地问。

林楠心里发笑，但表面上却不露声色。干经侦干了十多年，林楠清楚地认识到，这些社会上发迹的商人啊，不好说都有罪，但其中的一大部分，或多或少都存在问题。有人戏称，说中国的商人禁不起查，这句话在某种角度上说得一点没错。从近年来的首富黄某落网到大连商人徐某被抓，都一次次印证了这种情况。在市场经济转型的今天，商人为了牟利往往会触及法律的底线，只有法治逐步健全、人治逐步消退，漏洞才能被弥补，中国的市场才会规范。

林楠故意表现得十分为难，沉默了几秒才说："孙董事长，这件事我本是不该告诉您的，但考虑到您公司的利益以及个人的名誉，所以才……"林楠欲言又止。

这下孙董事长更加紧张了。公司的利益和个人的名誉？天，这该不会是涉及自己的吧。孙董事长心里打起鼓来，不禁暗自盘算起近几年公司及个人可能出现的漏洞和问题来。"是……是因为增值税发票吗？"孙董事长不打自招。

林楠暗笑，表情却越发冷了下来，"孙董事长，我看这样吧，我把举报信给你看一眼，但你要保证，绝不能将举报信的内容外传。"

"好，我一定保证，一定保证。"孙董事长顿时失去了威严。

二人重新在办公室内落座。林楠打开材料夹，把放在前面的第一张纸递给了孙董事长。

孙董事长戴上花镜，认真地观看。

举报信

海城市公安局领导：

我们是海城长城实业有限公司的员工，现在要举报我公司某领导违法乱纪、贪污公款、涉嫌经济犯罪的情况。在公司的日常经营中，该领导利用职务便利，非法侵吞了公司大量资金占为己有，同时还利用手中的权力，为亲友牟利，严重损害了公司和全体员工的利益。同时董事长孙……

看到这里，孙董事长已经手足无措了。"哎，林警官，这举报信的下一页呢？”孙董事长问。他正看到举报信中写到“董事长孙”四个字，就没了下文。

“哦，这下一页啊，我就不便对您透露了。这个也请您理解，能让您看到举报信的这一部分，我已经是违反纪律了。”林楠说。

“明白，我明白了。”孙董事长连续点头，“那你们找的那四个员工，也是被举报的人吗？”

“不是。”林楠摇头，“他们是写举报信的人。”林楠回答。

孙董事长表情骤冷，缓缓地仰靠在沙发上。

在会议室中，林楠要求关闭了监控设备。他和两个民警坐在会议桌的一端，而另一端则坐着长城实业公司的股东，肖一凡。

“姓名？”林楠问。

“肖一凡。”他回答。

“知道我们今天为什么找你吗？”林楠问。

“不知道。”肖一凡表情高傲，年龄不到四十岁，说话严肃，西装革履，一看便是有城府之人。

林楠默默地注视着他的眼睛，与他四目相对，心里默默地想，他应该就是原来新时代公司法务部的经理常骁。高手对决，是不能轻易露出底牌的。在林楠来公司调查之前，齐孝石就反复询问过林楠，是否在原来的案件中接触过新时代公司的常骁等人。林楠查了一下，新时代公司陈沛职务侵占案，是经侦支队另一个探组办的案子，自己和探组的几个民警都没有露过面，所以应该可以开展此次的调查。

为了防止长城实业公司拒绝配合警方调查，齐孝石出了鬼点子。他这次是开了海城警方主动出击的又一个先河，主动写举报信。他这个做法最初受到了那海涛和林楠的极力反对，理由很充分，不合法。但齐孝石自有他的道理，现在长城实业公司正在与正毅集团你死我活地竞争，这个时候警方出面调查公司的员工，不要说缺少靠得住的理由，就算长城公司能积极配合，一旦出了问题，也很有可能说警方插手了经济纠纷，被倒打一耙。所以齐孝石才想到了这个办法，与其让别人抓着主动权，还不如反客为主、主动出击，使个计策让长城公司处于被动，让他们没有理由去拒绝配合。前思后想，齐孝石琢磨出了鬼点子，通过写匿名举报信的方式，让海城市公安局的经侦部门"合理"地受理案件，然后依据相关法律规定，合法地对长城实业公司的几名特殊员工开展调查。这样一来，不但能化繁为简，变被动为主动，还能精确打击，直捣黄龙。

那海涛和林楠拗不过他，也只得认可了这种方式。但林楠有言在先，他是经侦支队的探长，这件事只能暗中配合预审做，绝不能让他们领导知道这封举报信的来历，不然就真成了知法犯法。齐孝石满口答应，随即开始动笔。他查了长城实业公司的工商资料，旁敲侧击，编造了公司某领导存在的违法问题，但并不点透，让人看了觉得模棱两可，又似有其事。这跟许多浪迹江湖的算命先生是一个道理。但齐孝石却比算命先生坏得多，他在举报材料的第一页最后，写上了"董事长孙"四个字，第二页其实根本就没有什么内容。

齐孝石写完了信，告诫林楠，在调查中要先使用疑兵之计，含而不发，再适时让公司董事长看到这举报信中的鱼钩，配合调查的事情就能顺利进行了。林楠反复研究了举报信的内容，不住地点头感慨："齐师傅，你这哪是封举报信啊，简直是一篇满布玄机的心理陷阱。"

齐孝石听了不屑地笑。他心想，这刚哪儿到哪儿啊，斗智斗勇的事情还在后头呢。"你记住，干这个活得从四个词儿下手。那就是模棱两可，云山雾罩，察言观色，见风使舵。"齐孝石叮嘱道。

林楠坐得笔直，不卑不亢地同肖一凡对话。肖一凡沉着冷静，说话有板有眼，遇到不清楚的问题就直接否定，一点不给林楠追问的机会。

他曾经的身份是新时代公司法务部的经理常骁。当然，这两个身份都是伪装，真实的身份无人知晓。几年来成功的潜伏与突袭，让常骁越发变得有恃无恐。他自认为胸有成竹，可以将骗术做得游刃有余天衣无缝，根本不把面前的小警察放在眼里。

“警官，你问来问去，我不明白是什么意思。我的时间很宝贵，一会儿还有个会等着我开，请您加快进度。”肖一凡语气里带着不屑。

此时林楠已经与肖一凡绕了十多分钟的圈子。他按照齐孝石的指示，一步一步地从外围试探着肖一凡的深浅。看肖一凡不耐烦了，就准备往第二步引导。恃才傲物可以，但有恃无恐就犯了兵家大忌。肖一凡轻敌，已经棋输一着了。他怎会知道，此刻面前的经侦探长背后，有个老谋深算的预审员在暗中支持。林楠的左耳中戴着隐形的耳机，他说出的每一句话都通过空中的无线电波清晰无比地传到了长城公司门外汽车中的播放器里，而齐孝石则在车中随着林楠与肖一凡的对话，做着应对的来言去语。林楠警服的第一个纽扣也做了伪装，实则是一枚微型的摄像头。肖一凡的影像在齐孝石面前的仪器中清晰可见。

“这个人就是常骁。”那海涛确定无疑地说。

“问他，何时到的公司任职。”齐孝石轻声地说。

林楠从耳机中接到指令，不露声色地问：“请你回答我，何时到的长城公司任职？”

“嗯，具体时间记不清了，大约在半年前。”肖一凡冷漠地回答。

“问他，通过什么途径来的公司。”齐孝石轻声地说。

林楠照方抓药，“你通过什么途径来的公司？”

肖一凡一听这话，皱起眉来，“通过什么途径来的公司？什么意思？你给我解释一下这个问题。”

“这提问复杂吗？”林楠问，“我是问你，通过什么途径到这里工作的。是应聘？还是他人推荐？”

“哼……”肖一凡跷起二郎腿，“你以为我是像其他员工一样应聘来的吗？可笑。”肖一凡不屑一顾，“我是公司的股东，半年前收购了一部分公司的股份，现在这里负责行政方面的工作。我说得够清楚了吧，听明白了吗？”肖一凡表情傲慢。

半小时后，田超又坐在了林楠对面。他二十八九岁的样子，一米七左右的身高，人长得白白净净，戴着一个黑框眼镜。

齐孝石和那海涛看着屏幕比对照片，发现这个人就是原来新时代公司办公室的员工，裴琦。

“姓名？”林楠问。

“田超，田野的田，超越的超。”田超表情十分轻松。

“你在公司负责什么？”林楠问。

“我在公司办公室做文职工作。”田超一说话就眼珠乱转，一看就是个精明人。

“你何时来的公司任职？”林楠问。

“呵呵，警官，我怎么觉得你是像在审犯人一样啊。”田超嬉皮笑脸。

齐孝石在车里默默盯着屏幕。“不要让他把气氛搞轻松，直入要害，问他是否知道公司内部违法犯罪的情况。”齐孝石说。

林楠停顿了一下，冷眼瞧着田超，“我问你，你是否知道长城公司内部违法犯罪的事情？”

“啊？还有这个情况啊？”田超装作惊讶，“我哪知道啊，警官，我一个办公室的小文员，身边的同事都是已婚妇女。您要问我谁家媳妇红杏出墙了、谁家老公外面有人了，我兴许能知道，但您要问我这公司机密啊，呵呵，我真没办法告诉您。”田超依然操着轻松的节奏，面不改色。

“这小子也是个老手。”那海涛在车里默默地说。

“问他，通过什么方式进入的公司。”齐孝石对着麦克说。

“你通过什么方式进入的公司，应聘，还是其他渠道？”林楠问。

“哎，这事儿吧，不太好说。”田超撇了撇嘴。

“怎么不好说？”林楠追问。

“呵呵，您说现在这社会上找工作，哪有那么容易的啊。像长城实业这种大公司，要没个关系啥的，哪能那么轻易进来啊。”田超一双笑眼眯了起来，“得使点儿钱、送点儿礼，警官……这不算犯罪吧。”

田超走后不多时，等在门外的张楚走了进来。张楚四十多岁，一脸的朴实憨厚，他在长城实业公司的保卫部工作，穿着一身发旧的工作服，拘谨地坐在林楠的对面。

“姓名？”林楠问道。

“我叫张楚，今年四十一岁，河北唐山人。”张楚倒是实在，林楠才问了一句话，他就一下把自己的底细都倒了出来。

刚才孙董事长介绍，张楚是个实在人，到长城公司保卫部任职有一段时间了，一直勤勤恳恳任劳任怨。林楠不是搞预审的，要不是知道实情，遇到这样的人，难免就会少了戒心。张楚同刚才被询问的田超比起来，不但看似朴实憨厚，言谈举止也让人觉得诚实可信。

齐孝石紧盯着屏幕上张楚的样子，似乎感觉到了现场一种平和的气氛。多年的预审工作告诉他，越是这种看似可信的人，才越是胸有城府心思缜密。这种人早已过了性格外露的年纪，取而代之的是一种沉淀后的以不变应万变。而长城实业公司孙董事长对他的描述，则与新时代公司总经理陈沛对昔日王凯的描述，不谋而合。他的两个身份，扮演的都是老实人的角色。

“你什么时候到的长城实业公司？”林楠问。

张楚停顿了一下。“去年春节之后，到现在有大半年时间了吧。”他说话慢条斯理。

“看来他们是分不同时机潜入的……”齐孝石看着屏幕自言自语，“问他通过什么方式来的。”

“你通过什么方式到的公司？”林楠问。

“我是通过应聘的方式。”张楚缓缓地说。

“你现在的工资是多少？”林楠问。

“这个……”张楚再次停顿，“我一个月一千八百元，加上年底的奖金，平均下来每个月两千元出头。”张楚腼腆地回答。

林楠继续问着，按照齐孝石设定的套路。

齐孝石则在车里仔细看着屏幕，越看越感觉不对。突然，他发现了一个细节，赶忙打断林楠的询问，“林楠，你看见他右耳戴的东西了吗？问他那是什么。”

林楠也一警醒，注视起张楚的右耳。就在他观察张楚的瞬间，张楚的眼神变化，里面闪现了一种稍纵即逝的东西。齐孝石从屏幕看着他的反应，心里有了底。他就是要投石问路，试探对方的反应，以摸清内心的底细。

“老张，你右耳上戴的是什么啊？”林楠问。

张楚迅速收敛眼神，依然腼腆沉默，他不动声色地摘下右耳戴的东西，轻声地说：“警官，这是个助听器，我耳朵不好。”

“啊，那你戴上吧。”林楠说。

齐孝石紧盯着屏幕上的那个装置，对林楠轻声说：“你从现在开始，故意说一些谎话诈他，比如知道他的底细，也知道是谁举报的公司领导，看他什么反应。”

林楠有些措手不及，但迅速调整了自己的状态，“张楚，我们今天能找到你，是有原因的。什么原因自不用说，我想你自己也该知道。长城公司内部存在什么样的违法犯罪问题，我希望你自己能主动说出来。”林楠做疑兵计。

没想到张楚看着林楠，一点不躲避他的眼神，在默默地听完林楠的问话之后，才缓缓地回答：“警官，我想你是弄错了，我真的只是公司的一个保安，什么也不知道。能来到长城公司工作，是我的福气，没有公司的收留，我可能至今还在海城没有落脚的地方。我四十多岁了，背井离乡，老婆孩子都在家里等着我挣钱，我真心盼着公司能越来越好，要是有一天公司完了，那我自己也就完了，这份工作我真的是很珍惜的……”张楚说着说着就眼中含泪，他的话让林楠动容，如果不是齐孝石随时提醒，林楠大概真的要信以为真了。

“师父，他耳朵上戴的是什么东西？”那海涛问。

“我也不知道。”齐孝石摇头，“这样，你把刚才的录像做一下回放，然后照一张照片给李博士发过去，让他帮着看看。”齐孝石说。

林楠依照齐孝石的指令，停止了对张楚的询问。张楚在临走时，深深地给林楠鞠躬，弄得他反而手足无措起来。

最后一个走进公司的，是宋涛，也就是昔日新时代公司的财务，沙伟。

宋涛一进门，就一语道破林楠的伪装，“警官，你这身警服不错啊。”

林楠一听，脸色骤变。

宋涛笑笑，迎着林楠的眼神对视过去，“呵呵，特别是警服上的扣子。”他一屁股稳坐在办公桌的对面，让林楠不知到底该如何收场。

选马

海城市公安局会议室里，灯火通明。

齐孝石等三人一起分析着案情。

“李博士的调查结果已经出来了。张楚戴的那个仪器，根本就不是什么助听器，而是一种国外高尖端的测谎仪。”那海涛说。

“测谎仪？”林楠惊讶得合不拢嘴。

“是的，这种测谎仪是一种最新的设备，现在应该还处于试验中，国内根本不可能购买到。据李博士介绍，它依据的原理并不是传统测谎仪那样通过人的心跳、血压以及呼吸等方式进行测谎，而是通过人说话的频率。”那海涛说。

“说话的频率？”齐孝石皱眉。

“是的，正如刚才与林楠对话时，张楚的表现。”那海涛说，“我反复看过录像，林楠每一次询问之后，张楚都会停顿一下再回答问题。这说明什么？正说明张楚在等待着测谎仪中报出的测试结果。他一旦发现林楠提出的问题带有欺骗性和陷阱，就会马上依据测谎仪报出的结果随时调整回答的策略，所以从表面上看张楚的回答才稳重缓慢。”

“嗯，这也印证了我的怀疑。”齐孝石插话，“林楠，你还记得下午我让你故意问的几个问题吗？”

“啊，记得。”林楠想了想说，“您是让我故意说一些谎话诈他，比如知道他的底细，也知道是谁举报的公司领导，看他什么反应。”

“对。”齐孝石点头，“我当时就是想试试他，如何对待这些带有攻击性的引诱问题，或者说是疑兵之计。但他的反应让我惊讶，在回答时，他不但没有受到任何情绪上的干扰，反而察觉了你提问中的漏洞和不自信，之后使用了一种反客为主的策略，从感情入手让你产生共鸣。现在看来，他就是通过测谎的仪器直接做出了你说谎的判断。”齐孝石说，“这个人厉害啊，看着是个臊眉耷眼的杵窝子，实际上却是个有贼心眼儿的老家雀儿。”

“天哪，太可怕了……”林楠仰靠在椅子上，不由得打了一个冷战，“这预审真不是每个人都能干的，我算是见识了。”他感叹，“齐师傅，还有一点我不明白，那个宋涛，是怎么一下就识破了我身上的摄像头的？”

“其实他压根儿就没发现你身上有摄像头，是你自己暴露的。”齐孝石说。

“这不可能。”林楠摇头，“他一进来就说我的警服不错，这话也太有指向性了。”

“哎，这恰恰就是他使的骚招儿！他一定在进来之前，就默默地踅摸你半天了，所以刚一打照面儿就玩儿个欲擒故纵，故意给你下套儿。我从摄像中看不到你的反应，你当时听了这句话之后，又做了些什么呢？”齐孝石问。

“我……”林楠努力回忆着，“噢……我想起来了，我当时被他这么一问，可能下意识就捂了一下那个摄像头……”林楠恍然大悟。

“这不就对了……你这么一捂，就等于全撂了。”齐孝石摇了摇头。

“真够鬼的。”林楠感叹，“要是换成您或海涛就好了，我这个搞侦查的，还真是斗不过这帮孙子。”

“唉，我呀，也是他的手下败将。”那海涛还算诚实，也叹了口气说。

林楠回想起了那海涛的挫败，就不再继续把话题往下引。“那齐师傅，咱们下一步该如何应对呢？”他转了个话题说。

“下一步……”齐孝石缓缓地仰起头，看着窗外灰黑的夜色，“这帮孙子玩猫儿腻耍鸡贼，咱们也得抖抖机灵打打马虎眼，知己知彼，百战不殆嘛。我想，是该咱们选取预审力量的时候了。”齐孝石看着那海涛和林楠说，“咱们现在是在明处，你、我和露过面儿的预审员都不能出面，一旦出面就等于漏了底儿。所以得招几个能干的生脸儿，让他们往前面冲。”

“嗯，您的意思我明白，是不能让他们知道咱们调查的目的，不能将这次的调查和新时代公司的事情联系在一起。”那海涛说。

“是，这帮人啊，得钓着、遛着，不能一棒子打死。别忘了咱们办案的目的，是挖他们后边儿的黑手。”齐孝石说。

“那怎么办？人手从哪里选？”那海涛问。

“咱们得从别的单位找几个好手。有眼力见儿的，脑子得跟得上的，还能熟练制作笔录的。对付这帮孙子，得做好充足的准备，得下点儿硬家伙，不然就没法打掉他们的攻守同盟。”齐孝石说。

“师父，这您放心，我现在虽然不是副大队长了，但凭我的关系，一定能找到海城市公安局最优秀的预审力量。”那海涛拍着胸脯说。

“你说得不对。”齐孝石摇头，“预审员没有绝对的优秀，预审讲的是相互制约，卤水点豆腐，一物降一物才行。海涛，这选人可是裉节儿的事儿，人选好了审讯才有基础。人要选错了，就很有可能前功尽弃满盘皆输。”

“嗯，我明白，师父。”那海涛点头。

“海涛，咱这辈子从没搞过这样的案子，这帮孙子不一般啊。我有种预感，咱们跟他们的较量啊，没准现在才刚刚开始，以后还不一定会出什么岔子呢。现在眼眉前儿的这几块料，也许只是些打下手儿的碎催，真正的敌人还全须全尾地隐着呢。这条路要是走下去，也许会有危险，没准就像龚培德一样，送了名声又送命。”齐孝石停顿了一下说，“但我不是轴，咱们干预审的，不能拣软柿子捏，绕着困难走，得遇强则强，敢硬碰硬地死磕对手。对这帮孙子，咱们要不给丫查个底儿掉，也对不起共产党每月给开的工资。我就不信，都是猴儿变的，他们还能精明到哪儿去。”

“师父，你不用说了。”那海涛打断了齐孝石的话，“我干预审也不是一两天了，自然知道这里面的危险与利害。您教给过我：搞预审这工作，讲的就是与人斗，调虎离山、引蛇出洞、旁敲侧击、欲擒故纵，斗智、斗勇、斗心，藏锋、藏智、藏势。这也许是我预审生涯中最大的一次挑战，但说句实话，我也庆幸有这个挑战。宝剑锋从磨砺出，自己到底有没有真才实学，遇不到强敌怎么体现？就算遇到再强硬的对手，我相信跟着您也一定能兵来将挡水来土掩。”

“哪有这么简单。搞这种案子有时不只是明面儿上的过招，敌人还会出黑手。”齐孝石话里有话，“他们可不局气，不会按照规矩办事。所以无论遇到什么情况，天大的事儿，咱们也得顶住喽，不能服软儿。”

“放心吧师父，我是不会妥协的。”那海涛斩钉截铁，“我知道您在担心的是什么，放心，我不会走龚师父的老路，我是你们两个人共同教出来的，在关键问题上不会含糊。咱们干警察的，连生死都不怕，还有什么能被难倒的吗？”

“嗯，那就好。”齐孝石点到为止，“他们玩儿的是高智商犯罪，虽然没杀人放火，但危害很大，又下手极黑，害了人家还让人家吃哑巴亏。咱们跟这帮人斗，得有思想准备，很可能搞到最后都没有证据，甚至被他们反玩儿，连警察都当不上。但无论碰到什么情况，我还是那句话，咱们要不给丫查个底儿掉，就对不起共产党每月给开的工资，也对不起……”齐孝石停顿了一下，“对不起你死去的龚师父……就算放下身家性命也要让这帮孙子付出代价，让他们知道，海城的预审警察不好对付！海涛，咱们就放手搏一把，一辈子能碰上这么邪性的对手，也是件该庆幸的事儿。”

海城市公安局预审支队。那海涛和齐孝石找到了五大队的大队长罗浩。

“罗哥，我今天来是向你借人来了。”那海涛开门见山。

“行，没问题，只要是案子上的事儿，咱们不用客气。”罗浩也是老预审，与那海涛同是警校毕业，算是他的师兄。

“齐师傅，这次您亲自上阵了？”罗浩对齐孝石非常客气。

“嗐，我一退休返聘的临时工，跟着凑凑热闹呗。”齐孝石笑着说。

“得了，您可别谦虚了。”罗浩也笑，“我是对海涛羡慕嫉妒恨啊，能当您的徒弟，得到您的真传，这得是多大的福气啊。这不，‘七小时’带出了‘那三斧子’，强将手下无弱兵，要是有机会，您也收我当个关门弟子得了。”罗浩说的虽是客气话，但也不乏真心的羡慕。

“嘿，你跟我这儿打镲是吧，你这意思是你师父李明不行呗。”齐孝石说。

“呵呵，这个我可不敢说。”罗浩摇头，“您看这样行不行，我一会儿先把我们队优秀的预审员都给您找来，您从中选选，不行咱们再换人。”

“行，一拨一拨来，不行了再换。”齐孝石说。

“呵呵，我怎么听这话那么不对啊，怎么跟选小姐似的。”那海涛逗起贫来。

“嘿，你这是变相挖苦我是妈咪是吧。”罗浩冲着那海涛胳膊就是一拳。

不到十分钟的工夫，罗浩就带着几个预审员过来了。齐孝石看着站在自己和那海涛面前的一排预审员，心里诡异地想，这还真和选小姐是一个路子。

“齐师傅，这四个人就是我们队最优秀的预审员。这个是小张，公安大学犯罪心理学系的研究生；这个是小王，沈阳刑警学院的，刑侦系毕业；这个是小李，西南政法大学毕业的，精通法律；这个是小赵，他父亲就是咱们局的老预审专家赵福山，虎父无犬子，也是个好手。”罗浩一一介绍着。

"哦……"齐孝石点头，但脸上却丝毫没有认可的表情，"嗯，这样，罗队，你找间屋，我跟这几个孩子聊聊。"

罗浩点点头，知道齐孝石这是开始"选马"了。

询问室里，齐孝石和那海涛与小张相视而坐。

"小张，听说你是公安大学犯罪心理学系毕业的？"齐孝石问。

小张不到三十岁，一脸英气，眼睛里闪烁着自信的光芒，说起话来气宇轩昂，"是，齐师傅，我学了四年犯罪心理学，所谓犯罪心理学，就是在审讯中以犯罪嫌疑人的心理为……"

"得，得……"齐孝石打断了小张的话，"你别一上来就跟我这儿背词儿，我是想问你，你擅长干什么？或者换句话说，你干什么最拿手？"齐孝石一点不客气。

小张停顿了一下，想了想，"我的特长就是，对嫌疑人犯罪心理的熟练掌握，比如说在审讯初期，犯罪嫌疑人有四种心理，分别是畏罪心理、侥幸心理、对立抵触心理和悲观心理，面对这些心理，我们应该……"

"停，停……"齐孝石又打断了小张的话，"哎，我知道，这些陈芝麻烂谷子的搞预审的都明白。对待畏罪心理的对策是讲法律、给机会，从思想上疏导；对待侥幸心理的对策是拍山震虎，以证据突击。这些都是常识，而不是你的特长。特长，我要问你的特长是什么。"齐孝石有点不耐烦，"你是擅长审贼呢，还是擅长审骗子？是问得了凶杀呢，还是问得了'花事儿'（强奸）？"

"我……"小张闷了，"这些人我都审过，但谈不到擅长审哪些。我觉得……审讯中不该有偏科……"小张解释道。

"好，明白了，你等我通知。"齐孝石像给员工面试一样，给小张下达了驱逐令。

小张委屈地站起来，眼神里再无自信的光芒。等他走远了，齐孝石才对那海涛说："看出这小子有什么问题了吗？"

"纸上谈兵，心理脆弱。"那海涛回答。

"是，课本背得挺熟，审人也没有特殊的手腕，还是个生瓜蛋子。"齐孝石总结。

第二个进来的是小王，沈阳刑警学院毕业的高才生。

一进门小王就给齐孝石鞠了一躬，"齐师傅，那大队，谢谢你们给我机会。"小王的眼神带着谦恭。

"学刑侦的？"那海涛开门见山。

"是，刑事侦查专业，干过刑警，来预审支队三年了。"小王回答。

"嗯，你认为预审是什么？"那海涛问。

"呵呵，那大队，您问的预审是什么，指的是预审的定义，还是实际操作中的预审？"小王问。

"嘿，这个有意思了，两个你都说说。"那海涛说。

"好，法律上的预审是指在刑事诉讼中公安机关的预审部门，通过讯问犯罪嫌疑人和收集证据，查明案件事实真相，对应否追究刑事责任的犯罪嫌疑人提出起诉意见或撤销案件的侦查活动。而实际操作中的预审，就一句话，还原事实。"小王回答。

"嗯，说得不错。"那海涛点头，"你有什么特长？"那海涛问。

"嗯，我的特长是从对方的微表情等体态语上获取线索。"小王说。

"呵呵……"齐孝石在一旁不屑地笑了，"哎，那你看看，我现在这个表情是代表什么呢？"齐孝石故意做出一个表情。

"嗯，您的这个表情是代表……"小王思索了一下，仿佛生怕答错，"是代表心怀不轨。"小王给出了答案。

"错了，我这是牙疼。"齐孝石给出了否定的答案，"我告诉你啊，咱中国的预审，和外国的那些什么微表情啊，体态语的不一样，微表情说白了还是从现象看本质，这对于一般的人还可以，但对待在特殊环境下被审讯的罪犯可就不灵了。你想啊，你在外面心怀不轨是这个德行，但到了里面，畏罪心理、侥幸心理、抵触心理都给绷上了，还能那么轻易地情绪外露吗？”

“嗯，齐师傅，我懂了。”小王点头，面带愧色。

“别老把外国的东西往中国照搬，这预审的手段是跟人斗的方法，虽然都是猴儿变的，但种儿不一样，叫唤的声儿也不相同。”齐孝石总结，“中国话啊，博大精深，一语双关、一词多义，你要光通过表情和体态去琢磨人，只要遇到高手，一准让人给带沟儿里去。我在这儿正儿八经地提醒你，别信那些扯淡的微表情，现在的人都精着呢，你不但要学会通过现象看本质，还要学会在特定的环境下换位思考地分析对手的反应。行了，就这样吧。”齐孝石下了逐客令。

那海涛叹了口气，看来还是不行。

第三个进来的是小李。小李戴着无框眼镜，文绉绉的。

“学法律的？”齐孝石问。

“是，西南政法毕业的。”小李一说话，带出浓重的地方口音。

“老家是哪里的？”齐孝石问。

“重庆的。”小李回答。

“啊，‘聪庆地’……”齐孝石模仿着小李的口音。

“你的特长是什么？”齐孝石问。

“嗯，我的特长是……”小李犹豫了。

“嗐，那我就问你吧，‘取灯儿’是什么意思？”齐孝石问。

“啊？取灯儿？”小李丈二和尚摸不着头脑。

“那‘戳份儿’呢？‘戳份儿’懂吧？”齐孝石撇嘴。

“我……不太明白……”小李摇头。

“唉……那就先读懂海城的文化和方言吧……”齐孝石冲他摆了摆手。

等罗浩进屋的时候，齐孝石已经一连把他四个大将都给“毙”了。

“齐师傅，这四个人都不行啊？”罗浩问。

“说实话，四个人中除了最后一个，都还可以。”齐孝石说。

“啊？小赵怎么了？”罗浩问。

“嘿，我说你小子跟我装糊涂打哑谜是吧？”齐孝石变了脸，“我问你，你把这纨绔子弟往我这儿插，是不是琢磨着这是个好活儿，准备给他立功请赏呢？”齐孝石一语道破。

“呵呵，这个……”罗浩笑了，“得，我不敢蒙您，这不赵老前辈总跟我说吗，让我给小赵找找好的机会，历练历练。今天看您来了，所以我……”罗浩袒露心声。

“嗯，是，我也承认，是该找机会锻炼锻炼这孩子。这孩子太需要练了，一张嘴就胡说八道，整个一公子哥。但是我们的这个案子不同，是跟嫌疑人死磕去了，不是练的时候。”齐孝石摇头。

“明白，明白。”罗浩点头，“那怎么着？我再给您换几个人？”

“嗯，我想不用了。”齐孝石摇摇头。“你知道我跟这四个人聊完之后的感觉是什么吗？”齐孝石转头问那海涛。

“啊？什么？”那海涛说。

“就跟《西游记》里的钉耙会一样，猪八戒沙和尚都打不过妖精，他们的那帮徒弟啊，更不是对手。”齐孝石话里有话，“刚才这几个小子的本事啊，都浮在表面上，这搞预审的和中医看病的一样，没个十年八年的工夫啊，出不了师。”齐孝石比喻得挺好。

“呵呵，齐师傅说得有理。”罗浩在旁边点头。

“我是真没夸张。”齐孝石说，“我们要面对的那四个王八蛋啊，一个比一个难缠。要不选几匹好马，想获胜？没戏！”

“但这已经是我们大队最强的阵容了。”罗浩说。

“那不能够。”齐孝石摇头，“这搞预审的啊，跟其他警种的人不一样，许多所谓的精英实际上只是徒有虚名，而真正的好手呢，都藏着猫着呢。这样，你先把你们队所有人的姓名、情况等材料都给我拿来，有多少拿多少，我看看再说。”齐孝石这个返聘的临时工，指挥起正规军来。

“啊？所有材料？”罗浩费解，“那都包括什么啊？”

“年龄、经历、搞过什么案子、有什么特长、在什么地方拌过蒜、在什么地方立过功，还有家庭情况，越全越好。”齐孝石说。

“那得了，您还是跟我来内勤室吧，那儿一屋子都是，连报销停车费的单据都有。”罗浩摇了摇头，笑着说。

一整天，齐孝石和那海涛都耗在了五大队的内勤办公室里。按照齐孝石的要求，内勤的两个大姐东翻西找、翻箱倒柜，把全队预审员的资料弄了个底儿掉。齐孝石和那海涛把所有人员的情况都摊开在办公桌上，时而分析研究，时而拿出某个资料重点讨论。俩内勤大姐看着他们就来气，心里暗暗咒骂这两个“管杀不管埋”的东西。

临近下班的时候，齐孝石的“选马”工作才结束。他让那海涛找来罗浩，指名点姓地让找三个人过来面试。罗浩一看这三个人的名单顿时就傻了眼。

“哎哟喂，我说齐师傅，齐大爷，我说您这是选人呢，还是害人呢？怎么挑来选去找了这三位‘爷爷奶奶’啊。”罗浩面带难色。

“嘿，怎么了？你刚才不还说全力配合呢吗？怎么我们费劲巴拉地把人找出来了，你倒掉链子了？”齐孝石问。

“不是不是，我不是这个意思。我哪敢不配合啊，要是按照辈分论起来，我得叫您师叔。”罗浩摇头，“但您选中的这三位可太奇葩了，我真不明白，您都是按照什么标准选的啊？”罗浩有点犯晕。

“我自有我的标准，你就赶紧把人给我叫来吧。”齐孝石说。

罗浩无奈，也只得照办。“得嘞，我听您的。但是有一点啊，您得多等会，这眼看着就要下班了，这几位爷爷奶奶都不是省油的灯，没一个不迟到早退的。”罗浩说着，走出了门外。

果不其然，齐孝石和那海涛等了足足半个小时，这三位“爷爷奶奶”才到齐。三位一进屋，就满嘴牢骚、埋天怨地。

首先说话的是“二姐”，“二姐”名叫王梦露，今年四十八岁本命年，正处于更年期的尖峰时刻。不要说预审支队当兵的不敢惹，就连大队长、支队长也惧她三分。怕的就是她的那张得理不饶人的嘴。在来五大队之前，齐孝石就听说过她的名号，果不其然，“二姐”一进门就“翻了车”。

“早不叫晚不叫，非这个时候叫，什么火上房的事儿啊。这大下班的，非让姑奶奶赶不上班车，腿儿着回去是吧。安的什么心……”二姐现在不在大队上班，被暂时借调到档案室整理卷宗，今天刚提前下班转转菜市场，就被叫回来了，憋了一肚子气。

在旁边的一位爷嘴里也不闲着。这位是五大队的老民警老马，今年五十二岁，预审干了三十二年。只见这位手里揉着核桃，腕子上戴着珠子，走起路来摇摇晃晃，看人眼睛从下往上挑，那模样和做派竟是齐孝石的翻版。“唉，谁让咱是大头兵呢，大头兵啊就是碎催，官大一级压死人，让咱啥时候回来咱就得啥时候回来。要不然年底测评，给你弄个副民警。”

老马这么一说，在旁边的老郭乐了，“嘿，这马爷，民警就民警呗，咋还来了个副民警。”老郭是山东人，一张嘴全是煎饼卷大葱的味儿。他今年四十出头，一脸的憨厚。他的办公室距这里不足一百米，虽然没有早退，却是三个人中最后一个到的。

三位到齐了，就等着齐孝石训话了。罗浩冲齐孝石使了个眼色，那意思是让他悠着点。

齐孝石还是采取单聊的方式，第一个聊的就是二姐。

二姐看罗浩走了，坐在齐孝石对面，从包里拿出了一个十字绣，一针一线地缝起来，一点没把齐孝石放在眼里。齐孝石知道，二姐玩这套，不是缺时间干针线活，而是在表明一种态度，那就是“老娘不愿意伺候”。

“二姐，我找你帮一个忙呗。”齐孝石说。

“有话直说，别拐弯抹角。”二姐头也不抬。

“我看你今天穿的衣服不错啊。”齐孝石没话找话。

“你什么意思啊？挑我毛病是吧。”二姐抬起头，盯着齐孝石问。

“嗐，我能挑什么毛病啊，我是说，挺艳的。”齐孝石说。

“挺艳的？你什么意思啊？什么叫艳啊？你是说我显老不配穿这个颜色的是吧！”二姐果然是嘴上不饶人。

“嗐，我是说好看。”齐孝石又说。

“好什么看啊？给谁看啊？我一老太太，犯得着吗？”二姐一连几个反问。

“听说您现在被调到档案室了？”齐孝石故意引来话题。

“是啊，怎么了？你问这话什么意思啊？我调档案室怎么了？觉得我跌份是吧？让预审一脚踹开了？我还告诉你，我愿意。千金难买我愿意。没事甭净瞎打听，累不累啊。”二姐一连拿话尥了几个蹶子，噎得齐孝石竟然说不出话来。

“我不是这个意思，我的意思是，大材小用了。”齐孝石忙往回拽。

“你甭给我这儿斗咳嗽摆架子，我还不知道你，‘七小时’‘八小时’的，退休了还不闲着整天往支队跑，你图什么啊？”二姐反问，“没事回家抱抱孙子比什么不好。哎……对，你离了是吧，绝户？哎，也不对，你不有一闺女吗？”二姐这一张嘴，真够损的。齐孝石听着都快压抑不住了。

“嗐，就是有个案子非您帮忙不可，得需要忙几天。”齐孝石缓着情绪说。

“你们是不是觉得我现在到档案室了，就闲了啊？嘿，我还告诉你，现在全市局正集中交卷呢。三四百本啊，十多个单位交上来的，有的小年轻订得那叫乱七八糟，我这还得给他们重新改了。翻啊，整啊，复印啊，你说容易吗……”二姐这话匣子一打开就没个完，齐孝石陪着她发泄了半个小时，才把这位奶奶送出门外。

“哎哟，这位说话，怎么总是揪人话把啊。跟她说会儿话，我都感觉胸口发闷了。”那海涛叹了口气。

“呵呵，我要的就是这样的人。”齐孝石乐了，“你别看二姐今天这样，她年轻时可是有了名的‘女快嘴’，1993年的潘韶玉杀父案、2002年的潘毅明惯偷案，都是她拿下的。现在呢，可能是更年期没更好吧，再加上一肚子埋怨，这嘴就更难惹了。睚眦必报，我要的就是她一句顶一句，能把人逼到死角的本事。”齐孝石不住地点头。

正说到这儿，门一开，老马走了进来。

老马一进屋，一缩身就窝在对面的沙发上，手里的核桃一转，一副爷的样子。

齐孝石和老马是老相识，叙旧似的问：“最近怎么样，挺好？”

老马一撇嘴，“嗐，瞎混呗。没辙。你说按着这公安局的规定，干到四十五就不能再往上走了，原地踏步，谁还愿意干啊。”老马拿出一包红塔山，飞手扔给齐孝石一根，自己也点燃，“你说我这五十多岁的人了，还是个‘正科’，一个月几千块银子，说出去都让人笑话。原来盼着能混个三十年提前退休吧，他姥姥的，现在还给停了，说什么还要延迟。”老马猛嘬了一口香烟，“不混怎么办啊？我这上有老下有小的，还跟小年轻的一样往上冲啊，我这糖尿病、高血压的，再干就成烈士了，我没了谁管我们一家老小啊。爱警办管吗？扯淡！”老马这一通埋怨，让齐孝石和那海涛都犯起哑巴来。

“没办法，谁让我们被活儿给逼到这儿了呢。”齐孝石明白，跟老马说话就必须推心置腹，要论玩心眼儿使家伙，老马不一定在自己之下。“这次我们就是求你来了，能不能再出次山，帮我们拿下一个硬骨头？”齐孝石态度诚恳。

“硬骨头？”老马一撇嘴，“鸡骨头还是猪骨头，啊？哈哈。”他自嘲地乐了。

“一油子，看着老实巴交，实则一肚子脏下水，我让经侦的一探长跟他交过一次锋，不行，干不动。”齐孝石说。

“呵呵……”老马吸了口烟，“行，连你‘七小时’都上门求我了，我再不给面儿也说不过去。但咱有话直说，我只能尽力而为，不管能不能啃下来，我问一堂就走人。”

那海涛一听这话，刚想再做劝解，却被齐孝石拦住。“行，老马，你就出山给我们问一堂，无论行不行，你问完就撤。”齐孝石承诺。

“得嘞，那就好。”老马说着就站了起来，他背起双手，嘎吱嘎吱地揉着核桃，往外就走。“哎，小那，审讯之前，你把对方的资料给我准备一份，再让经侦那探长跟我说说那小子的情况。”老马回头说了一句，这才走远。

“哼，这老家伙。你别听他说问一堂就走，他这是跟咱要老资格呢。”齐孝石转头看着那海涛，“谁能到这岁数再砸自己的牌子，搞预审的都知道，最裉节儿就是第一堂笔录，第一堂问不下来，再多几堂也没用。放心吧，他会全力以赴的。”

“咚咚咚”，门被敲响了。

那海涛站起来开门，门前站的正是老郭。老郭四十出头，人憨憨厚厚的，一进门就赔笑脸，“两位领导好。”

“别，老郭，是我们来麻烦你了。”那海涛这次主聊，他伸手示意老郭坐下。

“没事，都是应该的，领导让我干啥我就干啥。咱一农村人，本本分分的，别给你们捅娄子就行了。”老郭是山东人，说起话来口音很重。

“这活儿不简单，咱们对付的是一帮高智商的犯罪分子，不能光靠平常的预审策略，还要在打好审讯基础的同时，用一些其他的方法。”那海涛介绍着案情。

老郭听着，不住点头，“行，我就按你们说的路子办。”

“怎么样，现在家庭没什么困难吧？”那海涛问。

“唉……”老郭叹了口气，“媳妇没工作，孩子上学也成问题，一家三口就靠我一个人，困难谈不到，但生活不易啊。”老郭说。

那海涛和老郭聊了十分钟，越聊越不明白，师父怎么会选中这位敦厚朴实的主儿。

问完基本情况，老郭与那海涛和齐孝石握手告别，离开了房间。

“师父，这位……”那海涛停顿了一下说，“我看差了点吧。”

齐孝石看着那海涛的表情，噗嗤一下笑了。“呵呵，我看你呀，什么‘三斧子’‘四斧子’的，还是嫩啊。怎么着？你看着老郭这副德行就起了怜悯之心，就觉得他这人敦厚朴实，不适合这次预审攻坚了？”齐孝石反问。

“是，说实话，老郭这人从面相上看，确实是个老实人。但咱们搞预审的，老实人却往往在工作中不够出色。预审有时靠的不仅是兢兢业业、勤勤恳恳的老黄牛精神，更多的还是要依靠斗心斗智的随机应变能力。我看老郭这人差点儿，要论起本事来，我看还真不及刚才那两位。”那海涛给老郭下了定论。

“那你可错了，你真是低估老郭了。”齐孝石斩钉截铁地反驳，“你刚才问老郭的家庭情况，你还记得吗？”

“记得啊，他不是说媳妇没工作，孩子上学成问题，一家三口就靠他吗？”那海涛重复着。

“嗯，你记性不差。这说明什么啊？”齐孝石又问。

“说明什么？说明他家庭条件一般呗。”那海涛回答。

“唉……你让我怎么说你呢。”齐孝石一脸的恨铁不成钢，“我刚才翻过老郭的详细资料，根据五大队内勤留存的报销清单里显示，老郭每年报销供暖费就四千多块。”

“四千多块……”那海涛重复着，“啊？那如果按三十块钱一平方米的供暖费标准，老郭家有一百三十平方米以上？”那海涛惊讶地说。

“还有他的廉政档案申报表，我也看了。他媳妇现在是没正式工作，但自己做着买卖呢，开了两个餐馆，我估计一年收入也不会少。孩子上学是成问题，现在在国外啊。”齐孝石一语道破天机。

“哎哟……老郭可真是真人不露相啊。”那海涛感叹起来。

“你看你看，要不是咱们先看了他的资料，把他查了个底儿掉，大概都以为他是个杵窝子呢。在我选的这三个人中，老郭最油最鬼，他连咱们搞预审的都能给蒙了，对付那帮孙子，估计也能随机应变见招拆招。但老郭这人用归用，咱们还得防着点儿。”齐孝石说。

“防着？为什么？”那海涛不解。

“老郭这种人是典型的深藏不露。要说城府，他比你我都深。他老婆做着买卖，就免不了跟社会上形形色色的人打交道。老郭家里不缺银子，还能在公安局这么踏踏实实地窝着，说不好是不是别有所图。你看清他那身皱皱巴巴的衣服是什么牌子的吗？”齐孝石问。

“啊，我还真没注意。”那海涛越说越觉得心虚。

“B、O、S、S，我不懂这是什么牌子，但知道这是个名牌。”齐孝石说。

“BOSS？这牌子可不是警察工资能买得起的。”那海涛感叹。

“是啊，老郭拿名牌当破衣服穿，这才是大隐于市。这种人要用好了，能起到意想不到的关键作用。但如果用不好，则后患无穷。他这已经不算是聪明了，而是狡诈……”齐孝石不无担忧地说。

“选马”完毕，齐孝石和那海涛同罗浩握手告别。从明天开始，这三个人将会暂时被借调到那海涛的大队，主攻案件。那海涛启动汽车，再次向罗浩挥手，齐孝石不住地咳嗽，摇开车窗吐了几口黄痰。

“师父，你怎么了？没事吧？”那海涛关切地问。

齐孝石用手捂住胸口，一天的劳累让他疲惫不堪。“唉……”他深深地叹了口气，“老了，话一说多了就难受。”

“师父，似乎咱们还少了一个人。”那海涛说。

“是啊，对方四个人，咱们这里也还要找一个。把你那个小徒弟也叫上吧，我看他行。”齐孝石说。

“啊？您说的是……小吕？”那海涛诧异地问。

“对，就是他……”齐孝石说着就仰靠在座椅上，不一会儿就沉沉地睡去了。海城今晚的空气又是重度污染，汽车驶入浓浓的黑雾中，闪烁的尾灯渐渐消失。

田忌赛马

第二天清晨，在预审支队的保密会议室中，齐孝石、那海涛以及二姐、老马、老郭、小吕，都围坐在会议桌前。那海涛正操作着幻灯，给众人讲解着案情。

“这是四名犯罪嫌疑人的基本情况。”那海涛做着介绍，“犯罪嫌疑人A，姓名未知，曾化名沙伟，现化名宋涛，年龄在三十岁左右，现在潜伏在长城实业有限公司的财务部里；犯罪嫌疑人B，姓名未知，曾化名常骁，现化名肖一凡，年龄在三十八岁到四十岁之间，现在化身为长城公司的股东，负责行政工作；犯罪嫌疑人C，姓名未知，曾化名裴琦，现化名为田超，年龄在三十岁以下，潜伏在长城公司的办公室任职员；犯罪嫌疑人D，姓名未知，曾化名王凯，现化名为张楚，年龄四十岁左右，潜伏在长城公司保卫部。”

“哎，这么说，咱们现在连对手的身份情况还没掌握呢？”二姐插了话。

“是，这伙人作案是早有预谋的。从上次新时代公司的案件来看，他们会提前一段时间，使用虚假的身份，潜伏进目标公司内部，再伺机作案。”那海涛说。

“那他们的这些身份全是假的了？”二姐又问。

“对，全是假的，都是化名。”那海涛给出了肯定的答案，“但他们的这些虚假的身份，都在户籍网上可以查到，他们是套用了他人的身份证件。”那海涛做着解释，“比如宋涛，也就是原来化名为沙伟的人，他的两个身份从全国的人口系统中都有据可查。”那海涛操作幻灯片，调出沙伟和宋涛的身份情况，“但经过我们的核实，沙伟和宋涛这两个身份的真实人员都在原籍工作生活，这个犯罪嫌疑人一直在冒用他们的身份进行活动，而并不是完全虚构的身份。所以他可以持伪造套用的证件在全国范围内乘坐交通工具，也能躲避开公安司法的检查，这给我们的破案带来了很大困难。”

“他姥姥的，还真够深的。”老马揉着核桃感叹。

“现在他们分别使用化名宋涛、肖一凡、田超和张楚，潜伏在了长城公司的财务部、行政部、办公室以及保卫部。他们的目标很明确，就是使用类似的犯罪手段，像整垮新时代公司一样，从长城实业公司的内部寻找突破口，然后里应外合，将公司整垮、把名誉搞坏，直至将长城公司挤出市场上的商业竞争。”那海涛说。

“那他们的上家是谁呢？”老马问。

“我们怀疑是正毅集团的刘松林。”那海涛回答。

“刘松林？”老马听着这个名字似曾相识，“哎哟，就是十年前那个案子的主犯？”他突然想了起来。

“是，就是他。”齐孝石给出了肯定的答案。

老马默默点头，手里的核桃都停止了盘玩。

“我们通过市局情报中心的同志，从长城公司的内部获取了一些情况。”那海涛又操作起幻灯片来，“这段时间，长城公司正在与正毅集团竞争一个新矿的开采权。这两家公司数次交锋，各施所长，竞争得如火如荼。据《财经日报》等多家平面媒体报道分析，这两家公司的恶性竞争已经到了血淋淋的地步，照此下去，一旦资金链出现断裂，两家公司都将面临破产的危险。长城公司的总经理马保华，”那海涛调出了照片，“近期频繁与相关行政部门的领导在交涉,并多次在夜总会及娱乐场所密会个别领导。我们猜测,可能他就是这个团伙的下手目标,他们在搜集着马保华的行贿证据,一旦证据到手,就会公布于众,制造影响,甚至由正毅集团发起不正当竞争的诉讼。”那海涛说。

“照这么说,他们干的也算是惩恶扬善的好事啊。”老郭说。

“呵呵,你说得没错,从表面上看,也许他们这么做是在深挖蛀虫、打击腐败,但是有个事实我要提醒一下。”那海涛停顿了一下,以作重点,“介绍和怂恿长城公司总经理马保华行贿相关行政部门官员的人,正是宋涛,也就是曾经诬告新时代公司总经理陈沛职务侵占的,沙伟。”

“哦……这是高手的做法,把人往沟里带,再黑吃黑。杀人不见血啊。”老郭点着头,一认真起来,满脸的憨厚就消失不见了。

那海涛站起来说:“各位,咱们面对的,不是一般的对手,而是一帮精通心理学、体态语,甚至使用高科技设备的职业骗子。他们像蝗虫一样,破坏完一家公司后,就立即改头换面进入另一家公司。他们采取心理战,层层推进、步步为营,制造的陷阱一环套一环,毁坏目标公司的名誉,破坏目标公司的经营,直至搞垮对手。一旦得手,他们就会全部撤离,取证和审讯的难度非常大。从现在的情况看,宋涛等四个人都是老练的诈骗高手,他们都潜伏在长城公司的要害部门,已经瞄好目标,伺机而动。我们预计潜伏在财务部门的宋涛会制造事端,潜伏在办公室的田超会散布谣言,潜伏在董事会的股东肖一凡会扰乱视听、挤总经理出局,而潜伏在保卫部的张楚则会毁灭文件及监控录像等相关证据。这样一来,长城公司与正毅集团的竞争胜负,便不言而喻了。”

“天,这简直就是‘四大恶人’啊……”二姐倒吸了一口冷气。

“是,他们还真有点‘四大恶人’的意思。”齐孝石点头,“这几个家伙不白给,瞎话溜舌,能把黑的说成是白的,不动点儿真格的,还真拿不下来,所以才劳烦各位来帮忙。”齐孝石补充道,“咱们这次审讯的目的,不仅仅是通过预审的手段，查出他们的真实身份，让他们交代犯罪事实，更重要的是要挖出他们幕后的黑手，断了他们的根儿。当然，如果在审讯中发现有国家工作人员贪污受贿的线索，咱们也不能手软，一定要记录在案，移交给纪委或者检察院处理。”

“嗯，那现在咱们手里，除了对手的基本资料和简单情况外，还有没有其他的线索？特别是关于他们真实身份的线索。”老马问道。

“有一些,但还不成熟。”那海涛说,“我已经向市局领导申请了使用‘视频侦查’的手段。一旦领导审批通过，我将会安排我们大队的所有警力对涉案人员的生活区域及日常轨迹进行地毯式的搜索。通过这种手段，我相信一定能获取有价值的线索。”

“天，这个工作量可大了。”老郭深知视频侦查手段的复杂和烦琐。

“是啊，一旦使用视频侦查，先不要说涉及交通系统的违章摄像、涉及治安系统的治安摄像，还有商场、银行、物业等不计其数的摄像系统都需要去调取数据资料。”那海涛当然知道动用视频侦查手段的难度和烦琐程度，“但是没办法，要想抓住狐狸的尾巴，就必须付出成倍的努力。在各位审讯嫌疑人的同时，我们也会随时提供证据和线索的支持。”那海涛说。

“说实话，对付这四个人，咱们要以己之长攻彼之短，卤水点豆腐，一物降一物。就像田忌赛马一样，不是要比每匹马都跑得快，而是要取长补短，拿自己的强项去打对方的弱点。肖一凡，长城公司的股东，这个人的特点是傲慢、冷静，说话有板有眼，轻易不会打乱自己的节奏。而对于这样的人，就只有你上，二姐。”齐孝石开始点将，“你要利用多年来的预审经验，一句顶一句，打乱他的阵脚，让他没有喘息和重建防线的机会，首尾不能相顾。”

“哼，你是趁着我更年期，让我说话不饶人呗。”二姐自嘲。

“不是那意思。”齐孝石笑着摇头，“而田超呢，在四个人中最年轻，头脑灵活、为人狡诈、反应敏锐、善于诡辩，但同时有着自视过高、容易轻敌的缺点。对付他，就只有老郭了。”

“我上？”老郭愣愣地看着齐孝石，“这小子那么聪明，我哪对付得了啊？”

“行了，老郭，干掉他我就向领导申请，给你放假。”那海涛在一旁说。

“嗐，倒不是为了这，我是怕给你们搞砸了……”老郭补充道。

“砸了算我的，立功算你的。”那海涛说。

“还有一个人，就是张楚。他在长城公司的保卫部任职，这个人也很难对付，他看似忠厚老实，实则城府颇深。他在这四个人中年龄最大，在经侦小林与他初次交锋的时候，他使用了以退为进的方法，几乎把小林逼到了死角。这个人就只能交给你了，老马。”齐孝石说。

老马一笑，点了点头。“行，这王八蛋我接着，我就看不惯揣着明白装糊涂的，整天看着忠厚老实，实际上一肚子花花肠子。”老马说着，看了看身边的老郭。

“哎，老马，您这是话有所指啊。”老郭不高兴了。

“嗐，咱自己就别内斗了。”齐孝石说，“最后一个人，是这四个人的主犯，就是宋涛，也就是新时代公司案件中的沙伟。这个人最狡猾，手段也最诡异，他就像一条变色龙，遇事随机应变，数次逃脱法网。对付他的工作，就交给小吕了。”

“什么？我？”始终一言不发的小吕惊呆了，“齐……齐师傅……我……我……我……”小吕一紧张，结巴的毛病又犯了，“我……我……我……可不行……”小吕急得站了起来。

“坐下坐下。什么不行？怎么不行？”齐孝石严肃地说，“我告诉你小吕，这是一项重要的行动，也是咱们预审面临的重大任务。让你参加行动，我们没少琢磨，是经过深思熟虑的。我承认，你年轻、预审经验少、缺乏实战经验，但在座的哪一位不是一步一步从不会到会这么走过来的？谁是一张嘴就成为预审专家的？我告诉你，别犯怵，一上审讯台啊，甭管他是天王老子还是谁，咱都不吝！这项任务非你不可，你不但要上，还得全力把宋涛的口供给拿下来。回去好好准备，明天一早咱们就传唤这四名犯罪嫌疑人。”齐孝石把话封了口。

会议结束后，那海涛叫住了齐孝石。

“师父，对于其他三个人的分工我没意见，可小吕不行啊。”那海涛说，“我也算是他的师父，他的能力和水平我还是有发言权的。要说认真刻苦，小吕是咱们大队年轻人中名列前茅的，但要说起预审思路和手段来，小吕却还没入门。先不说使用预审策略和讯问方法，就小吕这结巴的毛病，也不适合与沙伟过招交锋。师父，你得考虑换个人，实在不行，就我上。”

齐孝石看着那海涛认真的表情，突然笑了，“呵呵，我当然知道你的顾虑，小吕的能力和水平我也略知一二，但是海涛，咱们既然是田忌赛马，就不能让所有的马都跑得比对手快。在预审策略中，还有一条，不知你是否记得，那就是以退为进、以弱胜强。这次审讯，最关键的对手就是宋涛，或者说是沙伟。拿不下他，就算其他人都撂了，也拽不出他们上面的罪魁祸首。所以小吕才是咱们进攻的重要武器呢，你呀，就等着看结果吧。”齐孝石胸有成竹。

“哦……”那海涛还是顾虑重重，“还有一点，师父，小吕曾经参与过审讯沙伟的工作，这次如果还让小吕面对沙伟，不，是现在的宋涛，不等于明了咱们的底牌了吗？”

“嗯，我也考虑过这个问题。”齐孝石点了点头，“但这也是没有办法的办法，咱们只要能保证那三个人不知情就行了。至于沙伟嘛，我想明了就明了吧。反正就算遮着藏着也早晚得露。有时到了山穷水尽的地步啊，就得拿死马当活马医。玩儿牌的时候明了底牌，要么就一败涂地，输得倾家荡产，要么就大获全胜，赢个盆满钵满。审人有时候也得有点赌性，对付沙伟这样的人，就得玩儿点儿意想不到的招数。”

那海涛还有些茫然，但觉得师父这样做，也一定有他的道理。这时那海涛的手机响了，是襄城公安局宁大队打来的。

“喂，宁大队……哦，哦，好，好，人找到了是吧，好……”那海涛答复着。

“谁啊？谁找到了？”齐孝石不禁问。

“嗐，是个其他的案子，跟这个案件没关系。”那海涛说着就站起身来，走出门外。

齐孝石看他遮遮掩掩的，也没在意。搞预审就是这样，许多案件都要背靠背地办理，再熟悉的人也要避嫌，不然一旦案件跑风漏气，谁也担不起责任。说到底，这是一种警察之间的保护措施。

那海涛走到楼道尽头，低声地问:“老宁，你是怎么找到邓楠的？啊……明白，哈哈，可真有你的。”他喜上眉梢，“那这么说，他早就从境外回来了，哦，和我预料的一样，肯定是通过非正常的方式，好，这就太好了！你效率可真高啊！你先帮我审审，等过两天我再去你那儿，对，现在手里有个案子，暂时走不开。”那海涛掏出一根烟，点燃，“还有，他被抓的消息一定要严密封锁，对，先刑事拘留吧……我想的是，要拿这个人走步好棋，呵呵，没准就是制胜的杀招儿！”他信心满满。

在开展视频侦查的第二天，市局领导批准了传唤四名嫌疑人的决定。传唤行动由林楠负责，齐孝石和那海涛在暗中指挥。他们没有以预审支队的名义出现，而是与第一次交锋一样，以经侦支队的名义开展审讯。令齐孝石等人奇怪的是，宋涛等四个人并没有逃匿或隐藏，而是依旧在长城公司按部就班地工作，似乎在随时等待着与警方的对决。二姐、老马、老郭三个人和其他的经侦警察制服齐整，将傲慢的宋涛等四人带上了警车。警车从长城实业公司一直到海城市公安局，一路上警笛大作，齐孝石是要让他们幕后的黑手看看，警方在以最大的决心宣战。

根据《刑诉法》规定，传唤的时间不能超过二十四小时。宋涛被两名民警带进了审讯室，再次坐在了冷冰冰的审讯椅上，他看了看腕上的手表，准确地在《传唤证》上签署了时间。他知道，从现在开始，已经拉开了与警察对决的大幕，此后的二十四小时之中，将决定着他能否再次获得自由。在上次经侦探长造访之后，宋涛征求过老板的意见，是否可以暂时隐匿，避过风头。但老板的意见很明确，要顶着风上。无奈，宋涛也只得赌上一把。

正想到这里，宋涛背后的门吱扭一响，他回头看去，发现进来的警察似曾相识。他大脑飞快地旋转，迅速地筛选和比对着对方的样貌，突然锁定了某个相同环境下的面容。

“呵呵……”宋涛打心底里笑了。

“你给我严……严肃点！”小吕一张嘴，气势就输了大半。

小吕强压着紧张，端坐在审讯台后，努力稳定着情绪，用淡定的眼神与宋涛对视着。只不过他的淡定，是强压后的伪装，而宋涛眼中的淡定，则由心底生出。

“姓名？”小吕严肃地问。

“宋涛。”他回答。

“真实姓名？”小吕再次问。

“宋涛啊，我不都说了吗，您没听清楚吗？”他笑了，看出了小吕额头上冒出的细汗。

“啪。”小吕用力地拍响了桌子，“我是问你真实的姓名！你不要心存侥幸。”

“您不相信我说自己叫宋涛，那您倒说说，我真实的姓名是什么呢？”宋涛竟然反问道。

“你……”小吕一愣，无言以对。

那海涛在监控室里看着小吕的举动，默默地摇头。他过早地暴露了手中的底牌，对宋涛（沙伟）这样的人，竟然先使用了拍山震虎。这样不但造成了出示的证据被过早否定，而且还暴露了自己的底细，从气势上也输给了对手。那海涛转头看了看齐孝石，他的脸上没有任何表情。

在另一间审讯室里，二姐正在对肖一凡破口大骂。

“我告诉你，你甭跟老娘这儿装孙子。还什么人权，什么法言法语的，我问你，你懂什么叫法言法语吗？你知道什么叫人权吗？”二姐连珠炮似的还嘴。

“我说了，请你放尊重些！”肖一凡生气了，“我怎么不懂法言法语，我是学法律出身的，你要再是这种言行，对我人身攻击，我一定会通过法律的途径控告你。”肖一凡好面子，当着其他警察的面被一个老女人这么骂，实在忍受不住了。

“哎哟喂，还学法律出身的？牛什么牛啊？清华还是北大的？我看你啊，充其量，也就是个大专毕业，还学法律出身的，可笑之极。”二姐撇嘴。

“我是政法大学的硕士，怎么了？有什么不对吗？”肖一凡随口说。

齐孝石在监控室里默默地记录：政法大学读的硕士。之后他将这条信息迅速转发给公安研究所的李博士，让他将肖一凡的头像在政法大学的学生库中进行搜索比对。同时他又再次致电视频侦查小组，进一步获取线索。

所谓的视频侦查小组，是设立在海城市公安局刑侦支队下面的一个新警种。顾名思义，就是利用监控摄像头进行侦查。至今，视频侦查小组已经连续奋战了两天时间，他们以四名犯罪嫌疑人所在的公司为中心点，依靠交通、治安、商场、银行、物业及其他民用摄像头的录像，以扩散的方式，基本分析出了这四个人每天上下班的路线和轨迹。除了预审支队的全体民警，市局领导又调集了二十名警力配合视频获取、检索，这项工作不但烦琐重复，而且工作量巨大。仅调取录像这一基础工作就要消耗大量人力，银行的监控录像一般保留三个月，物业的录像一般会保留半年，而公司呢，则没有固定的约束。在搜集到录像之后，还要让专人去连接串并所有录像之间的关联，以确定犯罪嫌疑人活动的轨迹。而功夫不负有心人，经过连续奋战，视频小组发现了肖一凡半个月前曾经到某银行的ATM机提款，经过调取这个时段银行取款的记录，视频小组最终确定了肖一凡，也就是常骁的真实身份：邓飞。

此时二姐的手中，就只有这一张底牌。从隐藏的耳机中，她还没等到齐孝石新的信息。她隐着、藏着、忍着，准备到最关键时刻再重点突破。二姐表面上像个家庭妇女，但在十年之前，可也是个闻名海城预审圈的辣手警花。

“哼哼。”二姐笑了一下，“还学法律的……瞧你这人模狗样的德行，样儿大了你！看着油头粉面，装得人五人六儿的，还挺像那么回事的，实际上一肚子男盗女娼，狗屁不如。”二姐一刻不停地糟践着肖一凡，让他怒火中烧。

“我不跟你说了，无可奉告。”肖一凡索性低下了头，做出一副死不认账的样子。

“呵呵，我问你什么了你就无可奉告，啊？”二姐语速极快，“我刚才是问你性别，你无可奉告啊？男的女的公的母的你自己不知道啊？你自己不知道就问问你爹妈，老家儿养你这么大了，一把屎一把尿给你喂大的，本指望你有点出息，没承想，这大了大了，别的没学会，倒学会耍三青子了。我看啊，不数落儿你几句，你还蹬鼻子上脸了，不知道自己姓什么了。长行市了？还拒绝回答……平时那大嘴一张不挺能白话的吗？怎么了？现在闷了？我看你是越活越抽抽儿了。”二姐嘴这个损啊，连一旁的书记员小周都快听不下去了。

“男。”肖一凡抬头回答，他感觉自己快被面前的这个女人逼疯了，“还有什么问题，你快问。”他不自觉地被二姐拉快了问答的速度，也不知不觉地陷入到了二姐的计策之中。

与此同时，老马正在和保卫部的张楚推心置腹。

“唉，要我说啊，老张，你这岁数也不小了，扛什么劲啊，累不累啊。”老马摇头叹气，“要说为了钱啊，仨瓜俩枣的，人家吃肉，你喝汤，人家放屁，你闻味儿，可怜巴拉的。有媳妇孩子回不了家，有银子也不敢花，大冷天儿的蹲个监控室，给人家干擦屁股的活儿。你丫冤不冤啊……”

张楚本来还想痛陈奋斗史以博得同情，不料老马一上来就把他要说的话都给说了，立马就闷了，不知道如何对答。他仔细地听着耳朵里塞的“助听器”，准备随时用科技手段去应对老马的挖苦贬损。

老马知道张楚耳朵上的东西有文章，但一点没拿那所谓的高科技当回事。他知道，这老祖宗传下来的中国话，学问可大了，一语双关、一词多义，从三国的时候就讲“谈笑间樯橹灰飞烟灭”，光靠这么个破玩意儿，大概只能对付像经侦小林那样的审讯棒槌。老马心里发笑，看着面前张楚可怜兮兮的眼神，想好好玩儿玩儿他。

“唉……”老马又是一声长叹，“兄弟，要论年龄，我长你几岁。”老马说起话来平平稳稳，每一句都像是推心置腹，毫无起伏。而张楚耳朵里的仪器，原理是依据对方说话的停顿和语气进行提示报警，对待老马这样的对手竟显得无计可施。“在当今的这个社会啊，咱们要是再讲理想啊信念啊，搞刚解放时那一套是不行了。但是我总觉得吧，要只是讲钱、讲关系、讲权力，那也不行。”老马开始说教，“就拿你来说吧，我审了这么多年的人了，说句不好听的吧，见人下菜碟这种功夫是最最基础的。你这个德行啊，满脸写着自怨自艾、人生经受过重大挫折，尤其是童年，肯定是在家庭、学校长期受到冷漠，自尊心严重受挫。你这种人啊，感情丰富、自控能力差、情绪波动大，但是呢，却恰恰要把自己的火啊气啊，都憋在肚子里，看见个比你高的人吧，屁都不敢放。小时候蹲坑擦屁股，一准让别的小孩儿往脑袋上扬土沫子，长大了坐上马桶了吧，嘿，在一个团体里啊，还最不得烟儿抽，人家挑好活儿，次次给你最苦逼的差事。”老马看似体无完肤地挖苦着张楚，实则却是有的放矢的心理分析。

张楚刚开始还隐忍住情绪，思索着反抗的手段，却不料竟慢慢听进去了老马的话。回想自己这几年的经历，在团伙中拿着最少的报酬，却干着最辛苦的工作，不由得心生悲凉。

审讯的原则是不打断犯罪嫌疑人的供述。而二姐呢，对付肖一凡的方法却是要随时打断，不断把他陈述的情况进行切分，从头到尾、从尾到头，随时验证是否存在矛盾。这让肖一凡感到发狂。

“好，我再问你，你父母叫什么名字，现年多大岁数？”二姐继续发问。

“我父亲……母亲……”肖一凡知道这些问题是不能说的，说了等于暴露了自己的真实身份，要是编造也会被公安机关调查出问题。

“爹妈的名字都忘了？”二姐夸张地说。

“我有权保持沉默。”肖一凡只能这样回答。

“哎哟，我说你这么大人了，爹妈叫什么不敢说，生了你这样的王八犊子可是倒了八辈子霉了，从小到大辛辛苦苦地拉扯，这长大了吧，一翻脸，让老家儿成了绝户了。”二姐连珠炮似的说。她的审讯方式正好和老马成了对比，一快一慢、一热一冷。

“那按照刚才你所说的，你入股长城公司的钱，来源是什么？”二姐一下把问题转移。

肖一凡一愣，觉得这样东一句西一句的问答实在是累极了。“我自筹的资金。”肖一凡回答。

“哪里自筹的，偷的抢的马路上捡的，还是自己赚的？”二姐问。

“当然是我自己赚的。”肖一凡努力顶住心中的火气。

“靠什么赚的？”二姐继续发问。

“做生意。”肖一凡回答。

“赚了多少钱？”二姐跳着问题问。

“五百万。”肖一凡至少还保持着冷静，记住自己投资的数额。

“用多长时间赚的？”二姐问。

“用三年时间。”肖一凡回答。

“你投到长城实业公司多长时间了？”二姐问。

“不到一年。”肖一凡惯性地回答。

“赚了多少？”二姐问。

“这……”肖一凡无言以对。

“你三年赚了五百万，要不是天天买彩票中奖，那一定是个好生意啊。”二姐挖苦道，“但你怎么就一下把以前的生意停了，转投到长城公司里了？告诉我，这是为什么？”

“这……”肖一凡无言以对。

二姐看着面前的对手，心里暗笑。他就是那种侥幸心理严重的人，这种人因为畏罪情绪的滋长，往往会用情感的冷漠对立来故作自信和傲慢。对待这种人最好的方式，就是打乱其阵脚，攻其不备，击其要害。

齐孝石看时机到了，就指示身边的民警依计行事。

二姐正问着，审讯室的门突然打开，进来一个民警。那个民警在二姐耳边窃窃私语，二姐的表情骤变。她看了看肖一凡，激动地站了起来，随着民警走出了审讯室，这一出去就是四五分钟。

肖一凡顿时惶恐起来，不知所以。等二姐进来的时候，肖一凡虽然依旧表情冷漠，但心却提到了嗓子眼儿。

二姐面对着他，沉默着。审讯室里异常安静，一根针掉在地上的声音都能听见。肖一凡重重地屏住呼吸，感到浑身寒冷，时间都仿佛凝结了。突然，二姐猛地喊了一声：“邓飞！”

肖一凡一愣，不由得直视二姐的眼睛。

“还不说实话是吗！人家都把你给供出来了，你还替人家瞒着！”二姐怒了。

肖一凡不再冷漠傲慢，浑身如筛糠般颤抖。

“哎，我说你是哪儿的人啊？”老马循序渐进地问。

“我是……我是……”张楚被老马拽着思路，一时竟没衔接起谎言，“我是河北省唐山人。”

“哦，唐山人……”老马点头，“‘这家伙雷子’，跟额这弄一‘晌活’，‘瞎白六九’的，额是不‘答趁’你……”老马突然亮出了唐山口音。

张楚张口结舌，一句也答不上来。

“哎……我该说你个啥？自己老家话都听不懂，你可真是儿媳妇的肚子——装孙子，瞎话都编不利落。”老马是个典型的老油条，他熟知怎么察言观色、见人下菜碟，一张嘴就地方俚语，一语双关，给张楚刨了半天坑，为的就是这一铲子给他埋了。“遇到你之前啊，我一直觉得自己挺傻 × 的，要房没房，要地没地，工资没多少，干活儿还不轻省。但今天看见你啊，我倒觉得自己挺幸福的，挣得不多但起码敢花啊。而你呢，有房有车有存款，有的时候不敢花，等敢花的时候又进去了，花不了了。照现在人民币这个贬值速度，等你出来了，估计这三居室都缩成一居室了，孩子也指不定管谁叫爸爸。”老马撇着嘴说。

张楚自知失误，低头不语。老马边说边在审讯室里溜达，说着说着就转到了张楚身边，趁他不备，一下把他耳朵上的仪器拽了下来。

“哎，你！”张楚顿时惊慌失措起来，眼神中沉稳烟消云散。

“别急，急什么。”老马用手拍了拍张楚，转手把仪器戴在了自己的耳朵上。他缓步回到了审讯台后，不慌不忙地说：“你知道，我跟你说话有种什么感觉吗？啊？”

张楚紧盯着老马耳朵上的仪器，不敢说话。他知道，一旦自己说话的语气和语速出现问题，仪器就会报警。

老马看出了他的顾虑，就接着说：“我跟你说句实话，我啊，就觉得你这么扛没意义。刚才跟你说了那么多废话了，其实只是在向你阐述一个观点，那就是希望你主动承认，自己说出问题。我呢，也会把你的供述如实地往笔录上记，算你主动交代，等到了法庭上啊，也算你有个好态度。你要是不听我的劝，哎……也无所谓，那我就给你下狠家伙，你也别怪我不仗义。”老马的语速开始加快，语气也加重了，一边说一边用手指的关节敲打着桌面。

张楚愣愣地看着老马，不知道下一步该如何反应。

“我也不跟你这儿浪费时间了，瞎他妈裹乱，你还跟我这儿抖机灵。”老马脸往下呱嗒一拉，“我已经跟领导请示了，要是问不出你的姓名，就把你的头像放在电视台的《法治进行时》《警情播报》那些节目上，也不说你是犯罪嫌疑人，就说是失踪的人口，几天前在派出所门口被发现了，痴傻呆茶，喝粥往下流汤儿、拉屎不脱裤子，向全国发布通告寻找你的家人。要不就索性给你发个意外死亡的通报，说你丫大头朝下沁死在粪坑里了。我就不信，没人能认出你来！”老马说着说着，突然就拍响了桌子，“怎么着！说不说！两条路你想怎么选！”

“我……我……”张楚猛地抬起头来，额头冒出细汗。

“怎么选！我问你！”老马继续强逼。

“我……我认……我认……”张楚说着，就低下了头。

“给他点支烟，让他好好说。”老马吩咐旁边的书记员。

张楚接过烟，狠狠地吸吮，缓缓抬起头，“我说。我是受宋涛领导的，他原来叫沙伟。但是，我真的不知道他真实的身份。”

老马捂着耳朵上的仪器，停顿了几秒说：“行，把他这句话记下来，是真话。”看来老马已经学会使用高科技的设备了。

体态语实际上就是讯问中无声的语言，老马在审讯中用体态语吸引着嫌疑人的注意力，然后突发奇招以退为进。就像驯兽一样，海豹表演得好，就给喂鱼，狗熊表演得好，就给吃老玉米，而如果演得不好，就皮鞭责罚。此时的张楚，已经彻底退化成老马手下的一只驯兽了。

老郭审讯得也很顺利。他不想多费力气，就一直有话没话地跟田超拖着，按照齐孝石设计的预审方案，他要以弱胜强，在老马或者二姐拿下首战之后再做出攻击。

田超不到三十岁，一张嘴说话就眼珠子乱转，一看就是精明在表面的低等货色。他看老郭满脸的憨厚朴实，压根儿没把这警察放在眼里。

“警官，我看你们连我的身份都没弄清，那凭什么抓我啊？这还是法制社会吗？”田超叫嚣着。

“嗐，小伙子，你看我这不也是没办法吗？”老郭继续示弱，“你是不知道啊，现在呀，这警察是越来越不好干了。你看你年纪轻轻，开好车、住大房子，在公司还是个白领。而我呢，老婆没工作，孩子上学也费劲，一家三口挤在一个一居室里，干了将近二十年吧，还是个普通老百姓。”老郭表面上是倒着苦水，实则是一点一点地逗对方说话。

田超看老郭满脸苦相，渐渐放松了警惕，心里暗暗得意。“嗐，我说警官啊，你也是想不开。”田超打开了话匣子，“现在这社会谁还端铁饭碗啊，傻不傻啊。有能力就出去闯，凭本事吃饭，靠能力挣钱。不是我吹牛，我现在不但能让自己过好，还能改善爹妈的生活。你说我爹妈，一辈子没出过国，好，那我就送他们出国，新马泰转一圈。不够？那就接着去欧洲。挣钱为了什么啊？不就是为了花的嘛。攒着？那只能便宜银行了。”田超毕竟是年轻，一遇到软的就摇头晃脑、得意扬扬。

齐孝石看着监控想乐，心想这老郭真不是善茬，刚开始不到十分钟就摸出了这小子的底细。

“喂，林楠，我是老齐。”齐孝石拨通了手机，“是这样，还要麻烦你们经侦，马上调查一下嫌疑人 C 在各银行使用田超、裴琦这两个姓名的银行卡记录，着重查找银行卡中的汇款情况。是，按月汇款或者定期汇款的那种，查到收款方姓名之后立即报我。多谢了。”齐孝石知道，就算嫌疑人 C 能隐匿自己的真实姓名，但长城公司每月给他发的工资，可是要打在田超这个名下的。

老郭不住地点头，“嗯，真是个孝子。爹妈没白养活你。那你现在在长城公司的办公室干个文员，不是大材小用了吗？”老郭的眼里透着诚恳。

像老郭这样的人，要不是齐孝石这样的老油条，一般人是很难对他产生怀疑的。这就正应了老话中的那三重境界：开始看山是山、看水是水，后来看山不是山、看水不是水，最后看山还是山、看水还是水。老郭就属于到了那种“看山还是山、看水还是水”境界的人，虽然满嘴瞎话，但让人听了却比真话还真。

“唉……没办法，先干着吧。”田超第一次叹气，被老郭戳中了心里的怀才不遇。

老郭知道时机到了，就准备开始下一步动作，逆着刚才的情绪来。

“那你现在一个月能挣多少钱啊？”老郭问。

“啊？现在啊。”田超犹豫了一下，“嗯……也就五千多块吧。”

“哎哟，那可不多啊。”老郭的劲头起来了，“我听你说了半天，还以为你有多大能耐呢，原来也跟我挣得差不多啊。”

“我……”田超语塞，刚才一脸的自信顿时哑了火。

“那我还是好好干警察吧，你说你吹了半天，什么又靠本事吃饭、靠能力挣钱啊，又送什么爹妈出国，切，真的假的？”老郭满脸不屑。

“我也不光指着这份工资。”田超反嘴，他是典型的那种见了尿人压不住火的性格，现在看可怜巴巴的老郭抖起来了，心里是一百个不愿意。

老郭看着他想笑，心想这个小子就是那种典型的缺乏辩证思维能力的人。这种人认识上武断，带有片面性，而主观上却总想能自圆其说，让别人信服。对待这种人啊，就要竖一根杆子，引着他往上爬，等他爬到杆子顶了，再釜底抽薪，挖坑埋人。

“啊，我说的呢，你还有外快啊。那你除了工资，还靠什么挣钱啊？”老郭“毁”人不倦，继续引他上杆。

“我……”田超不知该如何作答。

“哼哼，我就说你是说大话呢吧，还不指着这份工资……”老郭不屑地笑了起来。

田超脸憋得通红，不假思索地说：“我给别的老板打工，人家另给我一份钱，怎么了？”

老郭看时机到了，就不带任何语气，缓缓地说：“哦……给别的老板打工，干啥啊？”

“我凭什么告诉你。”田超在这个问题上是绝对不糊涂的。

“你同事都说了，就是到人家公司里捣乱，是吧？”老郭用憨厚的眼神紧盯着田超。

田超愣住了，张大了嘴却没发出声音。

“人家都说了，你还在这儿憋着。邓飞，你认识吧？”老郭已经从暗藏的耳机中听到了二姐审讯出的肖一凡真名。

“什么？”田超慌了，顿时手足无措起来。

“还有王志宇。哦，对，你都不知道他们的真实姓名，是吧？”老郭这句是在猜测他们之间的关系，但不料一语中的。田超果然不知道常骁、肖一凡的真实姓名是邓飞，也不知道王凯、张楚的真实姓名叫王志宇。

“我……我没什么可说的。”田超摇头，准备死扛。

“那好，那我们就埋你一个人，给他们从轻的机会，算你拒不交代。”老郭说着就站了起来，“唉……我看你出去怎么跟赵全生交代吧……”老郭说着就收拾笔录，往审讯室外走。

“哎……郭警官，郭警官。”田超急了，他一下从审讯椅上站了起来，“我……我说，我说……”老郭刚才说的赵全生，竟是他亲生父亲的姓名，而此时他怎会知道，面前的警官根本还未查询到这个姓名与他之间的关系。

“你们……怎么知道……我爸的名字……”田超问。

“别废话，你到底说不说？”老郭一改满脸憨厚的表情，“我最后给你一个机会，你说，我就陪你把笔录做完。不说也无所谓，你自己放弃主动承认的从宽机会，那也怪不得我们。”

“我说，我说，我叫赵强。”田超说出了自己的真实姓名。

齐孝石看着监视器笑了，他再次拨通电话，“喂，林楠啊，不用再去追查赵全生的情况了，嫌疑人C认了，那是他爹。”

预审里讲究，审讯对象“拖、瞒、骗、赖、扛”，预审员就要“敲、拍、点、缓、突”，正所谓兵来将挡水来土掩。好的预审员都是引而不发，先从横轴纵轴入手摸清对方的底，再以退为进、原则发问，随时埋雷，引对方上钩。待对方上道儿了，或欲擒故纵、引蛇出洞，或拍山震虎、釜底抽薪，一边打着外围，一边高歌猛进，最后一举突破，拿下口供。

经过调查，化名为裴琦、田超的犯罪嫌疑人赵强，是网上通缉的要犯。别看他年纪轻轻、貌不惊人，却在几年来多次冒充领导秘书，不但骗吃骗喝，还以能帮助他人调动工作、介绍生意之名，诈骗了上百万资金。要不是碰上预审员老郭，一般人很难轻易将他突破。

齐孝石明白，老郭对田超的审讯，实际上连百分之五十的能力都没使用出来。

“师父，这两人就算拿下了。”那海涛说。

“嗯，这才刚刚开始。”齐孝石说，“从现在的情况看，化名田超的赵强是网上在逃要犯，几年来作案不下一二十起。而王志宇看似忠厚，竟也是在外省有过案底的诈骗高手，据市局情报中心的反馈，他曾经以小博大，黑吃黑地赢了某个赌场几十万元，要不是因为赌场的人满世界地找他，也不至于投靠到沙伟的门下。这两个人，都不是等闲之辈。”

“是啊……”那海涛默默地点头，不禁又担心起小吕来。

这时，老郭信步走进了监控室，他面沉似水，毫无大获全胜的兴奋。齐孝石知道，老郭内心的稳定和审讯的手段，不在自己之下，又不由自主地想，幸亏这个人是站在了自己的阵营，如果有一天成了对手，那后果真的不堪设想。

恢复憨厚的老郭跟齐孝石和那海涛一一握手。“两位领导，我可以回去了吧？”他谦恭地问。

只有小吕，在审讯中崴了泥。

无论是在如今的宋涛，还是在昔日的沙伟面前，小吕都不是对手。他还是嫩，无论从气势上还是策略上，都始终处于下风。

首先从预审策略上，小吕就犯了关键性的错误，过早地使用了手中的底牌。对宋涛（沙伟）这样的人，直接用拍山震虎，不但暴露了自己的底细，还失去了再次发力的机会。

宋涛坐在审讯台下，仰头直视着小吕，目光像利剑一样，仿佛要刺进他的心脏。小吕全力应对着宋涛的眼神，但心里却越发紧张起来，额头上冒出细汗。

那海涛紧盯着监控器中宋涛的表情，心里暗自为小吕捏了一把汗。这是他第一次看到宋涛，不，第一次看到沙伟这个眼神，与之前看到的懦弱卑微简直是天壤之别。突然，宋涛转眼直视着审讯室的监控器，似乎在向屋外的监控者宣战。那海涛看着那双眼睛，一种寒意不禁蔓延全身，他下意识地看了看不断振动的手机，用手摸了摸齐欢那张调皮的大头贴。

“我告诉你，你现在的态度是不珍惜公安机关给你的机会。”小吕试图通过说教让宋涛认罪，显然是不切实际的。

“呵呵，既然我的罪行你们都清楚，那就请你说说吧。”宋涛反客为主。

小吕的脸憋红了，一时间不知该如何下手。

“你之前在新时代公司冒用沙伟的姓名，现在又使用宋涛的假名在长城公司潜伏。你说，你这是什么行为？”小吕拍响了桌子。

“啊？什么行为？”宋涛皱起了眉头，“你告诉我啊，就算我使用的都不是真实姓名，那我犯了什么罪啊？违犯哪条法律了？你们能怎么处罚我呢？够刑事判决的标准吗？”宋涛连连发问。

“你……”小吕不知如何回答。

“再说，你是怎么认定我就是你所说的那个沙伟呢？”宋涛说到了关键问题，“只是通过样貌吗？那太可笑了，这大千世界，长得相似的人不计其数，难道长得像也是犯罪吗？笑话。”宋涛诡辩。

“我们，有你的照片！”小吕反击道。

“哎，警官，现在的证据可不能这么搜集啊。”宋涛摇头，“只有照片能证明什么呢？无非还是说明我与那个人长得相似嘛。要按我说，你所说的那个宋涛，没准还是我失散的孪生兄弟呢，要不这样，你先把那个沙伟找到，然后让他和我一起抽血，做DNA鉴定，我们要真是兄弟，还得感谢你呢。”宋涛狂妄地笑起来，耍弄起小吕。

小吕急了，再次拍响了桌子。齐孝石看着监控，知道小吕的审讯已经彻底失败。但他心中却雀跃着，等待着宋涛进一步中计。

“告诉他，他的同伙已经认罪了。”齐孝石对着麦克轻声说。那海涛在一旁诧异，不知师父这样做是什么目的。

“我告诉你，你的同伙已经认罪了。”小吕斩钉截铁地说，仿佛找到了致命武器。

“啊？同伙？”宋涛皱眉。他心里有底，在他的团伙中，是没有人知道自己的真实身份的。像宋涛（沙伟）这样的变色龙，别说是小吕，就是齐孝石、那海涛上阵，也不一定能首战得胜。小吕无论怎样使用策略，在宋涛的眼睛里都似乎是透明的。此时的宋涛不但不会让小吕得到任何的线索，反而要通过反制，从小吕那里获得自己想要的东西。首要的，就是这帮警察怎么会知道他们四个人潜伏在长城公司。

“你说的是哪个同伙？”宋涛做出反问。

“是……”小吕一张嘴，又把答案咽了回去。他可不会忘记，在审讯之前，齐孝石千叮咛万嘱咐自己的话：“千万不能把预审的内线肖一凡，漏出去！”

齐孝石让小吕参与这次审讯是有深意的，而且小吕在此次的攻坚中，还是个任何人都无法替代的致命武器。那海涛听到这里，才明白了其中的玄机。是，谁也不能否认，小吕在这几个预审员中，无论是预审策略还是讯问方法，都不可能是宋涛的对手。齐孝石曾经说过，田忌赛马，是不能要求所有的马都跑得比对手快的。在预审策略中，有时要以退为进、以弱胜强。那海涛彻底明白了，齐孝石这哪是要让小吕当预审员啊，简直就是要拿他当一个致命的病毒，让宋涛（沙伟）在反客为主的攻势中，套出小吕自以为真实的信息。那就是“现在的肖一凡，以前的常骁，才是出卖他们的罪魁祸首”。这个方法太高明了，那海涛不禁暗叹。

与那海涛猜测的一样，在审讯之前，齐孝石好好地跟小吕谈了一次。他告诉小吕，这次审讯的最关键对手，就是宋涛，在审讯中一定要谨慎应战，见招拆招，绝不能失败。齐孝石越是这样说，小吕就越紧张。他本来就不自信，再加上巨大的精神压力，导致一开始审讯就发挥失常。而这一点，恰恰是齐孝石最想看到的结果。齐孝石又告诉小吕，此次之所以发现这四个嫌疑人的藏身之地，正是由于他们中间嫌疑人 B，也就是肖一凡（常骁）的主动供述，这次行动虽然也传唤了他，但这只是为了保证他的人身安全，不得已为之的掩人耳目招数。在审讯中，绝不能暴露出肖一凡的卧底身份，一旦暴露，警方的计划将会全盘皆输。这是齐孝石最高明也最狠辣的手段。他当然明白，自己不该对小吕说谎，但事到如今也是不得已而为之，二姐太暴、老马太油，而老郭则太有城府，这几个人审讯其他的嫌疑人还游刃有余，但在高智商的宋涛（沙伟）面前，却都不是对手。人说谎是简单的事情，但说谎不被别人识破则是大有学问，正如那句老话说的，说谎容易圆谎难，你一旦说出了谎话，有时就要用更多的谎话去掩盖、去伪装，到头来总难免会露出马脚。所以，齐孝石对小吕说出了看似真实的谎言，让小吕把谎言信以为真，再以小吕为媒介，将这个谎言输入到宋涛的心中，就好像是将一个计算机的致命病毒，输送到对方的核心系统中。小吕怎会知道，自己才是这个行动中的绝命杀招，是一个置对方于死地的夺命病毒。

“这个你没权利过问。”小吕避开宋涛的疑问。

“哎，警官，您刚才不是说了我的同伙已经承认了吗？现在又说我无权过问了。我倒想知道，到底是谁。”宋涛开始反击，“是田超吗？”他问。

“你，有什么权力这样问我？”小吕反驳着。

宋涛紧盯着小吕的眼睛，继续发问：“那就是张楚！”

小吕一言不发。审讯变得滑稽起来，坐在审讯台后的小吕，似乎和坐在审讯椅上的宋涛调换了位置。

“嗯，那我知道了，那一定是肖一凡了！”宋涛斩钉截铁地说。

小吕一愣，想说话却又闭上了嘴巴。他努力克制住自己的紧张，脑海里不可抑制地回响着齐孝石说的那句话：“千万不能把预审的内线肖一凡，漏出去！”

宋涛看着小吕的表情，似乎找到了答案。“呵呵，我就是开个玩笑，我同他们都不熟悉，哪里谈得上是同伙。”他岔开了话题。

小吕惊魂未定，但他知道自己此刻必须保持镇定。“宋涛，既然你这样顽抗，那我看也没什么机会可以给你了。”小吕决定放弃此次审讯。

“哎，警官，你这么说我可不明白了。我怎么就顽抗了？你给我什么机会了啊？”宋涛抬起头说，“你们在没有证据的情况下，不但抓了我，还抓了我们公司的田超……肖一凡……张楚……”宋涛果然厉害，他故意再次说出三个人的姓名，再次窥探起小吕对这三个人的反应。

小吕努力克制着紧张的情绪，但在不经意间还是与宋涛对视。这一眼，就连他自己都觉得，肖一凡已经被彻底暴露了。

宋涛从小吕眼神中的惶恐和不安，再次印证了答案，也不再多说什么，仰起头，任进门的民警把他押出审讯室，扬长而去。

监控室里一片沉默，所有人都觉得小吕彻底失败了，只有齐孝石在紧咬着嘴唇，暗暗叫好。小吕成功地把谎言传输给了宋涛，这将成为瓦解这个高智商犯罪团伙的关键一步。面对如此狡猾的敌人，有时不但要进行硬碰硬的殊死搏斗，还要使用以退为进和弱者取胜的绝地反击。小吕，这个看似最弱的力量，反而是捣毁敌人老巢的致命武器。在战斗中，敌人越是低估他、轻视他，他的战斗力就越会加强、破坏力就越是巨大。

那海涛看着身边的齐孝石，佩服得五体投地。他深知，此刻小吕对宋涛（沙伟）输送的病毒，就像美国电影《独立日》里的高潮情节一样，即将到达敌人阵营中的母船和神经中枢。这个招数与对方这个高智商的犯罪团伙如出一辙，那就是从敌人的内部寻找突破口，由内至外地爆破。齐孝石这手老辣狠毒，直指犯罪团伙的存在底线，将重击他们的攻守同盟。

小吕失落地走进了监控室，一见到齐孝石，失落、羞愧、自责一股脑地化为眼泪。齐孝石冲二姐、老马等人摆了摆手，示意他们离开。

在审讯室就剩下他们两个人时，才对小吕说:“你的失败，奠定了日后成功的基础。像宋涛这样狡猾的嫌疑人，不要说是你，就是换作我或者你师父那海涛，也不一定能审讯成功。没事，以后咱们还有的是机会，你要再接再厉。”

小吕缓缓抬起头，还是抑制不住伤心。“但是……齐师傅……我想，宋涛他似乎……”小吕欲言又止，“他似乎察觉到了肖一凡是咱们的内线。”

“没事,这事儿他早晚得知道。”齐孝石笑着回答,抑制不住内心的激动。

沙伟没想到自己会被公安局释放，而且时间还不到二十四小时。他在门口等着，直至深夜，才看到常骁也走出了大门。

“就你一个人出来了？”沙伟走到常骁面前，冷冷地问。

“不是还有你吗？”常骁反问。

两个人在公安局门前的黑暗中对视着，时间仿佛停滞。

“让你填写特情表了？”沙伟问，他所说的特情表，是公安机关发展特殊情报人员的一种表格，一旦填写了，也就成了公安局的特情，也就是香港电影中的所谓“线人”。

“填了。你这么问看来也填了？”常骁反问。

“呵呵……”沙伟的笑意味深长，“我没填，他们想让我填，却又觉得不合适。”

“为什么？”常骁问。

“因为他们不知道我的真实姓名，填了也是白填。”沙伟回答。

常骁一愣，意识到自己承认得太早了。

“你的真实姓名被他们发现了？”沙伟继续问。

“我……”常骁顿时语塞，“当然不会，他们只知道我叫肖一凡。”常骁坚定地说。

“哦……那就好……”沙伟似乎并不想点破。他是团伙中老辣的变色龙，虽然在刚才引出了预审员小吕的实情，但仍不会完全相信。这些年来，他靠编造谎言去博取生存，除了真金白银的钞票之外，他已经习惯了不去相信任何不确定的事物。他试探常骁，为的是看警方是否在对自己使用离间计。

沙伟又停顿了一会儿，拍了拍常骁的肩膀说：“走吧，累了一天了，先回去再说。”他说着就从口袋里掏出口罩，用双手戴上。

常骁点点头，刚没走多远，又停住了脚步。“你……问我这些是什么意思？”他说。

“哼哼……”沙伟在黑暗中笑着，身影被路灯拉得狭长。他用眼睛直直地看着常骁，让人感到不寒而栗。他缓缓地说：“你的表情告诉我，你在害怕……”

“我……怎么会！”常骁彻底否认，“你……你别中了警察的离间计！”

“邓飞……”沙伟说出了常骁的真实姓名，“你放心，即使他们知道了你的真实姓名，也无法给你定罪。”沙伟说，“再说，就算你向警察坦白了，背叛了我们，也无法把我供出来。因为你根本就不知道我的真实身份，也不知道我上面的老板是谁。不是吗？”

“你……”常骁听到自己的真实姓名，似乎被人揭开了身上安全的伪装。他不知该如何回答沙伟的问题。“你这么说是什么意思？难道是在怀疑我？”常骁看不清沙伟的表情。

“呵呵，谈不到怀疑，但算是种告诫吧。”沙伟隔着口罩冷笑，“他们之所以释放我，是因为没有一点证据能够抓我。只要我不落马，就算田超和张楚暂时被拘留，也迟早会被释放。”沙伟又停顿了一下说，“而你，也一定要记住。这件事扛住了咱们就能安然无恙、平安度过，而一旦扛不住，就会一损俱损、彻底完蛋。”

常骁痴痴地点着头，面对眼前这个比自己小将近十岁的年轻人，竟一句话也不敢反驳。

釜底抽薪

夜很漫长，白天的喧嚣是对寂寥黑夜的嘲讽。在广袤的沉默中，回忆成了仅供消遣的方式，任思想漫无边际地在往事中游弋，那么历历在目，又那么不真实。失眠是这个世界上最可怕的东西，能让你失去方向、失去力量，陷入彷徨与忧伤。齐孝石换了无数个姿势，却仍然会被随意一个轻微的声音惊扰。他不知第几次从床上爬起，翻找出火机，默默地把香烟在黑暗中点燃。他不知所措,再也找不到白天在警队时的睿智与自信。他从抽屉里拿出一张纸，默默地注视着，宛如雕塑，又打开灯，翻看床头的日历。

冷风在吹，隔着玻璃，能看到窗外的树影婆娑，像一个施法的巫婆。齐孝石红着眼睛，走到窗前，看着远方灯火通明的城市夜色，不知道这样的日子还能坚持多久，自己还有多少时间可以挥霍。每当独处，那些往事便会像泛黄的画片儿，接踵而至，像混合着尘土气息的沙尘暴，裹挟着沧桑与疲惫，瞬间将自己吞没。时间从不曾停止，一分一秒地倒数，像香烟一样渐渐燃尽，直至化作一缕青烟，云消雾散，不见踪迹。

这个城市没有变，无论是街道拆迁、大楼崩塌，还是地址消失、人群老去，城市还是那个城市，冷漠地见证着所有人的悲欢离合。我们变了吗?

是成熟了还是衰老了？每一次的失去都无法用获得填补。人们自欺欺人地宣扬着内心的精神力,以为可以战胜身体的衰老。但面对美丽的朝霞和夕阳，我们还会欢呼雀跃吗？在达到目的时，我们还会兴奋不已吗？谁还会为一个女人的眼眸而彻夜难眠？谁还会为了一句承诺而坚守终身？不会了，再也不会了。我们已经为欺骗付出过沉重的代价，不再相信美好的东西会永远保鲜。我们的苦恼不再是昏昏欲睡，而是异常清醒的无法安眠。我们反而以难得糊涂为荣，实则是想逃避着现实的寒冷。我们不再去揭穿对方的谎言,害怕叵测的内心赤裸相见。我们一次次失望,一次次降低心中的底线,恐惧大起大落，厌倦跌宕起伏。快乐如蜉蝣一般，朝生夕灭。我们宁可在自闭的囚牢里终老，也不愿再去展翅飞翔，因为那弱小的翅膀曾被无数次折断，飞得再高，也会坠落谷底。

“一间茅屋在深山，白云半间僧半间；白云有时行雨去，回头却羡老僧闲……”齐孝石想起了这首古诗，本以为这该是自己退休生活的写照，但现实与想象永远是大相径庭。

清晨八点，那海涛在上班之前便坐在了审讯室里，有个小案子放了好几天了，再不抓紧审讯就要过了时限。预审员就是这样，大案子要审，鸡零狗碎的小案子也要兼顾。预审和刑警不同，主动出击的机会不多，坐堂问案是家常便饭。

那海涛一进审讯室，就闻到一阵熏人的烟味，再加上没开空调，审讯室就像一个阴冷的地窖。犯罪嫌疑人二十岁出头，是个黑道上的愣头青，外号叫二刚子。那海涛面对这个不疼不痒的案子，有些心不在焉，又加上连日的疲惫，审这个嫌疑人是一没拉提纲二没做功课。他拿出一根烟，点燃狠狠吸吮，仿佛要借助这个兴奋剂来摆脱疲乏。

“抽吗？”那海涛对那个二刚子说。

二刚子摇头不语。

“呵呵，还挺有个性。”那海涛不屑地说，他掏出手机看了看时间，就将手机关闭了。监区里没有信号，倒不如关机省电。他默默地注视了一会儿屏幕上齐欢的照片，想象着审讯室外的温暖阳光，身体慢慢有了暖意。

“我们是海城市公安局预审支队的民警，根据《刑诉法》之相关规定对你进行讯问，希望你如实交代自己的行为，争取从轻的机会……”那海涛例行公事地说着，“听懂了吗？”

二刚子把身体往后一靠，一副要杀要剐悉听尊便的样子。

“嘿，行，是老炮儿了？”那海涛笑着问。

“哼，爷爷我三进宫都拐弯了，怎么着吧？”二刚子回答。

“哎哟，还真没看出来。”那海涛装作惊讶，“好，那咱就直来直去，没必要拐弯抹角。”那海涛拿出厚厚的三本案卷，哗啦哗啦地翻动起来。书记员用余光看着，那海涛翻的那些案卷根本就不是什么证据，而是装订好的废纸。“从你犯的哪件事开始说呢？”那海涛用起了策略。

阳光灿烂，在这个冬日没有雾霾、远离寒冷，简直是一种天大的恩赐。

齐孝石在公园里百无聊赖地闲坐，一群欢乐的孩子从他面前跑过，却一点也驱散不了他心中的痛苦。他点燃一根烟，刚吸了两口就捂住胸口，剧烈地咳嗽，这才把那支烟狠狠地踩灭。阳光耀眼，昨夜的失眠让他迷迷糊糊、浑浑噩噩。齐孝石捂住被咳嗽震痛的胸口，不知怎么的就泪流满面。他不想让别人看到自己的脆弱，只是在无声地抽泣。他一旦失去了案件的忙碌，就茫然无措，仿佛失去了生活的重心。他无法欺骗自己，这些年来，他没有朋友、没有爱好，在灵魂深处，他极其孤独。就这样，齐孝石久久地停滞在公园的长椅上，并不和身边的老人一起唱歌跳舞、下棋遛鸟，直到浑身被冻得僵硬。真的是被世界抛弃了吗？齐孝石不由自主地想。唉……他又回忆起几十年前，自己在焦化厂篮球架下激荡的青春。那时我们曾发誓要改变这个世界，呵呵，真是可笑。齐孝石默念。而我们经过一生的努力，不但没有改变世界，还被这个世界改变得彻彻底底。

齐孝石想站起来，却感到双腿发麻，他闭目叹气，努力用双手扶着膝盖，才勉强站立。一阵风吹来，清冷的感觉像女人的双手拂过脸庞。齐孝石默默地在公园里穿行，在午后温暖的喧嚣中漠视着别人的欢笑。他沉浸在自己的孤寂里，他恐惧着。那个无边无际的黑夜，为什么会延展到了白天，难道无所事事的日子，真的会把自己吞噬？他不顾别人的眼色，向路边吐了一口浓浓的黄痰。

路边有一群人在围观，他百无聊赖地走过去，发现有两个老头正在撕扯着吵架。一个说，是你先动的手，我根本没碰你。另一个说，我就是让你给打伤了，胳膊都抬不起来了，你得赔我医药费。两个老头都在七十岁上下，车轱辘话来回说，没完没了，让人听着生厌。齐孝石看得烦了，警察的德行又出来了，他分开人群，径直走到那个自称受伤的老头跟前。

“哎哎哎，你们絮叨不絮叨啊，车轱辘话说起来有完没完？”齐孝石说。

自称受伤的老头一愣，更不高兴了。“哎，这关你什么事儿啊？你算干吗的啊？”老头的火气一下冲着他来了。

“胳膊抬不起来了？”齐孝石面无表情地问。

“是啊，就是他打的，怎么了？”老头上下打量着齐孝石。

“哎，我是大夫，看看你是不是得去医院瞧瞧。”齐孝石说。

“哦。”老头这才平缓语气，“那……那怎么瞧啊？”他问。

“先看看你的伤。”齐孝石说，“你胳膊现在能抬到哪儿？”他一边说一边比画出一个高度。

老头按着他的这个高度比画，“哎哟哎哟，我都抬不了这么高了。”

“啊，那被打之前能抬到哪儿呢？”齐孝石又问，但没抬手比画。

“这儿！”老头一下把手举过头顶。

众人哄笑，齐孝石面无表情，转身而去。他不是装酷，而是觉得实在是没有意思。

这时，他裤兜中的手机响了起来。齐孝石厌恶地掏出手机，痴痴地注视着陌生的号码，任它继续震响。

“喂，卖房子还是卖发票，啊？”齐孝石接通电话问。

“啊，你说你是谁？”齐孝石涣散的眼神慢慢聚拢，坚毅的表情渐渐恢复，脑海中浮现出具体形象，“你怎么知道我的号码？”齐孝石的语气不再拖沓。一瞬间，他竟完全复原。这是人的特殊功能，在遇到危险时，人体中的肾上腺素会急速分泌，人会爆发出比平时更大的力量和更敏捷的反应。这在医学上叫作应激反应。危机让人清醒、让人警觉，也让人变得敏锐。

“好，我会去见你。啊，不用……”齐孝石推辞着，“嗐……也无所谓，你来吧，我等着。”他又改变了主意，“我在城东的青年公园里，我在西门口儿等着。”齐孝石说。

审讯室里烟雾缭绕，那海涛两眼无神、眼圈发黑。行家一交手，就知有没有。那海涛和对面的二刚子来言去语、两马错镫，交战了几个回合，突然发现对方还真是个“硬主儿”。两个人对视着，从眼神中竟然没分出胜负。那海涛清了清思路，掏出一根烟点燃，他明白，自己将为之前的轻敌付出更长时间的周旋和对抗。他一边与对手僵持，一边琢磨着计策。

突然，那海涛猛地拍响桌子，“你跟我这儿玩儿呢是吧！”那海涛情绪大变，吓得二刚子一哆嗦，“你是不是以为给你机会，让你主动承认是我们玩儿不转你啊？你是不是以为这个德行就能全须全尾安然无恙啊？开玩笑！做梦！”那海涛直接给出了答案。

二刚子不为所动，迅速从惊慌中脱离。他在社会上混的日子不短了，光靠几句拍山震虎的话就想拿下口供，显然是远远不够的。

那海涛不知怎的，一下唱起了白脸，拍桌子瞪眼、大呼小叫，似乎跟嫌疑人结了仇，一点不留情面。但招数用得狠，效果却不大明显，眼看着“三斧子”砍完，二刚子却一根汗毛也没少。

那海涛再次摸烟，发现烟盒已经空空如也。“哎，给我拿包烟去。”那海涛转头冲书记员说。

书记员放下手中的笔录，颠儿颠儿地走出了审讯室。屋里只剩下那海涛和二刚子两个人。

“没看出来，你丫还挺能扛。”那海涛一改刚才的剑拔弩张，语气缓和了下来。

二刚子一愣，被那海涛大起大落的态度弄蒙了，不明白是什么情况。

“呵呵，行，有点像你大哥的德行。”那海涛的话里似有所指。

二刚子重新打量起那海涛，默默地思索着他话里的意思。

“认识大头吧？”那海涛问。

二刚子没说话，满眼狐疑。那海涛说的大头，正是他在外面的大哥。

“认识怎么着，不认识怎么着？”二刚子梗着脖子说。

“你要认识，我就跟你说认识的话。你要不认识，我刚才的话就算白说。”那海涛说着，从口袋里拿出一盒烟，几下就撕开了包装。

“抽吗？”那海涛盯着他问。

二刚子似乎有点明白了，那海涛其实并不缺烟，而是拿这个借口支开书记员。

“那……我谢谢你了。”二刚子接过烟，狠狠吸了一口，“您直给吧，什么意思？”二刚子的愣劲儿上来了。

那海涛心里暗笑，脸上却不动声色。“说实话，在我眼里，你不是什么二刚子，而是一二逼。拿好话当坏话，给脸不要脸。”那海涛给他下了定论，“但我佩服你一点，就是俩字，仗义。曾经有个人跟我夸过你，这个人你认识，他叫……”那海涛停顿了一下，“大头。”

二刚子看着那海涛，表情慢慢舒展了，“大头哥，他怎么说？”

“他让你不该说的别说。”那海涛轻声说。

“不该说的别说？”二刚子表情凝重，“是他……让你告诉我的？”

“废话，你以为我这好说歹说，跟你这儿逗咳嗽呢？”那海涛轻声说，“一共就那么点事，扛来扛去的有意思吗？”他进一步压低声音，“你不吐口儿，让你大哥怎么办啊？”

“不该说的别说……”二刚子重复着这句话，呼吸急促起来，“那……那什么该说，什么不该说呢？”他问。

“我哪知道你什么该说什么不该说啊。”那海涛撇嘴，“先说说你自己犯的事儿，再说说大头干了些什么，之后我再好好琢磨琢磨该怎么往笔录上记。”那海涛一语双关地引导。

“行，那我大哥的事儿都算在我身上！”二刚子流氓假仗义起来。

“可以。”那海涛不屑地点头，“舍一个保一个，你还真是仗义，那你就把这几个事儿，一件儿一件儿地撂出来。”那海涛做好了加班的准备，他知道一会儿该通知刑警队干活儿了。这次不但二刚子跑不了，早晚他大哥也得跟着折进去。

门外的书记员捂着嘴想笑，心想还是“那三斧子”有本事，使了个“浑水摸鱼”的招儿，反其道而行之，三下五除二就把二刚子给治了。他估算了一下时间，轻轻地往远处走了几步，然后故意跺着地板向审讯室走去。

青年公园门口，一辆黑色的劳斯莱斯轿车缓缓驶来，金属漆在阳光下泛着光泽，像每一个傲慢富人的座驾一样，一副骄横的模样。

齐孝石裹了裹身上的棉衣，迎着打开的车门坐了进去。车里没有旁人，只有一个司机。

“是来接我的吗？”齐孝石问。

“是，老板让我接您过去。”司机礼貌地回答。

“走，开稳点。”齐孝石跷起二郎腿，找了个舒服的姿势靠在后座上，他看着窗外被车膜挡住的阳光，突然觉得，其实什么都无所谓了。

午后的阳光明媚慵懒，一种不真实的困倦慢慢袭来。窗外的景物仿佛静止，只是这稍纵即逝的旅程中的参照物。要不是剧烈的咳嗽让他次次醒来，这短暂的旅程中也许能做个好梦。

车流如潮，这个城市的管理者除了会收取高额的管理费和采取限行手段外，根本想不出有效治理的办法。劳斯莱斯七拐八拐，绕了几个弯才避开了市中心的拥堵路段。齐孝石醒来的时候，车已经停在了正毅大厦门前，司机礼貌地打开车门，齐孝石整了整衣服，信步走了下去。

大厦前台的女秘书等候多时，看齐孝石来了，礼貌地在前面引导。大厦内的通道像迷宫一样复杂。上扶梯、进电梯、七拐八拐，齐孝石才走进了位于大厦顶层的一间硕大的会客室。会客室宽敞明亮，朝南的巨大落地窗外，海城的景色一览无余。

一进门，齐孝石就见到一个人正背着手站在窗前。

“老板，您等的人到了。”女秘书轻声说。

背手的人缓缓转身，冲女秘书摆了摆手，示意她离开。

“齐警官，别来无恙啊。”说话的人，正是十年未见的刘松林。

刘松林身高在一米八左右，肩宽背厚。虽然穿着一身西装，显得彬彬有礼，但侵略性的眼神却一如当年。十年了，岁月流逝，物是人非，两个对手虽已生出了银发，再次相见，却都觉得彼此未曾改变。

“挺好，刘总，一晃十年了，你又回来了？”齐孝石撇着嘴问。

“哈哈哈哈……”刘松林笑了起来，“齐警官，你是有所不知啊，我这些年根本就没离开海城，所以谈不上是回来。”

“哦……”齐孝石故意地拉长声音，“那就是一直趴着，没站起来。所以让我们这些当警察的，看不见。”齐孝石也笑起来。

“哈哈……你真幽默……”刘松林与齐孝石对视着，谁也不去躲避对方的眼神，“坐，请坐。”他礼貌地伸手示意。

两个人分别落座，隔着一个狭长的会议桌，仿佛在进行一次针锋相对的谈判。

“你怎么知道我的电话？”齐孝石问。

“呵呵，在海城，我想知道什么，就能知道什么，我想获得什么，也没有人能够阻拦。”刘松林狂妄地说。

“你找我有事儿？”齐孝石又问。

“很简单。我知道你退休了,想让你过来帮我。”刘松林也算是开门见山。

“帮你？呵呵……”齐孝石笑了，“那我倒想听听，是怎么个帮你？是帮你自首去啊？还是帮你改过自新啊？”齐孝石一点不留情面。

“呵呵，你还是老样子。”刘松林摇着头说。

“你也还是那个德行，狂妄自大、盲目乐观。”齐孝石回嘴。

“狂妄自大我承认，因为我有那个资本，但盲目乐观呢，我却不敢苟同，因为我本来就是个赢家，乐观一点也不盲目。”刘松林大笑。

“那是因为，打你的人还不够狠，让你有了缓儿。”齐孝石说。

“唉……你还记着那些陈年旧事呢。”刘松林无奈地摇头，“老齐，今天既然你来了，咱们就好好聊聊，有些话我一直想跟你说。”

“说，有话说，有屁放，憋着对身体不好。”齐孝石说话难听。

“呵呵，你呀……”刘松林叹了口气，“我知道，你现在退休了，既不是什么预审员了，也不是警察了。我觉得吧，你就这样回家休息了，有点大材小用。嗯，你看这样行不行，我现在公司的法务部呢，还缺一个法律顾问，我想请你过来帮帮我，给年轻人做做指导。至于薪酬嘛，你开个价，我无所谓。”

齐孝石看着他，撇了撇嘴，没有回答。

“怎么了？还犹豫什么呢？哎，老齐，你不再是一个警察了，就放下那个臭架子吧。”刘松林笑了，“我可没什么别的意思，现在的时代啊，日新月异，一年就一个翻天覆地。人不能总活在过去的日子里，要不到了最后，不但一无所获，就连现在的幸福都抓不着。你说呢？”

“你说的我不太懂。”齐孝石的脸色变冷起来，“但我想跟你打听一个人，看你还记不记得。”齐孝石说。

“谁？”刘松林问。

“龚培德。”齐孝石单刀直入，直勾勾地盯着刘松林的眼睛。

刘松林不慌不忙，眼神毫不躲闪。“龚培德？这个名字似曾相识。哦……是……你的同事吧……怎么了？”刘松林问。

“他死了。”齐孝石说。

“啊，那太可惜了。”刘松林摆出关切的表情，“哦，对，十年前……我想起来了，是那个预审处的龚副科长。怎么回事？人怎么死了？”

两个人对视着，仿佛是拳击台上两个互探虚实的拳手。

“他怎么死的，你甭跟我这儿玩儿猫儿腻装孙子，你该比我更清楚。”齐孝石咬紧牙关。

“嗐，我怎么会清楚。”刘松林否认。

“你不清楚？那就只有鬼清楚了。”齐孝石一字一句地说，“到了这个岁数，我有时还真是觉得，自己活明白了。这一辈子搞预审，不消停呀。见天儿地挖坑埋人，甭管什么软的硬的，到我手里都得攥出水儿来，让丫实话实说。但就是有个遗憾，这十年前啊，放走了一个狗杂碎，至今他还苟延残喘。但有句话我放这儿，甭以为咬了人的狗就没人敢惹，也甭觉得陈芝麻烂谷子的事儿会被忘记。只要有机会，我就一定把这个狗杂碎逮个正着，办他个彻彻底底，让他后半辈子都蹲在号儿里数月份牌儿。”

“呵呵……呵呵……说得真够狠的。”刘松林苦笑起来，“老齐，你用不着在这儿含沙射影指桑骂槐。我告诉你，谁也没有权力去评判别人的生活。人这一辈子，不是在追逐一个什么样的结果，而是在把握一个什么样的过程。有的人一生为生计所迫，卑躬屈膝、度日如年。而有的人却可以站在这个城市的最高处，改变他人的命运。你们这些人的目光太短浅了，一生都被所谓的道德和规则束缚。那我问你，规则是谁制定的，又是为谁定的，你知道吗？”刘松林自问自答，“所有的规则都是强者制定的，目的是为了控制弱者。人类是什么啊，说白了不就是站在动物谱系最高端的哺乳动物吗。无论到了什么年代，都改变不了弱肉强食的本能。基督教劝人向善，那是因为它产生自上古的崩溃之中，他们教人逃避当下、期待来世，说什么用简朴去换来救赎，实际上只是愚弄顺民的手段罢了。生存啊，就要适应丛林法则，竭尽全力，甚至要不择手段，不这样做就无法获得生存的尊严，就会被别人践踏。”

“你心中没有是非善恶吗？”齐孝石反问。

“是非善恶是谁定的？”刘松林问，“和规则一样，都是既得利益者定的。这世上所有的法律、所有的规则，都是既得利益者为了维护自身的利益去制定的。而你们这些警察，只不过是为这些人看家护院的走狗罢了。”

齐孝石仰起头，满脸的肌肉都紧绷起来。“就算是狗，也懂得知恩图报，而像你这样的人，心中没有是非善恶，为了自己的利益去伤害别人，连猪狗都不如！”齐孝石怒斥道。

刘松林也被说急了，他站起身来。“我告诉你，在这个世界上没有什么是不能交换的，只要我有合适的价格，就一定可以买到想要的东西。这一点你体会不到，因为你连最基本的交换条件都不具备。”他语气嚣张。

“哎……你让我怎么说你呢。”齐孝石的表情不屑起来，“就你这个德行啊，样儿大了。心里装着男盗女娼吧，表面儿上还人五人六儿的，干什么都翻小账儿，一张嘴还说自己局气。燕么虎身上插鸡毛，你算什么鸟啊；石头放在鸡窝里，你整个一混蛋。这么多年了一点都不长进，蹬鼻子上脸，满嘴喷粪，就欠遇上一混不吝的，照你丫脑袋就一板儿砖，你就知道什么是肝儿颤了。我还告诉你姓刘的，甭跟我这儿屎壳郎趴铁轨——冒充大铆钉，你怎么想的我能不知道？你要不是见我肝儿颤，能求爷爷告奶奶地请我给你当爹？我告诉你，没门儿，打我的主意，你趁早死心！”齐孝石过足了嘴瘾。

“你……”刘松林被噎得满脸通红，心里的火儿都堵到了嗓子眼儿。

“我告诉你，老王八蛋，”齐孝石正色说，“你十年前是个狗杂碎，跪在我面前求饶，十年后的今天，你就是化成了灰，我也能认出你的德行。在我眼里，你连狗屁都不如。”

刘松林的脸色变了，但他仍强压怒火。“行，老齐，既然话都说到这个份儿上了，我也说说自己真实的想法。我承认，十年前，我是差点栽在你的手里，但结果不言而喻，是你输了。十年后的今天，我不想再与你结仇，咱们化干戈为玉帛，井水不犯河水。只要你不跟我作对，我保你晚年衣食无忧。但你别以为这是我怕你，你要是不听劝告，也别怪我不讲情面。”刘松林威胁道。

“好……”齐孝石停顿了一下，若有所思，“不和你作对，能给我带来什么好处？”

“你想要什么好处？”刘松林反问。

“这……”齐孝石似乎犹豫了，“嗯……你过来，我跟你说……”齐孝石站了起来。

刘松林见状，走过长条会议桌，来到齐孝石面前。

齐孝石招招手，示意刘松林贴近些。刘松林刚刚俯首帖耳，却不料一下被齐孝石狠狠抽了一个耳光。

齐孝石抽得凶狠，一巴掌下去，手掌都觉得发麻。

“你！”刘松林踉踉跄跄，差点跌倒，“你干什么！啊！”刘松林怒了，这么多年来，他从未受过如此的奇耻大辱，“我这个房间里到处都是摄像头，你信不信，我随时都可以控告你！”刘松林大喊。

随着喊声，几个保安猛地冲进了房间。

“出去！”刘松林一摆手，保安退后。

“我是看出来了，你也就这点本事。”齐孝石冷笑，“我告诉你姓刘的，十年前，我敢在审讯台前抽你丫一个嘴巴，十年后，我就还敢这么做，因为我压根儿就没拿你当人。”齐孝石不屑地说，“你不是说自己是什么谱系的动物吗？我看这句话倒还挺靠谱儿。”

“行，有你的……齐孝石。”刘松林捂着脸说，“总有一天，我会像捏死一只蚂蚁一样地捏死你，让你为十年前和今天的所作所为付出代价！”

“呵呵，那我可就静候佳音了。我现在退休了，有的是时间，随时奉陪。但你啊，不配做我的对手，只有挨我嘴巴的份儿。”齐孝石笑着回答，“至于谁死谁活呢，我倒觉得可以拭目以待。我就这一条老命了，索性就跟你玩儿玩儿，输了我自认倒霉，赢了就算为社会除害。”

“好，我会记住你今天说的话。那咱们就走着瞧。”刘松林咬紧牙关。

“好，我等着你的高招。”齐孝石与他对视着。

正说着，齐孝石的手机响了起来，他看了一眼号码，直接挂断了电话。“行了，走了。你好自为之吧。我祝你掰不开镊子，脚底下拌蒜，说话吐白沫，吃饭嚼舌头，恶有恶报！”他说着就转身往门外走。

“你等等！”刘松林在后面喊，而齐孝石却头也不回，享受着以这种方式结束的快感。

但齐孝石刚快走了几步，就觉得胸口憋气、脑袋发晕。他强忍住不适，用手按住楼梯的扶手，大口大口地喘气。他环顾四周，不想让敌人看到他的软弱，就全力支撑起摇摇欲坠的身躯，直至走到门外的角落，才蹲下身去。

这时，他的电话再次响起。他接通电话，顿时大惊失色。“什么？你……你再说一遍？”齐孝石惊呆了，全身顿时被冰冷占据，他觉得头晕目眩，感到身体虚脱般的无力。他知道，自己中了调虎离山之计。

那海涛在监区里狂奔，火急火燎。书记员不明就里，也跟着他跑得气喘吁吁。

“那……那队……出……出什么情况了？”书记员上气不接下气，没弄明白怎么刚出门时还好好的，接了个电话就急成这个样子。

“你……你先回去……我……我有点事。”那海涛并没正面答复他，加快奔跑的速度，一下就把书记员落在后面。

在四个小时之前，检察院的两名检察官造访了海城市公安局档案室。

为首的检察官是一名年轻人，三十岁左右的年纪，清瘦，戴着一个茶色的墨镜。他向档案室的管理员出示了证件，说：“我们是检察院执法监督处的，要查阅一下你们局办理的海城长城实业有限公司案的卷宗。”他边说边拿出了一张检察院的介绍信，交给了档案室的档案员。

档案员是个五十多岁的大姐，姓徐，她看着手里的介绍信犯蒙，“这……这案子还没到批捕阶段呢，你们看什么案卷啊？”

“我们也是根据上级领导的指示，依法行事。”另一名检察官四十出头，说起话来法言法语，“根据《检察机关办理刑事案件程序规定》第五百五十六条之规定，人民检察院进行调查核实，可以询问办案人员和有关当事人，查阅、复制公安机关刑事受案、立案、破案等登记表册和立案、不立案、撤销案件、治安处罚等相关法律文书及案卷材料。请您配合我们的工作。”检察官对相关法律如数家珍倒背如流。

徐姐皱起眉头，显然被他们绕晕了。“哎，你们等会儿啊，我看看你们刚才说的法条。”徐姐转身走到书柜，翻出一本《检察机关办理刑事案件程序规定》。

两个检察官不慌不忙，拉过凳子坐了下来。他们安静地等待着档案员徐姐的证实，不动声色。

“哦，找到了！查阅、复制公安机关刑事受案、立案、破案等登记表册……”徐姐默默地读着。“还真是……好，那你们等着。”徐姐点了点头，麻利地站起来，“你们要看哪本卷？”

“所有卷宗。”年轻的检察官说。

不一会儿，徐姐便把长城实业有限公司案的十四本案卷分两摞抱了过来。“哎，你们慢慢看啊，需要复印的告诉我。”徐姐把案卷推到了两名检察官面前。

“好，那就感谢了。请问，您这里的复印机在哪儿？”岁数大一些的检察官问。

“啊，你们要能自己复印更好，省我的事儿了。”徐姐笑笑，“就在出门对面的屋里。”

“好，多谢。”两位检察官一人一摞，抱走了案卷。

阅卷、复印、签收条，徐姐配合两名检察官忙碌了两个多小时。临走时，他们应档案员徐姐的要求填上了阅卷人的姓名和联系方式。两个检察官很客气，一点不像过来执法监督检查的样子。徐姐也以礼相待，直到把他们送出了市局大门才回到档案室。

刚回到档案室，徐姐正好碰上上班迟到的二姐。

徐姐一看二姐就气不打一处来，“哎哟，我说二姐，现在都几点了，你这上班都快赶上下班点儿了。”

二姐本来心情挺好，一听徐姐这话，脸呱嗒一下就拉下来了。“嘿，我说您这是怎么说话呢，什么快到下班点儿了？怎么的，我来得不是时候啊。那行，我走，要是有头儿问，我可说是你告诉我是下班点儿的。”二姐一张嘴就咄咄逼人，噎得徐姐哑口无言。

“哎，你……”徐姐没了词。

“什么你的我的呀。我今天还告诉你，我来你们这儿啊只是借调，我可没卖给你们。我现在还是预审支队的人，拿着人家的工资吃着人家的俸禄，你要是嫌我碍眼啊，得，我明天就回去上班，你还别跟我这儿说怪话儿。”二姐说起话像连珠炮，压根儿不给别人回嘴的机会。

徐姐一听这话就泄了气，再不敢埋怨二姐迟到，心想这搞预审的人真是惹不起，得理不饶人，无理还搅三分。本来是自己的错，一张嘴还反咬一口。“行行行，我说错话了还不行吗，我管不了你。”徐姐摇着头说，转身开始把两把椅子推回到原位。

二姐得意地咧着嘴，露出胜利者的姿态。“有人来过啊？”她随意问道。

“可不是吗，我这忙了一上午了，你也不过来帮忙。”徐姐话里带着埋怨。

“不就是来交卷的吗？多大点儿事儿啊，还累着您了？”二姐回身把挎包挂在衣架上，漫不经心地说。

“什么交卷的啊。”徐姐回嘴，“是检察院过来调卷的，复印了两个多小时。”

“调卷的？”二姐皱了皱眉头，“他们有什么理由调咱们的卷？”

“嗐，我刚开始也不懂，后来人家说了，是根据什么法……”徐姐停顿了一下，“我也翻了翻书，还真有那条，是什么五百五十六条，说可以复印。”

“是五百五十六条说的，检察院进行调查核实，可以询问办案人员，可以查阅复制公安机关刑事受案等案卷？”别看二姐已远离预审一线，但法律知识还是滚瓜烂熟。

“对对对，就是你说的这条。”徐姐回答。

“咱们局有案子办错了，还是有人插手民事纠纷，或者干违法的事儿了？”二姐质疑。

“啊？这我怎么会知道啊？”徐姐茫然。

“那他们凭什么调卷啊？”二姐反问，“这五百五十六条是根据五百五十五条说的，只有在检察院证明公安局存在违法动用刑事手段插手民事、经济纠纷，或者利用立案实施报复陷害、敲诈勒索以及谋取其他非法利益等违法立案情形的，才能调卷。他们调卷时没有说明吗？”

“没有……”徐姐摇头。

“这么大的事儿你也没跟头儿汇报？”二姐撇嘴，“检察院要真是以这理由复印咱们的卷，那就是找碴儿来了。到时候案子真出了问题，是要追究咱们执法责任的。这种事你不先跟头儿报一下，就给人家复印了案卷，这不擎等着挨骂呢吗？”二姐不但嘴厉害，脑子也转得飞快。

“啊？我哪知道这么严重啊……”徐姐傻了眼。她没在一线干过，哪懂这些弯弯绕。

“是哪个案子啊？”二姐问。

“是……”徐姐想了想，“是预审支队暂存在档案室的那个长城公司的案子。”

“什么！”二姐顿时跳了起来，“你再说一遍，是哪个案子？”

徐姐被吓了一跳，她看着剑拔弩张的二姐，再次重复：“是……是那个长城公司的案子啊……”

“坏了！”二姐心里一揪，顿时觉出不妙。她三步两步跑到衣架前，从包里拿出手机，拨打起那海涛的号码。但一遍、两遍，那海涛的电话都不在服务区。“坏了，这下可坏了。”二姐反复叨念着。

徐姐被弄得一头雾水，走到二姐身边，试探性地问：“怎么了？是不该让他们调卷吗？”

二姐没心情搭理徐姐，瞥了她一眼，狠叨叨地说：“你呀，糊涂啊！”

徐姐目瞪口呆，愣在了那里。

等那海涛赶到档案室的时候，齐孝石面前的烟灰缸已经插满了烟蒂。他一进来就问档案员徐姐：“他们来了几个人？”

徐姐已经被弄蒙了，一看那海涛这个架势，更是心里发慌。她战战兢兢地回答：“他们……来了两个人，一个三十多岁，一个四十多岁……”

“都叫什么名字？”那海涛急切地问。

徐姐愣了一会儿，转头拿过登记本，哗啦哗啦地翻起来，“他们……一个叫陈斌，一个叫徐彤。”

“没复印他们的工作证吗？”那海涛问。

“没有……”徐姐一脸苦相。

“徐姐，我们这个案子不是正式交卷，只是到档案室暂存。有外人查阅复印卷宗，为什么不先通知我们一下？”那海涛说话冒着火。

“我在他们复印的时候给你打了好几次电话呢。”徐姐深感冤枉地说，“但你的手机就是打不通，老说不在服务区。”

“哎……我的姐姐哟，我刚才一直在监区审人呢。您也不是不知道，那里没有信号……”那海涛默默地摇头。他在屋里左右踱步，徘徊许久，又拿出手机，拨通号码。“喂，麻烦您帮我找一下周济广。哎，您好您好，周检，我是预审支队的那海涛啊。嗯，是，咱们见过。”那海涛努力克制住焦急的语气。“请问，您今天派过两个检察官到我们市局来调卷吗？啊，没有啊，好，多谢了，没事没事，就是随便问一下。”那海涛沮丧地挂断电话。

“不是检察院的人吗？”齐孝石关切地问。

“不是，检察院根本就没派过人来。我刚才问的是市检察院执法监督处的领导。”那海涛叹了口气。

“他们有检察院的工作证吗？”齐孝石转头问徐姐。

“有，给我出示了，但是没让我复印。”徐姐小心翼翼地回答，生怕哪句说错了又惹上麻烦。

“他们复印了多少材料？”齐孝石问。

“哦，那可不少，复印了两个多小时。”徐姐回答。

“咱们档案室的监控录像从哪里可以调取？”齐孝石又问。

“啊，从局里的监控室可以调取。”徐姐回答。

“从现在开始，您得死看死守，把档案室的电话盯住喽。如果再有自称检察院的人来电，就立即通知我们，千万别掉链子。”齐孝石叮嘱徐姐。“走，咱们去监控室看看录像。”齐孝石站起来对那海涛说。

午后的阳光温暖和煦，齐孝石走在溢满阳光的楼道里，心里却被寒冷占据。

“师父，你这脸怎么青一块紫一块的？”那海涛看着齐孝石问。

“嗐，出门儿时摔了一跤，越活越抽抽儿了。”齐孝石轻描淡写地回答。

“唉……我今天要是不迟到就好了，要是我在，怎么着也不至于这样……”二姐边走边自责。

“这世上没有后悔药啊……我把案卷暂存在档案室，就是怕办公室人多眼杂，弄不好跑风漏气。没想到还是让人动了手脚。”那海涛边说边琢磨，“但不应该啊，他们怎么知道我把案卷放在档案室的啊？”他想不明白，“但愿不是那帮孙子干的。”那海涛默念。

从监控室的录像看，两个身穿制服的检察官，一个在三十岁左右，一个年纪稍大些。年轻的戴着茶色墨镜，大檐帽挡住额头，看不出真实的面容。而年纪稍大的那个则从始至终背对着摄像头，根本没转过身。这两个人显然是有备而来的。

“师父，你看这两人像沙伟他们吗？”那海涛问。

“像不像能怎么着？这么猜可不靠谱。”齐孝石摇着头说，“他们可真是唱了出儿好戏啊……暗度陈仓……”

“不对……”那海涛抬起头，“他们怎么知道案卷暂存在档案室的？怎么会恰恰选在我去监区提讯的时候调卷？这里有事儿啊……”

“这里面肯定有猫儿腻……估计是早就盯上了。”齐孝石缓缓地点着头，“他们有检察院的制服、工作证和介绍信，张口闭口还知道法律程序。姥姥的，装得人五人六儿的，还真挺像那么回事。要真是那帮孙子可就抓瞎了。”他摇头。

“是啊，他们不但知道案卷在哪里存放，而且还准备充分，选择在最恰当的时机动手。难道是……”那海涛欲言又止。

“你是怀疑我们内部有鬼？”二姐插话道。

“我不敢这么说，但也确实不能排除有这种可能。”那海涛回答。

“哎，你这是什么意思啊？要怀疑就怀疑我，老娘嫌疑最大！”二姐这更年期综合征又犯了，拍案而起。

“我不是说你，别沾火就着，往自己身上揽。”那海涛也有点不耐烦了。

“那你是什么意思啊？不是怀疑我，那就是怀疑老马和老郭？”二姐不高兴了。

“行了行了，这还没怎么着呢，就窝儿里掐了？屁大点儿的事儿就不依不饶的，还有完没完？”齐孝石也急了。他这么一喊，二姐和那海涛才停了嘴。

“二姐，你是个老预审。现在事儿到了这个份儿上，我也想请你帮着给分析分析，如果没人点道儿，他们能这么顺利就摸到这儿吗？”齐孝石问道。

“这……”二姐顿时哑口无言，“当然了……要是真没人点道儿，他们也不能这么门儿清。”

“是啊……难道是在审讯那四个人的时候……”齐孝石皱起眉头，“两马错镫……咱们也让人下了钉子？”

此语一出，大家都沉默了。

“唉，我也是中了人家的调虎离山之计……”齐孝石摇头，终于明白了刘松林约自己见面的用意。

“师父，什么调虎离山之计？怎么回事？”那海涛问。

“没什么……”齐孝石见人多眼杂，就岔开了话题，“事到如今了，唉声叹气一点用处也没有。胜败乃兵家常事，第一战咱们用田忌赛马，打了他们一个措手不及，先赢了一局。却不料麻痹大意，这次又让对手反超，给咱们来了个暗度陈仓、釜底抽薪。行，这种斗法有意思，正所谓‘弱敌不可轻，强敌不可畏’，咱们得再想想办法，亡羊补牢，再扳回一局！”

“那现在怎么办，师父？”那海涛急切地问。

“海涛，他们看到的，不该是咱们的全部案卷吧？”齐孝石问。

“不是，在审讯之后您不是叮嘱过我吗，为了避免泄密，要将案卷分别存放。我就把案卷分成了两部分，其中十四本案卷暂存在了档案室，而另外的两本案卷，则锁在了我办公室的柜子里。”那海涛回答，“沙伟和常骁的口供以及一些重要的证据，都订在那两本案卷里。”他强调。

“好！没准这就是咱们反败为胜的机会！”齐孝石点着头说，“海涛，把那两本卷拿到档案室，麻利点儿。还有，把老赵找来，越快越好。到这个份儿上，只有拿死马当活马医。是死是活，就要看咱们的医术了！”

离间计

海城西郊的某个公寓里，厚厚的窗帘遮挡住午后的阳光，皮质的沙发上散乱地扔着两身检察官的制服。沙伟坐在沙发的扶手上，与常骁相对无语。两个人沉默着，缓缓地吸烟，沙伟直勾勾地看着常骁，常骁装作低头，选择性地躲避。

“你看到案卷里的那些笔录了？”沙伟表情冷漠，眼睛里有种深不可测的镇静。

“看到了，他们下手挺狠。”常骁仰起脸回答。

“这么说，田超和张楚，都已经招供了。”沙伟说。

“是啊，都招了。真没想到，连张楚这样的高手都能被识破，连真名都供出来了。”常骁感叹。

“你知道他们的真名了？”沙伟说。

“是啊，案卷里不都写了吗？全都承认了。”常骁说，“但就算他们认了，公安局也查不到你的头上，毕竟我们三个人，都不知道你的真实身份。”常骁看着沙伟的眼睛，话里有话。

“你什么意思？”沙伟问。

“我没什么意思，我只是陈述事实。”常骁说。

“我隐瞒自己的身份，是为了你们的安全着想。”沙伟说。

“呵呵，是啊。我们安全的前提，是你的安全。你说的是这个意思吧？”常骁说。

“难道不是吗？”沙伟反问。

“那反过来说，如果你出了事，我们也都要完蛋。是不是？”常骁问道。

“你……”沙伟不耐烦起来，“学法律的是不是都像你一样，正着说反着说，啰里吧嗦的，自以为聪明。”

“你不想回答我的问题就直说，不用横加指责。”常骁摇了摇头，继续吸烟。

沙伟没有回答，默默地看着常骁，嘴角露出一丝苦笑，“你是怕了吧？”

“我怕了？你不怕吗？”常骁用挑衅的眼神看着他，“事到如今，我们要做的不是在这里苟且偷生，而是要把他们救出来！田超和张楚，不，是裴琦和王凯！”常骁突然愤怒起来，“这些名字有什么意义！每天说的都是假话，到底还有什么是真的！你有时间在这里瞎扯，为什么不好好想想，怎么才能让大家脱险？你是真的想救他们，还是在这里跟我演戏？”常骁咄咄逼人。

“救他们？”沙伟皱起眉头，“我为什么要救他们？”他反问道。

常骁哑然。他直直地望着沙伟的眼睛，呼吸越来越沉重。“为什么？你说为什么！在做这些事之前，你不是说过吗？我们做的不是伤天害理的事情，而是用头脑和智慧，将财富重新进行分配。财富与其积压在愚蠢之人的手中，不如将它转移到更有价值的地方，做出更有意义的事情。怎么？现在变卦了？反悔了？还是害怕了？”常骁愤怒起来。

“是啊，我们不是一直在做这样的事情吗？”沙伟反问，“我雇用他们，为的是更好地把事情做成，而不是去找拖累。你要明白一点，我与他们的关系，是雇用与被雇用的关系，而不是朋友。再说，你以为警方拘留田超和张楚，是因为咱们做的事情吗？错了！”他斩钉截铁地说，“是因为他们自己底儿潮，屁股不干不净，有把柄攥在警察手里。当时我问没问过他们，以前有没有案底？他们怎么说的呢？没有。现在你看看笔录，是没有案底吗？狗屁！他们说的谎言，不但害了自己，也连累了咱们。现在他们完成了使命，虽然付出了一些代价，但也没有超过收取的佣金的价值，我觉得无可厚非，没什么大惊小怪的。事情败露了，他们败给了警察，牵连出了自己以前的案底，这是他们自己的问题，不该转嫁到我的头上。而为什么在相同的情况下，你和我没有败露呢？只有两种可能，那就是第一，我们的能力比他们强，没有让警察抓住把柄；第二……”沙伟故意停顿了一下，“就是警察故意放了你我。”

“你……这是什么意思？”常骁问。

“我只是想告诉你，不要中了警察的计。只要我们守口如瓶，就算田超和张楚在里面招供了，警察也拿我们无可奈何。”沙伟说，“警察能定我们什么呢？假冒身份？那又能安上什么罪名呢？招摇撞骗吗？呵呵。你是学法律的，应该明白这个道理。”

常骁怔怔地望着沙伟，情绪渐渐稳定了下来。

“你知道公安为什么把你我放出来吗？”沙伟注视着常骁的眼睛，“因为他们想从我们的内部突破，让我们自乱阵脚、自相残杀。”他一字一句地说。

“你……这是什么意思……”常骁的眼睛里闪现出一丝游离和恐惧。

“我问你，你……说出自己的真实身份了吗，邓飞？”沙伟问。

“我……”常骁许久未听到自己的真实姓名，猛地被沙伟说出，打了一个冷战。

“你说了，对吗？”沙伟质问。

“你凭什么用这种语气跟我说话？”常骁仰起头，眼睛里显出斗性。

“我就问你，你说了，还是没说？”沙伟一字一句地问。

“我说过了，你没权利问我。”常骁说，“那我问你，你说了吗？”

“我没有说！”沙伟果断地回答，“所以他们没有任何理由能继续拘留我。

好，现在该你说了，邓飞！”

“你他妈别再叫这个该死的名字！”常骁烦躁起来。

“为什么刚才调取的案卷里,没有你的口供？”沙伟话锋一转,继续质问。

“这……我怎么会知道？”常骁冷静下来，也觉得奇怪，“不是也没有你的吗？”他反问。

“根据案卷的标号，最后一本案卷标注的是第 16 本。也就是说，咱们还漏看了两本案卷。”沙伟说。

“你在怀疑我，是吗？”常骁盯着沙伟问。

“谈不上。”沙伟轻描淡写地回答，“现在咱们两个人，都有充分的理由去怀疑彼此，而一旦如此，却恰恰中了警察的诡计。这……才是他们把我们放出来的原因。”

“什么？”常骁皱眉。

“我想，他们把我们放出来的真实目的，就是让我们自乱阵脚，以追查我们的上线。”沙伟说。

“老板？”常骁说。

“是,他们的真正目标,是老板。你我,都是他们放出去的长线。”沙伟说，“你可别忘了，你弟弟，现在可还在老板身边。”他表情阴险。

“沙伟，不，宋涛，不，管你是谁，”常骁焦躁不安，“请你转告老板，无论如何,都不要伤害我弟弟,他还年轻,来到公司也只是帮忙,请老板……无论如何，别让我弟弟走我的老路……我不会，不会做出任何威胁他的事情。”常骁说着，沮丧地低下了头。

“呵呵，你放心吧，老板对邓楠很好，而且还要培养重用呢。”沙伟笑了起来，“再说，你也不知道老板到底是谁，怎么会对他造成威胁……”

“你……”常骁语塞，“你是想控制他、利用他，像对待我一样吗？”常骁压抑着愤怒。

沙伟笑了。“对，我就是要控制他，约束他，不然他又会像上次一样不辞而别。但这次是他主动回来的，你知道为什么吗？”沙伟问。

常骁没有回答，默默地看着他。

“因为钱——他再也离不开的东西。”沙伟说出了答案，“你们不愧是一对亲兄弟，爱好也一模一样。”

常骁大惊，“那他现在在哪里？啊？在哪里？”

“你别急。”沙伟停顿了一下，稳住常骁的情绪，“他现在很安全，只要有我在，他会一直保持安全的状态。”他话里有话。

“你为什么死死抓住我弟弟不放，你到底想干什么？想控制我吗？”常骁大声问。

“控制你？”沙伟笑了，“我需要用这么复杂的方法吗？”他反问。

“我们做这些事的目的，不就是为了获得最终的自由吗？沙伟，我们能不能，不铤而走险？”常骁说。

“你错了。你弟弟，也许才是让我们获得最终自由的关键。”沙伟一字一句地回答。

常骁愣住了。“我知道你在想什么。但……你这样做太危险了。即使得逞了，他也绝对不会放过你。”常骁话有所指。

沙伟看着他，默默地摇了摇头，“你会下棋吧，有时先失几个子，并不算输，而是为了赢得更大的胜利。先处于下风的人，不一定是最终的失败者，反而会因为对手的轻敌，获得更多机会。”

“那你也不能拿我弟弟当代价！”常骁大声说。

“不会的，他不会有任何危险。”沙伟笑了，“现在几方势力都想拉住他，只要我们能巧妙地利用这种关系，便能将所有的危险进行反制，从中得利。”他信心满满。

“你是个疯子，疯子……”常骁重重地叹气，“你做得不要太过分。”他恳求道。

档案室里，齐孝石等人都围在电话旁，焦急地等待着。一分钟、两分钟、半小时、一小时，时间运转得极其缓慢。焦虑、彷徨、无奈、不安，众人被这些情绪压得透不过气。齐孝石默默抽完了整整一包烟，直到咳嗽出眼泪。

经过老赵的笔迹鉴定，基本可以认定，在登记本上的签字就是沙伟的笔迹。以此推断，那两个冒充检察官的人，应该就是沙伟和常骁。按照齐孝石的要求，老赵又使出浑身解数，模仿着常骁的笔迹，字斟句酌地伪造了一份笔录。这份笔录就是未被沙伟和常骁复印走的那两本案卷中，常骁的供词。

“老齐，我不明白，为什么你让我伪造的笔录，是常骁没有招供的。”老赵费解地问，“如果你想扰乱沙伟和常骁之间的攻守同盟，该伪造常骁咬出沙伟的供词啊。”

“呵呵……”齐孝石咧嘴笑了，“这俩孙子都不白给，个顶个的会抖机灵，要想瓦解他们之间的攻守同盟啊，就得玩儿点儿阴的邪的，光靠小吕传的那几句瞎话还远远不够。”齐孝石拿出一根烟，犹豫了一下才点燃，“这俩孙子诡计多端，直来直去的套儿他们一眼就能识破。特别是沙伟，花花肠子最多。所以咱们就得多给他绕几道弯儿，让沙伟真假难辨，常骁有口难言。只要他们之间有一丁点嫌隙，咱们就得想着法地给他们撬开了，让他们反目成仇。”

“您是说，要通过赵师傅伪造的供词，让沙伟进一步怀疑常骁？”那海涛也摸出了门道。

“是啊，我就是要让沙伟看到，常骁这个吃里爬外的货，在笔录上却一点没吐口儿。”齐孝石笑笑说。

“那沙伟会相信吗？”老赵皱眉。

“呵呵，赵师傅，他自然是不会相信的。”那海涛笑了，“我师父的意思是，咱们越是通过伪造笔录保护常骁，沙伟才越会产生怀疑，引起警惕。而常骁呢，他本来已经招供了，但咱们反而给了他一份没有招供的笔录。这能起到什么效果？您觉得呢？”

“哦……我倒是有些明白了。”老赵点头，“老齐这招离间计，不但给沙伟设了疑兵，还把常骁逼到了死角，够狠的，也够毒！”

“不让常骁吃点挂落儿，怎么断他们丫的后路？不断他们的后路，怎么倒出他们上边的主儿？”齐孝石说，“他们会玩儿猫儿腻啊，那咱们也能装孙子。我琢磨着啊，得把那个常骁，发展成咱们在里面儿的眼。”

这时，档案室的电话突然响了起来，尖厉的声音在空中回响，叩打震动着每个人的内心。几个人顿时停下交谈，都把眼神转到徐姐身上。

“姐，这回得看你的了。”那海涛对徐姐说。

“哎哟，我……我还是不说了，我怕说不好耽误事儿……”徐姐手足无措。

“别急，冷静，不是什么大不了的事儿。”齐孝石稳住徐姐的情绪，“你一会儿按照我告诉你的方法说，放心，该肝儿颤的是他们。”

徐姐点点头，缓了一下情绪，接通了电话。

“喂，找谁？啊，检察院的啊。”徐姐冲齐孝石使着眼色，“嗯，我知道，你们上午不是来过吗。啊……这个啊，好像是还有两本卷，啊……上午忘了拿出来了……”徐姐按照齐孝石事先教好的话说着，“啊？你们还要复印啊，那今天可不行了，都快下班了，要复印你们就明天一早来吧。”徐姐一边说，齐孝石一边在她面前比画，以控制她说话的频率和节奏。

“啊？什么？给你们快递过去啊，这……这我可做不了主。”徐姐犹豫了，“嗯，着急是吧，你们明天自己来不行吗？”徐姐按照正常的思路延伸话题，毫无破绽，“嗯……那好吧，我请示一下领导，看看行不行。你们别挂啊……”徐姐说着撂下了电话。她几步走出档案室，重重地关上了门。

在门外，徐姐接过二姐递来的手绢，擦着额头上的汗。

“呵呵，真没看出来啊，徐姐。你这一张嘴也挺能跑火车，要是干预审啊，没准也是个好手。”二姐说不上是鼓励，还是挖苦。

“行了吧你，我要像你们这样，天天瞎话溜舌的，那得折多少寿啊。”

徐姐自嘲。

“行，您回去，千万别紧张啊。”二姐提醒道。

徐姐走马灯似的又回到电话前，她深呼吸了一下，拿起话筒，“喂，我请示完领导了，可以。那你们给我留个地址吧。”徐姐说，“啊，海城市城北区菜园南路 51 号院……海城人民检察院执法监督处……邮编……”徐姐一边重复一边在纸上记下了地址。“电话呢？啊,你说。”徐姐又记下了电话。

挂断后，徐姐一屁股坐在了椅子上，大口喘气。

“行，挺好。您把这一锤子买卖给做漂亮了。”齐孝石不住地点头。

“哎哟，我……我可真是干不了你们这行，把假的说成真的、黑的说成白的。我这就说了几句，弄了一身汗，后背都溻了。”徐姐不住地摇头。

“呵呵，那得表扬您诚实。我们也不愿意整天说那些片儿汤话啊，原本都是老实巴交的人，还不是为了工作，得学会揣着明白装糊涂。没事谁愿意弄一肚子花花肠子啊，我们累不累啊，还不如找地儿闷得儿密去呢。”齐孝石苦笑，“这搞预审的啊，就得拿谎话套谎话，拿诡计戳穿诡计，碰见软的就得拍唬，碰见硬的就得使诈，要不没准就让人家给涮了。我们这是为了公家的事儿瞎话溜舌啊，不容易啊……”齐孝石说得油滑，但却句句都是掏心窝子的话。

翌日,海城城北区的检察院门前,齐孝石和那海涛早早就埋伏在了附近。他们租来了一辆出租车，化装成司机和乘客，以追踪沙伟等人的踪迹。那海涛穿着一身司机的黄色制服，默默地注视着远处检察院的门口。而齐孝石也憋住烟瘾，在紧闭的车厢里守株待兔。

九点五分，一个骑着电动三轮车的快递员如期到达。快递员背对着出租车的方向，用手机拨通了收件人的电话，“喂，是徐彤先生吗？啊，我是快递，现在到门口儿了，请您取一下件。”

不一会儿，从检察院的东侧路上，驶来了一辆黑色轿车。汽车停在了书记员面前，车窗降了下来。

“是有我的快递吗？”坐在副驾驶的一个男人说。

“哦，您是徐彤先生吗？”快递员问道。

“是的。”男人言简意赅。

快递员从电动车的箱子里拿出厚厚一摞包装好的材料，递到男人车里，“请您签收一下。”

齐孝石坐在出租车后座，伸着脖子看了半天，老眼昏花的也没看清男人长什么模样。“海涛，你快瞜瞜，那孙子长得什么样？”齐孝石说。

那海涛默默地注视着，不动声色，半天才回答：“我看，像是常骁。”

“嗯，那就好。”齐孝石踏实了。

不一会儿，男人收完快递，黑色轿车便徐徐开动，车沿着检察院门前的甬道，一直驶向海城二环的快速路。

“快，跟上。”齐孝石冲那海涛说。

那海涛按下出租车的计价器，扳动方向盘。出租车不紧不慢地驶出树丛，与黑色轿车保持一百米左右的距离，咬住了尾巴。

黑色轿车速度不到四十迈，在二环上走走停停。此时正值海城的上班早高峰，无论是环路还是辅路都拥堵不堪。这正中了齐孝石的下怀，他之所以让预审支队民警扮装成快递员，在这个时间送货，目的就是让他们在高峰时段驾车，不容易甩掉追踪。

“海涛，让单位查一下他们的车牌。”齐孝石看着黑色轿车说。

那海涛拨通了小吕的电话，一切工作按部就班。

十分钟后，黑色轿车驶出了二环，车速逐渐加快，直奔海城城西的方向。那海涛驾驶的出租车紧随其后，在不会跟丢的情况下，依然保持着百米的距离。

跟踪是个技术活儿，特别是跟车，注意事项可不少。第一是不能跟得太近，太近不但容易暴露，还会给自己带来危险；第二是要选择特点不明显的车，比如公安机关配备的政府采购车辆，就很容易暴露；第三是要选择性能好的车辆，要是开夏利追奔驰，那一准被人甩掉；第四是要随机应变，一旦对象有所察觉，就要立即放弃跟踪任务，或者变更跟踪车辆，宁丢勿醒永远是第一原则。

那海涛是跟踪的老手，不但特意选择了一辆出租车作为伪装，还做好了充足的准备。比如此刻前面那辆黑色轿车的车底，就刚刚被安上了一个微型的定位追踪器。那是“快递员”的杰作。

道路渐渐畅通，黑色轿车的车速迅速达到了一百迈。那海涛紧随其后，尽全力不被甩掉。两辆车在车流中穿行着，虽一前一后始终相距百米的距离，但道路宽广，一览无余，稍不留神，就会被前车发现。那海涛看了看迈速表，额头上已经冒出了细汗。

“师父，还跟不跟？”那海涛问。

齐孝石默默地思索着。“定位追踪器的范围是多远？”齐孝石问。

“大约是一百公里。”那海涛回答。

“那就放长线钓大鱼，先别跟得那么紧，让他们走。”齐孝石一边说，一边注视着笔记本电脑中电子地图显示的移动红点。

那海涛放缓了车速，黑色轿车不一会儿便消失在前方的视线里。

海城昨夜刮了大风，今天的空气质量等级为良。齐孝石觉得胸口发闷，便摇开车窗，深深地呼吸。在雾霾严重的城市中，畅快呼吸竟然成了奢侈的享受。

“哎……活着，真好啊……”齐孝石没头没尾地说了一句，寒风吹乱了他花白的头发。

在城西的某个公寓里，屋里十分昏暗，紧闭的窗帘阻隔了灿烂的阳光。常骁和沙伟一前一后进了门，谁也没有开灯。常骁把快递包裹放在桌子上，三下五除二地拆开。里面是两摞材料，常骁一页一页地翻看着，不一会儿，便翻到了自己的供词。他在心里默念着，认真到生怕落下一句话一个字，突然，他的表情变得僵硬，一种复杂的情绪涌上心头。

沙伟摘下口罩，默默地注视着常骁，从他的表情变化中，仿佛读到了什么。

“看完了吗？”沙伟问。

“哦，看完了。”常骁合上复印件，转手递给沙伟。

沙伟也逐页翻看起来，当看到常骁的供词时，他停住了动作。“啊，看来是我错怪你了，这么说你根本没有招供？”他问。

屋里很热，大概是走的时候忘记关上空调。常骁愣在了那里，额头上布满了细汗，一时间不知该如何回答。他陷入了两难。当然，他看出了自己的笔录是被伪造的，根本就不是当天记录的那份。不用说，这肯定是预审警察搞的鬼。他们这样做的目的是什么呢？常骁一时还琢磨不透，但不用说，一定不是出于善意。而如果自己承认了这份笔录是伪造的，也就等于变相承认了自己当天招供了，这样的结果不言而喻，自己将处于极大的危险之中。但如果不去揭穿这份伪造的笔录，就等于中了预审的计策，自己从现在开始，将变成一个被警察操纵的木偶和傀儡，唯一的选择只有去背叛和反戈。常骁久久地沉默，空白的时间被逐渐拉长，公寓里极度的安静变成沉甸甸的压力，压得他透不过气来。

“哦，是啊，我怎么会招供。”常骁知道，自己只有这个选择。但在回答时，他又没控制住语气，反而一下暴露了心中的慌乱。他沮丧万分，努力让表情不为所动。

沙伟猜出了大概。他笑了笑，“哎，那是我错怪你了，骁哥，别怪我啊。”他脸上露出少有的笑容。

常骁默默地呼了口气，装作大度地说：“嗐，过去就过去了，我看那些警察也不过如此，没什么可怕的。”常骁打马虎眼。

沙伟点点头，仰身靠在沙发上，他拿出一根烟，默默地点燃。烟雾袅袅腾腾地在昏暗中升腾、扩散，直到消失不见。“骁哥，你说咱们这样做，到底是为了什么啊？”他轻声地问。

“啊？为了什么？”常骁诧异，“还不是为了钱，没有钱，干吗要给老板卖命。”常骁的话出自真心。

“是啊……为了钱……”沙伟重复着，“你为什么要赚那么多钱呢？”沙伟问。

“我？”常骁停顿了一下，“为了自由。有了钱，就能获得财务上的自由。有了财务自由，就能找到真正属于自己的生活。而没有钱呢，一切的幻想都是徒劳的、不切实际的，心再高也飞不起来。你呢？”常骁反问。

“我？”沙伟想了想说，“也许是为了我最爱的人吧，或者是为了弥补我内心的空虚。我从小到大穷够了、穷怕了，不想一辈子这么活。”沙伟也是推心置腹。他站起来，用遥控器关闭了空调。“有点热……”他解释道。

常骁也坐了下来，接过沙伟递来的香烟，自己点燃。

“这一票没干成，老板很生气。”沙伟长叹了一声。

“哎……这也不能怪咱们啊。”常骁皱眉，“都已经潜进去了，准备工作也做好了，只要再等一段时间，就能抓住长城公司总经理的把柄，任务就能顺利完成。但谁知道……”常骁停顿了一下，“谁知道警察插了手，唉……前功尽弃了……”他叹气。

“是啊……我也是这么向老板解释的，”沙伟说，“但是老板不听啊。他要的是结果，不是过程。你知道的，如果这一票干成了，我们将收获八位数的报酬。唉……全都没了……”沙伟很沮丧。

“唉……”常骁听到这里也重重地叹息。

“本来我想，做完了这一票，大家就各奔东西，从此再不见面。凭着这几次的分成，我们都能过上好日子，从此不再为钱担忧。但没想到却让几个臭警察搅了局，不但计划搁浅，还折进去两个兄弟。”沙伟说着拿起桌子上的水瓶，倒了两杯水，递给常骁一杯，自己仰头喝了一口。

“这不是咱们能左右的啊。”常骁接过水杯，无奈地摇头，“事到如今呀，我就想图个平平安安的，什么钱不钱的，不重要了。”常骁喝了一口水，“我从小父母死得早，就这么一个弟弟，我们俩相依为命，谁也离不开谁。是我自私，自己考上了大学，让弟弟早早就离开学校打了工，到现在也无一技之长。”

沙伟看着常骁，又喝了一口水，“你放心吧，老板会善待邓楠的。”

常骁苦笑。“你还有亲人吗？”他问。

“有，老妈还在。”沙伟难得这样坦诚。

“兄弟，我不管你的真实姓名和身份是什么，也不管你到底是叫沙伟还是宋涛，就当我求求你，想个办法，让我弟弟离开老板，别再走我这条路。”常骁央求道。

“为什么？你不想你弟弟有个好的前程？”沙伟问道。

“好的前程？”常骁苦笑，“咱们干了这么多缺德事儿，还能有好的前程吗？有了钱就真有了一切吗？难道真能比踏踏实实地活着还重要吗？”常骁说，“我受够了，不想再这样东躲西藏了，也不想总顶着别人的身份，靠说瞎话活着了。兄弟，哥哥求你，钱我不要了，你放我一马，放我弟弟一马吧。”他语气里带着哭腔。

“放你一马？”沙伟说着站了起来，“你让我放你一马，那你为什么不放我们一马呢？”他话锋一转，刚才轻松的表情顿时变得凶狠起来。

“什么？你……这是什么意思？”常骁不解地问。

“我看有些话也不必说透了，说透了对大家都不好，撕破了脸谁都没面子。邓飞，我问你，你能保证现在跟我说的这些话，都是事实吗？”沙伟质问道。

“我……”常骁一时语塞，但却又突然笑了起来，“呵呵呵，呵呵呵……可笑啊，你真可笑。”常骁说，“现在你和我，都叫着对方虚假的名字，伪装着各自的身份，竟然还想让彼此说出真心的话，这……这不是扯淡吗？”

"呵呵，是，是扯淡。"沙伟点头，"你说得对，我们干的这些买卖、说的这些话，都是扯淡。来，哥哥，我不管你是常骁，是肖一凡，还是邓飞，毕竟我们兄弟俩处过一场，我敬你，咱们就以水代酒，喝完这杯，就各奔东西。"沙伟举起杯，伸到常骁面前。

常骁犹豫了一下，也举起水杯，重重地与沙伟的水杯相碰。"好，喝完这杯，从此各奔东西，老死不相往来。"常骁说完，一饮而尽，但却没有注意到，沙伟随手把水杯中的水，扬洒到了身后。

"兄弟，你今后有什么打算？继续跟着老板？"常骁擦了擦嘴角问。

"我？不知道。"沙伟摇了摇头，"顺其自然吧，像草一样，冬天枯萎，春天生发，听天由命。"沙伟说，"行了，我走了，后会无期。"他说着放下水杯，拿起外衣，缓步向门外走去。

"哎，有句话我问你。"常骁叫住了沙伟。

"什么？"沙伟转过身。

"你……是不是一直觉得，是我出卖了你们，警察才找到长城公司的？"常骁袒露心声。

"呵呵，你说呢，哥。你要是不说，他们能找到我们吗？"沙伟反问。

"唉……"常骁摇头，"没办法，也无所谓了，随你去想吧，我有口难辩，真的有口难辩。"常骁无可奈何地摇头。

沙伟没再多说什么，戴上口罩，转身就走了出去。在房门关闭的一刹那，常骁突然意识到了什么，他看着手中的水杯浑身颤抖、不知所措，但又渐渐地平静下来，缓缓地坐回到沙发上。他拿出一根烟，点燃、吸吮，泪流满面。

"唉……谎言最终会付出代价的，无人幸免……"说完，他的身体便不由自主地抽搐起来，整个人迅速由平静变为歇斯底里，他大叫着，在公寓里跌跌撞撞地左突右撞，砸碎了所有能砸碎的东西。

沙伟听着身后的响动，知道自己的时间也不多了，三十六计走为上策，他加快步速，开始奔跑，一边跑一边脱去身上的外套，一出门便进了一辆等候多时的白色面包车。沙伟刚一钻进车厢，浑身便不由自主地颤抖起来。

“快，绑住他！”面包车里的一个人说，“给他打镇静剂，立即催吐。”

沙伟撕下口罩，表情狰狞，咬牙切齿。他用力撕扯着自己的衣物，直至把自己剥得赤裸干净。“快……快把这衣服给扔了……有……有问题！”沙伟气喘吁吁。

车中的一个男子身材魁梧，样子像个保镖。他按照沙伟说的，扯过他的衣服，用手细细搜索，果然在衣服的里衬中发现了一个指甲盖大小的扁平装置。“是这个吗？”他大声地说。

“是，是！扔掉它！快！”沙伟全身剧烈地颤抖，身边的三个人狠狠地按住他，不让他继续发狂。

保镖打开车门，将扁平装置丢了出去。沙伟歇斯底里地喊着：“什么狗屁东西，给我下追踪器！王八蛋！咱们都不是好玩意儿，一句真话也没有！都不得好死，不得好死！别救我，让我去死，去死吧！”他话还没说完，就被一个人在胳膊上扎中了镇静剂，瞬间虚弱下来，直至瘫软。车厢里顿时由喧闹变为寂静。

当那海涛和齐孝石带着民警赶到公寓的时候，常骁已经昏迷不醒了。经过抢救，他在医院病房躺了整整十多个小时，才逐渐恢复了知觉。

“邓飞吗？邓飞？”那海涛看他醒了，在他床边问道。

“啊？邓飞？飞？”化名常骁的邓飞目光迷离，“谁？飞？”他反反复复地说。

“警官，他现在已经不能再经受强烈刺激了。”一旁的医生说，“他服用了一种含有 LSD 成分的药剂，神经系统遭到了严重的破坏，已经不能正常地与人交流了。”

“LSD？”那海涛惊讶，“那不是一种毒品吗？”

“是的，LSD 就是麦角酸二乙基酰胺，是一种精神制剂，也可以说是一种毒品。250 微克就会让人产生迷幻的感觉，过度服用会出现持久性知觉障碍，看到物体会有光晕，移动的物体会出现轨迹，精神方面会出现极度的恐惧、焦虑等感觉，同时还会伴有严重的暴力倾向。经我们在抢救中检测，这名患者恰恰是口服了大量含有 LSD 成分的液体制剂，造成了神经系统不可挽回的损伤。”医生回答。

“那……他的情况还有挽回的希望吗？”齐孝石震惊地问。

“没有可能，人的神经系统，特别是大脑的神经系统一旦遭到破坏，恢复的可能性微乎其微，更何况是服用了这么大剂量。LSD 是世界上最强烈的精神药品之一，如果患者不是个吸毒成瘾的瘾君子，那一定是有什么人给他下了药剂。”医生说。

“是我害了他……是我……但我不是想让他这样啊……我是……想要救他啊，让他能活明白喽，别再这么一条道走到黑！我是要救他啊……救他……”齐孝石浑身颤抖，满眼含泪。

“师父，师父！”那海涛扶住齐孝石的胳膊，劝慰道，“这不是您的责任，与您无关。”

“与我无关？怎么会与我无关呢？”齐孝石抬起头，“如果不是我出幺蛾子，想从中分裂他们瓦解他们，让他吃挂落儿，这个人如今怎么会变成这样？没准还能全须全尾地活着。但现在呢？他这一辈子都毁了，毁了……”齐孝石虚弱地颤抖起来，话没说完就剧烈地咳嗽，“我有罪啊，有罪！什么善意的谎言啊，都是胡扯！”

这时，疯癫的邓飞大笑起来。他看着齐孝石的样子，手舞足蹈。“哈哈，哭了，哭了，废物，废物。”邓飞再也没有昔日的自信与傲慢，常骁专有的表情也永远成为过去。他满脸都是迷茫和无知，眼神里却藏着深深的恐惧。“弟弟，弟弟，帮我找弟弟……”邓飞笑着笑着，又哭出了声音，“弟弟，邓楠，

弟弟，邓楠，找我弟弟，找我弟弟……”邓飞涕泪横流，车轱辘话来回地说。

“邓楠？你再说一遍？谁？”齐孝石顿时警醒起来。

“邓楠，我的弟弟。”邓飞哭着抓住齐孝石的胳膊，“我……邓飞，邓楠的哥哥……”他又指了指自己，“不说谎了，不骗人，当个好人，当个好人。”他泪如泉涌。

齐孝石也抑制不住内心的痛苦和愧疚，眼泪决堤。“不说谎，不骗人了，当个好人，好人……”齐孝石轻轻地拍着痴傻的邓飞，悲痛无比。

那海涛却冷冷地在他身后站着，惊讶地重复着那个名字：“邓楠……弟弟……”他思绪万千，愁眉不展。

艰难抉择

沙伟从床上醒来，窗外依然是阴云密布。他竭尽全力坐起，感觉浑身依然疼痛虚弱。他看着自己手臂上的血痕，慢慢回忆着自己疯癫前后的一幕一幕。那仿佛是场恐怖电影，让他厌恶、让他恐惧、让他迷茫、让他疼痛。邓飞到现在，该是非死即残，LSD 的效果不言而喻，再强的钢筋铁骨也抵不住对精神的侵袭。他从床头柜上拿起水杯，喝了口水，但瞬间又惊恐地喷吐出去。回忆让他草木皆兵、心中战栗，他感到浑身冰冷，一时竟有种兔死狐悲的伤感。

“你放我一马，放我弟弟一马吧……”沙伟突然想起了邓飞说那句话时的表情。不知怎么的，他瞬间感到脑袋嗡的一声，像炸开了一样的疼。他用力捂住头部，浑身蜷缩，在床上不住地翻滚。邓飞痛苦哀怨的样子像个魔鬼，时时萦绕在他的眼前。

“呼……呼……”沙伟喘着粗气，他毫不怀疑，此刻自己处于极度安全的场所。但他又极度怀疑，自己会不会成为下一个邓飞。邓飞是常骁、肖一凡的真身，一旦真身消失，一切伪装的身份也都自然灰飞烟灭。这是沙伟团伙最狡诈的优势，也是最隐蔽的战斗力。沙伟努力调整着自己的呼吸，强迫着自己拿起水杯，一口一口地喝下令他恐惧的水，直至全部喝干。他放开疼痛难忍的头部，咬紧牙关让自己的思路重新启动，像个高智能高效率的计算机一样重启运转。这个世界本就弱肉强食，不付出代价，怎会有所收获。一切懦弱的自怨自艾和卑微的明哲保身，最终都会屈服于狡诈的手段和凶狠的铁腕之下。

沙伟一闭眼，就觉得自己的身体在飞，眼前的事物都有了万花筒的效果。他明白自己此刻的头脑依然紊乱，思维还未恢复清晰。但他要竭尽全力地恢复如初，只有这样才能保证自己的生存。他不会被感情欺骗，特别是不会为敌人弥留之际的感情左右。他想自己会照顾好邓飞的弟弟邓楠的，但不是要放他远走高飞，而是要全力把他培养成第二个常骁。他说过，也许邓楠才是让自己获得最终自由的关键。

沙伟睁开双眼，眼前除了凄冷的白墙就是窗外灰黑肮脏的雾霾。他重重地呼吸，仿佛要把胸中的压力都喷吐出去。他知道自己腹背受敌。一方是要剥夺自己自由的警察，一方是仅凭武断的结论就可痛下杀手的暴力。任何一点疏忽，都会让自己身陷囹圄或死无葬身之地。

“为什么？为什么！为什么不问清楚就下了毒手，为什么不给他解释的权利！不是说好了要放昏迷剂吗？为什么是LSD！为什么！”沙伟浑身震颤，握紧双拳，“你中计了知不知道！还有没有人性，有没有！”他感到决斗的时刻即将来临，宁可玉碎，不能瓦全，“你是想用连环计是吧，一箭双雕？除了杀一儆百，还要让他弟弟恨我？借刀杀人？想得美！”沙伟的表情狰狞，“我发誓，我会让你付出代价。”他狠狠地默念。

预审办公室里，那海涛在默默地翻着卷宗。有人敲门，是小吕。

“什么事儿？”那海涛头也不抬地问。

小吕没有回答，缓缓地走到那海涛的身边。

那海涛抬起头，看着小吕皱眉。“怎么了？又出什么问题了吗？”他问。

小吕咬着下嘴唇，欲言又止。

“有话直说，没话走人。我在忙。”那海涛本来就心烦，看小吕这样，没好气地说。

“师父，我记得您当初说过的话。您说警察要对得起自己的良心。特别是作为一名执法人员，要抵制住诱惑，以事实为依据、以法律为准绳，是我们最基本的底线。”小吕一字一句地说。

那海涛觉察到事出有因，不明就里地问：“你怎么了？到底想对我说什么？”

小吕鼓了鼓勇气，年轻的脸上露出一种失望的痛苦，“师父，您还和我说过，咱们搞预审的，要坚持住真理，哪怕遍体鳞伤，也一定要无愧于心。一旦放弃真理，即使获得一时的利益，也早晚会一败涂地，付出惨重的代价。”这是检察官周济广的原话，那海涛把它传给了小吕。“但您……却为什么要这么做？”小吕泪如泉涌，浑身颤抖，“师父，你告诉我这不是真的，我是不是误会你了，是不是？”

小吕说着将一摞照片摔在那海涛的桌子上。那海涛拿起照片，缓缓地翻看。他哑口无言，根本不知道该如何解释。

“这是一个犯罪嫌疑人寄过来的，我虽然曾经败在他的手里，却没有损坏警察的荣誉。但我没有想到，您会……”小吕眼泪流淌，气喘吁吁。他用手擦了擦眼泪，露出了少有的坚毅表情，“师父，我最后叫你一声师父。如果是我误会了你，那我希望听到你的解释。但如果这一切是真的，我从此不会再叫你一声。”小吕不再结巴，眼神里有种警察特有的坚毅。

“我……”那海涛不知从何说起，“我不配做你师父……”他一字一句地回答。

小吕怔怔地看着他，攥紧了双拳。他猛地用力地捶打了几下桌子，狠狠地转过头，摔门而去。只留下那海涛一个人，在傍晚的灰暗中呆若木鸡。

起风了，呼啸的声音像恶魔在吹着鸽哨。人们四散奔逃，像所有渺小脆弱的生命一样，躲避着自然界恶劣的气候。海城市政府追逐 GDP 的结果，除了让原来的官员飞黄腾达外，更多的是让所有的市民付出了生命与健康的代价。蓝天基本靠刮，已经由调侃变为了现实。

齐孝石焦急万分，他已经好几天没见到女儿齐欢了，今天打了整整一天的电话，都没有接通。他慌了，一想起刘松林在自己面前发出的毒誓，和邓飞疯疯癫癫的样子，就感到压力重重，几近窒息。他裹紧大衣，顶着冷风，走在死气沉沉的街上，周身依然觉得寒冷，就拿一根烟顶着。暂时的晴空只是假象，雾霾随时可能袭来。齐孝石步履蹒跚，觉得自己生命中的热情在渐渐耗尽，黑色的迷茫触手可及。

他伸了无数次手，才拦下一辆出租车。车几经颠簸，经过了焦化厂。他犹豫了一下，让司机等等，就下了车，气喘吁吁地爬到了那个旧楼的楼顶。他向下俯视着，下面正在拆除，乱糟糟的一片。他想象着龚培德最后一次站在这里的情景，觉得自己也许有一天也会像他一样，无声无息走过去，用力跳起，双脚腾空，就可以逃避开所有的痛苦……他回了回神，暗骂自己的懦弱无能。下了楼，上了出租车，颠簸了将近一个小时才赶到了前妻家，一进门，秀云和老张正在吃晚饭。

见齐孝石进来了，老张热情地迎接，“哎，老齐啊，过来了。还没吃饭吧，快坐，快坐。”老张是个典型的知识分子，一副黑框眼镜后是一双诚恳的眼睛。

“不了不了，我找欢欢。”齐孝石焦急地说，“她这几天回来了吗？你们见到她了吗？”

秀云看齐孝石这样着急，也赶忙迎了过来。“怎么了？欢欢她怎么了？”她也焦急起来。齐欢是秀云身上掉下来的肉，母女连心，秀云不能容她出一点问题。

“没事没事，我就是几天没看见欢欢了，过来问问。”齐孝石努力掩饰内心的慌乱，他不想因为自己这个莫名其妙的恐慌去打扰秀云和老张。

“啊，那你等等，我打打她手机。”秀云说着转身拿起手机，拨通了齐欢的号码，电话果然是关机状态。

“你也没打通吧？她电话不是关机就是不在服务区，好么秧儿的，这是怎么回事啊？”齐孝石越发焦虑。

“啊……你们打的是不是还是欢欢的老号码啊，嗐，她前几天刚换了新的手机号。”老张突然想了起来，“她原来不是用联通的号儿吗？前几天移动搞活动，她就换了移动的。你们别急啊，我来找找。”老张说着拿起自己的手机。

“噢，我说的呢，怎么打不通。”秀云也大呼了一口气，“老齐，你别着急，欢欢这几天都是正常回家，按时上班。今天也是吃了早点才走的。”秀云宽慰道。

“喂，欢欢吗？”老张在那头拨通了电话，“噢，没事，就问问你什么时候回来。你爸来了，来看看你。好，好，我们等你啊。”老张一边说，一边用手拍了拍齐孝石的肩膀，“没事了，老齐，欢欢一会儿就到家。”

齐孝石面带尴尬。“啊，那要是这样，我就先走了。”他说着就往门外走。

“别别别，既然来了，怎么也得吃口饭啊。”老张的热情劲儿又上来了，他不由分说地把齐孝石往餐桌上拽，秀云在一边也劝，弄得齐孝石无可奈何。没办法，既来之则安之，齐孝石就算再别扭，也得硬撑着吃完这顿饭再走。他胡乱夹了几口菜，就胡噜起米饭。而菜刚一入口，那多年前的记忆就不自觉地浮现在眼前。这饭菜一进嘴就知道是秀云的手艺，少油、清淡、味儿好。齐孝石不由自主地回忆起往昔，美好的片段破茧而出，簇拥到眼前。他越吃越觉得自己是个悲剧人物，机械地吞咽着，形同嚼蜡。

秀云看着齐孝石，知道他内心的纠结，就换了个轻松的话题，以给他宽慰。“老齐啊，有个天大的好事不知道你听没听说？”秀云装作神秘地问。

“啊？天大的好事？什么啊？说来听听。”齐孝石问。

“欢欢的工作转正了，现在是正式的银行职员了。”秀云笑着回答。

“啊？转正了？”齐孝石惊讶，“不是说……转正需要两千万存款呢吗……”齐孝石脱口而出。

“是啊，所以说呢，欢欢长大了，自己有本事了。这两千万存款，是她自己拉来的。”秀云说，“老齐，欢欢是个大姑娘了，她有自己的选择，咱们都老了，该尊重她的选择，让她过自己想要的生活。这人啊，一辈子不图功名利禄，能健康平安，才是最大的福气啊。”秀云话里有话。

齐孝石埋头吃饭，不作回答。他自然知道秀云这话里的意思，但事到如今，幸福、平安、健康，对自己来说，都已经是遥不可及的事情了。

这时，屋门一开，齐欢回来了。

“哎，爸，妈，张叔叔，你们都在啊。”齐欢难得看到这三个人在一张桌子上吃饭，有些惊讶。

“嗐，你说你这个丫头，换了手机号也不跟你爸说一声。你看，让他担心了不是。”老张第一个说。

“哎哟，这个我确实忘了。不好意思啊，不好意思。”齐欢笑着，大大咧咧地说，“哎呀，今天的好吃的，还真多。”她说着就捏起一块牛肉，“你们等等我，一会儿我要大吃特吃一顿。”她转身去厨房洗手。

饭罢，齐孝石起身告辞，秀云和老张就让齐欢去送送他，意思是让他们父女说说话。

风停了，月朗星疏，天气并不很冷。齐欢挽着齐孝石的胳膊在街上走，两个人你一句我一句地闲聊着。

“欢欢，听说你的工作转正了？”齐孝石问。

“啊？您听谁说的啊？我妈吧。”齐欢笑着说。

“是听你妈说的，你张叔叔也说了。他们都夸你有本事，能拉来两千万存款。”齐孝石故意说出后面的话。

“哦，那存款啊，其实……也不是我拉的……”齐欢挠了挠头，像个孩子。

“啊？那是谁拉的？”齐孝石问。

“海涛拉的，他找朋友帮我解决的。”齐欢说。

“他找朋友？”齐孝石皱起眉头，“他找的是什么朋友？是个人还是公司？”他问。

“哎哟，我说爸，您这一句一句的跟审犯人似的，不说了不说了。”齐欢想岔开话题。

“不行，你一定得原原本本地告诉我，那海涛拉的存款，是个人的还是公司的？”齐孝石追问。

“哎呀……”齐欢无奈了，“好，那我就告诉您，他拉的存款，是海城正毅集团的公司户，先期是两千万。海涛说如果努努力，没准正毅集团的基本户还能过来呢，要是那样，可就能拉来几亿的资金了。”齐欢笑着回答。

“什么！正毅集团！”齐孝石大惊失色，他感到脑袋嗡的一响，顿时觉得天旋地转。他怎能想到，自己查的嫌疑对象，都已经把存款存到女儿的单位了。

“爸，怎么了？爸……”齐欢看齐孝石异样，忙问。

“欢欢，爸问你，那海涛是通过正毅公司的什么人拉到的存款？”齐孝石急切地问。

“啊，这个我就不知道了，只知道当天办理存款的人，姓……姓宋……”齐欢答道。

齐孝石的脑袋又嗡了一声，浑身上下的冷汗顿时冒了出来。“欢欢，你听爸爸说，这钱咱不能要。退回去，一定得退回去。”齐孝石说。

“什么？退回去？”齐欢不解，“为什么啊？挺不容易拉来的存款，为什么要退回去呢？”

“我没法跟你解释，但这次你一定要听爸的，把钱退回去，有机会我再跟你细说。”齐孝石说。

“爸，你到底是怎么了？现在正毅集团存了款，不是说退就能退的了。”

齐欢也着急了，“客户到银行存款，是他们的自由，只听说过拉存款的，没听说过退存款的。再说，我已经靠这笔钱把工作转正了，现在就是想退，也没有办法了。”

齐孝石摇头叹气，许多话憋在肚子里不知怎么跟女儿说。“欢欢，你这个傻孩子，你真以为那帮孙子把钱存在你这儿，是看在你能力的份儿上吗？”齐孝石说。

他这么一说，齐欢不高兴了。“爸，你怎么这么说我啊，难道在你眼里，我就永远是那个没能力没本事的小孩子吗？你不管我，我不会自己努力吗？你不管我，我不会自己争取吗？我跟你说，现在我妈家房子的装修，和他们俩的新手机，都是我拿‘吸存’的奖金付的，仅凭你对人家企业的不好印象和猜测，我是不会干什么退款的傻事的。”齐欢反驳道。

齐孝石无可奈何，手足无措，“欢欢，我不是这个意思。”他想解释，但许多话却憋在心里不能明说。

“爸，这笔钱虽然是海涛帮我联系的，但人家是否决定存款，看的也不是我个人的面子，而是我们银行的信誉。这些年来，我在行里干着最苦最累的活儿，到了年底，全年拿的工资还不如有资源的行员随便的一笔提成。你知道我的痛苦吗，爸？”齐欢说着说着就哭了。

齐孝石仰天长叹，眼前一片漆黑。他意识到了重重的危险，但又突然想不明白，觉得不解。他不懂，那海涛为什么要这么做，是真的犯糊涂到了敌我不分的地步，还是另有所谋，要通过这种方式拉自己下水。齐孝石的大脑迅速地转动，两千万存款，姓宋的经办人……自己能抵住诱惑，而敌人却从家人的身上下手。齐孝石越想越觉得毛骨悚然，站在原地一言不发。

“爸，爸……”齐欢也害怕了，“你怎么了？啊？”

“没事，没事……”齐孝石找了块路边的石墩坐了下来，“唉……”他叹了口气。他前思后想，怎么也想不明白，那海涛这么做的理由和动机。他难道忘记了龚培德的死吗？他难道就是伪装在内部的内鬼吗？会是刘松林集团用什么计策逼迫他这样做的吗？还是他自己有着什么样的计划和盘算？齐孝石默默地想着，转头看着女儿。齐欢真的长大了，已经出落得婀娜多姿、亭亭玉立。齐孝石拢了拢齐欢耳畔的头发，苦笑着摇头。

“欢欢啊，其实我反对你和那海涛在一起，不是因为那些陈芝麻烂谷子的破事儿，而是不想让你再跟你妈一样，嫁给一个复杂的人了……”他语速缓慢，非常认真，“搞预审的人太复杂了，都不是善茬儿，要想审人就得先琢磨人，抖攒儿、下家伙，没点儿玩人的手段不行啊……但谁都不是傻子，玩好了能立功受奖、功成名就，而一旦玩儿不好，就身败名裂，跟你爸我一个德行……”齐孝石摇头，“预审不同于别的警种，不光是工作任务上危险，还要随时抵制诱惑，钱啊色啊，各种利益。常在河边走啊，只要一湿鞋，就得付出沉重的代价，没准连自由都打了水漂儿。我是真不愿意再让你走你妈的老路啊，整天担惊受怕的，活不见人死不见尸的……”

“爸，你怎么说得这么难听啊。”齐欢摇头，“我不懂你说的那些，但是我相信爱情，相信爱情能战胜一切。我和海涛在一起，心里很踏实，很有安全感，他绝不会像您一样……”齐欢欲言又止，怕伤了父亲的自尊。

“爱情……”齐孝石轻轻地摇头，“有时越是美好的东西，在谎言的面前就越是脆弱。每天和一个不能完全相信的人在一起，你能过踏踏实实的日子吗？”齐孝石反问。

“为什么不能完全相信？有什么不能同爱人讲的？”齐欢费解。

“只要干预审，许多的事情就都是不能讲的，亲人、朋友，无论跟谁也不能讲。”齐孝石说，“工作上的秘密、社会上的诱惑、权力金钱的侵袭，太多太多，你懂吗？”

“我不懂。”齐欢摇头，“那是您的做事方法，我相信只要两个人真心相爱，就一定可以坦诚相待。海涛有什么事儿都和我说，他愿意让我为他分担，我们可以在一起相互依靠、彼此信任，承担生活的压力。”

齐孝石无言以对。“我跟你妈分开，就是因为说谎……说谎的人总以为自己聪明，能自圆其说，殊不知这嘴啊，是惹祸的根苗，谎话一出就得付出代价……”齐孝石闭上了双眼，心顿时疼痛起来，被往事灼烧。

“欢欢。”齐孝石停顿了一下，让自己冷静，“你告诉我，正毅集团给你的汇款账号是什么，在哪个银行开的户。”齐孝石努力缓和着语气问。

过了两天，一切照旧，人们朝九晚五地在这个城市里奔波，循环往复地用生命换取生存。而预审支队的小吕却没有上班，也没有向主管他的领导那海涛请假。

晚上八点，那海涛匆匆赶到了约会的地点。城市仍被灰霾笼罩着，像罩着一个巨大的肮脏容器。那海涛与齐欢相视而坐，两个人都在沉默，之间似乎隔着一堵无形的墙。

“海涛，我不想你再干预审了，太危险了。”齐欢打破了沉默，“我听说你们搞的那个案子，有个嫌疑人在几天前被害了，现在还躺在医院里疯疯癫癫的。海涛，我害怕，我害怕你懂吗？你是我的依靠，是我全部的希望，你每天都在刀尖上走着，我的心也无时无刻不在悬着。”齐欢的眼睛里噙着泪水，“你说要娶我，要给我幸福，这些我都相信，深信不疑。但我不希望我们的生活总是这样游离不定，一个电话你就得走，一办案子多少天我都不知道你在哪里，在干什么。海涛，你要娶我，就要为我着想，离开预审吧，哪怕去个别的警种也好。我真的受够了这种日子。”

那海涛看着齐欢，不知是该劝慰她，还是要劝慰自己。“欢欢，再等等我，等我搞完这个案件。”他说。

“等等等，我不知道等了你多少次。”齐欢发作起来，“每次我跟你谈，你都让我等，无休无止地等，没完没了地等，不知道要等多少年。你知道吗？我妈妈当初离开我爸，就是因为最后等不到希望、看不到结果了。我不明白，你这个职业，真的就比我们俩的幸福还重要吗？”齐欢问。

“你不懂，你真的不懂。”那海涛摇头，“有些事情与职业无关，一旦做出选择，就没有中途离场的可能。就像是一场足球赛，一旦哨音吹响，无论输赢都要踢满 90 分钟。现在我面对的，不仅仅是一个案子，而是一场赌博，一场关乎生死的赌博。我没有撤退的可能，更没有机会离席。但有一点请你放心，欢欢，就算前方再怎么凶险，我都会为了你，努力地生存下去，努力地取得胜利。你要保护好你自己，我们一定会有美好的未来的。”

“海涛……”齐欢泪流满面，“我知道你为我做了很多，但我也想让你知道，为了你，我同样可以付出一切。我不要什么转正，也可以不要这个工作，甚至可以陪你一起出走，离开这个城市。海涛，你不要让我担心，什么也没有平安重要。”

那海涛一把将齐欢搂在怀里。“对不起，是我连累了你。答应我，无论出现什么情况，你都要保护好自己。放心，为了我们的未来，我也不会轻易妥协放弃。这场球必须要踢，不但要踢，还必须要胜利。”他一字一句地说。

夜，万籁俱寂。齐孝石在黑暗中沉默着，消瘦的身体仿佛枯萎的植物。他拿着一个电话单，在台灯下用笔一下一下地画着，每画几下就抽一口烟。他不时打开手机，去比对一些号码，表情越来越凝重。烟一根接一根地抽着，积满了烟灰缸。窗外是 PM2.5 爆表的沉沉雾霾，他心里更是深不见底的层层黑暗。他手脚冰冷，沮丧不已，不知道自己的猜测到底是不是事实。他甚至一次又一次地去质疑自己曾引以为荣的经验，以否定自己的判断。真的是他，真的会是他吗？

面前的桌子上，摊着十多张照片，那里面每张都有那海涛的身影。就在三个小时前，齐孝石送走了小吕。小吕这个在昔日里软弱稚嫩的年轻人，却在关键时刻做出了正确的选择。在他的心里，真假善恶泾渭分明，这本是一个人民警察应当具备的最基本原则，但在现实生活中，却不是每个人都能做到。齐孝石翻看着照片，那个和那海涛在一起的人，竟然就是自己苦苦寻找数月的、掌握着龚培德案件重要线索的邓楠。齐孝石知道自己被愚弄了，被那个最信任的人。他感到身体在下坠，手脚冰冷，他竟无法像小吕一样，做出最简单最直接的选择。他感到羞愧，彻彻底底的羞愧。

齐孝石默默地站起身来，哆哆嗦嗦地穿上衣服。他推开房门，外面的空气污浊不堪，一股焦炭的味道迎面而来。不知怎么的，他想起了龚培德，想起了邢科长，想起了自己刚当警察那会儿天真无邪的畅快和憧憬，想起了那曾经湛蓝无垠的天空和飘浮的云朵。他咬紧牙关，拖着疲惫不堪的身躯，潜入到夜色里。

那海涛默默地在街上走着，呼吸着污浊的空气。那些自以为是的专家说了，PM2.5 不但会对呼吸系统造成不可逆转的损害，还会融入人的血液引发癌症。但此刻的那海涛却顾不了这些，他想做的只是在熟悉无比的城市再走一回，仿佛要以此来增加自己的勇气。每一个路口都让人怀念，每一条街道都有过故事。那海涛却对自己的脆弱和感性反感至极。他不厌其烦地看着手机屏幕上齐欢的笑脸，仿佛这是此刻灰颓中的唯一希望。夜深了，他不知不觉地，走到了单位的门口。

单位的楼道静得叫人害怕，除了几百米外监区的审讯室灯火通明外，一切都被黑暗吞噬。那海涛走到办公室门前，刚一推门，就发现门缝中被夹住的纸片已经掉落在地。他环顾四周，伫立在原地。也许是保洁在擦地的时候碰掉的吧。他这样想着，努力让绷紧的神经松弛下去。他缓缓地开门走进了办公室，一切物品的陈列摆放与下班时一样。周围安静极了，整个世界都在沉睡。那海涛轻迈脚步，走到办公桌前，他拉开抽屉，慢慢地把东西都放到桌面上，之后掀开垫在抽屉里的报纸，拿出了一张银行卡。他环顾四周，确定无人后，才揣起银行卡，转身出门、落锁，轻轻地消失在楼道的黑暗中。

窗外的冷风窸窸窣窣的，齐孝石蹲在空调的室外机上，颤颤巍巍的，随时都有坠落的可能。他全力控制住身体的颤抖，紧紧攥住窗外的护栏，默默地张开左手，汗水已经浸湿了那上面的号码。他默念着，一遍又一遍地在心中重复着那个号码，生怕遗忘了再也找不回来。他下意识地看着脚下几十米的落差，浑身再一次筛糠般地颤抖。他默念着：我不能死，老天爷，你再给我几天时间，让我把这事儿给弄消停了……

齐孝石耗尽了全身的力气，才死里逃生般地回到办公室。他停留在黑暗中，克制住身体可能发出的任何一个声音。他感到疲惫之极，摸索着坐到那海涛的办公桌前，看着桌子上那个琉璃烟灰缸发愣，不自觉地掏出一根烟，犹豫了许久又放了回去。夜深了，窗外的冷风似乎都沉寂了，不再有任何声音。齐孝石听着自己的心跳，默默地寻找着内心的答案。需要思考和选择的事情太多了，千丝万缕、千变万化，根本找不到头绪。齐孝石深深地叹了口气，凝视着窗外的雾霾许久，才缓缓拿出了手机。

他做出了选择，像小吕一样，做出了复杂判断中最简单的选择。他准备成全那个义无反顾的人，既然终极对决已经开始，那索性就舍命陪君子吧。

“喂，老沈吗？”齐孝石拨通的是纪委副书记沈政平的电话，“你现在来市局一趟。哎，你别管几点，有事儿，重要的事儿。”齐孝石压低着声音，但语气坚决，“我要举报一个民警的受贿行为，数额是一百万元人民币，他的姓名是，那海涛。”

舍身计

两天后，一个惊人的消息在海城市公安局内不胫而走。预审支队原副大队长那海涛，被市局纪委“两规”。所谓“两规”，是指依照《中国共产党纪律检查机关案件检查工作条例》相关规定，要求有关人员在规定时间、规定地点就案件所涉及的问题做出说明。

那海涛是在他的办公室被带走的，纪委的副书记沈政平亲自带队实施“两规”。据在场的内勤蒋梅回忆，纪委的人告知那海涛涉嫌受贿，数额是一百万。一百万，这个数额相当于一个普通警察十多年的工资。不但数额令人咋舌，严重程度也令人发指。

那海涛被纪委的两名民警带上警车，警车呼啸着转了个圈，从市局大院出来，在院外的市局招待所停住。一共没有几百米的距离，那海涛的人生却像过山车一样，从巅峰坠到谷底。他走下警车，踉踉跄跄地走进招待所。按照“两规”的规定，“两规”地点不能设在司法机关的办公和羁押场所，所以市局招待所内的一间套房，就成了纪委实施“两规”的临时地点。时间正值中午，那海涛不时遇到陪外地同行前来用餐的同事。有的人知道原委，就低头闪身，装作不认识；而有的人则不明就里，依然和他打着招呼。那海涛脸色铁青，只得点头应承，心里却如刀割般难受。走进房间的时候，窗外正对着市局看守所，那海涛深深地叹了口气，望着远处那五米多高的厚重铁门，想象着那铁门内空旷寂静的监区筒道。那是他工作战斗的地方，是他立功受奖一鸣惊人的平台，但谁知道，自己会不会有一天，以另一种身份再次走进那里。那海涛思绪万千五味杂陈，却面不改色，既不辩解也不喊冤。他缓缓地坐在椅子上，回头望着看押他的两个民警，眼神里空空如也，毫无生气。

几日来，纪委的民警对那海涛进行车轮战般的讯问。那海涛是预审的高手，对纪委民警的讯问对答如流，遇到关键问题并不躲闪，反而理直气壮振振有词。面对举证，那海涛苦笑着摇头，说他也无法解释，因为根本就不知道那笔款项的来由，没准是哪个糊涂蛋错汇到自己的账户也说不好。几轮审讯下来，纪委民警纷纷败下阵来，谁也没能把“那三斧子”问出个所以然，审讯处于停滞状态。沈政平眼看着那海涛银行卡内的巨额数字铁证如山，却没办法拿下他的口供，异常焦虑，一时间进退两难。他在将情况上报市局领导的同时，亲自拉下了审讯提纲，准备重操几十年前的旧业，会一会这个“那三斧子”。

招待所的套间一里一外。里面是卧室，放着三张单人床，那海涛睡靠墙的一张，而靠门和靠窗的两张床则睡着看押的民警。外屋已经被布置成一个审讯室的模样，一张桌子横隔在房间正中，桌子后面是两张椅子，前面是一个板凳。

纪委副书记沈政平与那海涛对视，一高一矮、一里一外。屋里有种难闻的味道，说不好是不是空气中混合了怨愤、胆怯、彷徨和侥幸。沈政平和纪委民警在桌子后端坐，那海涛则坐在矮小的板凳上，那是昔日他做主审讯时，嫌疑人的位置。

“姓名？”沈政平问。

“那海涛。”那海涛回答。

“职务？”沈政平问。

“民警。”那海涛回答。

“今天为什么被带至此处‘两规’？”沈政平问。

“因为我涉嫌受贿一百万元人民币。”那海涛抬起头看着沈政平的眼睛。

“你是否收受了贿赂？”沈政平也是预审出身，懂得循序渐进。

“没有，我没有收受贿赂。”那海涛说。

“你是否明知自己的银行卡中有这笔钱？”沈政平问。

“我知道。”那海涛一改常态，如实回答。

“那你如何解释自己没有受贿？”沈政平问。

“那我请问，什么是受贿？”那海涛开始反问。

“什么是受贿？你自己不清楚吗？”沈政平将问题踢了回去。

“我当然清楚。”那海涛的语气毫不示弱，“受贿罪是指国家工作人员利用职务上的便利，索取他人财物，或者非法收受他人财物，为他人谋取利益的行为。沈书记，是这个概念吧。”

“是。”沈政平回答。

“那好，请问，我银行卡里的一百万元，是谁打给我的？您知道吗？我到底为谁谋取了利益？您掌握吗？如果不知道，不掌握，那又凭什么说我是涉嫌受贿？”那海涛问。

“你这是什么态度！”沈政平拍响了桌子，“我现在要问的人是你，是要让你交代这一百万元的来源！”他斥责道。

“不对，书记，您这样说是不尊重事实。”那海涛摇头，“法律讲的是尊重事实，是疑罪从无，如果你们没有获取确凿的证据就贸然抓我，那我有理由认为，是有人栽赃陷害，而你们则是在制造冤假错案。”那海涛果然是齐孝石的徒弟，一张嘴就咄咄逼人。

“你到了这个时候还振振有词？”沈政平虽然落了下风，却仍在保持攻势，“怪不得别人叫你什么‘那三斧子’，原来是无理搅三分。那海涛，作为一个党员，你敢用党性保证吗？你没有非法收受他人的财物，为其谋取利益，你敢拍着胸脯保证吗？”沈政平话锋一转，从政治上展开攻势。

“我，没有必要对你们做任何的保证。”那海涛根本不接招，“如果有确凿的证据，请你们向我出示，如果没有，我希望你们恢复我的自由。”他一字一句地说。

“看看这个，你怎么解释！”沈政平说着摔出一摞照片。书记员拿起照片，走到那海涛面前向他出示。

“照片上的人是不是你？而你对面的人是不是邓楠？这个你该如何解释？”沈政平质问道。

那海涛笑了，他摇了摇头。“书记，我无法确定这照片上的人是不是自己，而且也不可能确定另一个人是邓楠。我倒想问问，你们是如何确定照片中这两个人身份的？”他再次反问。

“这……”沈政平愣住了。他意识到自己在审讯中犯的错误，不仅过早地使用了关键证据，而且这个关键证据还缺乏相应的科学验证。是啊，仅凭外貌相似，又怎能从法律上确定照片中的人员身份呢？“那海涛，你这是在强词夺理！”沈政平败象已露。

“呵呵……”那海涛仰起头，笑了起来，“同时我还想问你，你们的这个证据是什么来源？这个来源是不是合法？如果来源不明，那就是程序上的不合法，就根本无法作为证据使用。”他语气不重，但掷地有声。

沈政平憋红了脸。他自然不能说出这些照片的来源，竟然是从署名沙伟的犯罪嫌疑人那里寄来的。

齐欢在市局门前哭得歇斯底里，任凭民警怎么劝阻，也非要见上那海涛一面。她反复重申着那海涛是被冤枉的，自己有充分的证据。经过的路人纷纷围观，不一会儿市局门前便被围得水泄不通。

齐孝石听闻此事赶了过来。他拨开人群，一把拽住了齐欢。“欢欢，你听我说，听我说！”齐孝石用力晃动着齐欢，让她清醒。而齐欢却一把推开齐孝石，继续要闯进市局。

齐孝石急了，再次拽过齐欢。“现在不是你闹炸的时候，这是警察办案，你撒什么癔症！”齐孝石语气发狠，他第一次对女儿这样说话。

“爸爸，您是在说我吗？”齐欢泪流满面，看着齐孝石的眼睛问，“我这不是闹，我这是为海涛申冤。他是冤枉的，难道您不相信这点吗？这么多年了，我让您管过我什么，我求过您什么？现在，我就求求您，爸，您帮我跟他们说说，让我见见海涛，我有话要对他说，求您了，爸。”齐欢悲痛至极，浑身颤抖。

“欢欢，你不懂，这不是相信不相信的事儿，这是法律，需要的不是辩解，不是喊冤，而是证据。那海涛是我徒弟，他现在这样，我心里也憋屈，也难受。但法律就是这样，不能越雷池半步，谁要是犯了事儿，就是说出大天去，也没有退身步儿。欢欢，听话，你先回家。”他苦口相劝。

齐欢突然停住了哭泣，她睁大着眼睛呆呆地看着齐孝石。“爸，我想听你说句真话，就一句。你到底相不相信海涛是被冤枉的？”齐欢质问道。

“我……”齐孝石一时间不知该如何回答。

“那你就是不信了？”齐欢反问，“好，你不相信，我就不再跟你说，我会用我自己的方法，去证明那海涛的清白。”齐欢说着就转过身，跑出围观的人群。

“欢欢，欢欢……”齐孝石刚想去追赶，没跑出几步，就觉得胸口发闷，眼前发黑，一下摔倒在地上。齐欢大惊，跑了回来。

“爸，爸……你怎么了？怎么了？”齐欢的眼泪又流了出来。

齐孝石捂住胸口，气喘吁吁，断断续续地说：“欢欢啊，你什么时候才能明白我的心啊……”他的眼泪也流淌下来，“你在这儿裹乱，只会让这件事出更多的岔子，不但帮不了那海涛，还会害了他。我跟你说过啊，不想让你再走你妈的老路。这搞预审的人啊，一张嘴就瞎话溜舌，看似精明啊，但只要一玩不好，就没准得把自己折进去。这是个要命的活儿啊，你但凡有个其他的选择，也别再陪着那海涛走这一辈子的险路。千顷地一根苗儿，你是你妈的命根子啊……”齐孝石说完剧烈地咳嗽起来，齐欢心疼地抱住父亲，哭得像个泪人。

纪委办公室里，齐孝石一根接一根地抽烟。

“哎，老齐，你少抽几根，注意你的身体。”沈政平关切地说。

“靠，身体……”齐孝石苦笑，“现在人的魂儿都没了，还要这个臭皮囊有个屁用！”他没好气儿地说，“有话直说，今儿个叫我来是为了什么？你这是唱的哪出儿？”

“今天叫你来……”沈政平停顿了一下，“还是因为那海涛的事情。”

“那海涛的事儿？”齐孝石皱眉，“怎么了？那点儿弯弯绕还没整明白？”

“唉……”沈政平一声叹息，“他交代问题的态度很不好，不但负隅顽抗，还颠倒黑白，说是纪委在违法办案。你说这人，唉……”沈政平一筹莫展，“而且有个情况我也想告诉你，我们除了接到你和小吕的举报外，还接到了另外一个人的举报……”他停顿了一下。

“另外的人？”齐孝石抬起头，看着沈政平，“是谁？”

“是沙伟。”沈政平回答，“我们还掌握了一些其他的证据。可以证明，那海涛涉嫌收受化名为沙伟的犯罪嫌疑人的贿赂，以帮助其逃脱法律的制裁。”

“沙伟？”齐孝石惊讶，“这王八蛋的举报你也相信？”

“我也不想相信，但是……却不由得我们不去相信。”沈政平看着齐孝石的眼睛说，“现在的情况是，不但小吕获得的那些照片是署名为沙伟的人寄来的，而且就在几天前，沙伟还亲自给纪委打了电话，举报了那海涛的受贿行为。他使用的是市局附近的一处公用电话，在电话中，他提供了给那海涛汇款的银行账号。经过我们调查，那个银行账号正是一个叫作宋涛的个人账户。这与我们从那海涛公寓搜出的银行卡账户内的信息相符。老齐，宋涛这个名字你应该不陌生，这是沙伟的另一个化名。”

齐孝石沉默了，直到烟头烫手才回过神来。“哦……那你……找我干吗？”他抬起头问。

“我是想让你亲自去审讯那海涛。”沈政平坦率地说。

“什么？让我去审？”齐孝石摇头，“你别给我整这幺蛾子了，他是我举报的，你让我审，这不是起哄架秧子吗？我……我可是他的师父啊，就是按照法律程序，也得避避嫌吧。再说……”齐孝石又点燃了一根烟，“我已经退休了，不再有执法权。你别怪我掉链子，这活儿，我干不了。”他封了口儿。

沈政平看着齐孝石，也点了点头。“是，我知道，你说的这一切都对。要说避嫌，第一个要避的人就是你，你和那海涛曾经是师徒关系，前一段时间还一直在共同侦办案件，让你审讯他确实不合情理。再说执法权，你已经退休了，虽然还在返聘期间，但让你去审讯一个在职的警察，也显然不符合法律。但是……如果不是我们万般无奈，也不会想请你亲自出马。”沈政平一脸苦相。

“万般无奈？”齐孝石诧异。

“唉……”沈政平叹了口气，“你的这个徒弟啊，嘴太厉害。我们从各个分局挑选了搞预审的精兵强将，几轮下来，却都不是他的对手。找个硬的吧，那海涛更硬，针尖对麦芒，一句顶一句，没三句两句就给人家预审员噎得脸红脖子粗，哑了火儿；找个软刀子吧，一上来那海涛就打哈哈、说政策，绕着预审员讲法律，最后不但他的口供没问下来，预审员还自觉得理亏了。我是真没辙了。所以……我要不是万般无奈，也不会请你出马。老齐，你现在虽然退休了，但能力强、业务好，那海涛的预审都是跟你学的，拿下他的口供，就只有你能办到了。再说你是他师父，解铃还须系铃人，他到底是不是受贿，该不该受到法律的惩处，你这个当师父的也该亲自给他把关。老齐，咱们都是干警察的，该明白这情与法之间的选择，我相信你能公正地对待那海涛的问题，黑白曲直你一定要问个明白！”沈政平诚恳地说。

齐孝石看着沈政平，缓缓摇了摇头，愣了一会儿，又无奈地点了点头。

执行双规的套间，像极了审讯室。预审员的职业生涯，一半的时间都要在这种封闭的环境下度过。审讯室里密不透风、寂静阴冷，厚厚的隔音墙形成了与世隔绝的密闭空间，每天都上演着直面内心的智慧斗争。嫌疑人或抵抗挣扎，或逃避躲闪，唯一的目的就是获得侥幸的自由。而预审员的职责则是揭穿虚伪、呈现事实，消除一切可能妨碍公正的谎言。

齐孝石与那海涛相对而坐，两个人都沉默着，气氛凝重得瘆人。世界上其实根本没有公平，所谓的公平也只不过是某个阶段相对的平等。如今，昔日的师徒隔着桌子一高一低地对视，距离近在咫尺，而身份却是天壤之别。一个是审讯者，一个是嫌疑人。

“我今天来，不是以预审员的身份。我现在退休了，顶天儿了也就算是曾经干过警察，再搞讯问那是裹乱、胡来。但我今天还是来了，为什么呢？就是想看看你这到底是怎么回事。是脚底下拌蒜，走了麦城让人玩儿了，还是手里掰不开镊子，缺金少银，犯了糊涂？现在这儿只有你和我，没有书记员、记录员，你给我交个实底儿，咱们都别玩虚的。揣着明白装糊涂，那没劲。”齐孝石做了开场白。

那海涛抬头，眼睛里充满了茫然，“师父，我折了，没什么好说的了。”

“折了？”齐孝石摇了摇头，“折了？这么多预审员都拿不下你。折了？你一开口还见谁灭谁。你这像个折了的样儿吗？”齐孝石拿出了拍山震虎的架势。

“师父，我不这么做不行。我不扛过去那些预审员，就没有再上战场的机会。”他一字一句地回答。

“你……”齐孝石一时语塞。

“师父，您真的认为我会为了这点儿钱而心动吗？”那海涛反问，眼神复杂，“我是您和龚培德的徒弟，我如果真要收钱，会让他们往我自己的卡里打吗？”

齐孝石迎着那海涛的眼神，表情没有一点变化。“我不管你是罗锅上山——钱紧，还是真有什么其他收钱的理由，但有一点改变不了，那就是你的卡里有一百万，可丁可卯的一百万，这是你十年也挣不来的银子。你自己说，这该怎么解释？能解释得了吗？”齐孝石的态度强硬得出乎意料，“每个人都会变，燕么虎儿也不是第一天就会飞的。这个世界太复杂，诱惑太多，有时白的会变成黑的，善的也会变成恶的。我搞预审三十年了，装得人五人六儿的主儿没少见识，昨天还吃精米白面，明天就啃上了窝窝头。我有一个原则你该知道，看不见摸不着的一律不信，眼见为实。搞预审的都有一个底线，那就是事实和证据。你说自己冤枉，有证据吗？”他反问道。

“唉……证据……”那海涛摇了摇头，“师父，您认为我是在跟你要诈吗？您用拍山震虎，我就用避实就虚？您用侧面迂回，我就用借力打力？唉……师父，请您相信我，这件事绝不是想象的那么简单，你别逼我！事到如今，许多事我不能说透。”他欲言又止。

“你有什么顾虑？有什么让你这么肝儿颤啊？”齐孝石皱眉，“是害怕自己，还是……别人……”他声音有些颤抖。

“师父，你别管了，也管不了。”那海涛摇头，“你退休了，就别再掺和这些事了，回家好好照顾欢欢，我的事儿我自己处理。”他语气急切。

“你还以为自己能扛吗？”齐孝石问。

“我能不能扛是我的事儿，与你无关。师父，你也别费力气了，我是你教出来的徒弟，光靠预审手段想套出我的话，你觉得可能吗？”那海涛与齐孝石对视。

“你是个混蛋！”齐孝石突然急了，“你还认我这个师父吗？”齐孝石质问。

“我……”那海涛看着齐孝石的眼睛，“我认，我当然认，一日为师终身为父，没您的教导，我也不会在预审圈儿里混出模样。”

“那你还跟我这儿藏着掖着？”齐孝石继续问。

“我可以说，但不是在这个地方。”那海涛回答得肯定，“你放心，‘两规’这种手段，制约不了我多长时间，就算他们把我刑事拘留了，按照法律程序，能约束我的最多也不过就是30天的期限。只要我撑过去，纪委就得放人。他们没有直接的证据，我不相信能执行逮捕。等我出去了，案件就能够继续。”那海涛语气坚定。

“他们没有直接的证据？我有！”齐孝石说。

“什么？”那海涛惊愕。

“是我举报的你。”齐孝石斩钉截铁地说。

“师父……你……”那海涛不知所措，“你为什么要这么做？！你知不知道，你这样做会毁了我的整个计划，让我前功尽弃！”那海涛突然愤怒起来。

“爷们儿，你丫现在折了。我跟你明说，现在审讯室的监控是关着的，外面的人什么都听不见。咱们说话，既别抖机灵，也别玩猫儿腻，什么技巧都别用，就直来直去地说。”齐孝石说，“我就想听你的实话，你到底要干什么？”他死死盯住那海涛的眼睛。

那海涛没有躲闪，与他对视着。“师父，你让我说实话，我怎么知道……”那海涛停顿了一下，“我怎么知道，你不是跟我使诈呢？”师徒二人对视着，昔日的信任一扫而光。

“哼哼……”齐孝石冷笑，“这搞预审的人啊，都这个德行，天天拿嘴玩儿人，拿脑子琢磨人，拿手段算计人。到头来，屁大点儿的事儿都怀疑，谁也不敢相信。”

“这能怪谁呢，还不是您教给我的吗？”那海涛反驳，“您不是说过，搞预审的要有三份儿，第一份儿是手，第二份儿是嘴，第三份儿是脑袋吗？”

“你还记得这个？”齐孝石冷眼相对。

“忘不了，用手记笔录，用嘴套话，用脑袋玩人。这本事不是好学的。”那海涛停顿了一下，“学会了，自己也好不了。”他补充道。

“嗐，你这么说我可不爱听，同样学一门儿手艺，有人能济世救人，有人却为虎作伥。菜刀能切菜，也能杀人，那你说它是工具呢，还是凶器？路是自己选的，甭怪别人。”齐孝石说，“我举报你，就是因为你收钱了，而且收的还是那帮王八蛋的钱。你甭跟我说他们陷害你，他们怎么不陷害我呢？要论讲故事啊，你还差点儿。”他语气强硬。

“您还不明白吗？那一百万是投名状啊！我不是要收他们的钱，而是要打进他们的内部！”那海涛的情绪突然激动起来。

“哦，那你是承认收他们的钱了？”齐孝石问。

“你……”那海涛知道自己中了套。

“收了多少钱？”齐孝石的手中没有纸笔，只用嘴问。

“师父……”那海涛想解释。

“多少钱！”齐孝石拍响了桌子。

“你到底相不相信我？”那海涛大喊。

“我谁也不信，就相信事实！”齐孝石也提高声音。

那海涛重重地叹气，低下了头。“师父，那我就给你讲讲事实。”那海涛抬起了头，“你知道我给欢欢拉存款转正的事儿了吧？”

“我知道了。”齐孝石冷冷地回答。

“你该知道我这样做的用意吧？”那海涛问。

“别问我，你自己说。”齐孝石回答。

那海涛沉默了一会儿。“好，我说。我给欢欢拉钱，让她转正，这当然不是为了她好，而是要把她拉下水。”那海涛语出惊人，“我怎么会不知道正毅集团的凶险，怎么会无缘无故地把自己心爱的女人送到风口浪尖？但是……我没办法，真的没有其他的选择了。”他叹气，“如果只是我自己收了他们的钱，没有做出其他的保证，您认为他们会这样轻易地相信我吗？拉欢欢下水，我没有私心，全是因为公心。是，我对不起她，但没办法，她是警察的女人。我没有别的选择。师父，你真的那么天真地认为，光凭四小预审的对决就能赢得胜利吗？我告诉你，不可能。如果能轻易获胜的话，邓飞就不会至今还囚禁在医院的病房里，随时要绑上约束带。如果能轻易获胜的话，我师父龚培德就不会做出那样的选择。现在我们查的主犯是谁，你我心知肚明，但仅凭现有的这几个嫌疑人的供词，真的能把这些罪行与他联系上吗？不可能！不可能！”他非常激动，“无论是邓飞、张楚，甚至是沙伟，他们上面仍然有个与幕后黑手之间的防火墙。这堵防火墙密不透风、坚硬无比，仅依靠现行的法律是根本无法逾越的。师父，我前思后想，只有一个办法才能击穿这个障碍，那就是我来充当他们之间的防火墙。”

“你来充当防火墙？”齐孝石紧皱眉头，缓缓地摇头，“玩儿舍身计？你认为自己有这个本事吗？”

“对，就是舍身计！”那海涛强调，“无论我有没有这个本事，我也会拼死一搏。哪怕付出沉重的代价，我也不能坐视不理！师父，我要替死去的龚师父昭雪，我要让这帮罪犯付出代价！也许我会成为牺牲品，也许一旦失利我会和龚师父是一样的结局，说不清道不明，无法辩解自己的行为，甚至会从执法者变成罪犯。但如果不做任何努力，他们将会依旧无法无天，逍遥法外，还会制造更多的恶行，剥夺更多善良人的权利，像癌症一样蔓延。我过去做的和现在做的事情，就是要成为他们犯罪证据链中的紧密一环，只有这样才能让他们一同落网。”

“可笑……可笑啊……舍身计……你这是跟谁学的啊？”齐孝石摇头，“你真拿自己当大铆钉了？认为这么干就能成功？”

“我没有成功，当然没有！”那海涛的声音有些颤抖，“因为您，因为您的举报，让我全盘皆输，让我的计划前功尽弃。你知道吗？师父，就因为您的怀疑，造成了无法挽回的损失，也浪费了我整个计划中至关重要的最后一步！”他热泪盈眶。

“你呀……”齐孝石重重地叹息，“干了这么多年预审，还掰不开镊子，一脑袋糨糊。”齐孝石摇头。

“师父，你甭说了。”那海涛一声叹息，“现在说什么都晚了。对不起，师父，是我拉上了齐欢，让她一起担惊受怕。原谅我，她是我的女朋友，我为了让他们相信，也只能让欢欢也成为计划中的一环。唉……但现在说什么都没有意义了，计划被捅破了，我失去了人身自由。就算能侥幸出去，也失去了被他们利用的价值。”他万分沮丧。

“你还以为自己能全须全尾地出去？”齐孝石问。

“我……”那海涛彷徨地看着他。

“有我在，你也得在这儿待住喽，哪儿都去不了。”齐孝石话里有话。

“师父，你举报我，到底是想干什么？”那海涛突然醒悟了，“您为什么要破了我的舍身计？”

“呵呵……”齐孝石苦笑，“为什么要举报你，破你的舍身计……我用你刚才回答我的话回答你，你别管了，也管不了。”

“师父，这案子不该你管了，该由我上，您别瞎掺和了，太危险！”那海涛越发清醒起来。

“你至今还相信他的清白吗？”齐孝石岔开话题问。

那海涛知道他话中的所指，是龚培德，他一字一句地回答：“我当然相信，从过去到现在，我从未怀疑他的清白。”

齐孝石点头，却没接话茬儿。“你现在待在这儿，才最安全。”他没头没尾地说，“当初要是他能被关在这儿，就不会因为那么点儿的屁事儿，拿自己的命开玩笑。你甭以为自己聪明，借着打败几个预审员的机会，能促使沈政平把我找来，听你的这番废话。也甭以为能说动我，让我带你出去，我告诉你，那不能够！我话撂这儿了，你十天半个月肯定出不去，有我在，你就没有机会。我既然能让你进来，就有本事让你待住了，哪儿也去不了。舍身计？呵呵，愚蠢之极！你搞了几年预审，觉得自己翅膀硬了，能抖点儿小机灵了？可笑。你付出的连龚培德的一半都没有，拿什么资本跟他们斗？还拉上个垫背的，看起来挺像那么回事，实际上傻到家了。”齐孝石恨铁不成钢，“你真的以为那帮孙子相信你了吗？”

那海涛瞠目结舌，无言以对。

“歇菜吧！我告诉你，纪委接到的第一个举报你的电话，就是沙伟打的。”齐孝石说。

“沙伟？”那海涛惊愕。

“你以为收了他们的钱，是纳了投名状，可以让他们相信你已经下水。但人家可不这么想，他们给你下的是鱼饵，是毒药，吞下去容易，吐出来可难。那海涛啊那海涛，我看你真是越活越抽抽儿了。”齐孝石说。

“那……那你为什么要举报我？”那海涛不解地问。

“你得给我好好地活着。你活着，才有人知道这个案件的全貌，你活着，我闺女才不会身处险境。”齐孝石老谋深算地说，“那帮孙子给你下的套儿是要你身败名裂、彻底完蛋，只有你进来了，没有利用价值了，他们才能放心，把注意力从你身上移走，你和欢欢身上的危险才会消除。”齐孝石语出惊人，“那海涛，我是你的师父，这个案件的全貌只有我和你知道，如果万不得已，必须用舍身计，也是我，而不是你！同时，我也是欢欢的父亲，你丫给我听好了，为了我闺女，你也得好好活着，别跟龚培德一个操行，动不动就寻死觅活。她这后半辈子……”他停顿了一下，“我就交给你了……”

“师父，你到底想干什么？”那海涛预感到不妙，急切地问。他此时已经大彻大悟，齐孝石破他舍身计的真正目的，是要保护他的人身安全；而齐孝石自己，则是要孤军奋战。

“这个你管不着，也管不了。我不会拿你们的安危做赌注。只有你进了号儿里，我的心才踏实。这里最安全啊，武警端着家伙保护你，牛 × 大了，呵呵……”齐孝石苦笑，“我干了一辈子预审了，过手的案子不少，却从没见过哪个像这个一样费劲难缠。我得试试，自己到底能不能玩儿过这帮孙子。姥姥不疼舅舅不爱一辈子了，到了还不给自己找个乐子？小子，你是除我之外最了解这个案件的人，你要好好记着那些证据，一个也不能落。我送给你一句话，真正的预审没有招数，最大的招儿就是一颗公心。”齐孝石说完就站了起来。

“师父，师父！”那海涛慌了，“您让我出去，让我出去！咱们在一起还有个照应、有个商量，一定能战胜那帮孙子的，师父！”

“小家雀儿甭跟老家雀儿抖擞儿，你那两下子，还嫩。”齐孝石摇了摇头，“好好对待欢欢，甭跟我一个德行，拿鸡毛当令箭，丢了西瓜捡芝麻。好了，踏踏实实地睡个觉，我走了。”齐孝石说，“这个你留着，也算有个念想儿。”他说着掏出了一对核桃，放在桌子上。

“师父，你这是干什么？你留步，听我说，听我说。”那海涛似乎意识到了什么，“你已经退休了，这步棋不该由你走，我还年轻，应该我去冒这个险，你不行，你……”那海涛语无伦次。

“你丫这是瞧不起我啊。”齐孝石撇着嘴说，“甭跟我这儿玩儿哩格儿楞，我今天过来是审讯你，刚才说的一切话都记在这里了，这个东西我先留着，等我想让你出去的时候，自然会交给纪委。”齐孝石说着从口袋里拿出一支录音笔。

那海涛沉默了，他明白此刻自己无力拆解齐孝石的招数，也没有能力去阻拦齐孝石的选择。“师父，有两件事我希望你知道。”那海涛说，“第一件，我觉得有内鬼在咱们中间。第二件，我也潜了一个人在他们身边……”

齐孝石把录音笔放回到口袋里，不屑地笑了笑。“不用多说。你那点弯弯绕啊，还瞒不过我。你干的事儿，早就让人家给明了。不就是那个宁大队办的人吗？我告诉你，有的人想借力打力、趁乱取胜，有的人想浑水摸鱼、借刀杀人，但那风筝的线儿到底缠在了谁的手上，还不一定呢。假作真时真亦假，无为有处有还无，别相信自己的判断，也别说什么眼见为实，有时闭着眼啊，反而能看到真相。”齐孝石说着就走出了屋门。

“师父！师父！您保重，千万不要干傻事！”那海涛满眼含泪，大声呼喊。这时，两个纪委民警从门外走了进来，把那海涛拦了回去。

在市局招待所门前，沈政平在焦急地等待，看齐孝石出来了，赶忙迎了上去，“老齐，他……撂了吗？”

齐孝石看着沈政平的眼睛，沉默了一会儿，默默叹气。“唉……没戏，铁嘴钢牙橡皮腮帮子，一句实话没有，什么都不承认。我……也无能为力……”说完，他扬长而去。

沈政平看着齐孝石的背影，眼神里意味深长。

心中没有了恐惧，也不会再有新奇；没有了憧憬，也就不会再有冲动。当一切归于平淡，安逸便会成为新的恐惧，正如年龄在岁月流逝中暗自增长，四季循环往复却物是人非。年轻最珍贵的，是对陌生事物的惶恐，一旦这种惶恐消失，我们便真正丢失了青春。

肮脏的空气，吸下的全是灰尘，呼出的全是谎言。齐孝石在灰霾中行走，穿梭在人群里，看着戴着各色口罩的人们无望的眼神，突然心生悲凉。人们总在憧憬新的一天，试图将过去遗忘，重新开始。而这一切都只是在自我欺骗罢了，谁也脱离不了周而复始循环往复的麻木世界，新的一天，只是在惯性中的艰难前行而已。

地铁通道里，一个小伙子在唱歌。他把装着零钱的吉他盒摊在地上，席地而坐，拨动琴弦。

这个世界没有天使

这个世界没有天使，只有无数爱情白痴，
幻想爱是那个样子，到了最后一切消失；
这个世界没有天使，只有无数爱情白痴，
我算其中一个地址，有时幸福要等来世；

在你离开我的午后，阳光不再那么温柔，
忘记怎么泪往下流，忘了怎么失去所有；
原来痛是这种感受，一阵麻木布遍胸口，
我们亲手捏碎幸福，然后分别露宿街头。

齐孝石在他面前驻足，掏出几张零钱，轻轻地放在吉他盒中。小伙子报以腼腆的微笑。他的年轻与阳光，让齐孝石感慨万千。唉……时间真是一辆单行快车，呼啸而过，一去不返。谁都有过青春，在青春的稚嫩与傲慢中，我们都曾经认为，自己的人生不会拘泥于眼前，世界上还有更高远的天空。那时就算热情屡屡受挫，也不会丢失最初的信仰。我们发誓不会背叛誓言，要用最真实的声音去记录每一刻的感受，但爱与痛惜，却随着温水煮青蛙的平淡成为过去。当我们麻木不仁地沿着朝九晚五的齿轮旋转，那个曾经纯净的心灵，注定会沾满灰尘。一切的掩盖也改变不了岁月留痕，衰老，不是因为年龄的长大，而是由于憧憬，被淹没成疲乏。

齐孝石的脑海里始终萦绕着小伙子歌唱的旋律。他恍恍惚惚地走出地铁，看着朦朦胧胧的世界，在海城最繁华的CBD商业区，突然热泪盈眶。他缓步走到正毅大厦门前，仰头看着面前这栋高大巍峨的建筑，感觉此刻的自己是无比的渺小。他努力克制住情绪，抹去不争气的泪水，将脚步迈得坚定，来到大厦的前台。

“我找你们刘总。”齐孝石对前台的女员工说。

“刘总？”前台的女员工皱眉，她上下打量着齐孝石问，“你找哪个刘总？”

“刘松林，你们正毅集团的董事长。”齐孝石一字一句地说。

“你找他……”女员工停顿了一下，“有什么事儿吗？”

“我是他表舅，刚从老家来，看他混得不错，过来沾沾光。”齐孝石面无表情地回答。

女员工将信将疑，但还是不敢怠慢。“您是他……表舅？看您这岁数儿……”女员工欲言又止。

“嗐，我们家比他们家穷，老家儿娶媳妇迟、生孩子晚，等有儿子的时候，他们家孙子都满地跑了。穷大辈儿，穷大辈儿呗。”齐孝石回答。

“哦……”女员工轻轻点头，她拿起电话，拨通了号码，“喂，董事长，您好，我是前台，有一位……”女员工不知怎么表述，“哦，有一位您的亲戚要找您，哦，是男的，嗯……”女员工又上下打量了齐孝石一番，“六十多岁的样子。”

齐孝石撇嘴，“我没那么老。来，我跟他说。”他一把抢过了女员工手里的电话，“喂，刘董事长吗？我是你表舅，现在就在你楼下，下来说两句呗。”他语气强硬。

电话那头的刘松林笑了，他知道齐孝石会来这手。他拿出一根香烟，身边的秘书为他点燃。“老齐吧，有几天没见了……怎么？有话对我说了？”刘松林不慌不忙地问。

“甭废话，爷爷现在到你楼下了，甭跟我这儿打马虎眼，见还是不见？有没有那个胆儿？”齐孝石使用激将法。

“呵呵……”刘松林默默地摇头，“对不起，我没有时间陪你，我也想不出，你我之间还有什么可谈的。”刘松林语气骤冷。

“怎么着？破罐子破摔了？觉得胳膊拧不过大腿了，以为服个软儿就完事了？呸，我还告诉你刘松林，没这么简单。你明的不来跟我来暗的是吧，真刀真枪不行来下三路是吧。有事不敢冲我来，冲我家人下家伙是吧。孙子，我还告诉你，还甭跟我这儿蹬鼻子上脸，爷不吃这套……”

刘松林拿远话筒，不屑听这些狠话，直等到没了声音，才再次靠近耳边。“我告诉你，姓齐的，我这个人也有个毛病，说一不二！”刘松林的眼睛里露出凶光，“我说过了，我会像捏死一只蚂蚁一样捏死你。让你为自己的所作所为付出代价！”他说着就挂断了电话。

齐孝石还想继续挖苦贬损，却不料被刘松林终止了通话。他还想逼着前台员工拨通刘松林的电话，而就在此时，从大堂的一侧齐刷刷跑过来几个保安，一下把他围在了中间。

“老瘪犊子，找死是不是！”为首的保安队长恶狠狠地质问。

“你这是挡横儿来了是吧。没错，我就是找你来了，怎么着吧！”齐孝石回嘴一点不含糊。

“嘿，你说我是‘死’是吧。行。”保安队长一下就火了，“兄弟们，都搭把手，把这个老瘪犊子给轰出去！”

他话音一落，几个保安顿时来了精神，对齐孝石推搡起来。齐孝石左右挣扎，但毕竟对方人多势众，没几下就抵挡不住，被众保安连踢带打轰出了正毅大厦。他出门一不留神，脚下一滑，摔倒在台阶下。

“老东西，我告诉你，给我滚远点儿！我们董事长说了，以后见你一次打一次，打死了公司出面打官司平事儿！”保安队长叫嚣。众保安哄笑着，把齐孝石丢在灰黑的雾霾里。

“我操……我操你们姥姥！”齐孝石痛苦地捂住前胸，呼吸急促，几近窒息，“刘……刘松林……你这个王八蛋！你丫等着，我……我跟你没完！”他想爬起，却浑身无力，几次用力撑住身躯，却再一次倒地。周围有不少围观的路人，却没有一个人伸手相助。他们都对新闻报道的老人讹诈事件心有余悸，谁也不敢贸然搀扶一个摔倒的老人。

寒冷的冬日没有风，沉沉的雾霾占据着所有的户外空间。齐孝石跌倒在地上，感到一种濒死的绝望。世态炎凉、人心冷漠，也许才是这个世界真正的黑暗。

刘松林挂断电话，直视着大班台下的沙伟。“你有什么话快说，我很忙。”他傲慢地说。他面前的大班台上，展开着一张新的地区规划图，那是他即将开拓的崭新战场。

“我要去公安局自首。”沙伟语出惊人。

“什么？你这是什么意思？”刘松林皱眉。

“现在只有这个办法，才能真正洗清我和你的联系。”沙伟思路清晰，“邓飞疯了，田超和张楚被抓，现在公安局死盯的人只有我一个。我知道，他们释放我，是想放长线钓大鱼，在我身上做文章。”沙伟与刘松林对视，话有所指，“如果我按照你说的方法，继续逃亡，这一辈子将永无宁日。所以，我想去公安局自首，说出我的上线不是别人，而是龚培德。”沙伟加重了语气，“这样一来，就能堵死公安局的退路。龚培德死无对证，再加上那海涛被抓，预审方面已经没有人能构成威胁。他们顶多给我安上一个冒名顶替的罪名，至多一两年我就能够出来，到时一了百了，我走我的阳关道，你过你的独木桥，咱们再无往来，我也算报答了你对我母亲所做的一切。”

“幼稚！荒谬！”刘松林摇头否定，“你以为这样做，就能承担所有的责任了？你拿公安局的那些人当傻子？”刘松林从老板台后站起，径直走到沙伟面前，“不行，我不能让你冒这个风险，这件事不用再讨论了，就按照我说的做。你立即离开这个城市，从所有人的视线里消失，只有这样，才能真正摆脱公安的纠缠。”刘松林语气坚决。

沙伟当然明白刘松林的想法。是啊，只要自己逃了，就等于切断了邓飞、张楚等人与刘松林的关系，警察的所有注意力也自然会被吸引到自己的身上。刘松林只是要拿他当解压阀和替死鬼。在逃亡的路上，自己注定永无宁日，而刘松林则可以重新开始崭新的计划。

“老板，您不明白我的一番苦心吗？我这样做，是要用苦肉计最终摆脱公安的纠缠啊！如果按照您的方法做，我即使能逃离一时，也无法逃脱一世啊。”沙伟索性开门见山。

“我明白你的顾虑，我会加倍付给你报酬。”刘松林轻描淡写地说。

“呵呵……”沙伟缓缓地摇头，“您……已经不再相信我了？是吗？”沙伟看着刘松林的眼睛。

“你这么说是什么意思？”刘松林脸色冷了下来。

“您中了预审的计，难道真的相信那些狗屁案卷了吗？真的认为邓飞叛变了吗？”沙伟的语气也冷了下来。

“你疯了吗？你有什么资格去质疑我？”刘松林抬起头看着沙伟，语气平缓却暗藏愤怒。

“我想问您，为什么在水里放的是LSD制剂，而不是事先说好的昏迷剂？”沙伟一改往日的谦卑，与刘松林对视。

“我不知道你在说什么，没有人往水里放过东西。”刘松林面无表情地回答，“我看你的精神像是出了问题，该找个地方治治。”他话里有话。

沙伟知道这是刘松林在威胁自己，但却毫不退缩。“老板，您欺骗不了我。但邓飞是我的人，怎么处置他是我的事情。您无权插手！”沙伟继续质问。

“混蛋，你只不过是一条狗！”刘松林突然暴躁起来，挥手就是一个耳光。他人高力大，沙伟被打得一个趔趄。

“好，我知道您想说的答案了。”沙伟没有愤怒，他捂住被抽红的脸，语气放缓，“老板，无论你想不想听，我都要说，你中计了。现在你我的对立，恰恰是警察想要的结果。”

“你我？呵呵……”刘松林轻蔑地笑了，“我告诉你，你和我不同，我们永远不可能并列相称。”刘松林说，“从现在起，你与我再无任何关系，你马上离开海城，越远越好，我会照顾好你的母亲。等风平浪静的时候，我会让你们远走高飞。现在就滚！我不想再见到你！”刘松林说着就转过了身体。

沙伟对着刘松林的背影默默伫立，他停顿了良久，深深给刘松林鞠了一躬，“老板，您为我家人做的，我终生也不会忘记，我该为您做的事情，也尽力而为了。现在预审已经群龙无首，想必也不会再有什么威胁。您放心，无论何时何地，我都不会背叛您。”

刘松林缓缓转过身，俯视着沙伟。“我送给你一句话。永远不要把自己的胜利寄托在对手的失误上，这个世界的竞争你死我活，要的是百分之百的胜利，而不是赌博中的概率。你该明白，你的安全就是我的安全，而我的安全，也就是你母亲的安全。”刘松林紧抓着沙伟最软弱的地方。

“我明白，明白……”沙伟的眼神不再自信，暗淡下来，“老板，我走了。”沙伟低下头，从口袋里掏出口罩，默默地走出了房间。出门时，正与进来的邓楠相遇。两个人视线交会，瞬间错开，反方向地越走越远。

“老板，您找我？”邓楠垂手而立，毕恭毕敬，像昔日的沙伟一样忠诚谦卑。

刘松林转过头，默默地看着他，眼神复杂。

久违的蓝天，看上去竟让人有种冲动，想一下扑到它的怀里。被灰霾压抑得过久的人们纷纷涌向室外，宣泄似的享受自由呼吸的权利。灰霾再肆虐，也总会被阳光驱散。生活再艰难，也不能被困难压垮。

沙伟穿着一身崭新的冬装，拿着行李箱走到了车前。阳光照在他的身上，有种久违的暖意。三年了，他付出了别人想象不到的代价，也获得了别人想象不到的财富。现在，一切都即将远去，他也要离开这个城市，离开这个他毁灭别人又将自己毁灭的地方。沙伟打开车门，踏上这辆套了牌的SUV汽车，就算再先进的设备也无法锁定他的位置。虽然舍弃火车和飞机，路途会变得遥远，但他相信那个道理，欲速则不达，有时舍近求远反而会让自己更加安全。他警惕地环顾四周，确认安全之后才踩动油门。汽车像离弦之箭一般，驶向繁华的街头。

自由了，沙伟知道，此刻的自己彻底自由了。汽车飞快地行驶在高速公路上，每一分钟的流逝，都意味着与这个城市告别时间的缩短。他厌恶这个城市，厌恶在这个城市生活的每一分钟。离开虽然不是结束，但毕竟可以暂别烦恼。他相信自己的头脑，能够在未来的某一天挽回败局，逆流而上。刘松林拒绝了自己为他做最后一件事，就等于解开了套在他头上最后的绳索。此刻，他不必再为刘松林赴汤蹈火，也不必再强迫自己用自由和生命去对抗公安的追捕。就算刘松林的拒绝带有怀疑，也无所谓。无论是黑是白、是正是邪，自己完成了那个承诺，也得到了应有的报酬。他打开汽车里的音响，调到了纯音乐的频道，他恨透了语言，不想再听任何人说话。唉……叹息有时也是一种深呼吸，放弃过去，才会有崭新的开始。他看着车窗外沿途的风景，突然有种莫名的感动。

沙伟摇开车窗，把旧的手机用力地抛甩出去。手机跌坠在阳光里，被摔得七零八落。他从包里拿出一部新的手机，几下操作，拨通了电话簿里唯一的号码。

“喂，妈……好久没给您打电话了。”沙伟的语气变得温和，“嗯……是……我这些天一直忙，最近还要出一趟公差。嗯，得过一段时间才能去看您了……”沙伟的心里生出涩涩的酸楚，“您还好吧？嗯，刘总是个好人……哦，对了，我又挣了一笔钱，已经给您汇到了账户里，放心，您的病一定会治好的，别担心钱。妈，您别哭啊……”沙伟也热泪盈眶，“放心吧，过几天我就回来了，嗯……我想吃您做的鲅鱼馅饺子，嗯，还有……”沙伟说着说着开始头晕目眩，“妈……我……一会儿再说……先挂了啊……”他越说越难受，眼前的高速路由清晰变成模糊，全身也躁动起来。“坏了！”他暗想。

沙伟下意识地在车里搜索着，一下就将目光停留在了一瓶喝了一半的矿泉水上。他努力抑制住颤抖的右手，把矿泉水瓶拿到眼前仔细地看着。这一看便大惊失色、毛骨悚然，就在矿泉水的底部，有一个极其细小的针孔。

“啊！啊！”沙伟歇斯底里地大叫起来，他痛不欲生，浑身上下燥热无比。他感觉身体忽轻忽重，眼前的事物呈现出万花筒的效果。沙伟泪流满面，大声地哭泣，车速越来越快，他几次拼命地换挡、踩下刹车都无济于事。这辆SUV像一个铁皮棺材，在仿佛没有尽头的长路上加速疾驰。“妈……妈……我叫什么名字啊……”沙伟想疼了脑袋，也想不出自己的姓名，“妈……好好照顾自己……儿子不孝……妈妈……”

凄厉的喊叫在无人的高速路上被呼啸的风声淹没，一辆崭新的SUV汽车在阳光灿烂的日子里，在高速路上飞驰着，似乎永无停止的可能。

沙伟张大了嘴，却再也发不出声音。他感到心跳减缓，自己即将融化在面前暖洋洋的阳光里，他微笑着，心想：无论如何，我自由了……

而就在这时，一辆黑色的轿车猛地从后面冲了过来，狠狠地撞上了沙伟驾驶的车尾。SUV轿车顿时猛烈地旋转起来，偏离了冲向路基的轨道，车身一侧，又重重地翻滚。沙伟神情恍惚，天旋地转，四周轰鸣着，整个世界正在坍塌。但剧烈的疼痛稍纵即逝，渐渐地，周围的声音都消失了，沙伟索性闭上眼，时间静止，眼前出现了一整片湛蓝如洗的天空……

终极预审

阳光明媚的午后。齐孝石把所有的窗户打开，让外面的冷风充满整个房间。室内污浊的空气顿时被驱散，一股阳光的味道飘洒进来。

齐孝石墩了两遍地,史无前例地将桌椅擦净。他用手擦去额头上的汗水，默默地注视着电视柜上，自己年轻时一家三口的合影。他叹了口气，摸出一根烟，犹豫了一下才缓缓点燃。他打开衣柜，把自己这四十年来穿过的警察制服都一一取出，摊在床上注视。白色的、绿色的、蓝色的，这些颜色整整陪伴着他度过了四十年的人生，也记录了他全部的警察生涯。他费力地吐了口黄痰，剧烈地咳嗽起来，胸口的窒息越发严重。他捻灭了烟头，将烟蒂丢弃在垃圾箱里，气喘吁吁地来到厨房，打开冰箱，挑选出那里面还没有变质的食物和蔬菜。他缓缓地择菜、洗菜、架锅、烹炒，竟给自己做了一顿像样的午餐。他正襟危坐地拿起碗筷，吃了几口却再也吞咽不下。他拿起手机，拨打老赵的电话，但响了数次都没能接通。他默默地发了几条短信，在明媚的阳光下闭目养神。他感到疲乏，在半睡半醒间梦到自己站在一个广袤无垠的田野，那是个绿色的海洋，微风吹过，草浪层层起伏，波涛澎湃。他叹了口气，睁开眼回到现实里，再次取出手机，凝视着一分一秒走动的时间。

往事再次侵袭，那些尘封的片段，至今还历历在目。他不明白，为什么反而越久远的事情，记得才越发清晰。他想起自己年轻时追秀云的情景，那时她真美啊……第一次见到她的时候，她正在孩子中间弹着风琴，隔着幼儿园的玻璃，能听到那曼妙灵动的音乐，在空气中跳跃着起舞，叩击着自己的心弦。那是自己一生中最美好的片段之一，充满了青春的火热与憧憬。后来自己骑着车，带着秀云在春光明媚的天气中飞驰，似乎拥有无穷的力量，永远觉不出疲乏。那时海城的天空湛蓝如洗、万里无云，清澈得像少女的眼眸。而那时自己的心，则深深陷入在秀云的美丽眼眸里。后来有了齐欢，从产房里传来的第一声啼哭起，自己的生命便多了一份意义，他忘不了齐欢第一次叫爸爸的稚嫩声音，更忘不了齐欢儿时那胖乎乎小手的柔软。齐孝石不敢再想，怕冷冰冰的现实击穿心底的脆弱。他再次睁开双眼，回到现实。远处不时传来鞭炮的声音，距春节越来越近了。他用手把身体撑起，环顾房间又缓缓走了几圈，才穿上外衣，拿起一个大号垃圾袋，出门落锁，默默地走到面前的阳光里。

午后，位于海城市中心区的正毅大厦门前人流涌动，络绎不绝。这是个难得的好天气，人们都期待在这久违的蓝天里，能多呼吸一些清新的空气，以暂时遗忘这压抑的灰霾。

不知怎么的，不少记者聚集在大厦门前，长枪短炮架设起来，路人纷纷驻足观望，想一探究竟。齐孝石迎着阳光的方向，穿过等候已久的记者，缓缓地走到大厦门前的台阶下，他放下手里的大号垃圾袋，不慌不忙地脱去外衣，一件、两件，直至将自己脱到只剩一条内裤。

人群骚动，纷纷聚拢到他身旁围观，记者们也不会放弃这个千载难逢的机会，长枪短炮一通拍摄。他们在一个小时前接到了单位的通知，说有人将在下午两点半到正毅大厦门前爆料，正毅集团董事长刘松林的丑恶罪行。齐孝石不慌不忙地打开垃圾袋，从里面取出一条宽大的横幅，慢慢地在正毅大厦门前展开。围观的人们争先恐后地注视着，上面用红色的墨水写着一行斗大的字：正毅集团董事长刘松林，贪赃枉法罪大恶极。

齐孝石又从垃圾袋中取出一个大号的电子喇叭，冲着正毅大厦的方向，大声宣讲起来：

“正毅集团的董事长刘松林，是个不折不扣的恶棍，他装得人五人六儿的，挺像那么回事儿，实际上是个衣冠禽兽，狗屁不如！他丧尽天良，耍鸡贼、玩猫儿腻、用下三路的把式，算计了海城的新时代公司和长城实业公司，他雇用了一帮诈骗分子，见天儿地栽赃陷害，变着法地往人家脑袋上扣屎盆子。出了事儿再拿你们这帮记者当枪使，添油加醋、煽风点火地起哄架秧子。我告诉你们，这都是正毅集团董事长刘松林整的幺蛾子。他贪赃枉法罪大恶极，是个不折不扣的混蛋王八蛋……”

齐孝石努足了劲儿，嗓音嘶哑却穿透力极强。围观的人群越聚越多，不少人拿出手机拍照，将齐孝石的“英姿”发到微博等网络上流传扩散。人们议论纷纷，猜测着齐孝石这样做的目的，也等待着正毅大厦里刘董事长出面辩解。今天来的记者，大都是报道过新时代公司案件的媒体。这正是齐孝石的高明之处，等于给他们创造了后续报道的良机。

“刘松林，你个王八蛋，有本事出来，和我当面对质！出来！”齐孝石冲着高大巍峨的正毅大厦狂喊。

正毅大厦的员工慌忙跑去向刘松林报告。刘松林大惊失色，跑到公司的门前，隔着厚厚的玻璃门看齐孝石的表演。齐孝石车轱辘话没结没完，在冬日也不惧寒冷，就穿着一条内裤在人群中踱步。

“老混蛋……你丫够狠！”刘松林咬牙切齿地默念，知道这是齐孝石在逼自己露面。

“老板，我们过去把这个老瘪犊子给办了！”保安队长说着就往上冲。

“滚蛋！这里没你们的事儿！”刘松林呵斥道，他可不会将齐孝石的表演推向高潮。他叹了口气，感觉进退两难。自己自然是不能出面的，一出面就会陷入齐孝石制造的泥潭，但如果继续在这里龟缩，任凭齐孝石在门口尽情表演，自己的名誉也将受到无法预估的损失。

“打 110，告诉警察，在公司门前有个疯子！快！”刘松林对手下的员工喊。

五分钟后，一辆 110 警车飞驰而来。人群疏散，闪开一条道路，警车径直停在齐孝石面前。车里下来四个警察，迅速向齐孝石跑来。

“干什么呢？穿上衣服！”为首的警察三十出头，该是这个车组的警长。

“没干什么啊？怎么了？”齐孝石皱眉。他一停止喊话，就立即感到浑身冰冷，刚才的亢奋迅速降温。而就在他注视着警长的同时，另外两个警察突然扑了过来，把一个厚重的棉被猛地罩在他的身上。

“哎哟！你们干吗！”齐孝石被压倒在地。警长和另外三个警察用力压住他，取出约束绳，准备将他捆绑。看来，警察是真拿齐孝石当疯子了。

“住手！住手！”齐孝石大叫，警察们仍不为所动，“你们看看我是谁！预审支队的老齐，‘七小时’这个名字没听说过吗！”齐孝石歇斯底里地喊叫。

此言一出，竟然效果立现。警察们停住了手中的动作。在海城警界，有几个不知道“七小时”的大名？

“您……是齐师傅？”年轻的警长声音里带着疑惑。

“哎……可不是吗？就是我！”齐孝石拽开遮在头上的棉被，没好气儿地说。

“那您这是……”警长丈二和尚摸不着头脑。

“我这儿办案呢，你们裹什么乱！”齐孝石说着钻出棉被，费力地站起身来，然后自顾自地走到垃圾袋前，一件一件地把衣服穿好。他拿起喇叭又要喊，一下被警长拦住。

“哎，齐师傅，您打住。”警长说，“我虽然不知道您这么做是为了什么，但请您理解我们的职责。您要是再喊，我们就真得把您治安拘留了。”警长面带难色。

齐孝石皱眉，痛苦地咳嗽了几声，用缓和的语气说：“哥们儿，我就再说一句，不骂人。”他也不等警长同意，就又拿起喇叭，冲着正毅大厦的方向大喊：“刘松林，你给我记住了，我从今天开始，一天来两次！甭跟我这儿玩哩格儿楞，惹急了爷谁都不吝！”说完便收起了喇叭和横幅，大摇大摆地走向人群。只留下手足无措的四个警察，相对无语。

刘松林站在玻璃门后，被气得七窍生烟。“行！你够狠！”他强压怒火，咬牙切齿地说。

昏暗的梦，惨白的世界，一切都模糊不清，几乎分不出轮廓和形状。窗外的一缕微光，像尖细的钢针一样刺入模糊的视线，让人感到疼痛。模糊的轮廓伴随着听觉的恢复，慢慢清晰，喘息声中已经可以看到黑暗中雪白的四面墙壁和天花板。浑身无力，有一种熟睡后的慵懒松散，彷徨、恐惧，始终缠绕在身边，不知过了多长时间，似乎能闻到一种新被褥的清香，那是种温暖的安全感，就像小时候妈妈给自己洗过澡、抱上床的感觉，那是从微冷中进入被窝的温暖。

我是谁？我在哪里？我是活着还是死了，我在现实还是梦境？沙伟感觉自己像飘浮在空中，失去了重心，没有了方向。他异常疲惫，试图从被褥的温暖中醒来，但却总是犹豫不决，似乎在恐惧着清醒之后要面对的未知。终于，他开始用力，大脑的指令在身体传递，他要醒来，要离开这安逸，但不知怎么，身体仍柔软之极，仿佛棉絮。沙伟的汗水浸湿了全身，眼前混混沌沌、黑白交错，血液在心脏的激发下，加快流速，力量开始恢复，视线开始清晰，这是哪儿？怎么这么陌生？这是哪儿！

沙伟用尽全力试图爬起来，却突然感到一阵剧痛，身体像被折断了一样。他强迫自己睁开双眼，这才发现，自己躺在一张病床上，全身都缠满了绷带。四周漆黑一片，他试图撑起身体，但钻心的疼痛却如灼烧般迅速蔓延到身体的所有感觉器官。

“啊……”他痛苦地大叫。

这时，他才发现，自己床前的黑暗中，坐着一个年轻人，那体貌似曾相识。

“沙伟，你醒了？”年轻人问。

“我……我在什么地方？”沙伟看不清年轻人的脸，颤抖地问。

“你在公安医院的看押室里。”年轻人说。

“什么？”沙伟大惊，“你们……你们凭什么关押我？凭什么！”他的声音虚弱却异常强硬。

“因为你犯了罪，应当承担法律责任。”年轻人说。

“你们……没有证据……”沙伟还在抵抗着。

“你还心存侥幸？以为自己能浑水摸鱼？”年轻人问。

“我不明白你在说什么。”沙伟不正面回答，“你们……你们是怎样找到我的？”他疑问道。

“我们不用找你，因为你根本没有逃出我们的视线。”年轻人说，“就在几个小时前，如果不是我们用车撞停了你驾驶的汽车，你大概已经滚落下悬崖不在这个世界上了。”

沙伟木然，这才想起刚刚那惊心动魄的场景，但似乎已经是很久以前的事情了。他注视着对面的年轻人，慢慢地恢复起记忆。

“钱对于你来说，真的那么重要吗？”年轻人又问。

“什……什么意思？”沙伟问。

“你自以为聪明，却因为钱，丢失了自己最该珍惜的东西。”年轻人继续说。

“什么？我丢失了什么？”沙伟颤抖地问。

“尊严和信仰。”年轻人说，“你自认为是尽孝，却将亲人推到了别人的陷阱之中。你自认为不是在伤天害理，是在用所谓的智慧，将财富做一些再分配，却不知道，在你的助纣为虐之下，罪恶的骗局给多少家庭带来了灭顶之灾，让多少人的幸福成为泡影。难道这不是在犯罪吗？这不是罪大恶极吗？”他一针见血。

“我……”一向巧舌如簧的沙伟，竟找不出任何反驳的语言，“什么将亲人推到了陷阱？你……你在暗指什么？”沙伟惶恐起来。

“这是你母亲给你包的饺子，你尝尝吧。”年轻人说着递过一个饭盒，里面装满了饺子。

“什么？你这是什么意思？”沙伟惊愕地问，“你们对我妈干了什么！你们把她怎么样了！”他突然疯狂起来，试图扑向年轻人，却不料四肢都被约束带紧紧捆绑着，身体猛地被反作用力重重拉回到病床上。

“你给我冷静点，她现在很安全！”年轻人厉声喝止。

“你们……你们不要为难我妈，不要！”沙伟气喘吁吁，牙关紧咬。

“你母亲现在在公安医院的治疗室里，有专人照顾，很安全，你不必担心。”年轻人不带任何感情色彩地说，“我知道，她是你生命中最重要的人，也是……”他停顿了一下，“也是你的软肋。”

沙伟紧盯着黑暗中年轻人的身影，颤抖地说：“你们……你们这不是在执法，而是在绑架，绑架！”

“你的意思是，你母亲在他那里，是安全的？”年轻人话里有话。

“这……”沙伟语塞，知道此刻对方已经反客为主，将自己的软肋掌握在手中。

“桂诚，你该醒醒了。”年轻人一下点出了他的姓名。

沙伟脑袋嗡的一声，惊愕得合不拢嘴。

“你以为自己很聪明是吗？以为我们一直不知道你的底细？”年轻人反问道，“你错了，你虽然遗传了父亲的高智商基因，却没有继承他的尊严和信仰。”

“父亲……”沙伟感到一阵眩晕，心底里爆出一声巨响，“你……怎么知道……我的父亲……”沙伟浑身颤抖。

“只要搞预审的警察，都知道他的名字。”年轻人说，“桂永清，一个鼎鼎有名的警察，一个在预审战线中百战百胜的神话，同行们敬重他、钦佩他，曾经送给他一个外号，老鬼。”

沙伟惊讶得合不拢嘴，一句话也说不出来。

年轻人继续说：“他是我们警察的骄傲，虽然英年早逝，但那些被他惩处的罪恶、那些被他昭雪的冤屈和那些被他拯救的灵魂，都足以让人们永远将他铭记于心。他是英雄，而你呢？作为他的儿子，却为了金钱，出卖自己的灵魂，用你父亲传给你的智慧去助纣为虐。你对得起自己的良心吗？桂诚，你对得起父亲给你起的名字吗！”

桂诚彻底被揭去了沙伟的伪装，他怔怔地望着年轻人，胸中波澜起伏。“我没有出卖灵魂，没有……我只是……只是为了救我妈！我没有选择的机会，在这个世界上，高智商有什么用？我需要钱，需要太多的钱，马上就要！”他歇斯底里地说，“你知不知道，我妈的治疗费一天需要多少？五千元，五千元啊！一个月就是十五万，一年将近两百万元。在钱的面前，什么尊严啊，信仰啊，都狗屁不是！我无能为力，一点办法都没有。好，就算我出卖灵魂，就算我助纣为虐，但只要是为了我妈，我什么都认了，什么也无所谓，就是下地狱也值得。”

年轻人默默摇头。“你以为你的主子，真的是在为你母亲治病吗？”他打断了桂诚的话。

“什么？你这是什么意思？”桂诚皱眉。

“你被骗了，刘松林一直以来对你母亲的治疗，只是维持现状的姑息疗法，根本没想把她的病治愈。你母亲也根本没必要整日住在ICU里，耗费巨资。他只是要拿你母亲作为要挟，去控制你、利用你，让你言听计从，为他卖命。”年轻人不带任何感情色彩地陈述。

“什么？你说什么？”桂诚大惊失色，“不可能，绝对不可能。”他浑身颤抖起来，不断重复着这句话。

“我们已经将你的母亲转院，开始接受正规的治疗，医生说她的病还有希望。她是牺牲警察的家属，我们已经向省厅的公安英烈基金会进行申报，准备批出专项资金用于她的治疗。海城市公安局的全体民警也进行了捐款，可解燃眉之急。桂诚，我们应该做的事情义不容辞，而你应该做的事情，也到了该想清楚的时候了。”年轻人说。

桂诚低下头，泪水决堤。“谢谢……谢谢你们为我妈所做的一切……我有个请求，能不能……能不能……”他说着抬起了头，“能不能不告诉我妈，我是个罪犯……”他涕泪横流。

“这个……我们会考虑的……”年轻人回答。

“我知道，我玷污了父亲的荣誉，让他蒙羞。但他在世的时候，活得太清苦了，一辈子都陷在工作里，不知道该如何更好地活着，最后得了脑溢血，连出租车都不舍得打，就那样不明不白地栽倒在河里一命呜呼。他是英雄吗？也许在你们的眼里是，但在我的眼里，他就是一个失败者，一个连家人都保护不了的彻彻底底的失败者。”桂诚激动起来，“所以我不想再让我妈活得那这么艰难，我受够了贫穷，发誓一定要赚钱，赚很多的钱，不再让她为生活担忧。”年轻人的话击溃了桂诚心中的防线，他开始袒露心声。

“所以你就投靠了刘松林？”年轻人指名点姓。

“不是我投靠，是他找到的我。”桂诚回答。

“在我妈得病之前，他就曾经找过我，说可以提供工作的机会，收入不菲。但我妈却一直阻拦，不让我去他的公司。但……谁能想到，我妈得了这个病，高烧不退、昏迷不醒，我把她送到医院，医生说这个病非常罕见，要立即入住 ICU 进行治疗。ICU 病房的价格昂贵，我负担不起，在走投无路时，就想到了向他求助。所以……所以我……”

“所以你就自甘堕落，成了他的工具？”年轻人反问。

“是……是我看错了他……”桂诚默默地摇头。

年轻人站起身来，重重地叹了一口气。“桂诚，我告诉你，从你上次接受审讯到现在，你的一举一动从未离开过我们的视线，我们放了你，是在给你机会，而你却没有好好珍惜。现在，我们再给你一个机会，你不能一错再错了。”年轻人说。

“机会？”桂诚愣住了，“你是说，让我出来作证？”他果然聪明绝顶，一点就透。

“是，这是你唯一的机会。”年轻人回答，“希望你能吸取这次的惨痛教训，有朝一日能活得有尊严有信仰，像个堂堂正正的人。也希望你能珍惜我们给你的机会，早日还清罪孽，回到你母亲身边。”年轻人说得已经非常直白。

“好，我一定配合你们，站出来举证刘松林。”桂诚在重要的选择上毫不糊涂，“警官，有件事我希望你们知道，我安了一颗钉子在刘松林身边。”桂诚说。

“我知道，但那不是你的钉子，而是我们的。”年轻人缓缓地回答，转身走出了房间。

桂诚默默地坐在病床上，望着黑暗里的四面白墙，用手捏起面前饭盒里的一个饺子，放在嘴里咀嚼起来。那是鲅鱼馅儿的饺子，里面混合着五花肉和韭菜的香味，那是母亲的手艺，是世界上最美妙的味道。桂诚感到脸上凉凉的，眼前的视线也越发模糊，他知道这是警察对自己使的招数，从亲情下手，攻击软肋，反客为主。说白了，与刘松林对自己使用的方法也相差无几。但这是自己唯一的选择，也是正确的选择。在大事面前，桂诚绝不糊涂，他知道自己的身份现在不该再是那个机关算尽的沙伟，而是那个高智商预审员的后代，桂诚。

这个城市虽然取缔了焦化厂，但污染却比以前更为严重。GDP 和利益成为人们追逐的对象之后，所有的努力都变得愚蠢和势利。人们的善良和梦想被有计划地利用着，对成功的判断标准被精确到了最小刻度。刘松林在踏进焦化厂大楼之前，还有些犹豫，但一想到齐孝石那瘦弱的身躯便觉得自己可笑。他是一个警察，只要没有证据，便不能拿自己怎样。

一个小时前，他给齐孝石打了电话，约好了见面约谈的地点。齐孝石在电话里颐指气使，指定的见面地点竟是焦化厂旧楼的天台。刘松林知道，那正是龚培德自杀身亡的地方，心中不免有一丝忌惮，但一想到齐孝石下午没结没完的表演，就觉得再无退路。他在心里暗叹，自己这样一个堂堂的商业巨头，竟然会被一条没了牙齿的老狗要挟。他做好了充分的准备，要用自己手中的棋子跟齐孝石摊牌。为保万无一失，他光保镖就带了不下十人，邓楠也主动跟随，以防意外的发生。

大雾弥漫，雾霾爆表。汽车开着远光可视也不超过十米。焦化厂的旧楼年久失修，刘松林缓缓地迈着台阶，空气中飘散着尘土的气味。他一想到齐孝石那个软硬不吃的表情，心中便不免有些紧张。但这种紧张又迅速被好奇心所淹没，他不由自主地猜测着，齐孝石到底有什么重要的事儿要约自己单独谈判。

在焦化厂旧楼六层的天台上，重度污染的空气让能见度极低。肮脏的地面浮着一层白灰，刘松林带着邓楠和保镖，一路走来，身上也沾了不少灰尘。

齐孝石穿着一身黑色的棉衣裤，已经早早地等在了那里，他叼着烟卷，不屑一顾地看着风尘仆仆的刘松林。“哼哼，怎么了，刘大董事长？带着这么多虾兵蟹将，是害怕了？”齐孝石挑衅道。他声音虚弱，但语气强硬。

刘松林没有回答，他在距离齐孝石十米外的地方停住了脚步，让几个保镖上前，从上到下细细地将齐孝石搜身。齐孝石身上除了一张破纸之外，再无其他。搜罢，众保镖才退到刘松林身后。

“呵呵，我害怕？害怕我就不来了。”刘松林笑着回答。

“我今天找你丫是单聊，怎么的？还要这帮王八蛋旁听吗？”齐孝石问。

刘松林停顿了一下，冲众人挥了挥手，“你们到后面等我。”

邓楠点了点头，带着几个保镖走出了楼顶平台。

“没想到……那个小家雀儿也被你拽着线儿呢。”齐孝石看着邓楠的背影说。

“呵呵，你没想到的事情还有很多。”刘松林说，“说吧，你今天找我到底想说什么。”

焦化厂的顶层天台空空荡荡，冷风吹起，让人不禁瑟瑟发抖。齐孝石望着四周迷茫的黑雾，突然觉得那几十年前的繁华都是一片假象。

“这些年，你知道自己到底害了多少人吗？”齐孝石往前迈了一步，和刘松林隔着三米左右的距离。

“害人？我从没害过人，我只是在进行着正常的商业竞争。如果没有你们这些蠢警察的干扰，海城会更加繁荣，变得更好，会有更多人获得工作就业的机会，得到自己想要的生活。”刘松林回答。

“放屁，你甭跟我这儿唱高调儿！”齐孝石大声说，“你为了自己的那仨瓜俩枣，给多少合法公司扣了屎盆子？让多少老实人都丢了营生？这算是正常的商业竞争吗？算吗？狗屁！”

“是，我一直在争权夺利，没错，这点我承认。但这个世界就是这样，丛林法则，总要有人称王，不是我也会有别人，这种厮杀是不可避免的。既然要厮杀，那就会有牺牲。而你们呢，操着所谓的什么狗屁法律，只顾维护现有的所谓平衡，实际上是阻碍了时代的发展。你们干扰我的计划，试图挽救那些本该被淘汰的企业。我倒要问问你，你们的目的是什么？是继续让这些本就行将就木的公司苟延残喘吗？但为什么不给我机会，让这个世界更有活力！”刘松林也提高嗓音，“你知道吗？正是因为你们愚蠢的执拗，才给这里带来更多的矛盾和纷争，让更多的人受到伤害。”

“胡扯，你丫这是满嘴跑火车！”齐孝石摇头，“那龚培德呢？谁又该为他负责？”他质问道。

“哈哈哈哈……”刘松林大笑，他有些犹豫是否继续这个话题，但面对瘦弱的齐孝石，他的心又渐渐被不屑占据，“那个碍手碍脚的东西，他是我们公司的法律顾问，当然，只是名义上的顾问，拿钱做事，并不挂名。但说实话，他这些年并没给公司做过什么贡献，我只是拿他……”刘松林看着齐孝石的眼睛，故意停顿，“拿他当一条狗，养着。你真以为我会心甘情愿地把钱花在他的身上吗？可笑！我付出的每一分钱都是在流血，我只是在用钱去麻醉敌人，用钱去做锁链，拴住一条狗。你们这些警察，低贱得很！”他恶狠狠地说。

“十年前，他走了眼，放了你一马。这是最大的错误！你……”齐孝石狠狠地盯着刘松林的眼睛，他话还没说完，就剧烈地咳嗽起来。雾太重了，空气中都夹杂着焦炭的味道，仿佛是面前这个焦化厂再次恢复了生产。

“呵呵，放我一马？笑话。当时的情况是我放了他一马。”刘松林得意地说，“他家里的情况你也该知道吧，媳妇死了，儿子一直跟着祖父母长大，那是他唯一的希望，是他的命根子。所以我便随意使了个小手段，让几个手下盯住了那个小家伙，让他享受了一下资本主义的腐败生活，呵呵。”刘松林不怀好意地笑着，“要说他的那个宝贝儿子啊，还真能折腾，欠下的赌债啊，就凭龚培德那点工资，几辈子也还不上。所以，他要是不按我说的做，你觉得又能有什么选择呢？呵呵，就像你那个宝贝徒弟一样，所作所为，还不是为了你那个不争气的女儿……”刘松林大笑起来。

“你……”齐孝石无言以对，浑身颤抖，“他救了一条恶狼！”

“他哪里是在救我？那是在救自己啊，我可没让他去毁什么账目、录像的，我哪懂得你们这些乱七八糟的东西啊。这些年，我一直对他不薄，我养着他，也拴着他。狗吃了主人的食物，自然要受主人的约束，这也是理所应当的吧。”刘松林说，“同样的道理，我要是对他心软了，放了他，他就会反口咬我。换位思考，你如果到了我的位置，也是不会轻易松开紧箍咒的。肉包子打狗，我出的钱就是我的投资，投资就要有回报，这是做生意的原则。龚培德吃了我的肉，我就不能让他再吐出来，要想吐出来也行，那得连着肠子带着心，得肝肠寸断！他要想背叛我，我就一定要让他身败名裂，一辈子都没有翻身的能力。”

“你是个魔鬼。”齐孝石说。

“上帝和魔鬼的不同之处在于，上帝说的是善意的谎言，而魔鬼只说残酷的真相。”刘松林说，“你别这么看着我，龚培德的死与我无关，那是他自己懦弱的选择。”

齐孝石剧烈地咳嗽，停顿了许久才说：“他自己的选择？与你无关吗？”他看似不经意的话，实则带有引导的倾向。

“这不能怨我，他不听我的话，想要摆脱我的控制，还妄图调查我的公司。我已经给他机会了，让我的人警告他不要插手。但他不听啊，那没办法了，我只能拔出他胃里的鱼钩，让他肝肠寸断。”刘松林说。

“你不怕他揭穿你？”齐孝石问。

“他没有证据，呵呵，没有任何证据。这些小公司跟我一点关系也没有，就算抓了人也联系不到我的身上。你们抓的那些小鱼小虾米根本就不知道我是老板，他们只会拽出沙伟。呵呵，这个可笑的名字，你到现在甚至还不知道对手的姓名吧。”刘松林狂妄地笑着。

“我没必要知道那个吃里爬外的货到底叫什么名字，他迟早有一天会自己说。”齐孝石盯着刘松林的眼睛，话里有话，“所有人都要面对选择，二选一，你也一样。”

刘松林的眼睛闪过一丝惶恐，但瞬间又被自信抹去。“呵呵，你别套我话，我不知道你在说什么。”刘松林笑着回答，“老齐，听我句劝。放弃吧，认输吧，如果生活没有着落，你就到我的公司来，我让你无忧地过好后半生。与我作对的结果你也看到了，不会比龚培德好到哪里去。人重在有自知之明，及早醒悟，你和家人还有机会。”刘松林在话里，特意提到了齐孝石的家人。

“你在威胁我？”齐孝石说。

“呵呵，谈不到威胁，但算是一种警告。”刘松林冷冷地回答。

“你以为别人都着了你的道，得哈着你是吗？”齐孝石问。

“当然。过去、现在、未来，我从来都是赢家，从来不失手。”刘松林说，“龚培德、那海涛，还有你，都是我的手下败将。人啊，只要生活在这个世界上，就不可能没有弱点。只要有弱点，我就有取胜的机会。十年前龚培德屈服在我脚下，你说这是偶然吗？那为什么十年后的今天，他的徒弟也会重蹈覆辙？我告诉你，这是必然，历史的必然。”

“这么说，那海涛也湿了鞋了？”齐孝石问。

“呵呵，你装什么糊涂。没办法，我需要新的猎犬。”刘松林说，“老齐，我不得不忠告你，你的头脑太僵化了，已经不再适应这个时代了。你看看现在的海城，灯红酒绿、兴旺繁华，你们警察能创造这辉煌的价值吗？那些死气沉沉的国企能创造吗？不可能！只有像我这样的人才能让这里焕发青春！也许在有的人眼里，我是罪犯，是凶手，呵呵，无所谓，但在大多数人眼里，我就是上帝，是救世主。我不会像那些无能之辈一样，占着大好的资源无所作为，也不会像那些贪官污吏一样，耗费财力物力搞形象工程，捞取政绩。我干的都是实事，我会让资源在手中发挥最大的价值，只不过在过程中需要一些人的牺牲罢了，只有这样才能让这个死气沉沉的城市复兴。你懂吗？”

“这就是你损害合法企业利益，恶意竞争的借口？”齐孝石问。

“是的，如果我姑息迁就，那才是最大的犯罪。社会的进步总会有牺牲，不是吗？没有变革，时代怎么前行，不抛弃腐朽的东西，怎能轻装上阵？”刘松林说。

“我懂了，你之所以有恃无恐、理直气壮地干丧尽天良的事儿，从根儿上说还不是因为手脚不干净，而是你脏了心、烂了肺、坏了一肚子下水！”齐孝石说。

“哈哈哈哈……这是你的想法，可你身边的人是这么认为的吗？包括你的宝贝女儿？”刘松林不屑地大笑，“她这样一个草根，为什么如今能够在银行转正？还不是因为收了我们几千万的存款，还不是因为让那海涛当了我的一条狗？财富的能量是无可替代的，它是成功的标志，更是生存的需要。看看你的穿着，再看看你女儿手里的LV包。什么叫生活啊？不是皮包骨头的穷硬，而是衣食无忧的自由。美好的生活你们警察给不了她，但我能给！说直白了，你们的命运都在我的手中掌握。我让你们富有，你们就能幸福，我让你们失去，你们就一无所有。”刘松林满脸的阴沉傲慢。

齐孝石被气得浑身颤抖，他缓缓俯下身，吐着什么东西。

“你退休了，老齐，就好好给自己找条退路，回家颐养天年。你要是想来我公司啊，干不干事我也会养着你，多给些肉包子的钱我还是有的。但如果不想，就滚得远远的，别烦我！”刘松林警告道。

“我是不会放过你的，龚培德是你逼死的，想全须全尾地走？没门！”齐孝石虚弱地站起来，狠狠地说。

“我没有逼他，是他自己懦弱，害怕失去那些狗屁尊严。”刘松林不屑地笑。

“那五百万也是你打进他卡里的？”齐孝石问。

“是的，那是他的酬劳啊，我不会欠任何人的债。给不给他，什么时候给，要看我的心情，但要不要可是不由他做主的。”刘松林说。

“那沙伟也是你的人？”齐孝石问。

“呵呵，他只是个工具。像他这样的人，只要付款，就能找到不计其数的。”刘松林说。

“你跟我说了这么多，不怕我办了你，让你戴戴银镯子？”齐孝石这样问，实则是在使用激将法。

“哈哈，办了我？可笑，哈哈。”刘松林不屑地大笑，“老齐，你该清醒清醒了，你不再是一个警察了，你退休了，就是一条摘掉犬牙的老狗，对我还能有什么威胁？我告诉你，今天我对你讲了这么多话，目的就是让你知道，你不再是什么战无不胜的什么‘七小时’，而只是个连自己家人都救不了的老废物，一具行尸走肉，一个躯壳。”

“你会为自己干的这些下三烂的勾当付出代价，沉重的代价！”齐孝石说。

“可笑。”刘松林摇头，“此时此刻，你还不明白吗？这件事你根本就没有证据。你们警察办案讲证据，十年前我获得自由，就是因为龚培德毁灭了证据，而如今就算你们抓住了我手下的几条狗，又能证明什么呢？他们根本就不知道自己的主人是谁，往上追也至多追到沙伟。呵呵，老齐，你输了，彻底地输了。你的这些推理和假设，就算逻辑性再强，也无法将我告到法庭，所有人都会把你当成疯子！”

齐孝石沉默了，他明白自己已经被逼到了绝路。是啊，现在他已经不是一名警察了，失去了执法权，就算能对外举证刘松林所说的一切，也都无法成为证据。

“不，我相信你最终会坦白交代的，二选一，你别无选择。”齐孝石没头没尾地说。

“呵呵，我听不懂你说的荒唐话。”刘松林得意扬扬，不再想和齐孝石继续纠缠下去。他往前走了几步，来到齐孝石的面前，“老齐，我希望这是我们最后的一次见面，恕不奉陪，永不再见。”

“混蛋！”刘松林的话还没说完，齐孝石就突然发作，猛地扑到他面前，用尽全力地重重扇了他一个耳光。刘松林一个趔趄，脚下扬起一片浮土。

远处的几个保镖见状就要冲过来，却不料一把被邓楠拦住，“不许动，刘总特意提醒了，绝不允许咱们过去。”他没有忘记自己该做什么。

几个保镖虽剑拔弩张，但无奈也只得照办。邓楠咬紧牙关，拿起手机拨打电话，默默地观察着动向。

“你……”刘松林脸上一阵火辣辣的疼痛，胸中的怒火顿时烧旺，“老混蛋，你丫疯了吧，想干什么！”刘松林刚要质问，却不料又中了第二个耳光。这下他也急了，他抓住齐孝石的双手，用力将他抵住，两个人顿时撕扯起来，一直相持到楼边。刘松林比齐孝石年轻，体力也远远胜出，相持起来，占据上风。

“我不会放过你的！我要给龚培德报仇！”齐孝石歇斯底里，气喘吁吁，他用力地挥拳，却再也打不中刘松林。天台的地面非常脏，白灰扬起来混杂在雾霾中，让人喘不过气。刘松林浑身上下都是灰尘，他回过头寻找自己的保镖，不想那些人早就被邓楠强推到楼下。一分神，不料又中了齐孝石一脚。这一脚正踢中刘松林的要害，他两腿一缩，痛苦地蹲在地上，浑身颤抖，他彻底被激怒了。

刘松林浑身用力，猛地出拳，一下打在了齐孝石的脸上。齐孝石年过六旬，才不到一百三十斤的体重，这一拳打得他眼冒金星、仰面倒地，嘴角也出了血。

“老王八蛋，你放心，我不会杀了你，你这条贱命就自己留着吧。现在楼下都是我的人，没人会上来救你。我说过了，过去，现在，未来，我从来都是赢家，从来不失手。”刘松林气喘吁吁地说。

“赢家，哈哈哈……赢家……”齐孝石用沾满尘土的手抹去嘴角的鲜血，不屑一顾地大笑，哇的一口吐了一地的污物。他跌跌撞撞地站起来。“孙子，我今天就跟你丫死磕了！我告诉你，有我在一天，你就永远当不了什么赢家！”齐孝石说着又扑了过来。

两个人又缠斗在一起。刘松林的脸上、身上，顿时都是齐孝石的手印。刘松林不想再多纠缠，用尽全力将齐孝石踹倒，齐孝石刚想爬起，刘松林又狠狠踏上一只脚，踩住他的胸口，“老王八蛋，我说了，你永远也不会战胜我的。无论是年龄、体力，还是地位、财力，我胜过你太多，你只不过是一个过时的说谎者，而我说的谎话却不知比你高明多少倍！”

齐孝石笑了，嘴里不断有鲜血涌出。“我是个将死的人了……在体检的时候，我被查出了肺癌。从那时……那时开始……我就下定了决心，要拉你当垫背的，同归于尽。哈哈哈哈……”齐孝石诡异地大笑起来，“求你，求你把我打死吧，然后和我一起去见阎王爷，哈哈哈哈……”

齐孝石的笑让刘松林不寒而栗，他这时才发现，齐孝石刚才吐的几口污物，竟然是一片一片的黑血。他赶忙往后退了几步，不知所措。

“你……你想干吗？到底想干什么！”刘松林颤抖地问。

齐孝石努力地爬起，浑身上下黑色的棉衣裤都是灰尘和血迹。他大口大口地喘气，不时又吐出几口黑血。“孙子，你不是说我没有证据吗？你不是认为自己牛 × 吗？天衣无缝吗？好，那今天我就让你丫有口难辩！我说过了，甭跟我这儿玩儿哩格儿楞，惹急了爷谁都不吝！二选一，你看着办！”齐孝石一边说一边往楼边上退去，语气里有种冰冷的决绝。

“你……你要干什么！啊？”刘松林慌了。

“龚培德就是从这儿跳下去的，他在最后的时间没掉链子，没有认㞞！他用自己的生命向你宣战，他是个爷们！孙子，你爷爷我的命没几天了，今天就是奔着死来的。现在我一身都是你的手印，你以为自己还能说得清吗？哈哈哈哈！”齐孝石狂笑着，“我最后一个见到的人是你，我手机中最后的联系人也是你，我来之前给我认识的所有人都留了信儿，说要去见你，你留在楼下的那帮王八蛋也都是证人。我终于知道龚培德为什么要见我最后一面了，他是要让我去做他没有做完的事儿，那就是让你不得好死！你要是想活命，就好好琢磨琢磨，到底该怎么办！”

“老齐！老齐！”刘松林惊慌失措，“你不要干傻事，有什么事情我们可以商量，可以商量！”刘松林大声地喊。

齐孝石惨笑着，抬头仰望着被雾霾重重遮挡的天空，想象着那雾霾的背后一定是月朗星疏。“老伙计，我来找你了，这是个连刚参加工作的小孩儿都能破的案子，就留给他们了。唉……真他妈的想睡个囫囵觉啊，整天睁着眼睛，太熬人了……”齐孝石站在焦化厂的天台边缘，伸开双臂，俯视着那片熟悉而又陌生的大地，猛地纵身跳起，扑向面前的天空。他身体腾空，急速下坠，瞬间就消失在黑暗里。

“混蛋！你是个疯子，疯子！”刘松林大喊着，他怎么也想象不到，这个老警察竟然用自己的生命，去制造了最后一个谎言。这就是齐孝石所说的二选一吗？太荒谬了！这是个什么样的人啊，太愚蠢了！刘松林崩溃了。他不明白，为什么有的人要用谎言去获得财富，争夺权力，而有的人却要用谎言作为工具，去维护法律。齐孝石的做法将他逼到了绝路，让他毫无辩解的可能，所有的诡计都敌不过这一步死棋。此刻齐孝石那急速下坠的身体，留着自己的指纹、手印，而自己的身上也沾满了他的血迹。指纹、现场、口供，齐孝石竟然在生命的最后一刻，凑齐了刘松林故意杀人的犯罪证据。剩下的就是简单直接，甚至武断地抓捕、破案，就连最无能的警察也能得心应手。

齐孝石用自己的弱点击碎了刘松林坚硬的壁垒，这是预审中鸡蛋碰石头的方法，一辈子只能使用一次的终极预审。

飞速下降，世界坠落，在漆黑的雾霾中，所有的谎言都消失不见。我爱的人啊，我的亲人，再见了，我必须这样选择。只有这样，才能让你们摆脱危险，平安地生活。我的女儿啊，我一辈子最愧对的就是你，原谅爸爸，原谅我的不负责任。再见了，我的女儿，我的妻子，我的朋友，我的梦。不必挂怀，忘了我吧，永别了……

“轰……”一声巨响，一切归零。

刘松林默默地退后，不敢上前一步。他剧烈地颤抖着，第一次感到如此恐惧。他咬紧牙关，用尽全力转身去奔跑，却不想跑了几步就双腿发软，几乎跌倒。

“邓楠，邓楠！你他妈的这个王八蛋，在哪儿呢！”刘松林大喊着。却不料，迎面跑过来的竟是几个武装到牙齿的特警，跑在最前面的，是那个被“两规”的警察，那海涛。

“你们……你们……”刘松林大惊失色。这才发现，远处的邓楠和保镖们已经被警察戴上了手铐。

“我……我是冤枉的，冤枉的！”刘松林大喊。

“抓住他！戴上手铐！”那海涛大声喊道，几个特警不容分说地扑上去按倒了刘松林。

那海涛冲到天台边缘，脚下一滑，重重摔倒。他顾不上疼痛，几下爬了过去。“师父，师父！我来晚了！你这是干什么啊！师父……”他泪如泉涌，歇斯底里地呐喊。他望着楼下黑雾中齐孝石的身影，浑身剧烈颤抖。“快打急救电话！快！”他又声嘶力竭地喊。

“他这是借刀杀人啊，借刀杀人！”刘松林奋力辩解着，“他用预审的方法抓不住我，无法定……定我的罪，就用这种方法陷害栽赃。啊！你们放开我！放开我！”他剧烈地挣扎。

特警见状，一把扳过他的胳膊，给他戴上了头套。面前的世界被关闭了，一片漆黑。刘松林依然在疯狂地叫喊，歇斯底里、痛彻心扉，但渐渐地，他大张着嘴，却再也发不出声音。他此时此刻才明白，语言的功能其实只是交流的工具，这世界上，根本没有谁能靠谎言去成为赢家。

远处，救护车的笛声大作，声音越来越近……天色漆黑，谁也不知道下一秒会发生什么……

预审室里，刘松林惊恐地面对着审讯台后的那海涛，脸色铁青、浑身颤抖。

那海涛眼睛通红，强压住怒火。“姓名？”他问道。

刘松林张口结舌，发不出声音。

“姓名！”那海涛拍山震虎，大声问道。

“刘……刘松林……”刘松林被吓傻了。

书记员小吕打开了审讯灯，刺眼的灯光瞬间晃得他低头躲闪。

“你为什么要杀害齐孝石？”那海涛直奔主题，满眼含泪。

“我……我没有杀他，他……他是自己跳下去的……不是我……不是我！”刘松林竭尽全力地辩解，语无伦次。

“那他的身上为什么会有你的指纹和手印，而你身上还沾有他的血迹？”那海涛大声地质问。

“我……”刘松林有口难辩。

那海涛气得颤抖，语气里充满了悲愤。“刘松林，你杀害了一个老警察，你知道自己的行为意味着什么吗？”那海涛一字一句地问。

刘松林拼命地摇头，张开嘴想辩解，却不知该如何说清。他这时发现，那海涛的审讯台上，放着三包中南海、一杯茶水，还有两个似曾相识的核桃。

“我能解释，我能解释！”刘松林气喘吁吁地说，满头大汗。这时，他才顿悟到齐孝石所说的二选一的含义。齐孝石下的这步死棋，其实并不是要给他栽赃，而是要逼他认罪。刘松林苦笑起来，自言自语：“行啊，你个老家伙，道高一尺魔高一丈啊，光脚的不怕穿鞋的，两害相权取其轻、趋利避害，你还真是了解我啊……你够狠，真够狠……”

“桂诚你认识吗？”那海涛开门见山。

刘松林再次惊愕，他知道，一切都完了，预审已经掌握了铁证。“认……认识……”他的脸色如死灰一般。

书记员小吕按动了一个计时器。时间开始倒数，一秒、两秒……距七个小时还有六小时五十八分零七秒……

与此同时，海城市公安局纪委对预审支队五大队的预审员老郭进行了“两规”。

特警扳过老郭的双手，给他戴上了背铐。老郭拼命地挣扎着，一身皱巴巴的BOSS衬衫被撕开扯烂。“你们凭什么抓我？有什么证据！”他歇斯底里地大喊着。

这时，纪委的沈政平走了过来，他伫立在老郭面前。“还用我告诉因为什么吗？郭强，你作为一名人民警察，知法犯法，玷污了警察的荣誉。为了谋利，竟然将重要的警务信息出卖给犯罪嫌疑人，你还有什么可说的！”沈政平一字一句地说。

“没有！没有！”老郭死不认账,“你们凭什么……凭什么说我出卖信息，凭什么！有什么证据！”

“证据……你也是预审员，知道警察如果没有确凿的证据是不会轻易抓人的。我问你，你妻子那几个项目的发包人是谁？她为什么能以如此低廉的价格获得项目？这还用我多费口舌吗？郭强，你扪心自问，你还有没有一个警察、一个预审员最起码的尊严。”沈政平声色俱厉。“带走。”他对特警指示。

“我没有犯罪……我是无辜的……我妻子的事情与我无关！我没有参与！你们没有证据！”老郭还在强词夺理地咆哮着。

沈政平看着郭强被特警拖拽着，消失在楼外的黑雾中。他掏出一根烟，默默地点燃，泪水模糊了他的视线。

从古至今，只要有战斗，就会有牺牲。在和平年代没有战争，警察站在了军人的前列，成了维护社会安全的第一道防线。警察不但要面对带血的匕首和黑洞洞的枪口，还要抵御钱色的诱惑、糖衣炮弹的狂轰滥炸。警察要坚守清廉、克己奉公，在关键时刻要挺身而出，有时甚至要为了他人的安全，付出自己的生命。但面对微薄的薪酬和社会的压力，这种坚持又谈何容易。预审是人与人之间的对抗，有时杀敌一千自损八百。如果没有这起案件，也许老郭能够继续低调，平安退休；如果没有这起案件，也许龚培德已经站在了警察生涯的巅峰；如果……但世界上没有如果，没有可以重新选择的假设。许多选择一旦做出了，就要付出代价，许多事只要走出一步，就再无回头的可能。

不知是谁家开着电视机，远远地传来《晚间新闻》的播报：

“针对连日雾霾袭城的现象，‘清洁空气研究计划’专家在出席第十五届环境产业大会时表示，为治理大气污染，将在工业企业污染治理、清洁能源替代、机动车污染防治、加强集中供热、面源污染综合治理、煤炭清洁利用等八方面投入治理资金，初步估计总金额为 17474 亿元。其中，工业污染治理投资约为 6408 亿元，占比 36.7%。预计雾霾治理将会立见成效……”

襄城在辟谣“暂不限牌”十一次后，正式开始实行小客车总量调控管理，成为继几个大城市之后，又一个实施机动车“限牌令”的城市。在襄城限牌令出台后，海城市民纷纷拨打市长热线“求解答”，询问市政府是否会效仿襄城的做法，进行限牌突袭。近日，海城已经出现了市民集中购车上牌的情况，汽车交易市场一片火爆……

昨晚，社交平台上又爆料了明星绯闻，但吃瓜群众已见怪不怪，前几天还信誓旦旦要白头到老，今天就怒目相对分崩离析。人世间的事啊，真真假假虚虚实实许多都在瞬间转折。

“唉……这个世界到底是怎么了？真相、谎言，让人看不清楚。”沈政平望着窗外灰黑色的天空，深深地叹息。他从口袋里拿出一支录音笔，默默地注视着。“老齐，我听过这里面的对话了，海涛被释放了，一切都清楚了。你们搞预审的太复杂，我真是琢磨不透，你为什么非要这么做呢，难道这才是你所说的终极预审吗？我不明白，还有什么能比生命重要？是尊严吗？是信仰吗？还是其他什么？我对不住你啊，是我把你拖进的战场，欠你的还有机会偿还吗？还有没有机会……”他久久伫立在黑暗里，泪流满面，形同雕塑。

半年之后，焦化厂被彻底拆除了。根据海城市新的城市规划，在不久的未来，从这里的一片废墟中，将建成海城城东最大的一片CBD新区。在原来篮球馆的旧址上，将建立一个超大型的运动场，供市民们健身锻炼。体育活动区包括游泳馆、篮球馆、田径场等众多场馆。国家的发展战略改变了，从盲目追逐GDP转为切实提高经济增长的质量和效益。

阳光明媚、风和日丽，街道旁的树木郁郁葱葱的，生机盎然，城市焕发出新的活力。齐欢推着轮椅，缓缓地走在平坦的道路上。齐孝石在轮椅上闭目养神，呼吸着清爽的空气，腿上的绷带还未拆除。

“听说判了？”齐孝石缓缓地转头，问身后的那海涛。

“是啊，数罪并罚，无期徒刑，估计刘松林这一辈子是出不来了。”那海涛回答，“从刘松林的身上又牵出了新时代公司董事长卓越的问题，他才是职务侵占一千万元的幕后真凶。他将这些钱用于给自己买官行贿，为了堵住这个窟窿，才引狼入室，借刘松林的手嫁祸陈沛。”

“什么？”齐孝石惊讶，“这点我还真没想到。哎哟……”他一扭头，脖子又疼痛起来。

“爸，您慢点。这伤还没好呢。”齐欢责怪道。

“唉……注意，一定注意，一定注意。”齐孝石表情痛苦，“接着说，海涛。”

“好，师父。”那海涛继续说，“如果不是刘松林交代，我们很难查到这个深层次的问题。新时代公司的案件是刘松林和卓越一起策划的，刘松林实施犯罪的目的是要抢占市场、击垮对手，而卓越则更加可恶，他为了一己私利，不惜任资产流失，让公司垮掉，他才是名副其实的蛀虫。现在卓越已经被批准逮捕了，正在等待法律的严惩。而他行贿的那些官员，也都被检察机关刑事拘留，据说还牵出了一个‘大老虎’，中纪委成立了专案组在开展调查。”

“唉……老天有眼，罪有应得、恶有恶报啊……”齐孝石感叹，“邓飞呢？能说话了吗？”

“现在还不行。”那海涛回答，“他还在医院治疗，整天疯疯癫癫的。他弟弟邓楠因为有立功表现被取保候审了，在照顾着他。”

“沙伟呢？”齐孝石又问。

“他也即将接受审判，也许要用很长的一段时间去反省赎罪了。但考虑到他最后能主动揭发刘松林的罪行，出庭作证，法院也许会给他从轻的判决。”那海涛说。

“唉……他遗传了他爸的头脑，却没有继承他爸的傲骨啊。就为了那几个糟钱，浪费了自己的大好年华……’齐孝石摇头，“但愿他有一天能痛定思痛、洗心革面，等出来的时候能活出个人样儿……对了，他叫什么名字？”

“桂诚。”那海涛回答。

“桂诚……”齐孝石重复着，“这人的名字啊，甭管俗雅，都是个代表自己的符号。这个符号重要啊，只要让别人记住喽，自己就在这世界上有了一席之地，之后这一辈子挣蹦啊，努力啊，起早贪黑地奔命啊，还不就是为了给这个符号增光添彩吗？要是什么时候连自己这个符号都忘了啊，那才是真的可悲呢。他妈呢？怎么样了？”

“他母亲现在住在公安医院，省厅的公安民警英烈基金会已经批准了救助申请，治疗的费用可以保障。”那海涛回答，“还好，经过治疗，他母亲的病情有了缓和，也许在有生之年，他们母子还能相见。”

“好，那就好。”齐孝石点头。

“爸，别说这些让人闹心的话了，咱们换个话题吧。”齐欢说。

“啊？那咱……说点儿什么？”齐孝石笑笑说。

“嗯，就说说我们未来的婚礼。”齐欢调皮地笑了，“到时候您一定要健健康康地参加，恢复如初。”

“恢复如初……我……”齐孝石强压着声音中的颤抖，欲言又止。

“爸，你要相信医学，咱们一定能渡过难关的。”齐欢坚定地说。

“唉……我真的没有想到啊，自己这条老命，还能捡回来……”齐孝石感叹。

“是啊，师父，要不是那天您碰巧摔在焦化厂楼下的塑料顶棚上，得到了缓冲，就算是身体健康的年轻人，大概也很难逢凶化吉。”那海涛说，“在急救时医生都感叹，说是老天爷救了您的命，这是善有善报。师父，您以后可千万别再干这种傻事了，什么终极的招数啊，这简直……简直……”那海涛欲言又止，说不出口。

“简直就是自杀是吧？哼，不至于，我早就踩好点儿了。”齐孝石苦笑，“我也是没办法了，才用了这招。不出此下策，怎能逼刘松林就范？不用二选一的招数把他逼到死角，他怎能如实认罪？哎哟……”齐孝石说着，腰又疼了一下，“哎……你说这事吧，就是这样，龚培德从那儿跳下去了，没了，一了百了。而我呢？也从那儿跳下去了，折胳膊断腿儿这命还挺硬。这是为什么啊？是老天眷顾吗？命不该绝？还是阎王爷不待见我，瞅着我不顺眼，让我多活俩月？”

“爸，什么多活俩月啊？”齐欢一听这话就不答应了，“医生不是说了吗？你这肺上的肿瘤，现在还有手术的可能。您跟坏人斗了一辈子，大风大浪的什么没见过，到现在连做个手术的勇气都没有了吗？爸，这可不是我心中的英雄啊。”

“手术……”齐孝石仰望天空，“欢欢，你真的认为你爸还有机会吗？”他问。

“当然，一定有，不但有机会，还一定能成功。”齐欢扶住齐孝石的肩膀说，“爸，咱们要战斗战斗再战斗，永远不能认输低头。您不是总说一句话吗？甭跟我这儿玩儿哩格儿楞，惹急了爷谁都不吝！”齐欢模仿着齐孝石的语气。

“呵呵，你还记得我这些不着调的屁话。”齐孝石也笑了，“好，那我就听你的，战斗战斗再战斗，永远不认输低头。阎王爷，你别跟我这儿玩哩格儿楞，惹急了爷谁都不吝！”他重复着。

这时，身后跟随的沈政平和老赵也赶了过来。

“嘿，你们这父女、师徒的聊什么呢？这么高兴？”老赵问。

“嗐，能聊什么啊？他们在这儿撺掇我换零件儿呢。”齐孝石说。

“老齐，当了一辈子硬骨头了，到老了也不能服软儿。你这个德行啊，阎王老子不待见，从楼上跳下去都能逢凶化吉，做个手术也肯定能成功。我跟你打赌,做手术要不成功啊,你天天摸黑儿地吓唬我去。”老赵给他宽心。

“你这个老东西。”齐孝石也笑了,“老沈,你怎么也来了？有事？”他问。

沈政平点了点头，停顿了一会儿才说：“我今天，是要跟你说一些龚培德的情况。”他从包里拿出了一张纸，递给齐孝石，“这是龚培德临行之前，插在我办公室门缝中的一封信，我也是事后才发现的，因为尊重他的选择，才一直没给你看。老齐，龚培德没有辱没我们警察的尊严。他在十年前确实是一时糊涂犯下了大错，但这十年来，他一直在全力挽回补救，一刻不停地搜集着刘松林的犯罪证据。他没有投靠刘松林，成为金钱的奴隶、罪犯的帮凶。但可惜，刘松林太狡猾了，一直没有留下把柄，反而拉龚培德下水，让他有口难辩。就这样，龚培德的‘投名状’变成了把柄，他自己深陷危机，却不惜舍弃名誉，为破案铺路。唉……”沈政平眼中含泪，深深地叹息，“可惜他最后破釜沉舟，却功败垂成……他是犯过错误，但在我的心里，却依然是个好警察。”

齐孝石坐在轮椅上，默默地读着那封龚培德的真正遗书。信上写道：

老沈：

这是我的绝笔，对不起，我走了，勿念。请你暂时将这封信保留起来，不要让任何人看到，因为这场战斗才刚刚开始。可惜啊，我长达十年的追捕失败了，一败涂地，无力回天。罪犯刘松林诡计多端、凶狠狡诈，我们凭现有的证据根本无法将他定罪。我不是个好警察，灵魂曾被玷污，现在即使要用自己的生命拉他下马，也没有确凿的证据。干了这么多年，法律的界限我非常清楚，我的失败将导致我遭受莫大的屈辱，我累了，不想再承担了，请原谅我如此懦弱。

十年前，我因为没有约束好自己的家人，致使后院起火，受到刘松林的要挟，被迫收钱。而十年后的今天，我依然在为那次错误的选择付出着沉重的代价。我承认，自己早该脱下这身珍爱的制服，被清除出公安队伍。但请你相信，在我内心里，最初的誓言并未改变，我没有被欲望吞噬，我会为自己犯下的罪恶付出代价。这十年来，我低头苟活，实际上是为了获得与敌人斗争的时间。我不能认输，一旦退缩就前功尽弃。我会用自己的一生，去补偿那个错误，我给警察荣誉抹的黑，会用生命去偿还。我曾经天真地以为，一直贴靠在刘松林身边，就可以寻找到机会，将他绳之以法。但万万没有想到，事与愿违，功败垂成，我只能以死明志。

现在这个案件，毫无转机，即使能发现对方作案的手段，也一定不要贸然行动。他们太狡诈，仅凭传统的侦查审讯手段，根本无法将他们缉拿归案。对待这样的罪犯，是要用生命、用信仰去战斗的。在我之后，只有齐孝石有对抗刘松林的能力。他孤身一人，无牵无挂，性格执拗，原则性强，可以说是没有弱点的。除他之外，别人根本没有获胜的可能。如果还能给他加上一个助手的话，我希望是那海涛。他是我的徒弟，也是齐孝石的徒弟，虽然还不成熟，但我相信他和齐孝石一样，有颗正直善良的心。我将在离去的现场留下一封信，请务必将它转交给齐孝石。他是唯一能击败刘松林的人选。

谢谢党和国家多年来对我的培养。我希望我做的一切，能让自己面对警徽，问心无愧。

永别……

齐孝石看着信，泪水决堤，“小龚，你丫不是个孬种，不是……”

身边的那海涛和老赵也泪流满面。

“师父，我们做到了，不是吗？我们完成了他的心愿。”那海涛说。

众人沉默着，仿佛在向龚培德道别。天空湛蓝如洗，白云苍狗在鸽群上快意驰骋，满眼都是生命的活力。

“师父，我觉得那次天台上的精彩较量，不该是您的最后一次预审。”那海涛缓缓地说。

“啊？你怎么会听到那次的情况？难道……”齐孝石停顿了一下，“他的身上藏着东西？”

“是的，和您预想的一样。”那海涛回答，“一进审讯室，我就照着故意杀人的路子问他。他中了您设的局，被逼到了死角，有口难辩，自知无力回天，所以就两害相权取其轻，为了证明自己不是故意杀人，从身上拿出了暗藏的录音笔。”

“嗯，果然有这个东西。”齐孝石点头，印证了自己的判断。

“是啊，您太了解这个老对手了，他在西服的夹层里暗藏了特制的录音笔，以备不时之需，如果不是他自己供述，我们根本就发现不了。”那海涛说，“这支录音笔里，记录了您和他谈话的全部内容，成为本案的关键证据。在审讯中，我们依据您和他对话的顺序，整理出了笔录。这为日后给刘松林的定罪，打下了坚实的基础。拿下他的口供我用了六个半小时，不是久攻不下，而是他所犯的罪恶太多。师父，我当时做笔录时就想，这录音笔里的对话，其实就是一堂审讯啊。”那海涛笑。

“呵呵……当然是一堂审讯了，咱们干预审的啊，甭管坐着还是站着，甭管处于上风还是下风，只要张嘴，就得问出东西。”齐孝石一字一句地说，“就算我没有直接证据能告倒刘松林，亲自将他绳之以法，那也得用点儿骚招儿，让他付出应有的代价。我不是要冤枉他、栽赃给他，而是逼他二选一，做出唯一的选择。我说过，警察不是吃软饭的，拿着共产党的工资，就得给丫查个底儿掉。”

“别，师父，我看您这个骚招儿，以后还是别用了。我们可承受不了。”那海涛摇着头说。

“呵呵，终极的招数啊，一辈子只能用一次，不会再用了，也没有机会了。”齐孝石苦笑着摇头。

“爸……以后别干傻事了行吗？我们离不开你，爸……”齐欢搂住了齐孝石的脖子，晶莹的泪滴掉落下来。

“行，傻丫头，有你们在，我也不会再干傻事了。”齐孝石说，“唉，这说话啊，本来是个最简单的沟通方式，压根儿就不该有什么技巧。但你看现在呢？虚的、假的，夸大的、缩小的，恶意的、善意的，个顶个儿的都揣着明白装糊涂，满嘴地跑火车。有的人啊，拿谎言当工具，耍鸡贼、玩儿猫儿腻，总觉得自己聪明，能不劳而获。有的人呢？看着老实巴交的，实际上一肚子花花肠子，整天说着仁义道德，实际上是脏心烂肺。但我相信啊，这帮瞎话溜舌的东西，到了最后啊，都得付出代价。这人啊，一旦说了谎，就得变着法地去圆谎，到头来为了圆一个谎，就得编造更多的谎。这是个陷阱啊！到最后都不能自拔，吃了自己的挂落儿。唉……”齐孝石深深地叹了口气，“但我总觉得吧，是不是有那么一天，大家都能有个准谱，实打实地说话，就像这个城市一样，总会吹散雾霾，有个大晴天儿。”

那海涛默默地点头，“会的，师父，一定会有那么一天的。我也相信，做人做事，只要怀一颗坦荡之心，就能堂堂正正、问心无愧。”

“哎……两个说瞎话的高手，现在倒学会自我反省了。”老赵笑着摇头，“但要是真有那么一天，你们都不瞎话溜舌了，那再遇到骗人的罪犯怎么办？直来直去？实话实说？哈哈，我看不能。你们这帮搞预审的，还得照着以前的路子往下走，调虎离山、引蛇出洞、旁敲侧击、欲擒故纵，斗智、斗勇、斗心，藏锋、藏智、藏势，关键时举证、看破绽突击，一上班就得琢磨人，一辈子都得累心。”老赵总结道。

“嘿，你个老小子，什么你们这帮搞预审的……你丫不是预审出身啊？要是没搞过预审，你这一套一套的都是哪儿来的啊？你这是儿媳妇的肚子——装孙子啊！”齐孝石挖苦道。

“嘿，你这个老家伙，嘴怎么这么损啊？”老赵皱眉。众人大笑。

“老齐，眼看着就手术了，等挺过了这一关，你有什么打算吗？”沈政平问。

“打算？”齐孝石想了想说，“收徒弟，到警校讲课，把我这点儿老玩意儿，给传下去。”

“好，这正是我希望你做的。”沈政平说，“咱们当警察的，有时对待罪恶，就要使用非常手段，决不能姑息。对待谎言，更要学会技巧，去揭穿去消灭。老齐，你现在已经是两世为人了，面对这次手术，也决不能妥协气馁，只许成功，不许失败。这是命令。”沈政平用力扶住齐孝石的肩膀。

“还命令，呵呵……你还真拿自己当大铆钉了……你个管纪委的干部，管不着我们这些退休的老东西。要管也让刘权这个政治处的王八蛋来。”齐孝石笑了，一嘴的黄牙露了出来，“等着，有你们丫烦我的日子……”他大声说。

阳光倾泻下来，满地的金黄。风吹过山峦，将重重的雾霾驱散。只要有希望、有期待，就会有最好的未来。只要我们活着，就要尽最大的努力幸福快乐，就要向着选定的目标，夜以继日、坚定不移地奔跑。城市日新月异，新的建筑在旧的地址上拔地而起，一切继往开来，播种下真诚与善良，生生不息。

期待有那么一天，我们不再说谎，真诚待人，简简单单地活着，安然入梦；期待有那么一天，天空湛蓝如洗，不再为雾霾困扰，可以大口地呼吸；期待有那么一天，工作的目的不只为了生存，而是为了实现自己的价值，获得快乐；期待有那么一天，我们简单得如同婴儿，友善地对待彼此，真诚地与人交流；期待有那么一天，我们能尽情地爱，尽兴地生活，说想说的话，去想去的地方；期待着，期待着，只要我们有期待，就会有美好的未来……

2013 年 10 月 20 日至 2014 年 3 月 10 日凌晨，千岛湖、北京完成一稿
2014 年 3 月 11 日至 3 月 30 日，北京完成二稿
2014 年 4 月 28 日至 6 月 1 日，北京修改三稿
2014 年 8 月，北京及曼谷出差修改四稿

FONGHONG
凤凰联动出品